Christoph Wagner

GEFÜLLTE SIEBENSCHLÄFER

Christoph Wagner

GEFÜLLTE SIEBENSCHLÄFER

Ein Carozzi-Krimi

Haymon

Der Autor dankt vor allem der Bevölkerung von Grado, aber auch jener von Marano Lagunare, Sežana, Rovinj, Vodnjan, Lovran und Opatija für die Mitarbeit und die zahlreichen balaoranischen Inspirationen.

Bibliografische Information:
Die Deutsche Bibliothek verzeichnet diese Publikation in der Deutschen Nationalbibliografie; detaillierte bibliografische Daten sind im Internet über http://dnb.ddb.de abrufbar.

ISBN 978-3-85218-542-2

www.haymonverlag.at

Umschlaggestaltung: Haymon Verlag/Stefan Rasberger
unter Verwendung eines Bildes von www.istockphoto.com
Satz: Haymon Verlag/Thomas Auer

Inhaltsverzeichnis

1. Kapitel
Pasta d'Angelo 9

2. Kapitel
Boreto 35

3. Kapitel
Gratinierte Seeigel 72

4. Kapitel
Pastete serbisch 103

5. Kapitel
Vinum mulsum 127

6. Kapitel
Perlhuhn mit Pfefferschokolade 152

7. Kapitel
Sardinen in Falerner 202

8. Kapitel
Scampi al Brandy 237

9. Kapitel
Flammende Frösche 273

Und dem Meere bringt er Kunde vom Kampf,
den Nebel und Wind am Himmel führen,
dem Meer verkündet er den Brand,
der in meinem Herzen wütet.

Carlo Michelstaedter

1. Kapitel

Pasta d'Angelo

Das erste, was mir in Balaor auffiel, war ein gefallener Engel. Er hatte jeglichen Halt verloren und war gestürzt. Engel tun das manchmal, man kennt die Geschichte ja von Luzifer. Mein Engel erinnerte nach dem Absturz von seinem mannshohen Natursteinsockel allerdings eher an einen Autofriedhof als an den Höllenpfuhl. Seine Flügel waren verbogen, seine Rüstung war verbeult und sein Flammenschwert geborsten. Kaum noch zu reparieren, dachte ich mit Kennerblick und freute mich insgeheim, dass ich in Balaor, wenn es denn mit meiner Anstellung als Archäologe klappen sollte, nicht für gefallene Renaissanceengel, sondern für alte Römersteine zuständig sein würde.

Ich wollte gerade über den Blechhaufen steigen, um zu den Stufen der Präfektur zu gelangen, da bemerkte ich, dass der Bronzeengel eine für seine Gattung ziemlich ungewöhnliche Eigenschaft entwickelte: Er verlor Blut. Ziemlich viel Blut sogar.

Ich kam nicht einmal bis an die unterste Schwelle der Freitreppe, die zum Portal mit den beiden Marmortritonen führte. Ihre Gesichter zogen steinerne Grimassen, die mir in einer Situation wie dieser ziemlich unangebracht schienen. Andererseits hatten die beiden Fratzen im Gegensatz zu mir leicht lachen. Ich sah mich nämlich plötzlich von Carabinieri und Sanitätern umringt, die aus Autos sprangen und sich von Motorrädern schwangen, eine Bahre herbeitrugen und mich in einen Pulk von Passanten abdrängten, der sich mit jeder Sekunde weiter aufblähte und daher von der Obrigkeit mit Seilen und Sperrgittern gebändigt werden musste.

„Ich habe einen Termin beim Präfekten", sagte ich zu einem der Ordnungshüter, der mir jedoch nicht zuhörte, sondern seine Augen auf das blutrot schraffierte Stück Mensch richtete, das von den Sanitätern gerade aus den Engelskarkassen geschält und auf die Bahre gehievt wurde. Der Engel hatte seinem Opfer die Hornbrille von der Nase geschlagen, jetzt baumelte sie mit zersplitterten Gläsern traurig an einer schwarz schimmernden Kordel von seiner Schulter hinab. Die Brille war übrigens nicht das einzige, was an diesem Mann, der einen schwarzen Anzug und eine dunkle Krawatte trug, zu Bruch gegangen war. Seine Schädeldecke sah auch danach aus.

Ein weißer Wagen mit flackerndem Blaulicht verschluckte den schwarzen Mann, dafür gaben die beiden fischleibigen Tritonen oben an der Treppe einen anderen frei. Da dieser nicht nur würdig, sondern mit seiner in graue Schläfen mündenden Halbglatze und einem wachsamen Blick auch einigermaßen vertrauenswürdig aussah, turnte ich über die Absperrung hinweg und lief die Treppe hinauf geradewegs auf ihn zu. „Ich muss zum Präfekten, es ist dringend“, sagte ich, während ich meine Schulterblätter schon im Zangengriff zweier Carabinieri spürte, die mich die Treppe wieder hinunterziehen wollten.

„Ich bin der Präfekt“, sagte der Mann im dunklen Anzug.

„Wir wollten über das Lapidarium reden“, brachte ich gerade noch heraus, bevor sich jede Menge Carabinierifinger wie Stacheln unter meine Schulterblätter bohrten.

„Ach, der neue Kustos!“ Die buschigen Augenbrauen des Präfekten zuckten gebieterisch und die Stacheln zogen sich auf wundersame Weise aus meinem Fleisch zurück. „Wir müssen später reden. Kommen Sie am Nachmittag um vier wieder. Sie sehen ja, ich werde gebraucht.“

Kein gutes Omen für ein Vorstellungsgespräch, dachte ich, während ich mit heftigen Ruderbewegungen gegen den Strom der Passanten ankämpfte, die trotz der Absperrungen weiter auf die Palasttreppe drängten. Das Blaulicht blinzelte mir noch ein letztes Mal zu, bevor es in einer der engen Altstadtgassen verschwand.

Die Uhr am Campanile der Sankt-Euphemien-Kathedrale schlug elf. Hätte der heilige Michael meine Pläne nicht durchkreuzt, dachte ich, so säße ich jetzt wohl bereits im Büro des Präfekten, bekäme vielleicht sogar einen Espresso serviert und würde ihm und dem Kulturdezernenten schildern, wie ich mir die Leitung eines altrömischen Lapidariums vorstellte. Welchen Verlauf das Gespräch auch genommen hätte, ich wäre jedenfalls pünktlich gewesen. So jedoch trennte mich eine fünfstündige Karenzzeit von meiner beruflichen Zukunft und riss ein Luftloch in meine Karriereplanung, dem ich in Richtung Altstadt entschlüpfte.

Ich beschloss, die Zeit zu nützen, um mich etwas näher mit der Inselstadt vertraut zu machen, in der ich mich um die Leitung der bislang verwaisten altrömischen Grabsteinsammlung in einem toten und, wie ich in der Ausschreibung gelesen hatte, touristisch bisher ziemlich ungenützten Winkel hinter der Kathedrale beworben hatte.

Auf dem Weg dorthin kämpfte eine sanfte Meeresbrise, die durch die Kopfsteingassen wehte, vergeblich gegen das Flirren der Mittagshitze an. Ich wischte mir ein Sandkorn aus dem rechten Augenwinkel, spürte Salz auf den Lippen und bemerkte, wie durstig ich war.

Die zahlreichen kleinen Altstadt-Bars waren durchwegs gut gefüllt und ich wurde das Gefühl nicht los, dass die vielen Menschen, die in den Gassen unterwegs waren, sich in Wahrheit nur auf dem Weg von einer Kneipe in die andere befanden. Als wollten sie gerade diesen Eindruck widerlegen, trugen die meisten Passanten allerdings mit mehr oder minder bedeutender Miene Mappen, Aktenordner, Werkzeugkästen, Laptops, Pappkartons, lange, spitze Eisenstangen oder Hunde, Katzen und Kinder in Säcken und Körben mit sich herum – Beweisstücke dafür, dass sie ihre Kneipenrunden einzig und allein aus beruflicher oder familiärer Pflichterfüllung drehten. Das hinderte sie freilich nicht daran, auf den einzelnen Etappen ihrer vormittäglichen Routen da einen Fernet und dort ein Gläschen Malvasia zu kippen, was die Stimmung in der Stadt trotz der Trübung durch das Attentat des Engels aus Erz zu einer hellen und sommerlich-vergnügten machte.

An einem Ort wie diesem, dachte ich, da ließe es sich schon eine Weile aushalten, auch wenn das Lapidarium von Balaor mir, wie ich gestehen muss, eher als zwischenzeitlicher Notnagel denn als strahlende Aussicht für meine archäologische Karriere erschien.

Was meine Zukunft betraf, so hatte ich dieselbe noch vor ein paar Tagen wesentlich sicherer im Griff gehabt als heute, zumal ich kurz vor der Unterzeichnung eines Vertrages als wohlbestallter Direktor des Museo Archeologico von Aquileia gestanden war. Doch dann hatte sich, einen Tag vor Ende der Ausschreibungsfrist, noch diese Etruskologin aus Mantua ins Spiel gebracht. Jetzt bewacht sie dort mit ihren tiefgründigen Onyxaugen die bunten Mosaikböden mit den dicken

Fischen und den zierlichen Singvögeln sowie die alten Tempelruinen, die allesamt spannender sind als das meiste, was Balaor in dieser Hinsicht zu bieten hat. Dabei waren die Etrusker in Aquileia ebensowenig zugange wie die Azteken und Mayas, bei deren Erbmasse ich mir während meiner Zeit in Mexiko meine archäologischen Qualifikationen erworben habe. Andererseits hätte ich die hübsche junge Dame mit ihrer gemmenhaften Silhouette und dem aparten Augenschnitt, wäre ich der Bürgermeister von Aquileia gewesen, auch statt meiner engagiert. Aber so sind wir halt, wir Männer.

Ich kaufte in einer Tabaktrafik ein paar Toscani, diese finsteren, wie kleine Baumstämme aussehenden und auch nach Wald und Torf schmeckenden Zigarren, die nur in solchen Weltgegenden wirklich ziehen, in denen ständig ein Wind weht, weshalb sie gerade in Meeresregionen so beliebt sind. Während ich die Toscani bezahlte – sie gehören zu jenen wenigen Zigarren, bei denen die Kosten nicht ins Gewicht fallen, und die daher auch von Archäologen geraucht werden können –, fiel mir auf einem der Ansichtskartenständer eine kleine Broschüre über Balaor ins Auge, auf deren Titelbild eine Luftaufnahme abgebildet war. Sie zeigte eine längliche Insel in unmittelbarer Küstennähe, deren Form an den Körper einer sitzenden Frau mit ausgesprochen guter Figur erinnerte, die sich gerade ihr T-Shirt über den Kopf zog. Das T-Shirt war der lange, schmale, fast weiße Sandstrand am Südende der Insel, während ich mich gerade zwischen Busen und Hüfte der Dame aufhielt.

Ich erwarb das Büchlein und erfuhr, dass das über eine schmale Dammstraße vom Festland her leicht erreichbare Eiland unmittelbar am 45. Breitengrad und damit exakt auf halbem Weg zwischen Äquator und Nordpol lag. Politisch lag Balaor unter kroatischer Oberhoheit, kulturell zählte es, wie an den zahlreichen Fotos von Märkten, Plätzen und Fassaden deutlich wurde, zum Erbe des versunkenen byzantinisch-venezianischen Weltreichs. Daran erinnerte, wie gleich im Einführungskapitel nachzulesen war, ein immer noch beträchtlicher italienischer Bevölkerungsanteil, der sich im Alltag in der südfriulanischen Mundart Balaoran verständigte. Kroatisch sprechende Balaoraner waren jedoch, wie das Büchlein nicht anzumerken vergaß, in der Mehrheit.

Beim weiteren Blättern stellte ich zu meinem äußersten Missvergnügen fest, dass allerlei kommunalen Attraktionen wie Thermalbädern und Aqua-Splash-Paradiesen bei der Schilderung der Schönheiten der Stadt breiter Raum gewidmet wurde, während das Heftchen mit kunsthistorischer Information eher geizte. „Meinem" Lapidarium waren gerade einmal zwei Zeilen gewidmet, und auch die Krypta, die neben allerlei mumifizierten Heiligen immerhin die ausgestopfte Hand der heiligen Barbara barg, wurde in einem knappen Absatz reichlich dürr abgehandelt. Andererseits erfuhr ich, dass Balaor auf Deutsch Stiegenstadt heißt und die kleine Inselmetropole an ihrer Südostflanke in der Tat wie eine Stiege zum Meer hin abfällt. Seinen Namen, las ich weiter, verdankte Balaor jedoch dem Umstand, dass es in der Stadt, zumindest in den älteren Stadtteilen, kaum ein Haus ohne kleine Außenstiegen gab, die der dem Venezianischen verwandte Inseldialekt als Balaoren bezeichnete.

Hatte man für diese Besonderheit erst einmal den Blick geschärft, sah man sich allenthalben von Stiegenaufgängen und Treppchen flankiert, die nicht viel höher waren als die Stiegensteiger selbst, und die oft genug schon nach wenigen Stufen ins Nichts führten, weil sie lediglich der Stapelung von Lebensmitteln, Gießkannen, Kinderspielzeug, Reservereifen oder Blumentöpfen dienten. Vor allem aber dienten sie dem zumeist recht gesprächigen Austausch der, je nach Mentalität, faul oder tätig auf den Stiegen Herumsitzenden mit jenen, die gerade, mehr oder minder zufällig, daran vorbeizogen.

Obwohl das Lapidarium mitten im Herzen Balaors lag, war es gar nicht so leicht zu finden. Selbst wenn man unmittelbar vor der Euphemienkathedrale stand, wies keinerlei Schild darauf hin, dass es gleich um die Ecke eine der – zumindest unter Kunstkennern – bedeutendsten römischen Grabsteinsammlungen am ganzen Mittelmeer zu bewundern gab. Man musste erst die halbe Basilika umrunden, bis man zu einem Gittertor gelangte, das für den Unwissenden recht verschlossen aussah und in einen kleinen Nebenhof mit üppigem Oleander- und Bougainvillea-Bewuchs führte. Hatte man aber erst einmal erkannt, dass die Gittertür nur angelehnt war, gelangte man an einen verzauberten Ort, an dem man sich im Schatten einiger Olivenbäume auf einer Marmorbank niederlassen konnte und sich von steinernen Monumenten aus der Antike umringt sah. Besser, dachte ich, konnte man eine Sehenswürdigkeit gar nicht vor neugierigen Blicken der Öffentlichkeit verstecken. Eine junge Frau, die auf der gegenüberliegenden Steinbank gerade ihr Kind mit einem Fläschchen fütterte und danach sanft in den Schlaf wiegte, zeigte mir jedoch, dass dieser stille, kontemplative Ort zumindest unter Einheimischen nicht ganz unbekannt war.

Es würde nicht ganz leicht sein, aus dieser schattigen Hinterhof-Oase eine Fremdenverkehrsattraktion zu machen, ohne ihren idyllischen Charakter dabei zu zerstören. Andererseits fielen mir mehr als genügend Versatzstücke ins Auge, die sich mit ein paar einfachen gestalterischen Tricks ins Zentrum des Interesses rücken ließen. Ich dachte dabei weniger an die dekorativen Zimboriumbögen mit ihren üppigen Kranz- und Pflanzenmotiven, auch nicht an den schönen Architrav mit den Akanthusbüscheln und dem Relief aus Efeu und Wasserblattwerk. Wesentlich besser gefielen mir die Sarkophagfragmente aus der Spätantike, die neben einem deutlich erkennbaren Pfau und einem an Weintrauben naschenden Sperling eine Gruppe von vier über den Meereswellen tanzenden Delphinen zeigten.

Museumsdidaktisch anregend fand ich vor allem auch den Steinsarg, der ein von Musen, Dichtern und Fahnenträgern umgebenes Ehepaar auf einem Trikliniumlager zeigte, das sich an einer opulenten Fülle von Speis und Trank labte. Selbstverständlich handelte es sich dabei nicht um ein weltliches Gelage, sondern, wie es sich für ein Sargrelief gehörte, um ein antikes Totenbankett, das für die beiden Verstorbenen aus Anlass ihrer Aufnahme in die Unterwelt ausgerichtet wurde. Trotz des traurigen Anlasses hatte die Szene etwas Beruhigendes, Tröstliches, ja sogar Bacchantisches an sich. Und als ich dann noch die schöne alte Zisterne sah, in deren Tiefe ich, etwa eine Handbreit hoch vom Wasserspiegel bedeckt, etliche Münzen liegen sah, hatte ich plötzlich die Vision, dass man diesen kühlen Grund als natürlichen Weinkühlschrank nützen könnte, der das Lapidarium auch für archäologisch weniger interessierte Gäste von Balaor attraktiv machen könnte.

Während ich so unter den alten Olivenbäumen und umringt von den noch älteren Steindenkmälern über deren mögliche Zukunft sinnierte, stieg mir plötzlich ein betörender Duft in die Nase. Es roch nach Tomaten, Basilikum, Knoblauchöl und Tintenfischen. Ich folgte dem Odeur, das Schritt um Schritt intensiver wurde, bis ich vor dem Mauerloch stand, aus dem die Düfte drangen. Genaugenommen handelte es sich nicht um ein Loch, sondern um ein vergittertes Fenster, das mit ein paar morschen Brettern vernagelt war, zwischen denen allerlei Unkraut hervorquoll. An manchen Stellen war der Holzverschlag so porös, dass man hinüber ins Nachbargewölbe spähen konnte, wo sich, deutlich erkennbar, eine Küche befand. Dort werkte zwischen allerlei Töpfen, von aufsteigenden Dämpfen umwölkt, eine Köchin, deren Gesichtszüge ich nur schemenhaft wahrnahm. Es war daher auch nicht so sehr die Köchin selbst, die meinen Speichelfluss anregte, als vielmehr das, was sie gerade zubereitete.

Ich verließ also das Lapidarium und umrundete die Basilika in der Hoffnung, in einem der benachbarten Gässchen einen Durchgang zu finden, der mich an die gegenüberliegende Häuserfront und damit an den Eingang des Reiches meiner gastlichen Wirtin führen würde. Es dauerte nicht lange, bis ich das Basilikum-Knoblauch-Aroma wieder unter der Nase und ein bunt bemaltes Tavernenschild vor den Augen hatte, auf dem unter einem aus dem Panzer lachenden Taschenkrebs schlicht die Aufschrift „Fortuna“ stand. Ich beschloss also, zumindest für diese herannahende Mittagsstunde mein Glück zu machen, und trat ein.

Die Einrichtung der finsteren, kleinen Konoba unterstrich einmal mehr die alte epikureische Weisheit, dass wahres Glück keineswegs im Luxus, sondern vielmehr in der Beschränkung zu finden sei. Daher beschränkte sich das Innenleben des Lokals auch auf ein halbes Dutzend schmuckloser ungedeckter Holztische, zwei ohne unnötige Hast rotierende Deckenventilatoren sowie einen kastanienbraunen Tresen, auf dem neben etlichen Weinflaschen und dicken Pressgläsern eine chromblitzende Macchinetta stand. Sie erfüllte den Raum nicht nur mit dem Duft frisch geriebenen Kaffees, sondern brachte sogar einen Hauch von gastronomischem Glanz in den langgezogenen Gewölbeschlauch.

Das Lokal war spätvormittäglich schütter besetzt. Es war noch zu früh fürs Mittagessen, und die wenigen Gäste begnügten sich mit Espresso, Campari oder einem Gläschen Weißwein. Ein älterer Mann mit Schnapsnase und einem passenden lila Schirmkäppchen, das die Aufschrift „Il Tubo Storto“ trug, vertiefte sich in ein Würfelspiel. Sein Kontrahent war ein alter, rotgesichtiger Seebär in buschgrünem Hemd und mit einer leuchtfarbenen Matrosenmütze, die wie ein umgestülptes Stanitzel aussah. Die beiden würfelten zwar nur um ein paar Münzen, ihre Gesichter waren jedoch von einer mit so viel Spannung aufgeladenen Bewegungslosigkeit, als spielten sie um Leben und Tod.

Weiter hinten im Raum versteckte ein dritter, für das Ambiente eher untypisch gut gekleideter Gast sein Antlitz hinter einer großflächigen Sportzeitung und lugte, als ich eintrat, misstrauisch über den Blattrand.

Ich nahm auf einem der mit Bast bespannten Holzhocker Platz und sah, wie hinter der Macchinetta ein Mann auftauchte, dessen gewaltiges, von schütteren, grauen Haarbüscheln gesäumtes Haupt auf einem Rumpf saß, der fast noch breiter als die Kaffeemaschine war.

„Einen Ristretto", sagte ich.

„Zum ersten Mal in Balaor?", erwiderte der Koloss und kratzte sich hinter seinem Ohr.

„Ja, aber dafür vielleicht für länger."

„Schön für Sie. Balaor ist eine schöne Stadt."

Als er aufgehört hatte sich zu kratzen, kam hinter seiner bis an die Fingeransätze behaarten Hand ein goldener Ohrreif zum Vorschein, in dessen Mitte ein meerblauer Topas glänzte. Unwillkürlich kratzte auch ich mich an meinem Ohrenläppchen, doch mein bescheidener Indianerohrring verblasste gegen den Ohrbehang meines Gegenübers, der aus einem Piratenschatz hätte stammen können, wie billiger Glasschmuck.

Der Koloss wandte sich um und machte sich hinter der Macchinetta zu schaffen, die er in Windeseile in eine aus allen Öffnungen fauchende Höllenmaschine verwandelte, die nach minutenlangen Blähungen und Krämpfen tatsächlich ein Tässchen Mocca kreißte.

„Sie haben Glück oder Spürsinn oder beides, junger Mann. Sie sind auf Anhieb in die beste Kneipe der Stadt gefallen", wandte sich der Würfelspieler mit dem leuchtenden Stanitzel an mich, während der Koloss mit dem Goldstück im Ohr meinen Kaffee servierte.

„Schön, wenn man als Wirt so zufriedene Stammkunden hat", sagte ich und nahm einen Schluck.

„Boldo ist nicht der Wirt", widersprach mir Il Tubo aufs heftigste. „Die Kneipe gehört Gilda, seiner Tochter. Sag ihm, wer du bist, Boldo."

Der Koloss pflanzte sich vor mir auf und dehnte Mund und Backenknochen zu einem wohlwollenden, sonnigen Lachen.

„Ich bin Arcimboldo Scaramuzza, Urenkel von Sebastiano Scaramuzza, dem großen Revolutionär, Dichter und Patrioten von Balaor."

„Sei nicht so bescheiden, Boldo. Er hat das Talent von seinem Urgroßvater geerbt", warf Tubos Würfelpartner ein. „Boldo ist unser größter Poet hier auf der Insel. Er kann schneller reimen als sich der Wind dreht."

„Wenn Sie ihn schön darum bitten", schalmeite Il Tubo, „dann gibt Boldo Ihnen vielleicht sogar eine kleine Kostprobe."

Mir war weder nach Bitten noch nach Reimen zumute, und so brachte ich mich fürs Erste um den Kunstgenuss. Dafür erschien Gilda, die anmutige Erscheinung aus den Küchennebeln, die mich hierhergeführt hatten, und stellte auf jeden der drei besetzten Tische einen Teller voll gebackener Ährenfische und auf einem Extratellerchen jede Menge Limonenscheiben dazu.

Gilda war schwarz gelockt, eher mager und, was ihr Erscheinungsbild betraf, so ziemlich das exakte Gegenteil ihres Vaters. Sie war keine wirkliche Schönheit, strahlte jedoch in Gesicht und Gestik jene subtile Erotik aus, die vielerlei anzudeuten vermochte, aber nur wenig davon verriet.

„Vom Haus", sagte Gilda kurz angebunden. Ich fand, dass ihr Name nicht zu ihrem Timbre passte. Gilda, das klang nach Koloratur und großer Oper, aber ihre Stimme hörte sich eher nach Nachtclub und einsamem Herzen an.

Gilda ging mit energischen Schritten wieder in ihre Küche zurück. Ich überlegte inzwischen, ob mein Espresso wirklich die ideale Begleitung zu Ährenfischen war. Scaramuzza schien meine Gedanken erraten zu haben und stellte mir einen gut gefüllten Tonkrug auf den Tisch.

„Malvasia", sagte er und ließ die zahlreichen Lachfältchen zwischen seiner gar nicht so unelegant geschwungenen Augenpartie und dem leichten Kropfansatz vibrieren, dass es nur so eine Freude war. „Passt besser zum Fisch als Kaffee."

Ich nahm hastig den letzten Schluck von meinem Ristretto, spülte den herben Geschmack mit etwas Malvasia hinunter und sah mich fragend nach einem Besteck um.

Il Tubo, der mich dabei beobachtete, schüttelte den Kopf.

„Kein Besteck“, sagte er mit Nachdruck und schnappte nach einem Fischlein von seinem Teller und führte es zwischen Daumen und Zeigefinger an seine Lippen, bevor er es, vom Kopf bis zur Schwanzflosse, lustvoll flutschend verschwinden ließ.

„Jetzt Sie“, ermunterte er mich.

„Den Kopf auch?“, fragte ich zögerlich.

„Runter damit. Ist ja genügend Malvasia zum Nachspülen da.“

Ich fasste mir ein Herz, schob das Fischlein halb in den Mund und biss es in der Mitte durch.

„Jetzt, wo du den Kopf geschafft hast, wirst du den Schwanz auch noch schlucken“, grölte der Buschgrüne mit dem Leuchtstanitzel.

Die kleinen Geschosse waren tatsächlich so kross, dass sie eher nach Salzgebäck als nach Fisch schmeckten und ordentlich durstig machten.

„Früher hab' ich davon ganze Netze voll gefangen“, bemerkte Scaramuzza nicht ohne Stolz. „Aber seit die Genossenschaft die Lizenzen reduziert hat und ich mit meinem alten Kahn nur noch Inselrundfahrten machen darf, bleibt mir nichts anderes übrig, als den Nachschub in der Pescheria am Fischereihafen zu besorgen.“

„Hast du eigentlich schon gehört, dass es Lukobran erwischt hat? Heute vormittag vor der Präfektur.“ Il Tubo, der merkte, dass er Scaramuzza damit offenbar eine Neuigkeit überbrachte, wiegte mit wichtiger Miene seinen dunkelvioletten Zinken auf und ab.

„Den Commendatore? ... Was heißt das, erwischt?“

„Ist dem Erzengel Michael in die Arme gelaufen, der feine Herr. Und der hat ihm gleich einen Platz in der Hölle reserviert.“

„Du meinst, er ist – tot?“

„Tu nicht so, als ob du gerührt wärst, Boldo. Er hat uns alle oft genug ins Ausgefischte geschickt.“

„Was soll der Fremde von euch und von Balaor denken, wenn ihr so über einen Toten redet?“ Gilda hatte sich, ohne dass es jemandem aufgefallen war, wieder aus der Küche zurückgemeldet. „Was machen Sie auf unserer Insel,“ wandte sie sich dann, um eine Spur freundlicher, an mich, „Urlaub?“

„Nein, keineswegs“, erwiderte ich. „Ich habe mich für die Position eines archäologischen Leiters des Lapidariums von Balaor beworben.“

„Das Lapidarium von Balaor", wiederholte Gilda, und ihre rauchige Stimme bekam etwas unangenehm Schnarrendes. „Sie meinen doch nicht etwa den Steinhaufen hinter meiner Küche? Der braucht keinen Leiter, sondern allenfalls einen Leiterwagen, um den ganzen Krempel abzutransportieren. Dann könnten wir endlich hinter unserem Lokal einen kleinen Garten eröffnen. Angesucht habe ich weiß Gott oft genug, doch die Präfektur hat jedesmal abgelehnt. Und was wollen Sie jetzt daraus machen – ein Freilichtmuseum?"

„Jedenfalls ist von der Präfektur der Posten eines Direktors ausgeschrieben worden", erwiderte ich, während ich mir unter ständiger Beobachtung von Tubo und seinem Genossen folgsam ein Ährenfischchen nach dem anderen in den Mund schob. Ich begann allmählich Gefallen an den knusprigen kleinen Torpedos zu finden, und der leicht prickelnde Malvasia trank sich dazu wie Champagner.

Gilda beobachtete mich mit abwartender Neugierde, zumindest ließ sie mich keine Sekunde lang aus den Augen. Fand sie mich etwa interessant, oder erhoffte sie durch mich etwas über die Pläne der Präfektur herauszubekommen?

„Ich bin zufällig auf das Angebot gestoßen," sagte ich, „als ich mich um den Posten des Direktors der Ausgrabungen von Aquileia beworben habe, der damals noch – vakant war."

„Wäre wohl etwas ruhmreicher gewesen als das Lapidarium von Balaor", erwiderte Gilda. „Schade, dass man Sie nicht genommen hat."

„Du musst den Herrn mit deiner Pasta d'Angelo trösten. Die ist besser als jeder noch so gute Museumsjob", mischte sich Scaramuzza in unser Gespräch ein und fügte sachkundig hinzu: „Meine Tochter behandelt die Pasta, als ob sie ein Risotto wäre."

„Nudeln wie einen Risotto? – Das kann ich mir nicht vorstellen."

„Ach, er versteht was vom Kochen, der Professore?", fragte Scaramuzza erfreut.

„Kein Professore", widersprach ich ihm, „nur Dottore, oder schlicht Doktor."

„Niemand, der etwas vom Kochen versteht, und mag er auch ein gelehrter Dottore sein, vermag sich vorzustellen, dass man Capellini d'Angelo tatsächlich wie einen Risotto zubereiten kann. Doch wenn man die Rezeptur erst einmal so beherrscht wie meine Gilda, dann saugt die Pasta das Meer auf, und die Pasta bewegt sich wie nach den Gezeiten …"

„Er wird's schon von alleine merken", unterbrach Gilda ihren Vater mit töchterlicher Strenge und verschwand in der Küche.

„Ist dir heiß?", fragte Scaramuzza, der mich plötzlich duzte.

„Wie kommen Sie drauf?"

„Du schwitzt. Und außerdem siehst du nicht aus wie jemand, der an das Meer gewöhnt ist."

„Ich habe etliche Jahre in Mexiko verbracht", widersprach ich.

„Vermutlich im Gebirge", entgegnete Scaramuzza mit einem listigen Lachen. „Wie heißt du eigentlich?"

„Mario Carozzi."

„Klingt nicht sehr mexikanisch, oder?"

„Geboren bin ich in Südtirol, in der Nähe von Naturns."

„Hab ich es nicht gesagt, dass du aus den Bergen kommst? Ich habe es an deinen Augen abgelesen. Eure Fische leuchten nicht! Wenn du im Meer das Licht der Sonne ausknipst, leuchten sie alle, von der kleinsten Qualle über die Seeschnecken und Heuschreckenkrebse bis hin zu den Hummern und den Langusten. Alle leuchten sie. Selbst die Meereswürmer leuchten. Knipse einmal in einem Gebirgssee das Licht aus, Carozzi, und du wirst sehen, dass ich recht habe. Nichts leuchtet da. Und dieses allgegenwärtige unterirdische Leuchten, das auch Menschenaugen zum Leuchten bringen kann, das fehlt euch Leuten aus dem Gebirge."

„Bei uns leuchtet dafür sonst einiges", widersprach ich beleidigt.

„Ja, Glühwürmchen", höhnte Scaramuzza.

„Viel mehr als nur das. Noch nie was von Alpenglühen gehört?"

Scaramuzza kratzte sich erneut hinter seinem Ohrring.

„Jetzt hast du mich alten Fischersmann aber kalt erwischt. Von Alpenglühen verstehe ich nun wirklich nichts. Dafür muss ich mich wohl mit einem kleinen Verslein entschuldigen."

„Gut gemacht, junger Mann", applaudierte Il Tubo zwischen zwei hastig genommenen Schlückchen Malvasia. „So schnell rückt Boldo sonst nicht mit seinen Gedichten raus. Scheinst ihm sympathisch zu sein."

Scaramuzza warf sich inzwischen vor seiner Macchinetta in Pose, und seine Augen blitzten dabei, als wäre er selbst einer der Leuchtfische, von denen er gerade gesprochen hatte.

„Das Meer", sagte er. „Das Gedicht heißt: *Das Meer.*"

„Das kennen wir", kicherte der Buschgrüne mit dem Leuchtstanitzel. „Aber keine Angst: Es ist kurz und eines seiner besten."

Scaramuzza nahm sicherheitshalber einen Schluck Malvasia und atmete tief ein, als wolle er eine große Bassarie intonieren. Was er dann mit volltönenden Stimmbändern und einer dunklen, gutturalen Färbung, wie sie für den balaoranischen Inseldialekt charakteristisch ist, vorbrachte, hörte sich auch durchaus wie eine Arie an:

Ich spür das Meer, doch seh ich's nicht,
Ich hör wohl, wie die Welle bricht,
Ich riech wohl Algen in der Gischt
Und neide dem nichts, der drin fischt.
Das feuchte Salz netzt mir die Lippe.
Ich schmeck's selbst, wenn am Wein ich nippe.
Die Düne reflektiert das Licht.
Ich spür das Meer, doch seh ich's nicht.

„Applaus, Applaus!", feuerte Il Tubo die Runde an. Doch kaum klatschten die ersten Hände, winkte Scaramuzza auch schon wieder ab, als wolle er noch eine Zugabe geben.

„Ich riech das Meer, ich riech das Meer", setzte er noch eine kecke kleine Coda nach, „ich riech es von der Küche her. Los, Gilda, du bist dran!"

Gilda kam mit einer großen Steingutschüssel hinter dem Tresen hervor, die bis weit über den Rand mit Nudeln gefüllt war.

„Konoba alla Fortuna proudly presents", deklamierte Scaramuzza mit dem gespielten Pathos eines Zeremonienmeisters, „Capellini d'Angelo al Risotto di mare."

Geschickt verteilte Gilda mit einer Nudelzange den Inhalt der dampfenden Schüssel auf mehrere tiefe Teller. Den von Scaramuzza stellte sie auf den Tresen.

„Das sind Nudeln, das ist kein Risotto", wandte ich skeptisch ein.

„Hüte deine Zunge, Mann aus dem Gebirge, und koste erst einmal!" Während Gilda aus dem Tonkrug Malvasia nachschenkte, zog Scaramuzza, noch im Stehen, einen ärmellangen Nudelstrang an einer

Gabel wie ein Schiffstau aus dem Schüsselrumpf hoch und ließ ihn in Sekundenschnelle in seinem Schlund verschwinden.

„Was schmeckst du, Carozzi?“, fragte er, nachdem er seinen Rachen wieder frei hatte.

Ich wickelte eine Engelshaarsträhne um meine Gabel, allerdings eine wesentlich fragilere als Scaramuzza, ließ die Nudeln auf meiner Zunge leicht anschmelzen und fühlte mich plötzlich, als wäre ich wieder in Mexiko.

„Ihr seid ganz schön freigiebig mit Chilis hier in Balaor“, sagte ich, durchaus positiv überrascht.

„Du meinst die Peperoncini“, sagte Scaramuzza, der mit meiner Antwort sichtlich nicht ganz zufrieden war. „Aber jetzt los, sag schon, was schmeckst du noch?“

„Allerlei“, antwortete ich arglos. „Etwas Knoblauch, Tomaten, Basilikum, ziemlich viel Olivenöl und natürlich Tintenfische. Aber nichts von einem Risotto.“

„Na, was empfindest du wirklich, Carozzi? Oder hast du einen Geschmack wie ein Schwamm, wie ein Fisch ohne Nerven und ohne Hirn? Wozu, glaubst du, habe ich zuerst extra für dich mein Gedicht aufgesagt? Also, du schmeckst …“

„… das Meer?“, fragte ich zögerlich.

„Gewonnen, gewonnen“, wieherten Il Tubo und das leuchtende Stanitzel unisono.

„Und *warum* schmeckst du das Meer?“, fragte Scaramuzza so ungeduldig, dass er sich die Antwort auf diese Frage lieber gleich selbst gab. „Weil Gilda die Pasta wie einen Risotto gerührt und jede Nudel einzeln im Meeressugo gebadet hat. Los, Gilda, erklär ihm schon, wie du das machst.“

„Die Pasta mundet ganz hervorragend“, versicherte ich wahrheitsgemäß, aber nicht zuletzt, um Gilda nach Scaramuzzas Standpauke gewogen zu stimmen.

„Es ist ein sehr einfaches Rezept“, erwiderte Gilda, „und die Zutaten haben Sie ja ziemlich treffsicher erraten, war ja auch nicht schwer. Was es von anderen Pastarezepten unterscheidet, ist lediglich die Garung der Nudeln, die hier nicht gekocht, sondern im Sugo weichgerührt werden. Dabei gießt man, wie bei einem Risotto, immer wieder mit einem Schöpflöffel sprudelnd kochende Fischsuppe auf und lässt die Nudeln wie einen Risotto bei kleiner Hitze ganz langsam garziehen, bis sie weich sind und die gesamte Flüssigkeit aufgesogen haben. Dann kommt noch eine Prise Meersalz dazu und das Gericht ist fertig."

„Zu Weihnachten hat Gilda dasselbe Rezept mit frischem Aal gemacht. Ein Gedicht", lobte Il Tubo.

„Und zu meinem Geburtstag macht sie es mit einer Languste", schwärmte Scaramuzza voll Vaterstolz. „Bei Gilda kannst du lernen, wie man kocht."

„Ich werde mir Mühe geben, ein gelehriger Gast zu sein", erwiderte ich artig, während ich mit dem größten Vergnügen meine Pasta aufaß.

„Wer war eigentlich dieser Lukobran?", fragte ich so beiläufig wie möglich, nachdem ich meinen Teller mit einem Stück Weißbrot leergeputzt hatte. „Ich bin nämlich Augenzeuge seines tödlichen Unfalls geworden, oder zumindest fast. Der Engel hat den Mann fürchterlich zugerichtet."

„Es war ja auch nicht irgendein Engel", meldete sich Il Tubo zu Wort. „Der Erzengel Michael ist das Wahrzeichen unserer Stadt. Ein paar Jahrhunderte lang stand er auf dem Campanile der Kathedrale. Aber dann bekamen es die Stadtväter plötzlich mit der Angst zu tun, dass ihn der Maestral eines Tages zum Abheben ermuntern könnte. Die Sorge war nicht ganz unbegründet. Denn der Maestral ist, wie man bei uns in Balaor zu sagen pflegt, ein Wind, der einem Esel den Schwanz ausreißen kann. Also landete der Erzengel vor etwa dreißig Jahren auf seinem Sockel vor der Präfektur."

„Das wird unseren Gast aus den Bergen herzlich wenig interessieren", schnitt ihm Leuchtstanitzel das Wort ab. „Lukobran war, um Ihre Frage zu beantworten, Obmann unserer örtlichen Fischereigenossenschaft. Man könnte auch sagen, er war Fischereidirektor von Balaor. Das könnte man doch so sagen, nicht wahr, Boldo?"

Scaramuzza zögerte. „Zumindest hätte man es sagen können", erwiderte er nach einer kurzen Nachdenkpause, „wenn ein paar Dinge anders gelaufen wären."

„Anders als wie?", fragte ich neugierig.

„Anders als sie es sind, lieber Freund."

„Sie meinen, man hat ihn ermordet?"

„Nein, nein. Erzengel morden nicht." Scaramuzza schien mein Verdacht ausgesprochen zu amüsieren.

„Es sind aber nicht alle Menschen Engel", erwiderte ich.

„Es sind aber auch nicht alle Menschen Mörder", sagte Scaramuzza, „schon gar nicht hier auf unserer friedlichen Insel Balaor."

Gilda hatte inzwischen meinen Teller abgeräumt.

„Wenn Sie Peperoncini mögen, wird Ihnen vielleicht auch das schmecken", sagte sie und schenkte mir zum Abschluss noch aus einer Flasche, die einen halben Meter hoch war, eine ausgiebige Portion Grappa al Peperoncino ein.

Spätestens als das höllenscharfe Elixier wie ein Feuerball durch meine Speiseröhre schoss, wusste ich, dass ich mich hier in Balaor erstmals, seit ich Mexiko verlassen hatte, wieder so richtig zuhause fühlen würde.

***

Der Mann hinter der Sportzeitung war mir während meiner kleinen Exkursion in Gildas Pastahimmel nur dadurch aufgefallen, dass sein Handy alle paar Minuten „What a wonderful world" intonierte. Ansonsten hatte er sich nicht in unser Gespräch eingemischt, sehr wohl aber von Gildas Pastatopf genascht. Ich nahm ihn erst wieder wahr, als er gleichzeitig mit mir bezahlte und die Konoba verließ. Wir schienen, zumindest eine Zeit lang, denselben Weg zu haben, gingen jedoch auf verschiedenen Straßenseiten. Nach einer Weile schwenkte er dann auf meine Seite um und ging geradewegs auf mich zu.

„Darf ich Ihnen ein Pfefferminzbonbon anbieten?", sagte er.

„Wieso?", fragte ich verblüfft.

„Nehmen Sie es ruhig", insistierte er. „Glauben Sie mir, Sie werden es brauchen. Am besten, Sie nehmen gleich zwei." Er steckte mir eine Hand voll Pastillen in meine Jackentasche, machte auf dem Absatz kehrt und verschwand in einer Seitengasse.

Ich sah auf die Uhr. Die Zeit in der Konoba Fortuna war wie im Flug vergangen. Es fehlte gerade noch ein halbes Stündchen, bis es vier wurde. Ich nützte es, um mir noch ein paar von den Altstadthäusern anzusehen, in deren Fassaden ich immer wieder alter Römersteine eingearbeitet fand. Auf einem besonders schönen Exemplar, das ich gleich neben der Eingangstür zu einer Metzgerei fand, war das Fragment einer Hasenjagd dargestellt, was in dieser Nachbarschaft nicht eines gewissen morbiden Reizes entbehrte. Und da man sich im Gässchenlabyrinth des historischen Stadtkerns von Balaor leicht verlaufen konnte, war ich ganz froh, als ich einigermaßen pünktlich vor der Präfektur ankam, wo ein paar Gemeindebedienstete gerade damit beschäftigt waren, die Blutflecken von der Treppe zu scheuern.

Die Präfektur war, wie ich einer Inschrift neben den beiden grinsenden Tritonen entnahm, im ehemaligen Bischofspalast von Balaor untergebracht, der, wie viele Verwaltungsgebäude am adriatischen Meer, im Stil der einstigen venezianischen Kolonialherren erbaut worden war. Ich trat ein und ein blässlicher Jüngling, der in einem Glaskubus gleich hinter der Eingangstür saß, teilte mir über die Sprechanlage mit, dass der Präfekt mich in seinem Arbeitszimmer in der ehemaligen bischöflichen Bibliothek im zweiten Stock des Hauses erwarte.

Ich ließ das Sekretariat der Präfektur, zu dem ein Pfeil führte, also links liegen und pochte lieber gleich mit einem schweren Eisenring zwei- oder dreimal an die Bibliothekstür. Als niemand antwortete, überlegte ich kurz, ob ich nicht doch noch den hierarchisch sicher angebrachten Umweg nehmen und mich anmelden lassen sollte, doch dann zog ich es vor, einfach einzutreten.

Die Bibliothek war zwar zweistöckig, aber durchaus überschaubar, man könnte fast sagen intim. In der Mitte des Raumes stand ein schwerer Konsoltisch aus der Spätrenaissance, dessen verspielte Knorpelwerk-Ornamentik in seltsamem Gegensatz zur glattpolierten, nahezu intarsienfreien Oberfläche stand, auf der sich nur ein Telefon und ein PC, aber weder Akten noch Schreibzeug oder sonstige Unterlagen befanden. Der Mann, der auf dem im selben üppigen Stil wie der Tisch gehaltenen Armstuhl saß, umgab sich sichtlich nicht gerne mit überflüssigen Dingen. Im Moment war der Stuhl allerdings leer, und der Präfekt war nur durch seine Stimme präsent, die von der Galerie kam.

„Dobre dan, Doktor Carozzi, kommen Sie nur herauf", erschallte die laute, wenn auch schon etwas knirschende Stimme, die noch einen weiteren Satz in ihrer Muttersprache hinzufügte. Erst mein peinlich anhaltendes Schweigen ließ den Präfekten in ein dunkel timbriertes, aber perfektes Italienisch wechseln. „Der Tag hat schlimm genug begonnen, man muss ihn nicht auch noch in finsteren Räumen verbringen."

Ich kletterte die kleine Wendeltreppe auf die Galerie hoch und sah, dass hinter der Bücherfront noch eine weitere kurze Treppe hinaus auf eine geräumige Loggia führte, wo Damir Nonno zwischen etlichen Stechpalmen und Kakteen vor einem Panorama residierte, um das man ihn nur beneiden konnte. Lediglich ein paar Ziegeldächer trennten die Marmorbrüstung vom Meer und gaben den Blick auf mehr als ein Dutzend kleiner und kleinster Inseln frei, die der Küste Balaors wie Trabanten vorgelagert waren. Manche waren dicht mit Pinienwäldern bewachsen, andere ragten wie felsgraue Eisberge aus dem Wasser und waren, außer zum Anschauen, allenfalls für Strafgefangene geeignet, die dort, wo man heute noch Befestigungsreste erkennen konnte, tatsächlich einmal untergebracht gewesen sein mochten.

„Ich lasse nach Macorig rufen, unserem Kulturdezernenten. Er sollte, denke ich, bei unserem Gespräch dabei sein", sagte der Präfekt und murmelte ein paar Worte in sein Triband-Handy, mit dem er die Stadt von seiner Loggia aus wie mit einem elektronischen Zauberstab zu regieren schien. Ich persönlich pflege statt Handy ja Bellerophon zu sagen. Denn ich habe diese Zivilisationsgeißel nach jenem eitlen Unglückswurm benannt, der mit dem Pegasos über den Olymp reiten wollte. Göttervater Zeus stürzte ihn daraufhin zuerst in die Tiefe und dann in den Wahnsinn. Ich überlegte kurz, ob ich den Präfekten nach seinem harten Arbeitstag mit dieser kleinen Anekdote aus meinem archäologischen Repertoire erheitern könnte, ließ es aber dann. Mein Gegenüber hatte, wie sich gleich zeigen sollte, andere Probleme.

„Sie haben ausgiebig zu Mittag gegessen?", fragte Nonno nicht wirklich freundlich, nachdem er mich aufgefordert hatte, Platz zu nehmen. „Hat Ihnen unser Wein geschmeckt?"

Ich war über diese Frage zu verblüfft, um darauf eine einigermaßen schlagfertige Antwort zu finden, und kramte stattdessen in meiner Jackentasche nach den Pfefferminzbonbons.

„Ich habe einen sehr ausgeprägten Geruchssinn“, fuhr der Präfekt fort. „Ich würde sagen, Sie haben ziemlich scharf gegessen, dazu reichlich Malvasia getrunken und am Schluss auch noch ausgiebig an einem Schnäpschen genippt. Habe ich nicht recht?“

Es hatte wohl keinen Sinn, ihm zu widersprechen. „Ja, ich habe die Wartezeit damit verbracht, eines der Restaurants von Balaor auszuprobieren“, gestand ich.

„Vielleicht hätten Sie in der Zwischenzeit lieber das Lapidarium inspizieren sollen.“

„Dort war ich …“

„Halt, lassen Sie mich raten“, unterbrach mich Nonno. „Sie waren in der Fortuna und haben von Gildas Pasta d'Angelo genascht, richtig?“

„Ihr Geruchssinn ist wirklich verblüffend“, erwiderte ich, aufrichtig beeindruckt. Ein verbindliches Lächeln machte sich auf seinem Gesicht breit. Der Mann, der vielleicht mein nächster Vorgesetzter werden sollte, war also eitel.

„Ich habe auch lange genug geübt“, sagte er und klopfte sich schuldbewusst auf den Bauchansatz. „Nicht ohne Folgen übrigens. Wenn in Balaor der Südwind geht, ist das Meer zwar am schönsten, aber dann plagt mich mein Ischias.“

Nonnos Züge verzerrten sich plötzlich schmerzhaft, und er griff sich vom Sonnengeflecht, auf dem seine Hand noch immer ruhte, an die rechte Hüfte.

„Heute ist das Meer besonders schön, finden Sie nicht?“

Ich benetzte meinen Zeigefinger mit etwas Speichel und hielt ihn in den Wind.

„Kommt tatsächlich von Süden“, sagte ich.

„Ja, der Jugo. Es ist immer dasselbe“, seufzte der Präfekt. „Vielleicht sollte ich es wirklich wie Papst Benedikt XIV. machen und statt Tabletten zu nehmen Strümpfe aus Muschelseide tragen. Er hatte immer welche dabei, und sobald er einen Anfall bekam, nahm er sie aus seiner Tabaksdose. Wussten Sie das?“

Ich hatte mittlerweile endlich eines meiner Pfefferminzbonbons aus der Tasche gefingert und schob es, als ich mich von Nonno einen Augenblick lang unbeobachtet glaubte, zwischen die Zähne. Dafür erspähte mich der edle Spender der Pastillen.

„Dario, da sind Sie ja", sagte Nonno, dessen Ischiasattacke wieder nachgelassen hatte. „Darf ich Ihnen Dario Macorig vorstellen, unseren Kulturdezernenten?"

„Wir haben uns schon kennengelernt", erwiderte Macorig grinsend. „Wir hatten den gleichen Weg."

„Ach ja, Sie pflegen ja auch bei Gilda zu lunchen. Bei Ihrer Jugend können Sie sich das auch noch leisten. Ich hingegen muss mich wenigstens mittags kasteien."

„Abends wäre gesünder ...", wandte Macorig ein.

„... ist aber nicht machbar", erwiderte Nonno kategorisch, bevor er sich wieder an mich wandte.

„Sie wollten sagen, dass Sie nicht nur bei Gilda gespeist haben, Dottore Carozzi, sondern sich auch schon etwas intensiver mit unserem Lapidarium befasst haben?"

„Ich habe die einschlägige Fachliteratur studiert, ja. Wissenschaftlich gesehen wäre die Leitung einer solchen Sammlung zweifellos eine große Herausforderung."

„Ja, ja, wissenschaftlich gesehen", äffte mich Nonno nach, und das verhieß wenig Gutes. „Unwissenschaftlich betrachtet ist das Lapidarium nämlich ein touristisch brachliegender und ökonomisch völlig ungenützter öffentlicher Raum, und wenn wir nicht einen so engagierten Kulturdezernenten hätten, ..."

Macorig lehnte sich selbstzufrieden in seinem Sessel zurück.

„... so würde ich die Steine am liebsten ans British Museum verkaufen, das sich übrigens schon interessiert gezeigt hat, da das Lapidarium im 18. Jahrhundert von einem der ihren eingerichtet wurde."

„Sie meinen Sir Joseph Bingham", erwiderte ich, um zu beweisen, dass ich mich tatsächlich vorbereitet hatte.

„Mag sein, dass er so geheißen hat", erwiderte Nonno eher uninteressiert.

„Aber so weit, dass wir verkaufen wollen, sind wir ja noch nicht", mischte sich Macorig ins Gespräch ein. „Sonst hätten wir ja wohl keinen Posten für einen Museumsdirektor mit archäologischer Ausbildung ausgeschrieben. Was fällt Ihnen denn spontan so zu unserem Lapidarium ein, Dottore?"

„Es ist ein schöner Platz“, sagte ich. „Und es wäre wirklich schade, wenn Sie die Steindenkmäler verkaufen würden.“

„*Wir* wollen die Steine ja auch gar nicht verkaufen“, insistierte Macorig. „Wir möchten allerdings, dass *Sie* sie für uns verkaufen.“

Kaum hatte ich begonnen, mich für Balaor zu erwärmen, sah ich meine Chancen, hier zumindest einen schönen Sommer zu verbringen, auch schon wieder dahinschwinden.

„Wie darf ich das verstehen?“, fragte ich und konnte meine Enttäuschung nicht verhehlen. „Ich bin Archäologe, kein Kunsthändler.“

„Sie haben mich missverstanden“, erwiderte Macorig und schien sich diebisch darüber zu freuen, dass es ihm gelungen war, mich aufs Eis zu führen. „Wie ich Ihren Bewerbungsunterlagen entnehme, haben Sie sich in Mexiko, Ephesos und diesem, wie Sie schreiben, niederösterreichischen Weiler namens …?“

„Schattenbach. Aber das war mehr ein Sidestep ins Volkskundliche …“

„Gleichwie. Sie haben uns versichert, dass Sie sich dort mit Museumsmarketing vertraut gemacht haben. Und genau das erwarten wir von Ihnen. Sie sollen mit dem Lapidarium Gewinne erwirtschaften.“

„Sie meinen, ich soll Eintrittskarten verkaufen?“

Macorigs schmale Lippen verzogen sich beidseitig nach unten.

„Das auch, aber damit wird es wohl nicht getan sein.“

„Was Dario meint“, sprang ihm der Präfekt bei, „ist, dass Sie das Lapidarium als eigenständiges Profit-Center führen sollen. Das mindeste, was es kurzfristig einspielen muss, ist Ihr Gehalt. Und da dieses vernünftigerweise ja nicht allzu hoch sein wird, sollte das auch möglich sein. Mittelfristig müsste das Lapidarium dem Museumserhalter jedoch auch Gewinne bringen, da sonst …“

„Ich weiß, das British Museum …“

„Es muss nicht das British Museum sein. Japanische Museen würden vielleicht noch mehr für unsere epigraphisch so bedeutungsvolle Sammlung zahlen. Also reden Sie schon, Dottore, was fällt Ihnen dazu ein, außer dass Sie den ganzen Tag an der Kasse sitzen und Eintritt verlangen wollen?“

Die Vorstellung, als Kassier engagiert zu werden, erfreute mein Archäologenherz nicht gerade, und außerdem ging mir Nonnos überhebliche Art langsam wirklich auf die Nerven.

„Man könnte alljährlich ein archäologisches Symposium abhalten", erwiderte ich dennoch artig und schluckte meinen Ärger hinunter. „Das brächte neue Gäste nach Balaor."

„Und würde noch mehr Geld kosten, nein, nein", widersprach der Präfekt kopfschüttelnd, für den der Verkauf der Steine, wie mir schien, schon beschlossene Sache war. „Denken Sie allein an die Honorare und Reisekosten für die Referenten."

„Man könnte auch spezielle Führungen für junge Leute anbieten", spann ich weiter vor mich hin.

„... die dann nur den halben Preis zahlen, massenhaft Sandwiches vertilgen und mit ihren hässlichen Rucksäcken unser Straßenbild stören, oder was meinten Sie damit?"

Nein, ein konstruktiver Vorgesetzter war Damir Nonno nicht.

„Ich meine, die alten Römer haben es doch wirklich toll getrieben", setzte der Präfekt nach. „Da muss einem Fachmann wie Ihnen doch irgendetwas dazu einfallen."

„Ich kann auch Swinger-Clubbings zwischen antiken Grabsteinen anbieten, oder altrömische Orgien", erwiderte ich, mittlerweile schon ziemlich gereizt.

„So weit wollen wir nun wieder nicht gehen", beschwichtigte Macorig.

„Obwohl – das mit den Orgien, das hätte schon was", merkte Nonno zufrieden an und grinste nach längerer Zeit wieder einmal.

Ich starrte hinaus aufs Meer und sah, dass sich auf der Balustrade gerade eine Felsentaube niedergelassen hatte, die mit einer der vorbeifliegenden Möwen um die Wette gurrte. Ich durchpflügte unterdessen den Irrgarten unter meiner Schädeldecke nach einer rettenden Idee, bis ich erkannte, dass diese unmittelbar vor mir saß.

Apicius, so hieß das Zauberwort. Felsentaube nach Apicius-Art. Ich hatte sie einmal in der Taverne des archäologischen Parks von Xanten gegessen, wo man sie nach dem antiken Originalrezept in einer Sauce aus Pfeffer, Liebstöckel, Selleriesamen, Minze, Myrtenbeeren, Honig, Wein, Essig, Fischpaste und Öl zubereitet hatte. Sie hatte damals zwar ein wenig eigenartig, aber letztlich gar nicht so übel geschmeckt.

Die Taube breitete ihre Flügel aus und setzte von der Balustrade der Loggia aus zum Sinkflug über die Dächer von Balaor auf die Meeresküste an. Für mich hatte sie ihren Dienst, zumindest fürs Erste, getan.

„Wir könnten im Lapidarium, ein- oder mehrmals in der Woche, Apicius-Menüs anbieten", schlug ich vor.

„Apicius-Menüs?" Mir war nicht ganz klar, ob die Reaktion des Präfekten Ratlosigkeit oder Begeisterung signalisierte.

„Apicius ist der Autor der ältesten Rezeptsammlung der Welt", erklärte ich. „Er lebte zur Zeit des Kaisers Tiberius und hat ein paar hundert Kochrezepte hinterlassen, von denen sich die meisten auch heute noch relativ leicht nachkochen lassen."

„Ich weiß, wer Apicius ist", sagte Nonno leicht gekränkt. „Aber wie wollen Sie das machen? Im Lapidarium gibt es weit und breit keine Küche."

„Doch, gibt es. Man bräuchte bloß das vernagelte Fenster zu öffnen, das direkt in die Konoba Fortuna führt. Das könnte Gilda Scaramuzza als Durchreiche verwenden und von ihrer Küche aus die Apicius-Menüs catern. Man müsste bloß mit ihr reden. Kochen kann sie jedenfalls."

„Und wie", fügte Dario Macorig begeistert hinzu.

„Der Rest sind ein paar weiße Leintücher und Holzpritschen, die wir ohne großen Aufwand in Triklinien umbauen können. Und die Zisterne unter dem Olivenbaum eignet sich perfekt als Weinkühlschrank."

„Wenn das tatsächlich realistisch sein sollte, dann sind Sie engagiert, Doktor Carozzi", sagte der Präfekt feierlich. „Ich würde meinen, wir beginnen vorerst einmal mit einer Probezeit von, sagen wir, drei Monaten?"

Ich willigte, obwohl ich das Wort Probezeit aufgrund früherer böser Erfahrungen gar nicht gerne höre, in seinen Vorschlag ein und versprach, mich mit den Scaramuzzas ins Einvernehmen zu setzen.

„Sie sollten sich möglichst bald auch mit Professor Belli bekanntmachen", sagte Macorig. „Ich denke, Ihre Idee wird ihm gefallen, und vielleicht kann er etwas dazu beitragen, dass Sie sich Ihr Geld bei uns auch wirklich verdienen."

„Wer ist Professor Belli?"

„Professore Bartolomeo Belli? – Er ist eine international anerkannte Kapazität auf dem Gebiet des Event-Marketings. Zurzeit lebt er drüben auf der Katharineninsel und erarbeitet ein völlig neues Tourismuskonzept für unsere Inselregion. Macorig wird für Sie sicherlich einen Termin mit ihm vereinbaren, nicht wahr, Dario?"

Macorig nickte.

„Apropos", fügte Nonno hinzu. „Wo wohnen Sie eigentlich hier in Balaor?"

„Die heutige Nacht habe ich im Hotel Cefalo verbracht. Aber das werde ich mir von dem Gehalt, das Sie mir gerade in Aussicht gestellt haben, wohl nicht lange leisten können."

Damir Nonno lächelte mitleidig und wandte sich dann an seinen Dezernenten.

„Wir könnten ihn fürs Erste im Castelletto unterbringen. Das ist zwar nicht sehr luxuriös und gehört eigentlich zum alten Ospizio. Aber es steht leer und hat einen herrlichen Blick aufs Meer, fast noch schöner als dieser hier von der Loggia. Dario wird Sie bei Tusnelda Scacci avisieren."

Macorig nickte abermals.

Nonno wünschte mir viel Erfolg für meine neue Aufgabe und entließ mich. Macorig begleitete mich aus der Bibliothek und bat mich, unten am Portal auf ihn zu warten. Er müsse, sagte er, nur noch ein paar Anrufe erledigen und könne mich dann persönlich hinüber zum Castelletto führen.

Als ich unten bei den beiden grinsenden Tritonen angelangt war, sah ich, dass die Blutflecken auf der Treppe mittlerweile verschwunden waren, der Engel, der sie verursacht hatte, jedoch hinter einer rot-weißen Absperrung immer noch alle Viere, und wenn man die beiden Flügel dazuzählte, sogar alle Sechse von sich streckte. Ich beneidete die Kollegen nicht, die den zerborstenen Himmelsboten mitsamt seinem voluminösen Flugapparat und dem zersplitterten Flammenschwert wieder zusammenflicken mussten. Kaum zu glauben, dachte ich, dass dieser Erzengel, dessen Namen immerhin „Wer ist wie Gott?" bedeutet, dereinst Satan besiegt haben sollte, so hilflos, wie er da auf dem Pflaster lag.

Während der Engel von einem Gendarmen in Gardeuniform, der vor der Präfektur Wache schob, observiert wurde, schien sich um den Sockel, auf dem der Himmelsbote heute Morgen noch gestanden war, kein Mensch zu kümmern. Nachdem es vor dem alten Bischofspalast sonst keine Sitzgelegenheit gab, benutzte ich während des Wartens auf Macorig das Steinfundament zum Anlehnen, was mir zwar einen kritischen Carabinieriblick, ansonsten aber keinen Ärger eintrug.

Macorig brauchte eine Weile und ich begann, schon ein wenig nervös, rund um den Steinquader zu zappeln, stützte mich einmal darauf, drehte mich dann in die andere Richtung, und sah plötzlich, dass die Hand, mit der ich mich aufgestützt hatte, schwarze Flecken hatte. Sollte der Erzengel, solange er noch in Amt und Würden war, etwa Schmieröl abgesondert haben?

Nein, das war kein Öl, das war auch nicht Staub, sondern es war Asche, die ich da auf der Hand hatte, fast so, als hätte gerade jemand eine seiner Toscani auf dem Sockel ausgedämpft. Als ich den Stein daraufhin noch ein wenig genauer untersuchte, fiel mir auf, dass, kaum merklich, ein kleines, gerade nussgroßes Eckstück abgebrochen war. Ich ging um den Sockel herum und erblickte in einem halben Meter Entfernung davon tatsächlich das fehlende Steinbröckchen. Ich überlegte kurz, ob ich es liegen lassen sollte, wo es war. Doch dann bückte ich mich schnell, hob es auf und ließ es in meine Tasche zu den Pfefferminzbonbons gleiten. Dann klatschte ich ein paar Mal in die Hände, um den schwarzen Staub abzuschütteln.

„Applaudieren Sie sich jetzt selbst, dass Sie den Job bekommen haben?", fragte Macorig, der im selben Augenblick zwischen den beiden Tritonen hervortrat.

„Ich gehe davon aus, dass auch Sie mir früher oder später applaudieren werden", erwiderte ich frech. „Spätestens dann, wenn die Apicius-Abende im Lapidarium ein Erfolg geworden sind."

Macorig schien an meiner Antwort nicht wirklich interessiert zu sein.

„Sie hätten das Pfefferminzbonbon schon früher lutschen sollen. Der Geruchssinn des Präfekten ist in ganz Balaor bekannt, und Boldos Peperoncini-Grappa ist leider ein ziemlich verräterischer Stoff. Professor Belli erwartet Sie übrigens morgen auf der Katharineninsel. Sie können das Frühschiff nehmen. Er wird Sie an der Anlegestelle erwarten. Der Professore wirkt sehr interessiert an Ihren Plänen."

„Vielleicht sollte man vorher noch mit Gilda Scaramuzza reden."

„Sie wird mitmachen, davon können Sie ausgehen. Denn auf diese Weise kommt sie endlich zu dem kleinen Gastgarten, um den sie schon so lange angesucht hat. Damit wird man sie ködern können."

Ich überlegte kurz, ob ich ihm die Geschichte von der Asche und dem abgebröckelten Stein erzählen sollte, wollte mich aber nicht unnötig wichtigmachen.

„Ich habe Sie auch bei Tusnelda Scacci angemeldet", fuhr Macorig fort. „Sie lässt Ihre Suite im Castelletto gerade saubermachen."

„Meine Suite?"

„Lassen Sie sich überraschen. Ich werde Sie hinüberbegleiten. Es sind nur ein paar Minuten zu Fuß, und das Castelletto liegt auch nicht allzu weit vom Hotel Cefalo entfernt."

„Weiß man eigentlich schon, warum der Engel von seinem Sockel gefallen ist?"

Macorig zuckte mit den Schultern. „Keine Ahnung. Engel sind unberechenbar. Aber es war ganz sicher ein Unfall, wenn Sie das meinen. Ich kann mir nicht vorstellen, dass es jemanden gibt, der kräftig genug wäre, einen Bronzeengel vom Sockel zu schubsen."

Über Balaor hatte sich inzwischen eine vorabendliche Stimmung gelegt und die schon etwas müde gewordene Sonne tauchte die Altstadt in ein sattes Ocker. Scaramuzza, dachte ich, hatte schon recht. Balaor war wirklich eine schöne Stadt. Allerdings eine, in der man gut beraten war, sich vor sprungbereiten Monumenten in Acht zu nehmen.

2. Kapitel

Boreto

Die Übersiedlung vom Hotel Cefalo in die Via Brunbuli bewies mir einmal mehr, wie klug es gewesen war, meinen alten Lada, den ich noch als Student erworben hatte, nach meiner Rückkehr von Mexiko nach Europa nicht gegen ein neueres Auto einzutauschen. Er passte in die engen Gassenschluchten von Balaor, in denen sonst nur mit Motorrollern und Fahrrädern an ein Weiterkommen zu denken war, wie ein Finger in einen Gummihandschuh. Ich musste dem alten Lenin, der die Umrisse des Prototyps angeblich selbst entworfen hat, einmal mehr recht geben, wenn er meinte, dass alles, was ein Auto außer einem Chassis, einem Motor und vier Reifen habe, überflüssiger Luxus sei.

Eines solchen entbehrte auch die „Suite“, die mir Macorig im Castelletto in der Via Brunbuli zugewiesen hatte, auf jede nur erdenkliche Weise. Daran änderte auch nichts, dass, wie mir Tusnelda Scacci bei der Schlüsselübergabe versicherte, kein Geringerer als der große Gabriele D'Annunzio hier dereinst einen Sommer verbracht hatte, um etliche Kapitel seiner „Laudi“ zu schreiben. Der Mann mochte für seine Liebe zur Prunkentfaltung ja ebenso berühmt gewesen sein wie für seine schwülen Metaphern. Geblieben waren aus seiner gloriosen Epoche lediglich eine vorhanglose Brause und ein Sparherd, der allerdings erfreulich benutzbar wirkte und von einem Kasten flankiert war, in dem sich ein paar Kochutensilien befanden. Im Übrigen waren die ehemaligen Gemächer fast völlig ausgeräumt. Der Verputz splitterte von den meerfeuchten Wänden. Das spärliche Mobiliar – ein Spind, ein Eisenbett, ein kleiner Tisch und ein paar Stühle – roch nach Lysoform und war offenbar kurz vor meinem Eintreffen aus dem benachbarten Hospiz herübergeschafft worden.

Andererseits hatte D'Annunzio die Orte, an denen er schrieb, durchaus mit Bedacht ausgewählt. Prächtiger als hier, in einer Seitengasse jenseits der Strandpromenade von Balaor, hätte der einstöckige Naturziegelbau gar nicht gelegen sein können. Mit seinem zinnengekrönten kleinen Türmchen, den von Amphoren gesäumten Balustraden und den gemauerten Rundbogenfenstern sah das Castelletto wie die Miniaturausgabe eines schottischen Geisterschlosses aus. Die Umgebung war indessen ganz und gar nicht schaurig, sondern von vollendetem Liebreiz. Mein Schlösschen schoss aus einem üppig wuchernden kleinen Park heraus und war von einem Meer aus Oleander- und Bougainvillea-Blüten umgeben, in das die kleine Terrasse, die ich von meinem Schlafzimmer aus betreten konnte, wie eine Halbinsel hineinragte. Da sich das rosarote Blütenmeer von der Terrasse aus direkt über die Strandpromenade wölbte, mündete es aus meinem Blickwinkel scheinbar übergangslos in den blauen Mediterran, dessen gemächliche, aber beständige Brandung die Geräusche, die vom Uferkorso her durchs Gebüsch drangen, auf angenehme Weise dämpfte.

Ich trug einen der herumstehenden Klappsessel durch die Jalousientür auf die Terrasse hinaus und setzte mich so hin, dass ich sowohl den Blick auf das Türmchen als auch jenen aufs Meer genießen konnte.

Nonno hatte nicht übertrieben.

Über der Terrassentür fiel mir ein aus der Spätantike stammendes Mosaik ins Auge, das wie ein Medaillon ins Mauerwerk eingelassen war und einen Hahn im Kampf gegen eine Schildkröte zeigte. Mehr als die Architektur des Schlösschens zog mich zu dieser Stunde jedoch jene des Himmelgewölbes in ihren Bann. Neptun, der Gott des Meeres, schien nämlich gerade einen Heidenappetit auf Hespera, die Nymphe der Abendröte, zu bekommen.

Ich dachte an Lukobran, den Fischereidirektor, und daran, wie seltsam kühl und unbeteiligt mich sein Tod gelassen hatte. Sollte mich mein erlernter Umgang mit den Priestern der Mayas und Azteken, die während der Weihezeremonien ihren Opfern die Herzen aus dem lebendigen Leibe rissen, gegen blutüberströmte Leichen immunisiert haben? Oder war ich auf dem besten Wege, ein ganz normaler Karrierist wie so viele andere zu werden, der sich in seinem persönlichen Fortkommen vom Leid, das über andere kam, nur unangenehm berührt fühlte?

Über andere kam, wiederholte ich in Gedanken. Fragte sich bloß, von wem oder was es ausging. Wer hatte denn den Bronzeengel in

Marsch gesetzt? Gott, das Karma oder vielleicht doch jemand aus Fleisch und Blut, der Schicksal gespielt hatte, indem er St. Michael als Cruise-Missile missbrauchte?

Neptun wollte gerade endgültig nach Hespera schnappen, um sich ihren makellosen, runden Schädel wie eine Blutorange in den Schlund zu schieben, als ich aus meiner Wohnung Schritte hörte.

Es war Tusnelda Scacci, die mit einer großen sandfarbenen Kühltasche, wie man sie gerne für Strandpicknicks benützt, auf die Terrasse trat.

„Sie werden sehen. Man kann es sich hier ganz gemütlich machen", sagte sie mit einem skeptischen Blick auf das abbröckelnde Mauerwerk und öffnete den Reißverschluss der Tasche, die zu meiner Freude allerlei Nützliches wie Eier, Butter, Toast, Prosciutto und eine Flasche Weißwein enthielt. „Leider wurden die Gobelins in diesem Zimmer schon vor Jahren verkauft, damals, als wir das Ospizio von Grund auf renoviert haben. Aber ich werde Dusan, unseren Haustechniker, anweisen, Ihre beiden Zimmer und die Küche in der nächsten Woche wenigstens neu auszumalen."

So wie Signora Scacci gekleidet war, glich sie weniger der Direktorin eines Pflegeheims als vielmehr der Managerin eines Luxushotels. Sie trug ein Kostüm aus blassgrauer Naturseide und dazu einen Schal aus karminrotem Chiffon. Sie mochte so um die fünfzig sein, wirkte aber jünger und war dank ihrer breiten Admiralsschultern und einer hohen, strengen Stirn, die durch den darüber aufgesteckten, dunkelblonden Haarbusch noch etwas höher und strenger wirkte, eine durchaus Respekt gebietende Erscheinung.

„Signor Macorig hat mir versprochen, das Castelletto würde mich überraschen", erwiderte ich. „Und ich muss zugeben, die Überraschung ist ihm in jeder Hinsicht gelungen. Aber Sie haben recht. Ausmalen wäre kein Fehler. Das Gemäuer bröckelt wie feuchtes Meersalz."

Sie nickte wissend, ich bat sie, Platz zu nehmen, und fragte höflich: „Darf ich Ihnen ein Glas von Ihrem Wein anbieten?"

„Nein, nein, den trinken Sie nur brav alleine", erwiderte Tusnelda Scacci und blieb trotz meiner Aufforderung, sich zu setzen, weiter stehen, schien sich dabei aber nicht recht wohlzufühlen.

„Selbstverständlich stellt Ihnen Dusan morgen auch noch einen Kühlschrank auf", erwiderte sie, ob der Kargheit des Raums peinlich berührt. „Es war in der kurzen Zeit im ganzen Ospizio leider keiner aufzutreiben."

„Ich wollte mich auch gar nicht beschweren", erwiderte ich und schob ihr den Sessel nunmehr fast schon fordernd unter die Kniekehlen.

„Nein danke, ich kann nicht bleiben", sagte sie. „Ich werde drüben von meinen Best Agers benötigt."

„Von wem?"

„Früher haben wir sie einfach unsere Alten genannt. Dann haben wir uns angewöhnt, von unseren Senioren zu sprechen. Aber erst unlängst hat mich einer unserer Kuratoren darauf aufmerksam gemacht, dass auch dieses Wort mittlerweile als diskriminierend empfunden wird. Also nennen wir sie jetzt eben Best Agers, wie drüben in den USA. Alt sind sie dennoch, und ein paar Verwirrte haben wir auch darunter." Sie lächelte. „Aber wie ich die nach den neuesten Erkenntnissen der Political Correctness richtig benennen soll, das weiß ich nun wirklich nicht."

„Wie wär's mit Brain-Trusts?", sagte ich aufmunternd.

Meine Antwort schien Signora Scacci zu gefallen. Sie lachte jedenfalls aus ganzem Herzen.

„Wenn Sie wollen, können Sie mich noch hinüber ins Ospizio begleiten", sagte sie.

Auf dem Weg dorthin trafen wir dann eine der Schwestern, die eine alte Dame im Rollstuhl vorbeiführte, deren Anblick tatsächlich bemerkenswert war.

Eine Bettdecke verdeckte alles an ihr außer dem Gesicht, das Farbe und Oberflächenstruktur der Kreidefelsen von Dover, aber zwei schwarz funkelnde Fossilien in den Augenhöhlen hatte.

„Darf ich Ihnen unsere älteste und liebste Bewohnerin vorstellen, Doktor Carozzi", sagte Tusnelda Scacci so laut, dass die alte Dame es hören konnte. „Wir gehen jetzt schon in unser Hundertzweites", fügte sie wohlwollend hinzu, während sie sich über die Patientin beugte und ihr das Betttuch zurecht zupfte. „Und wir fühlen uns noch pudelwohl dabei. Hab ich nicht recht?"

Die Fossilien bewahrten die Ruhe einer Sphinx.

„Wollen wir uns vielleicht wieder einmal auf die andere Seite drehen, Signora Zarazà."

„Plattfisch", sagte die alte Signora.

„Haben Sie Hunger? Möchten Sie was zu essen?"

„Ach was." Unter der Decke schob sich plötzlich eine zu den Kreidefelsen passende Hand hervor und machte eine abwinkende Bewegung.

„Sollen wir Sie also doch umdrehen?"

„Ich sagte ja schon: Plattfisch", erwiderte die Signora. „Die Plattfische haben es fein. Sie sind entweder linksliegend oder rechtsliegend, und sie brauchen nicht dauernd gedreht zu werden. Außerdem hat es der liebe Gott gut mit ihnen gemeint, als er die linksliegenden Plattfische rechtsäugig und die rechtsliegenden Plattfische linksäugig schuf. So viel Grundvernunft zeigte er bei der Erschaffung des Menschen nicht immer. Aber wahrscheinlich hatte er schon zuviel davon in die Plattfische investiert."

„Sie ist eine studierte Philosophin, unsere Signora Zarazà, müssen Sie wissen, Dottore Carozzi. Sie hat früher einmal in Triest unterrichtet."

Die fossilen Einschlüsse begannen plötzlich listig in ihren Höhlen zu rotieren.

„An der Universität von Santa Maria del Goatto, da habe ich unterrichtet, genau da." Und die Kreidefelsen erbebten unter einem lang anhaltenden Kichern.

„Ah, dort?", erwiderte ich mit heuchelnder Anerkennung. Allein: Die alte Lady durchschaute mich sofort.

„Sie haben wohl noch nie etwas von dieser Universität gehört?"

„Doch, doch", heuchelte ich weiter, „gehört schon."

„Aber Sie waren noch nicht dort."

„Das nein." Ich kam mir wie ein dummer Junge vor.

„Können Sie auch nicht. Denn die Universität Santa Maria del Goatto, die ist für die Fisch'".

„Sie meinen, es gibt sie gar nicht?"

„Doch, doch, es gibt sie. Die alte Fischmarkthalle, die mit dem Wassertürmchen. Sie sieht aus wie eine Kirche. Früher kam das Wasser, um die Fische zu bespritzen, von oben. Und drum nannte man sie Santa Maria del Goatto. Das heißt soviel wie Heilige Maria zum Fischlein."

„Und dort haben Sie gelehrt?"

Signora Zarazà dachte lange nach. Das Reden schien sie langsam zu überanstrengen.

„Gelehrt? Gelehrt vielleicht weniger als gelernt. Zum Beispiel habe ich dort gelernt, dass Plattfische ihren Feinden gegenüber den Vorteil haben, sich unsichtbar machen zu können."

„Ich denke, wir sind schon ein wenig müde", zeigte sich Tusnelda Scacci einmal mehr von ihrer mütterlichsten Seite und erteilte der Krankenschwester einen Wink, sie möge den Rollstuhl wieder zurück ins Ospizio fahren.

Ich verabschiedete mich bei Signora Zarazà, doch sie schien mich nicht mehr wahrzunehmen.

„Ich wäre gerne ein Plattfisch", murmelte sie stattdessen. „Und wer weiß, vielleicht schaffe ich das auch noch."

Tusnelda Scacci wusste nicht recht, ob ich den Auftritt der Signora als interessant oder doch eher als peinlich empfunden hatte, und meinte, fast entschuldigend: „Signora Zarazà ist nicht nur unsere älteste, sondern auch eine unserer wohlhabendsten Insassinnen. Ihr verstorbener Mann war ein steinreicher Reeder aus Triest und er hat ihr ein gewaltiges Vermögen hinterlassen. Wohl dem, an den es einmal fallen wird."

„Wird wohl wieder einmal jemand von denen sein," erwiderte ich nachdenklich, „die es nicht brauchen. Die was brauchen, erben nie. Ich weiß, wovon ich rede."

Signora Scacci lächelte.

„Darf ich Sie zum Abendessen bei uns im Ospizio einladen?", fragte sie schließlich. „Es ist zwar nur eine etwas bessere Krankenhauskost, aber unsere Angela ist keine schlechte Köchin. Sie müssen auch nicht mit den anderen im Saal essen. Ich habe einen sehr atmosphärischen Raum für … nun ja, für spezielle Gäste einrichten lassen. Wir müssen schließlich auch unsere Förderer bewirten, wenn sie uns besuchen."

„Zum Förderer wird es bei meinem Gehalt als Leiter des Lapidariums wohl noch nicht so schnell reichen."

Signora Scacci überhörte meine Bemerkung. „Also halten Sie es, wie Sie wollen. Sie sind uns jedenfalls willkommen. Das Ospizio ist nicht so hässlich, wie sich das Wort anhört. Es stammt in seinen ältesten

Teilen noch aus dem Mittelalter und wurde in Pestzeiten als Quarantänestation benutzt, bevor man es dann in ein Lazarett für Seeleute umgebaut hat. Heute ist es eines der gediegensten Pflegeheime an der nördlichen Adria. Für Pflegefälle mit reicher Verwandtschaft. An manchen Wochenenden sieht es in unserem Innenhof so aus, als hielte der Ferrari-Club hier seine Jahrestagung ab."

„Danke jedenfalls für die Einladung", sagte ich, während sie sich zu gehen anschickte. „Wenn nicht heute, dann sicher ein andermal."

Sie glitt über den Marmorboden, als wäre sie es von Kindheit an gewohnt, sich in Schlössern zu bewegen.

„Sie können es sich ja noch einmal überlegen", sagte Tusnelda Scacci, allerdings auf eine Weise, die mir kaum eine Wahl ließ.

Neptun war mittlerweile im selben Maße satt, wie ich wieder hungrig wurde. Ich machte noch einen kleinen Abendspaziergang zur Hafenmole, deckte mich in einem kleinen Supermarkt mit ein paar Toilettesachen ein und fand heraus, dass das Morgenschiff zur Katharineninsel um neun Uhr ablegte. Dann marschierte ich nicht, wie ich es eigentlich vorgehabt hatte, in die Fortuna, sondern stellte mich folgsam in Signora Scaccis Casino für Special Guests ein.

Die Architektur des Raumes wirkte wie Design von der Stange, war aber immer noch wesentlich beeindruckender als das Essen. Es gab zu weich gekochte Tortellini mit einer weißen Sauce, die wie frisch angerührter Gips aussah und nach gar nichts schmeckte, dazu aber immerhin jede Menge frischen Salat.

Außerdem lernte ich bei dieser Gelegenheit Signora Scaccis Assistentin Valeria Stella kennen. Sie war wesentlich jünger als ihre Chefin, trug ihr fülliges blondes Haar auffallend lang, was zwar unmodisch, dafür umso attraktiver war, und sie sah ihr Gegenüber durch zwei große, von langen Wimpern überschattete hellblaue Augen auf eine so vertraute Weise an, dass man das Gefühl hatte, man sei mit ihr schon seit Jahren bekannt. Zudem verfügte sie über eine ausgesprochen angenehme Stimme, die um die Spur dunkler war als ihr Teint; kurzum: Die Tatsache, jemanden wie sie in meiner unmittelbaren Nachbarschaft zu wissen, stimmte mich für die kommenden Monate recht hoffnungsfroh.

Als ich spätabends heimkam, mutmaßte ich, dass das einzige Fenster des Ospizio, in dem noch Licht brannte, in ihr Zimmer führte. Leider verhinderten etliche Zypressen, die eine natürliche Abgrenzung zwischen dem Pflegeheim und meinem Schlösschen bildeten, dass ich das genau feststellen konnte. Sehr wohl konstatierte ich jedoch, dass von den zahlreichen Glühbirnen, die in meiner kleinen Zimmerflucht von der Decke baumelten, nur eine einzige funktionierte. Die knipste ich dann allerdings auch bald aus.

***

Am nächsten Morgen machte ich mich zielstrebig auf den Weg zum alten Mandracchio-Hafen, in dem ein paar Fischkutter und Motorjachten vor Anker lagen. Was nicht vor Anker lag, war das erwartete Fährschiff. Dafür begegnete ich Il Tubo, dem Literaturfreund aus der Fortuna, der seiner zirrhotischen Leber gerade mit einem Gläschen Stock-Brandy einen guten Morgen wünschte. Er lehnte steif und schräg wie ein Besenstiel an der Theke eines kleinen Getränkekiosks an der Hafenmole, in dem eine Frau mit dünnem Gesicht und dicken Brillen Gläser abtrocknete. Hinter ihr stand eine ganze Batterie von halbvollen Schnaps- und Likörflaschen unter einem vergilbten Panoramaplakat der Wasserfront von Düsseldorf, wo es um diese Zeit sicher nicht so heiß war wie hier.

„Wir scheinen ein Faible für dieselben Wasserlöcher zu haben, Sportsfreund“, sagte Il Tubo und nahm einen kräftigen Schluck. „Auch einen Brandy?“

„Zu früh“, antwortete ich.

„Für den ersten Schluck am Tag ist es nie zu früh“, lallte Il Tubo launig zurück.

„Außerdem warte ich auf meine Fähre. Sie muss gleich da sein.“

„Welche Fähre?“

„Die hinaus auf den Archipel fährt. Ich hab auf der Katharineninsel was zu erledigen.“

„Sie ist schon vor einer Stunde abgefahren. Der nächste Kahn geht erst mittags.“

„Am Fahrplan steht’s aber anders.“

„Das ist der Winterfahrplan. Im Sommer legen die Schiffe eine Stunde früher ab.“

„Ist aber nur ein Fahrplan da."

„War wohl keiner da, um ihn auszutauschen. Wozu auch? Die Einheimischen wissen Bescheid, und die Touristen buchen ihre Rundfahrten ohnedies übers Reisebüro."

„Wo kann man denn hier telefonieren?", fragte ich. Il Tubo zuckte mit den Schultern. Die Dünngesichtige hörte für einen Augenblick mit dem Gläserabtrocknen auf und wies mit ihrer nicht minder dürren Rechten auf die andere Straßenseite, wo sich gleich neben der Fischmarkthalle ein öffentlicher Fernsprecher befand, der wie eine Attrappe aussah.

Wie zu erwarten, roch es unter der Plexiglashaube nach Fischabfällen, Seetang, Maschinenöl und abgestandenem Wasser, und das Gerät nahm mir zwar etliche Münzen ab, funktionierte aber, auch das war zu erwarten, nicht. Es sah so aus, als würde ich mein altes Bellerophon, das schwer wie ein Nussknacker war und irgendwo in meinem Reisegepäck steckte, hier in Balaor doch wieder revitalisieren und den ganzen Tag mit mir herumschleppen müssen.

„Gratuliere. Sie sind in ein Raum-Zeit-Loch gefallen", sagte Il Tubo lachend. „Das verdient doch nun wirklich einen Brandy."

Die Zeit schien in Balaor tatsächlich durchlässig wie ein Haarsieb zu sein. Mir war dennoch nicht nach Brandy, und mir fiel wieder ein, dass Scaramuzza gestern Mittag von einem Boot und Inselrundfahrten geschwatzt hatte. Genau an einer solchen hatte ich im Moment Bedarf, wobei mich die Vorstellung, dass Professore Belli auf dem Landungssteg seiner Insel auf mich wartete und nun wohl ohne mich wieder abziehen musste, bei allem Stoizismus, auf den ich sonst so stolz war, doch leicht beunruhigte.

Ich ließ Il Tubo, dessen Schräglage mittlerweile schon einen bedrohlichen Winkel angenommen hatte, einfach stehen und fand den Eingang zur Konoba Fortuna mit einem Rollbalken verschlossen, der sich jedoch leicht hochschieben ließ. Das Lokal war so menschenleer wie die Küche, doch aus dem ersten Stock hörte ich etwas, das wie eine Sportübertragung klang. Ich stieg die kleine Treppe hinauf und fand Scaramuzza, nur mit Boxer-Shorts und einem Unterhemd bekleidet, auf einer Plüschcouch, deren Federung sichtlich himmelwärts strebte, vor dem Fernseher lungern.

„Ah, Besuch", sagte er wie aus dem Schlaf aufgeschreckt und blinzelte mich mit verklebten Augen an. Ich stammelte ein paar entschuldigende Worte und seine ohnedies tiefliegenden Lider senkten sich noch weiter nach unten.

„Montenegro gegen Mazedonien", sagte er, als wolle er sich selbst am Wiedereinschlafen hindern. „Kein schönes Match."

„Ist auch noch früh."

„War gestern schon schlecht und wird in der Wiederholung nicht besser. Hat mich wohl wieder einmal der Pantagruel erwischt, dieses üble kleine Seeteufelchen, der unsereinem nächtens Salz in den Mund streut und durstig macht. Ohne dass wir was dafürkönnen." Um diese Theorie zu unterstreichen, schob Scaramuzza ein paar Salzmandeln ein, spülte sie mit einem langen Schluck Radenskawasser hinunter und rappelte sich von der Couch hoch.

„Du scheinst ja sehr schnell Gefallen an Gildas Kneipe gefunden zu haben", sagte er und strich sich mit den Fingern durch seine in alle Richtungen auseinanderstiebende weiße Mähne.

„Es ist ein Notfall", erwiderte ich. „Ich habe die Inselfähre versäumt und sollte jetzt schon drüben auf der Katharineninsel sein. Da ist mir Ihr alter Fischkutter eingefallen."

„Geht's etwa zu Belli?"

Ich nickte.

„Eine famose Idee, zu mir zu kommen", sagte er und rieb sich dabei die Augen. „Der Professore gehört nämlich nicht zu der Sorte Leute, die gerne warten. Lass uns über dein Problem doch unten bei einem starken Espresso weiterreden."

Ich verstand den Wink, stieg das Treppchen wieder hinunter, drehte einen der Stühle um, die auf die Tische gekippt waren, setzte mich und wartete, bis Scaramuzza nach einer offensichtlich nur sehr oberflächlichen Katzenwäsche, aber immerhin angezogen, wieder zu mir stieß.

Der Espresso war noch stärker als der von gestern und versetzte meinen Magen in morgendlichen Aufruhr. Der Preis, den mir Scaramuzza für die vormittägliche Inselrundfahrt nannte, ließ indessen ganz andere Alarmglocken schrillen. Ich musste Macorig möglichst noch heute um eine A-Konto-Zahlung auf mein erstes Gehalt bitten, sonst würde ich mir Balaor nicht mehr lang leisten können.

Scaramuzza schien zu wissen, was ich dachte. „Du kannst mir das Geld auch ein andermal geben, Carozzi. Du hast den Job bei Macorig doch bekommen?"

„Scheint so."

„Hätte mich auch gewundert, wenn's nicht so gewesen wäre. Hat mich überhaupt gewundert, dass sich jemand findet, der den alten Schutthaufen wieder flottmachen will."

„Vielleicht kommen wir mit diesen Steinen ja sogar noch einmal ins Geschäft", deutete ich vielsagend an.

„Sind wir doch gerade", antwortete Scaramuzza verschmitzt und klatschte zum Aufbruch.

Scaramuzzas Trawler lag an einem schon etwas weiter außerhalb gelegenen Anlegeplatz des Mandracchio abseits der schönen Hochseejachten, zu denen er auch nicht gepasst hätte. Das Boot war zwar geräumig und praktikabel geschnitten, machte aber, da es von Wind und Wetter schon reichlich gegerbt und zerschrammt war, einen eher desolaten Eindruck.

„Fürchte dich nicht", sagte Scaramuzza, dessen bemerkenswertes Talent zum Gedankenlesen mich allmählich beunruhigte. „Die alte Schaluppe sieht zwar aus, als wäre sie bereits in der Seeschlacht von Lissa mit von der Partie gewesen. Aber sie hat schon so manchen Zentner Thunfisch eingeholt und ganze Langustenarmeen in die Reusen getrieben. Erst voriges Jahr habe ich sie mit einem funkelnagelneuen japanischen Außenborder und einem GPS-Satellitennavigationssystem aufgerüstet. Damals wusste ich allerdings noch nicht, dass mein letzter Fischfang kurz bevorstand."

Das Boot hatte die Nummer 1MN2152 EROS, was mich optimistisch stimmte. Es war ein kurzer, aber relativ breiter Kahn mit einem geduckten blauen Kabinenverschlag, in dem Boldos Cockpit untergebracht war. Von dieser bescheidenen Brücke aus erstreckte sich bis zum Bug ein großes, weißes Sonnensegel von der üblichen Ballenbreite. Zur kargen Ausstattung des Kutters gehörte neben einigen roh gezimmerten Holzbänken an den Bordkanten eine mittelgroße Seilwinde. Das Netz darauf sah aus, als wäre es schon vor langer Zeit zum letzten Mal eingeholt worden. Ein Eindruck, der durch die ausgebleichten Panzer einiger kleiner Taschenkrebse und ein paar längst verdörrte

Heuschreckenkrebse, die sich darin verfangen hatten, nur noch verstärkt wurde.

Behände hüpfte Scaramuzza von der Mole hinunter auf sein Boot, das ob der gewaltigen Dimensionen seines Körpers nach dem Aufprall arg ins Schwanken geriet. Dann schob er eine abgetreppte Planke über den Bootsrand bis an die Hafenmauer, über die ich mehr balancierte als schritt.

„Siehst du, wieviel Grün da aus den Mauern sprießt?", fragte mich Scaramuzza und zeigte dabei auf das ledrige Strauchwerk, das zwischen den brüchigen Mauersteinen hervorquoll. „Wenn erst einmal die Grasbüschel aus der Mole brechen, hat man früher gesagt, dann lebt ein Hafen nicht mehr lange."

Ich konnte Scaramuzza nicht widersprechen. Die Dammmauer, vor der die Eros lag, sah mit ihren rostigen Ankerpollern, Kettenwinden, Kränen und Seilwerken wie ein Schiffsfriedhof aus. In dieses Bild fügten sich auch die beiden Schiffsskelette ein, die wohl schon seit Jahren neben Scaramuzzas Kahn vor Anker lagen und sich bereits so weit abgesenkt hatten, dass ihre Kiele wie geborstene Totensäulen aus dem Hafenbecken ragten, während der Schiffsrumpf unter Wasser langsam vor sich hin faulte.

Scaramuzza warf den Motor an und fuhr, entlang der rostrot, ockergelb und meerblau getünchten Fassaden einstöckiger Häuser, im schmalen Kanal Richtung Hafenausfahrt. Wir glitten am Kühlhaus der Fischereigenossenschaft vorbei, vor dem gerade Dutzende von Fischpaletten auf Kühlwagen verladen wurden, während sich in einem zum Kanal hin offenen Vorbau einige Arbeiterinnen ans Enthäuten eines frischen Fangs von Dornhaien machten, von denen etliche noch mit einem letzten Rest elektrisch zuckenden Lebens aufgeladen waren.

Zwischen zwei kleinen Palazzi im venezianischen Stil, welche die Fahrrinne zur Rechten und zur Linken säumten, lief unser Boot dann ins offene Meer aus. Die Sonnenuhr auf einem der Palazzi fiel mir ins Auge, weil ihr Zifferblatt die Form einer Jakobsmuschel hatte. Der Zeigerschatten erinnerte mich daran, dass es nun schon kurz nach halb zehn war. Ob Belli heute Vormittag noch mit meinem Kommen rechnete?

Die Eros schlingerte wie ein aufgerollter Knäuel durch zahlreiche kleine Wasserstraßen zwischen Inseln und Buchten und zog beständig einen weißen Gischtfaden hinter sich her.

„An Inseln fehlt es uns wahrlich nicht hier in Balaor", sagte Arcimboldo Scaramuzza, „jede hat ihre eigene, unverwechselbare Form, aber dennoch ähneln sie einander im Grunde alle. Die größeren gleichen dem Rücken eines Delphins, die kleineren jenem einer Schildkröte. Natürlich hat sich Professor Belli nicht für die Schildkröte, sondern für den Delphin entschieden."

„Bewundernswert, wie Sie sich in diesem Labyrinth zurechtfinden", bemerkte ich, um unser Gespräch in Gang zu halten.

„Ach, das lernst du im Laufe eines Lebens. Am Anfang verstellt dir das Meer in seiner übermächtigen Bedeutsamkeit den Blick aufs Detail, doch irgendwann weißt du, dass du dich nur an die Strömungen halten musst. Du siehst, dass das Meer wie ein Gebirge seine Täler, Pfade, Schluchten und Steige hat, und zuletzt beginnst du sogar, ihnen Namen zu geben. Wir durchqueren gerade das Tal des toten Mannes. Aber es gibt auch ein Tal der Fische, ein Tal der Sarazenen, das Tal des schlechten Wetters, ein Tal der Rinderfurt. Und jedes dieser Meerestäler erzählt eine Geschichte, mindestens."

„Und warum darf die Eros in diesen Tälern nicht mehr auf Fischfang gehen?", fragte ich unvermittelt, da meine Neugier, was dieses Thema betraf, im Zusammenhang mit dem seltsamen Unfall Lukobrans beträchtlich angewachsen war.

„Ach, das hängt mit ein paar alten Sitten und Bräuchen zusammen", erwiderte Scaramuzza. „Vielleicht auch damit, dass diese alten Sitten nicht mehr in die heutige Welt passen. Aber das ist eine Geschichte, die man besser nicht auf hoher See erzählt."

„Bringt sie etwa Unglück?"

„Wie man's nimmt. Auf hoher See sollte man lieber Hymnen als Klagelieder singen. Das gefällt den Meergöttern besser. Denn auch die wollen unterhalten sein. Willst du ein Gedicht hören, Carozzi?"

„Nun ja, ich bin zwar kein Meergott, ..."

Scaramuzza grinste.

„... aber stets auf der Suche nach einer Najade, stimmt's? Gilda ist eine Najade. Eine echte Zauberin, wie Circe. Sie versteht was von

Wein, und sie versteht es auch, die Kostbarkeiten des Meeres auf wunderbare Weise in Menschennahrung zu verwandeln. Findest du nicht?"

„Das kann sie sicher", sagte ich, über die offensive Art, wie er mir seine Tochter andiente, etwas überrascht. „Aber Sie wollten doch ein Gedicht vortragen."

„Du solltest mich nicht siezen, Carozzi. Ich tu's ja umgekehrt auch nicht."

Scaramuzza drehte das Steuerrad herum und die Eros änderte mit einer schnellen Drehung ihren Kurs, während eine brechende Welle über die Reling schwappte und einige erfrischende Tropfen über meine Stirn sprengte.

„Das Gedicht heißt *In Sichtweite*", fuhr Scaramuzza, von der plötzlichen Fontäne unbeeindruckt, fort und hob mit seiner tiefen, voluminösen Stimme zu rezitieren, ja beinahe zu singen an:

Landumschlossen,
Meerumflossen.
Offene Bucht,
Die das Weite sucht.
Salz auf den Lippen,
Honigweinnippen.
Querbeet die Jacht,
Wenn der Strand verflacht.
Schoß der Gezeiten,
Netze, die gleiten,
Bis an flackernden Docht
Die Sturmbö pocht.
Schlürfende Wellen,
Quallenaufquellen.
Wasserbedacht
Pendelt die Fracht
In schwankenden Booten
Fischfangquoten,
Solang in Leuchtturms Sicht
Sich die Welle bricht.

Ich war überzeugt, dass Scaramuzza sein feuchtes Kehrmanöver nur deshalb vollzogen hatte, um sein Gedicht möglichst eindrucksvoll in Szene setzen zu können. Er hatte, wie nicht nur das etwas übertriebene Pathos seiner Verse verriet, einen unübersehbaren Hang zur großen, theatralischen Geste und ich wusste immer noch nicht recht, ob ich diese Neigung sympathisch und schrullig oder eher beängstigend finden sollte.

Ich applaudierte jedenfalls, auch wenn mein Klatschen gegen jenes der Wellen chancenlos blieb.

Scaramuzza setzte nämlich gerade erneut zu einer unvermuteten, abermals tropfnassen Kehrtwendung an und steuerte in großem Bogen auf eine Uferböschung zu, vor der, keine zweihundert Meter von der Anlegestelle entfernt, ein dreimannshohes Steinkreuz auf einem winzigen Felseneiland aus dem Meer ragte.

„Eccola! Wir sind auf der Katharineninsel", rief Scaramuzza und spuckte über den dichten Brustpelz, der aus seinem halb offenen Hemd quoll, in weitem Bogen ins Brackwasser. „Das Inselkloster haben einst die Franziskaner errichtet. Während des Zweiten Weltkriegs ist es dann in einen Marinestützpunkt umgebaut worden. Danach stand es etliche Jahrzehnte leer, ehe der Professore es kaufte und sich hier häuslich niederließ."

Die Eros glitt sanft und geschmeidig in das Landungsbecken, in welchem das grüne Meerwasser so klar und durchsichtig schimmerte, dass man am Grund sah, wie die Meerkrebse mit den Napfschnecken Fangen spielten und sich, sobald sie eines ihrer wesentlich kleineren und scheinbar wehrlosen Opfer erhascht hatten, triumphierend daraufsetzten. Die Opfer schienen sich daraus indessen nicht viel zu machen, sondern zogen sich flugs in ihre spiralförmigen Häuser zurück, wo sie so lange verharrten, bis die Krebse gelangweilt wieder abzogen.

„Außer dem alten Kloster gibt es noch eine kleine Fischerkneipe auf der Insel. Sie ist gleich dort drüben, hinter der Anlegestelle", sagte Scaramuzza. „Ich werde dort auf dich warten."

Scaramuzza vertäute sein Boot. Der Espresso, den er mir nun schon vor einer knappen Stunde serviert hatte, drückte noch immer fest auf meinen Magen. Doch ich war mir nicht sicher, ob es tatsächlich nur der Espresso war.

***

Professor Bellis Anwesen war nicht zu verfehlen, da die Katharineninsel außer ein paar verfallenen Weltkriegsbunkern und etlichen unter ihren Tarnanzügen aus Schwarzdorngeflecht nahezu unsichtbar gewordenen Militärbaracken kaum Bausubstanz aufwies. Das alte Franziskanerkloster schien derlei Scheußlichkeiten erfolgreich an die Inselränder abgedrängt zu haben und präsentierte sich nunmehr, umgeben von einer Ziegelmauer und einem schattigen Hain aus Stecheichen, Myrtensträuchern sowie Zürgel- und Lorbeerbäumen, von seiner schönsten Seite. Auch Thujen, Erdbeerbäume und Kamelien fühlten sich in diesem Garten, der sanft zu den weißen Steinklippen über einer kleinen Bucht aus roter Erde abfiel, ausgesprochen wohl.

Ich durchquerte diesen kleinen Garten Eden und atmete den Duft der Wacholderbäume ein. Ihre Stämme neigten sich, oft mehrere Meter hoch gewachsen, allesamt nach Südwesten, in Windrichtung der kalten Bora, die vom Nordosten her auf Balaor zuwehte. Zwischen Garten und Meer schnitt ein Kormoran mit seinem scharfen, spitzen Schnabel unsichtbare Rillen in die Luft, und mir schnitt eine blonde junge Dame im Business-Kostüm den Weg ab.

Sie stellte sich als Bellis Assistentin vor und gab sich sehr schnell als Vertreterin des heute in Vorstandsetagen so verbreiteten „Wir wollen doch effizient bleiben“-Typs zu erkennen, was mich an sich nicht weiter gestört hätte. Sehr wohl irritierte mich jedoch ihre Frage: „Ist Ihnen hier nicht heiß mit Ihrem komischen Haarschweif?“

Eine Freundschaft zwischen uns beiden zeichnete sich also fürs Erste nicht ab.

„Professor Belli war ziemlich ungehalten,“ blieb sie in der vorwurfsvollen Tonlage, „dass Sie ihn heute Morgen am Pier versetzt haben. Jetzt ist er natürlich anderweitig beschäftigt.“

„Natürlich“, wiederholte ich spöttisch. „Ich habe auch nichts dagegen, wenn er mich übernatürlich empfängt. Als Archäologe lernt man, an Geister zu glauben.“

Sie schien meinen kleinen Kalauer nicht wirklich verstehen zu wollen und warf mir einen Blick zu, von dem ich nicht sicher sagen konnte, ob er verständnislos oder giftig war.

„Warten Sie kurz hier draußen. Aber machen Sie sich keine allzu großen Hoffnungen. Ich kann mir nicht vorstellen, dass Professor Belli Sie heute noch empfängt."

Ich wartete – Strafe musste scheint's sein – ziemlich lange und fischte mir eine Visitenkarte des Professors aus einem dafür bereitstehenden Körbchen. *Agenzia Mondomare* stand darauf und daneben waren drei zusammengebundene Pfähle zu sehen, über denen ein winziger, dafür aber ziemlich dicker Engel schwebte. Außerdem ging aus der Karte hervor, dass Belli auch noch ein Stadtbüro mitten in Balaor unterhielt. Warum hatte er mich nicht dorthin bestellt?

Ich schmökerte noch eine Weile in den herumliegenden Architektur- und Yachtzeitschriften. Als ich schon nicht mehr damit rechnete, kam mir, spät, aber doch, direkt aus der Klosterpforte Bartolomeo Belli entgegen, der über seinen maßgeschneiderten Jeans ein fast knielanges weißes Jackett trug, das vermutlich eine teure Designerklamotte war, aber so aussah, als hätte ich ihn gerade beim Ausmalen seines Büros gestört.

„Ah Professore, come sta?", fragte ich und war ziemlich überrascht, als er mir nicht auf Italienisch, sondern in einem deutschen Jargon antwortete, der wohl irgendwo zwischen Stuttgart und Hamburg beheimatet war.

„Mein Freund Macorig hat mir schon erzählt, dass Sie Südtiroler sind", sagte er, weit weniger indigniert, als seine Assistentin es zuvor angedeutet hatte. „Was spricht also dagegen, dass wir beide uns in unserer Muttersprache unterhalten?"

„Wie verschlägt es jemanden wie Sie auf so eine einsame Insel?", fragte ich neugierig. „Sie sind ja sicher nicht schiffbrüchig geworden."

„Wie man's nimmt."

„Woher stammen Sie?"

„Von der Mosel", erwiderte Belli mit einer Selbstverständlichkeit, als sei er überrascht, dass man ihm das nicht ohnedies ansah. „Sie können sich also vorstellen, wie ich unter den hiesigen Inselweinen leide. Überall nur der allerbilligste Malvasia. Aber wir sind im Begriff, das zu ändern, warten Sie nur eine Weile."

„Der Malvasia, den ich gestern in der Konoba Fortuna getrunken habe, hat mir allerdings besser geschmeckt als alles, was ich bis dato von der Mosel kenne", erwiderte ich aufmüpfig.

Er starrte mich an, als hätte ich etwas Ungeheuerliches gesagt.

„Dann kennen Sie die Mosel nicht, lieber Freund. Die Mosel ist, was den Wein betrifft, Gottes eigenes Land. Moselweine sind Weltweine."

„Und was halten Sie von Südtirol?"

„Ach ja, Südtirol", erwiderte Belli, nun, da er mir offenbar den Banausen-Bonus zubilligte, wieder etwas milder gestimmt. „Ich gestehe offen, mit euren Gewürztraminern weiß ich nichts anfzufangen. Zu den großen Süßweinen dieser Welt zählen sie mit Sicherheit nicht. Wer einmal einen 1893er Château d'Yquem auf den Lippen hatte, wird seine Geschmackspapillen nie wieder mit Gewürztraminer beleidigen wollen, nicht einmal mit einem aus dem Elsass. Aber nach Sauternes, da kommt gleich die große Mosel. Sie hat nicht die platte Süße des Rheingaus, wenn Sie mich richtig verstehen, und schon gar nicht diese mostige Plumpheit der burgenländischen Beerenauslese. Das feine, ausgewogene Spiel zwischen den Komponenten süß und sauer, federleicht und gewichtig, equilibriert und nachhaltig, das finde ich fast nur bei großer Mosel. – Aber kommen Sie, setzen wir uns doch!"

Er führte mich zu einem kleinen Gartenhäuschen, das nach einer zweckentfremdeten Franziskuskapelle aussah und dessen dicke alte Mauern sich trotz der Gluthitze, die von diesem späten Vormittag Besitz ergriffen hatte, eine erfrischende Kühle abstrahlten. Belli bot mir einen Platz an einer langen Tafel an, holte aus einem Gläserschrank zwei Kristallgläser, deren Kelche sich nach oben hin verjüngten, und schenkte mir aus einer unetikettierten kleinen Flasche einen Schluck ein.

„Damit Sie wissen, wovon ich rede", sagte er. „Über Wein zu theoretisieren bereitet zwar Vergnügen, doch hat dieses Vergnügen letztlich nur dann einen Sinn, wenn es seine Erfüllung in der Praxis findet."

Ich trank einen Schluck und fand alle meine Vorurteile, was Moselweine betraf, auf überzeugende Weise bestätigt.

„Nun, was haben Sie da im Glas?", fragte Belli mit funkelnden, aber ein wenig irrlichternden Augen.

„Mosel, nehme ich wohl an."

„Sie nehmen es wohl an, aber Sie irren sich. Was Sie im Glase haben, ist Gold, pures Gold."

„Sie werden mir zu dieser morgendlichen Stunde doch nicht Ihren Uralt-Yquem eingeschenkt haben?“

Belli schauderte.

„Wo denken Sie hin, das habe ich selbstverständlich nicht. Ich besitze zwar ein schönes, wenn auch kleines Lager davon, doch pflege ich, wie Sie vielleicht verstehen werden, damit wie ein alter Pfennigfuchser zu geizen. Nein, es ist kein Château d'Yquem. Aber in Wahrheit ist es noch besser als Yquem.“

„Sie meinen teurer?“

„Dieser Wein hat keinen Preis, noch nicht. Wo glauben Sie, ist er gekeltert worden?“

„Keine Ahnung. Hier auf der Insel wohl kaum.“

Die Pausbacken seines Kaiser-Nero-Gesichts blähten sich vor Freude.

„Nein, auf dieser Insel nicht. Aber die Richtung stimmt.“ Er stand auf und ging zum Fenster. „Sehen Sie dort drüben, keine drei Seemeilen entfernt, dieses kleine Eiland, das wie ein grüner Pudding aussieht?“

Der Vergleich war ziemlich treffend.

„Das ist die Insel Dipsodia. Sie hatte früher keinen Namen, bis ich sie so getauft habe. Es bedeutet soviel wie Insel der Durstigen. Nun, fällt der Groschen?“

„Der Wein stammt tatsächlich von dort drüben?“

„Es ist ein Falerner. Jener Wein, von dem Horaz sagte, seine Gluten ließen sich nur mit vorbeirauschendem Wasser löschen. Die Klone habe ich selbst an den Hügeln des Ager Falernus in Kampanien gepflückt, wo man heute unglückseligerweise billigen Massenwein daraus produziert. Doch dann ist es mir gelungen, Girolamo Zanin zu gewinnen, diese Rebe zu veredeln und auf Dipsodia echten, goldenen Falerner zu keltern. Der Wein der Cäsaren vom König der italienischen Önologen.“

Nachdem ich über die önologischen Königreiche Italiens wesentlich schlechter Bescheid weiß als über Mexikos Mezcal-Provinzen, sagte ich, weit weniger feierlich als er: „Da schau ich aber.“

„Signor Zanin lebt nun schon seit einigen Jahren drüben auf der Insel und unter seinen genialen Händen reift dort ein Wein heran, der das Zeug zum besten der Welt hat. Wenn Sie wollen, kann ich in den nächsten Tagen eine kleine Exkursion arrangieren. Sind Sie interessiert?“

Ich nickte beiläufig.

„Das sollten Sie auch. Der Falerner könnte nämlich ein Anknüpfungspunkt sein, der Ihre und meine Interessen auf die wohlschmeckendste Weise miteinander vereint.“

Seine Art, in Superlativen zu schwelgen, hatte etwas unangenehm Sülzendes an sich.

„Sie haben von dem Plan mit den Apicius-Menüs im Lapidarium bereits gehört?“, fragte ich umso trockener.

„Ja, Macorig hat mir davon erzählt, oder, genauer gesagt, die junge Dame, die Sie zuerst begrüßt hat. Alfonsine Rismondo ist zwar meine Assistentin, aber sie ist, ich begehe keineswegs eine Indiskretion, wenn ich das sage, auch die Lebensgefährtin des Kulturdezernenten.“

In seiner Stimme schien mir eine unausgesprochene Drohung mitzuschwingen, und das flaue Gefühl in meiner Magengrube meldete sich wieder.

„Sie wollten mir doch erzählen, was Sie auf diese einsame Insel verschlagen hat?“, fragte ich und verdrängte den Gedanken daran, dass es vielleicht keine gute Idee war, der Geliebten meines künftigen Vorgesetzten so pampig zu begegnen.

„Ach, das ist eine lange Geschichte“, erwiderte Belli, sichtlich erfreut, jemanden gefunden zu haben, dem er sie erzählen konnte. „Alles begann mit einer Wette, die ich in den letzten Jahren des vorigen Jahrhunderts mit Marc Meneau, dem Nachdenklichsten unter den französischen Meisterköchen, abgeschlossen habe. Ich hieß damals noch Bertold Schöne und war Präsident des Aufsichtsrats eines der größten Baukonzerne meiner Heimat, den ich im Laufe eines Vierteljahrhunderts aus einem kleinen Architekturbüro in Trier aufgebaut hatte. Ich speiste, beruflich oder aus schierer Freude, mindestens einmal im Monat bei Meneau, und eines Abends – ich hatte wohl schon ein Fläschchen Romanée Conti, Domaine, versteht sich, geleert – ritt mich der Teufel und ich behauptete, dass ich in der Lage sei, aus jeder beliebigen Sauce, die mir der Meister vorsetzen würde, sämtliche Komponenten herauszuschmecken. Wenn ich das zustandebrächte, hat mir

Meneau damals erwidert, so würde er seine Küchenschürze für immer ablegen und sich nur noch dem Studium der Philosophie widmen. Es schien ihn tatsächlich tief in seiner Eitelkeit zu kränken, dass ich seine Küche für so leicht durchschaubar hielt.

Ich bestand dennoch darauf, die Probe aufs Exempel zu machen, und versprach meinerseits, mich von meinen Geschäften zu trennen und als Winzer auf eine Mittelmeerinsel zurückzuziehen, falls ich nicht alle Zutaten haargenau erraten würde.

Die Wette wurde sofort in die Tat umgesetzt, und nach einer Weile stellte sich Monsieur Meneau mit einem winzigen Tässchen ein, das eine Reduktion enthielt, der ein Duft, so verführerisch wie Aphrodites Parfum, entströmte. Sogleich setzte ich alles, was mir der liebe Gott an Geschmacks- und Riechwerkzeugen geschenkt hatte – und Sie können mir glauben, das ist nicht wenig –, in Bewegung. Ich ließ die Flüssigkeit in rhythmischen Bewegungen zwischen dem linken und dem rechten Teil der Mundhöhle hin- und hergleiten, ich lüpfte die Lippen, um den in der Tasse enthaltenen Aromastoffen durch zusätzlichen Sauerstoff zur besseren Entfaltung zu verhelfen. Und schon nach dem ersten Schluck begann ich mit meinem Befund: ‚Fond vom Rehkitz.'

‚Fond vom Rehkitz ist richtig', bestätigte Monsieur Meneau und ein dumpfes Raunen ging durch den sensationslüsternen Kellnerchor, der sich mittlerweile rund um meinen Tisch versammelt hatte. Nicht ohne innere Befriedigung setzte ich zur zweiten Runde an, tauchte das Löffelchen bedächtig in die Brühe und schöpfte aus den Tiefen der Tasse einen zweiten Schluck. Eine längere Kost- und Schweigeminute verging und ich konstatierte, eher beiläufig: ‚Dann ein Tröpfchen Rosenöl.'

‚Aus der Pipette, exakt', bestätigte der Patron.

Auch dem dritten Schluck folgte eine treffsichere Analyse: ‚Sie scheinen es gut mit mir zu meinen, Monsieur Meneau', sagte ich. ‚Da haben Sie mir ja gewissermaßen ein Heimspiel gewährt. Aber ich weiß es zu schätzen, dass Sie für unsere kleine Wette ein Wittlicher Felsentreppchen 1959 von der Mosel geopfert haben.'

Marc Meneau bestätigte mit einem respektvollen, aber bereits etwas nervösen Nicken, dass auch diese Zwischenrunde ganz eindeutig an mich gegangen war. Nun aber lief ich erst wirklich zu Hochform auf.

‚Umspielen da nicht auch die Sandelholztöne des 100-jährigen Balsamico-Essigs aus der Acetaia des vortrefflichen Signor Bentivoglio in Modena meine Zunge?', fragte ich.

Meneau nickte abermals.

‚Und es würde mich doch wundern,' fuhr ich unbestechlich in meiner Aromenanalyse fort, ‚hätte unser verehrter Meister seine Komposition nicht mit einer winzigen Messerspitze annähernd molekular zerstäubten Koriandergrüns angereichert, das die Intensität des Rosenöls abfedert und dem Ganzen eine bittere Frische verleiht.'

Der Meister hatte.

‚Dann bleibt wohl nur noch jenes Stückchen Pastinakwurzel zu erwähnen, an dem sich, obwohl Sie es kaum ein Minütchen mitkochen ließen, kaum vorbeischmecken lässt, wenn man kein notorischer Stumpfgaumen ist', beendete ich triumphierend meinen Befund – und hatte auch diesmal recht.

‚Sie können Ihre Schürze schon ablegen und die Philosophiebücher hervorholen, Monsieur Meneau!', rief ich launig. Doch dieser beugte sich nur langsam zu mir hinab und sagte leise: ‚Es waren, mit Verlaub, sieben Zutaten. Sie haben erst sechs herausgeschmeckt.' – Ich zählte nach und musste ihm leider recht geben.

Allein, da war nichts mehr, das man hätte herausschmecken können. Die Zusammensetzung der Essenz stand so klar vor meinen Augen wie ein gelöstes Rechenbeispiel.

‚Sie müssen sich irren', insistierte ich. ‚Ich habe alle Ingredienzien herausgeschmeckt. Mehr als das, was ich beschrieben habe, war ganz einfach nicht drin.'

‚Doch, doch', erwiderte der Chef, und die Kellner, die schon um ihre Arbeitsplätze gefürchtet hatten, atmeten unisono auf.

‚Die siebente Zutat war gekörnt', sagte Meneau mit dem Lächeln des Siegers, und ich wusste ganz genau, was er damit meinte. Hatte mir dieser Erzschelm doch glatt eine Messerspitze gekörnter Brühe in die Sauce geschwindelt."

Belli spülte seine Kehle mit einem letzten Schluck Wein, der mittlerweile schon ziemlich warm war, und seufzte: „Ja, und so ist aus Marc Meneau letztlich doch kein Philosoph, aus mir jedoch ein einsamer Inselwinzer geworden."

„Eine Geschichte, die zu Herzen geht", sagte ich, und es war mir wahrscheinlich an den Augen abzulesen, dass ich ihn für einen argen Schwadroneur hielt.

„Sie hegen Ihre Zweifel, ob die Geschichte wahr ist?"

„Nein, nein, ich glaube Ihnen jedes Wort", antwortete ich beschwichtigend, aber keineswegs wahrheitsgetreu.

Belli lächelte. „Ihre Zweifel sind durchaus nicht ohne Berechtigung. Was ich erzählt habe, ist nämlich nur die halbe Wahrheit. Die andere Hälfte ist, dass ich keine Lust mehr verspürte, mich in meiner Trierer Kommandozentrale täglich von einer Sitzung durch die andere und obendrein auch noch mit einem Haufen indolenter Mitarbeiter zu quälen. Ich war also entschlossen, mich aus dem operativen Geschäft zurückziehen und mich stattdessen nur noch den schönen Dingen des Lebens zu widmen; und ich verfügte gottlob auch über die nötigen Mittel dazu. Meine kleine Wette mit Monsieur Meneau hat mir lediglich den gewünschten Vorwand geliefert."

„Professore?", klang es von hinten und das energische Vibrieren in der Stimme verriet mir, dass es Alfonsine war, die in der Tür stand, um den Professor, vermutlich vereinbarungsgemäß, loszueisen. Belli zögerte auch nicht lange und reichte mir die Hand zum Abschied.

„Wir werden uns in Zukunft ja öfter treffen. Das nächste Mal vielleicht schon in Ihrem Lapidarium. Ich stehe Ihrer Idee, dort altrömische Apicius-Menüs zu zelebrieren, mit großer Sympathie gegenüber."

„Sie können dort ja auch Ihren Falerner zum Ausschank bringen", sagte ich aufmunternd.

„Den Falerner, nein, Gott bewahre. Als Archäologe sollte Ihnen eigentlich bekannt sein, dass der Falerner erst nach fünfzehn bis zwanzig Jahren zu seiner Höchstform findet. Doch es gibt etliche äußerst trinkbare Versuche, die Girolamo Zanin und ich, quasi als Nebenprodukt unseres großen Ziels, zum Thema Vinum mulsum angestellt haben. Das wäre ein Kapitel, über das wir wirklich einmal genauer reden sollten."

„Aber bitte nicht jetzt", sagte Alfonsine leicht genervt. „Drüben in Ihrem Arbeitszimmer wartet Umberto Lichignoso."

„Lichignoso?", wiederholte Belli, plötzlich aufrichtig verstört. „Ja wenn Signor Lichignoso schon hier ist … Warum haben Sie das nicht schon früher gesagt?"

„Bin ja schon weg", beruhigte ich ihn. „Die Gebühr für mein Hafentaxi dürfte mein erstes Gehalt mittlerweile ohnedies schon übersteigen."

„Vielleicht sollten wir uns das nächste Mal lieber in meinem Stadtbüro in Balaor treffen", sagte Belli und sah mich so mitleidig an, wie er wahrscheinlich alle armen Schlucker dieser Welt ansah. „Sie brauchen nur mit Alfonsine einen Termin auszumachen. Dann werden wir dort gemeinsam Vinum mulsum schlürfen."

Er eilte der noch zielstrebigeren Alfonsine nach, den Natursteinpfad durch den Park entlang, hinüber ins Kloster. Am Landungssteg, den ich vom Kapellenportal aus leicht überblicken konnte, war neben Arcimboldos armseligem Trawler inzwischen eine Luxusjacht vor Anker gegangen. Es war eine von jener Art, die sich Tycoone zu bauen pflegen, sobald sie erkannt haben, dass selbst die teuerste Villa nicht schwimmen kann.

***

Die Konoba Ciodi brauchte ihren Namen nicht zu erklären. Er war nämlich mit hunderten der kleinen namensgebenden Nägel mit funkelnden Köpfen in ein großes Holzbrett geschlagen worden, das an einer Kette zwischen den Ästen zweier Pinien aufgefädelt war, in deren Schatten etliche grob gezimmerte Tische standen. An einem dieser Tische saß, den Blick auf sein nur wenige Schritte entfernt liegendes Boot gerichtet, Scaramuzza und legte aus einer Hand voll Muscheln seltsame, sternförmige Muster.

„Gerade am Dichten?", fragte ich ihn.

„Es hilft einem, sich zu konzentrieren, ja", erwiderte Arcimboldo. „Das Legen von Muscheln ist eine gute Übung. Es dreht sich doch letztlich alles im Leben darum, wie man scheinbar Ungeordnetes aufpickt, aneinanderfügt und in einen Zusammenhang bringt, findest du nicht?"

„So viel Ordnungssinn hätte ich dir gar nicht zugetraut", erwiderte ich überrascht.

„Habe ich auch nicht", sagte Scaramuzza lachend und fegte mit einer einzigen Armbewegung alle Muschelschalen vom Tisch. „Aber ich habe Hunger. Das Essen ist im Preis für die Inselrundfahrt inbegriffen", fügte er hinzu, als er in meinen Augen ein leichtes Zögern erblickte. „Verstehst du, du bist eingeladen, Carozzi!"

Den Einwand, dass meine Appetitschwelle bei dieser Hitze deutlich herabgesetzt sei, akzeptierte er nicht, dafür rief er nach der kleinen, gebückten Frau, die unter einem Bretterverschlag in der Küche Salatblätter wusch und sonst noch nicht viel zu tun bekommen hatte.

„Wenn, dann aber nur einen kleinen Fisch."

„In der Ciodi gibt es keine Speisekarte, und du hast auch keine Wahl. Die Welt ist hier nur, was der Fang ist. Und abgesehen vom täglichen Fang kriegst du auch nichts." Er sagte das, als wolle er den ersten Lehrsatz von Wittgensteins Tractatus Logico-Philosophicus paraphrasieren, doch bei all seiner verblüffenden Liebe zur Poeterei – dass Scaramuzza Wittgenstein gelesen hatte, das glaubte ich nun doch wieder nicht.

Er bestellte unterdessen zweimal Boreto und erklärte mir, dass dieses Gericht hier schon seit vielen Jahren serviert würde, obwohl es täglich anders schmecke und sich die Zutaten ständig änderten.

Die Signora ging in die Küche, warf eine starke Gasflamme an und kehrte mit einer Flasche Inselwein zurück, einem von jenen, die Bellis elaborierten Gaumen zweifellos beleidigt hätten. Es war ein simpler Malvasia, der, wenn überhaupt nach etwas, nach Jod und Schwefel roch, aber dafür sehr effektiv, nämlich im Gefrierschrank, heruntergekühlt worden war. Er erfrischte meine Kehle wie flüssiges Eis und machte mir schon nach zwei, drei Gläsern Mut, Scaramuzza mein Anliegen vorzutragen.

„Gilda ist eine gute Köchin", begann ich.

„Hab ich's mir doch gedacht. Sie gefällt dir", antwortete Scaramuzza. „Gib schon zu, Carozzi, dass du verrückt nach ihr bist."

Mit einem so plumpen Versuch, mich zu verkuppeln, hatte ich nicht gerechnet, und umso schwieriger war es, Arcimboldo zu erklären, dass die Leistungen, die ich von Gilda begehrte, ganz und gar unerotischer Natur waren.

„Natürlich möchte ich etwas von Gilda …", begann ich, zugegebenermaßen etwas ungelenk, mit meiner Erklärung.

„Klar doch, Carozzi, und ich hab nichts dagegen. Wo die Natur ihr Recht fordert, da muss man ihr freien Lauf lassen. Das war schon immer so. Meine Gilda ist eine gute Frau. Da kann sich ein jeder glücklich preisen, der sie bekommt. Aber sie will eben auch erobert sein."

„Um das geht's nicht", sagte ich, nun schon ein wenig grob. „Mir geht es zunächst einmal um das Fenster."

„Das Fenster zu ihrer Kammer. Du wirst es finden, Carozzi. Glaube mir ..."

„Ich meine das Fenster zum Lapidarium."

„Da ist kein Fenster. Und wenn, dann ist es vernagelt."

Er machte es mir wirklich nicht leicht.

„Genau das meine ich ja. Man bräuchte nur die Bretterverschläge herunterzureißen und Gilda könnte ..."

Die gebückte Frau brachte zwei dampfende Teller.

„Jetzt iss erst einmal deinen Boreto, Carozzi. Ich möchte wetten, er schmeckt nicht annähernd so gut wie der von Gilda."

Seine Augen blitzten listig und amüsiert zugleich. Er schien tatsächlich zu glauben, einen Schwiegersohn gefunden zu haben.

Der Teller wirkte recht unansehnlich. In der Mitte befand sich ein Haufen gerührter, aber etwas zu trocken geratener weißer Polenta. Darüber waren einige Fischstücke in einer weißen, etwas angedickten Sauce verteilt, die stark nach ausgekochten Fischgräten, aber noch stärker nach Essig, Zwiebeln und Knoblauch schmeckte.

„Schwarzgrundeln", rief Scaramuzza, und seine klangvolle Stimme war weit über die ganze Bucht zu hören. „Eccola, sie haben Schwarzgrundeln gefangen."

„Habe ich noch nie gegessen", erwiderte ich, ziemlich ratlos.

„Wir nennen sie einfach Gó, und sie sind eine Delikatesse, wenn sie gut zubereitet sind. Am besten schmecken sie, wenn man einen Risotto daraus macht."

Er nahm einen Bissen davon und stieß dabei auf ein Gebilde, das dünn wie ein Wurm, aber lang wie eine Seeschlange war. „Ja, sieh mal einer an," rief er freudig, „da hat sich doch glatt auch noch ein Spaghettifisch in die Salsa verirrt!"

Er pickte ihn mit der Gabel auf, hob ihn in die Höhe und schob ihn mir geradewegs in den Mund: „Also auf, auf, Carozzi, Mann der Berge, keine falsche Zurückhaltung, und nichts wie runter damit."

Der Spaghettifisch schmeckte längst nicht so übel, wie er aussah. Doch die Essigsauce mit ihrem starken Zwiebelgeschmack und den rabenschwarzen Knoblauchpartikeln darin war genau das, was meinen schon seit Scaramuzzas Morgenespresso ramponierten und durch Bellis picksüßen Saft endgültig beleidigten Magen völlig umkrempelte. Ein Königreich hätte ich jetzt für eine scharfe Chilischote gegeben, die alles, auch mein seelisches Gleichgewicht, wieder ins Lot hätte bringen können. Und traurig dachte ich jetzt auch daran, dass ich meine letzte Flasche Mezcal in Schattenbach, diesem ebenso bigotten wie gottverlassenen kleinen Kaff, leergetrunken hatte, weil mir dort eine bildhübsche gotische Madonna davongelaufen war. Ein kräftiger Schluck davon und zwei, drei Habanero-Chilis, genau das wäre es gewesen, was ich jetzt gebraucht hätte.

„Du bist ja ganz bleich, Mann“, sagte Scaramuzza, der mit der Sensibilität des Poeten meine Befindlichkeit erraten hatte. „Trink noch einen Schluck kalten Wein, der wird dir guttun.“

„So wie der Malvasia bei euch fließt, wird man ja noch zum Alkoholiker“, sagte ich und quälte mir krampfhaft ein verbindliches Lächeln ab.

„Solange man isst und trinkt,“ erwiderte Scaramuzza, der meine Worte offenbar ernster nahm, als sie gemeint waren, „kann man kein Alkoholiker sein. Man legt vielleicht ein paar Pfunde zu dabei, aber man wird kein Alkoholiker, vor allem nicht, solange es einem dabei gutgeht. Erst wenn man nur noch trinkt und nicht mehr isst, wird man zum Alkoholiker. Dann geht es einem auch nicht mehr gut.“

Arcimboldo hatte seinen Boreto in Windeseile mit Gabel und Löffel verdrückt. Ich bat, den meinen mitsamt dem angeknabberten Spaghettifisch abzuservieren. Die gebückte Frau sah einen Augenblick lang noch verhärmter aus als zuvor. Doch sie räumte den Teller ohne Widerspruch weg.

„Du wolltest mir noch erzählen, was es mit dem Fischereiverbot für deinen Kahn auf sich hat“, versuchte ich unser Gespräch neu zu beginnen. „Immerhin sind wir jetzt an Land.“

Scaramuzza verschränkte die Arme und lehnte sich, als wolle er etwas abwehren, in seinem Sessel zurück. Wie es schien, hätte er lieber über seine Gilda und meine vermeintlichen Absichten geredet. Doch dann schob er seinen massigen Oberkörper wieder nach vorne und bemühte sich redlich, meine Frage zu beantworten.

„Bei uns in Balaor", begann er mit einer weit ausholenden Geste, „hat es, wie fast überall an der östlichen Adria, immer Hauskommunen und Verwandtschaftsgenossenschaften gegeben, und zwar schon lange, bevor der Kommunismus aufkam. Das ist wohl auch der Grund, warum die Fischereigenossenschaft von Balaor bis auf den heutigen Tag überlebt hat, auch wenn es im Moment so aussieht, als ob es mit ihr zu Ende ginge. Aber einstweilen halten sich noch alle an das alte Ritual, dass der Fischereidirektor alle sechs Jahre von den Mitgliedern gewählt wird und dann einmal im Jahr die Fischgründe neu verteilt. Seine Entscheidung, wem welche Zonen zufallen, ist dabei so unanfechtbar wie die eines Fußballschiedsrichters. Dafür kommt ihm die nicht ganz leichte Aufgabe zu, die Balance zwischen guten und schlechten Fischgründen so zu wahren, dass sich über die Jahre keiner benachteiligt fühlt. Wer in einem Jahr besonders gute Gründe zugewiesen bekam, muss im nächsten daher mit schlechteren Vorlieb nehmen, erst dann bekommt er wieder solche von mittlerer Ergiebigkeit zugeteilt. Allmählich rückt er schließlich wieder zu den guten auf, und das Ganze beginnt von Neuem."

„Klingt einleuchtend", sagte ich.

„Ist aber komplizierter, als es klingt. Denn nicht alle Fischgründe erweisen sich in jedem Jahr als gleich gut oder schlecht, und das gilt es in die Entscheidung über die nächste Vergabe mit einzuberechnen. Vor allem aber ist da noch ein historisches Problem: Als die italienische Bevölkerung der östlichen Küstenlande im 17. Jahrhundert immer stärker dezimiert wurde, gestatteten die Venezianer immer mehr Schiavoni aus Bosnien, Herzegowina, Albanien und Rumänien, sich in den Küstenorten und auf den Inseln anzusiedeln. Seither gibt es hier zwei Sprachgruppen, die zwar nebeneinander leben, aber doch – nun sagen wir einmal – koordiniert sein wollen. Wir Italiener sprechen, wenn wir unter uns sind, immer noch einen alten venezianischen Dialekt, das Balaoran, und die Cici, die ihr Österreicher früher Tschitschen genannt habt, sprechen Kroatisch."

„Ich bin kein Österreicher, sondern Südtiroler", widersprach ich und Scaramuzza nahm meinen Einwand achselzuckend oder eigentlich gar nicht zur Kenntnis.

„Das kleine Problem, das sich bei der Vergabe der Fischereigründe immer wieder stellte", fuhr er fort, „war die Tatsache, dass der Fischereidirektor entweder aus dem Lager der Italiener oder der Cici kommen musste. Bis zum Zweiten Weltkrieg war der Direttore so gut wie immer Italiener, weil die italienisch sprechenden Fischer in Balaor stets in der Mehrzahl gewesen sind. Das mag unter den Cici, die sich bei der Vergabe der besten Fischgründe zu Recht oder zu Unrecht benachteiligt fühlten, zu einigem Missmut geführt haben, aber es war nun einmal so. Während der Titozeit hat sich das dann allerdings sehr schnell geändert. Da hatten die Cici ihre große Stunde und sie haben uns das auch spüren lassen. Erst seit Kroatien seine Unabhängigkeit erklärt hat, bekommen wir Italiener wieder Oberwasser. Immerhin ist der Präfekt erstmals seit einem halben Jahrhundert nun wieder Italiener, zumindest ein halber."

„Und Lukobran war Kroate. Hat er dir die Fischereilizenz entzogen?"

„So einfach kann man das nicht sagen. Da täte man ihm unrecht, auch wenn es gelogen wäre, dass wir einander gemocht haben. Vielleicht konnte er ja auch nicht anders handeln, als er es tat. Seit die Regierung nämlich an die Pforten der EU klopft, wurden die Fischfangquoten von Jahr zu Jahr deutlicher reduziert, und in ihrem Gefolge auch die Zulassungen für die Trawler. Lukobran blieb gar nichts anderes übrig, als manche Lizenzen zu sperren. Welche Lizenzen das waren, blieb ihm überlassen. Und über die Art, wie er diese Entscheidung traf, konnte man tatsächlich recht unterschiedlicher Meinung sein."

„Er hat wohl in erster Linie Italiener gesperrt?"

„Nein, so dumm war er nicht. Er hat es schon schlauer angestellt. Er entzog den kleinsten unter den Trawlern die Fischereilizenz mit der Begründung, sie arbeiteten unwirtschaftlich. Es war nur zufälligerweise so, dass die kleinen Trawler den Italienern gehören, während die großen Kähne, so ab 300 Registertonnen, noch aus der jugoslawischen Zeit durchwegs in den Händen der Cici sind. Lukobran war schon schlau."

„Was ihm aber, wie man sieht, nichts genützt hat."

„Ich würde mir wünschen, Gott wäre so weise, dass er ihn aus Gerechtigkeitssinn gestraft hat. Aber ich nehme an, Lukobran hat ganz einfach Pech gehabt, als er in einen Engel hineinrannte, den gerade die Fallsucht plagte."

In der Ciodi hatten sich mittlerweile auch die anderen Tische gefüllt und der Essigsaft dampfte aus zahlreichen Schüsseln.

„Könntest du mir deine Tochter einmal in der Woche leihen?", fragte ich Scaramuzza, der nach seinen letzten Worten in einer ziemlich grüblerischen, um nicht zu sagen missmutigen Pose verharrt war.

„Na, du bist mir ja ein schöner Schwiegersohn", brummte er. „Ich bin ja in jüngeren Jahren auch in so manchen Häfen vor Anker gegangen, aber wenn ich mich einmal vertäut hatte, dann bin ich wenigstens eine Zeit lang geblieben."

„Bitte begreif doch, ich spreche mit dir nicht als künftiger Schwiegersohn, sondern als Leiter des Lapidariums von Balaor", sagte ich und erklärte ihm, was ich mit meinen Apicius-Menüs beabsichtigte. „Du kannst ja zwischen den Gängen auch ein paar Gedichte vortragen", fügte ich hinzu. „Allerdings musst du dafür bei Gilda ein gutes Wort für mich einlegen."

„Ich werde sehen, was ich tun kann, Carozzi", erwiderte Scaramuzza. „Lieber hätte ich ihr freilich gesagt, dass du nicht an ihrer Küche, sondern an ihrer Hand interessiert bist. Aber was noch nicht ist, kann ja noch werden."

„Solange sie damit Linguini wie einen Risotto rührt," erwiderte ich schmunzelnd, „ist mir ihre Hand jedenfalls äußerst willkommen."

Scaramuzza bezahlte und wir gingen zum Landungssteg zurück. Dort hatten inzwischen auch noch etliche andere Jachten, eine größer und schöner als die andere, angelegt. Keine von ihnen war allerdings auch nur annähernd so groß und schön wie jene, die den geheimnisvollen Signor Lichignoso auf die Katharineninsel gebracht hatte.

***

Als Boldo mich an der Hafenmole absetzte, lehnte ich seine Einladung, noch auf einen Drink in die Fortuna zu kommen, ab, obwohl es vermutlich klüger gewesen wäre mitzukommen und Gilda meinen Plan persönlich vorzutragen. Doch ich wurde durch laute Schreie und wildes Getrappel abgelenkt, das von einem Schoner stammte, der unweit von Boldos Anlegestelle vor Anker lag, und meine Neugier siegte.

Der Schoner, den seine Crew in eine schunkelnde Seebühne von recht überschaubaren Ausmaßen umgebaut hatte, war eine schon ziemlich heruntergekommene, aber allem Anschein nach immer noch leidlich seetüchtige Schaluppe, die nicht nur wie ein Piratenschiff aussah, sondern auf dem Vordermast auch eine schwarze Fahne gehisst hatte. Der Kahn war, wie sich am Bug nachlesen ließ, auf den Namen PHAROS getauft. Was das bedeutete, war einem Transparent zu entnehmen, das zwischen Vorder- und Hintermast über einer hölzernen Tribüne aufgespannt war. „Political HARbour OppoSite theatre" stand in großen Lettern darauf. Die Großbuchstaben leuchteten in rotem Lack, was auf dem porösen Segeltuch aussah, als hätte man sie mit Blut geschrieben.

Nein, Subtilität war Sache dieser theatralischen Formation nicht, ganz im Gegenteil: Was die jungen Leute da aufführten war Agitprop vom Grellsten. Kein Wunder, schloss ich messerscharf, schließlich ging das griechische Wort „Pharos" auf die Mutter aller Leuchttürme im Hafen von Alexandria zurück, immerhin eines der sieben Weltwunder.

Das Schauspiel war in Commedia dell'Arte-Manier angelegt, experimentierte viel mit Körpertheater und erinnerte in seinen besten Momenten an die Hinterhoftheaterstücke von Dario Fo. In der Tat wäre das Spiel nicht ohne ästhetischen Reiz und schon gar nicht ohne politische Sprengkraft gewesen, hätte der Regisseur in den entscheidenden Momenten nicht immer wieder zur Holzhammermethode gegriffen und die Einsichten, die ein leidlich intelligenter Zuschauer ganz von allein hätte gewinnen können, durch ein Übermaß an Deutlichkeit wieder in Frage gestellt. Einmal ließ er eine Puppe mit dem Gesicht des amerikanischen Präsidenten verbrennen, dann wieder wedelten halbnackte Schauspielerinnen mit umgeschnallten Pappmascheeschwänzen im Dienste der sexuellen Befreiung, und dass eines der Hauptanliegen der Gruppe ein umweltpolitisches war, wurde vor allem dadurch deutlich, dass ein Ensemblemitglied ständig eine Gasmaske trug.

Das Stück war eine collagenartig ineinander verschachtelte Abfolge von lustvollen Bonzen-, Politiker- und Pfaffenbeschimpfungen, die, wenn sie nicht wie meist im Plakativen endeten, mitunter auch ins Groteske kippten. Am besten gefiel mir die Szene, die von einem rothaarigen Nummerngirl, das auf Stelzen wie mit Spinnenbeinen über die Schiffsplanken stakste, als „Patriarchenversenken" angekündigt wurde.

Der Patriarch trug einen Patriarchenhut und einen schwarzen, mit einem dicken Polster ausgestopften Talar, um den er eine weiße Kordel geschlungen hatte, an der ein Holzkreuz hing. Kaum war er aufgetreten, wurde er von zwei Sbirren wie ein Päckchen mit einem engmaschigen Netz verschnürt und unter der Ankerwinde verstaut.

Die beiden Häscher trugen Schnabelmasken und waren mit langen Enterhaken ausgerüstet, auf denen zerschlissene schwarze Müllsacke wie Banner der Anarchie wehten.

Sobald das Nummerngirl seine Stelzen abgelegt und eine purpurrote Richterrobe umgeworfen hatte, begann es mit dem Verlesen der Anklageschrift, während die übrigen Mitglieder der Gruppe, nunmehr allesamt mit Gasmasken ausgerüstet, im Hintergrund Salsa tanzten. Jedesmal, wenn einer der Anklagepunkte verlesen war, stimmten die beiden Sbirren ein schauriges *„Elo! Ela!"* an und stachen auf den Patriarchen mit ihren Enterhaken ein wie die kleinen Teufelchen bei Hieronymus Bosch. Nach der Verlesung des Sündenregisters wurde der lauthals protestierende Patriarch mit einem Anker an der Kranwinde hochgezogen und ausgeschwenkt, bis er hilflos über dem Hafenbecken zappelte. *„Va in malòra, in malòrsegna!"*, feixten die Sbirren.

„Va in casin de le galine! Va sul porco vovo! Va sul mus!", brüllten die Salsatänzer durch ihre gelüpften Gasmasken. Ich bat einen der neben mir stehenden Passanten, die sich mittlerweile vor dem Theaterschiff versammelt hatten, um das Spektakel zu beobachten, mir die Wortfetzen zu übersetzen. Doch der lachte nur und antwortete: „Das genau zu übersetzen ist nicht möglich, aber wenn Sie es für eine balaoranische Version von *‚Geh zum Teufel!'* halten, so liegen Sie damit sicherlich nicht falsch."

Während der Patriarch weiterhin am Kran über der Ankerwinde baumelte, richteten die Salsatänzer dahinter eine riesige Gliederpuppe auf, die sie flink mit einer Ritterrüstung aus Pappendeckel bekleideten, bevor sie ihr zu meiner großen Überraschung zwei riesige Engelsflügel umschnallten und ein Schwert in die eine sowie eine Waage in die andere Hand drückten.

„In nomine Dio avanti! In nomine Dio avanti!“, skandierten die Tänzer, die inzwischen ihre Gasmasken abgenommen hatten, dazu im Chor.

Nun endlich schlug die Stunde des Patriarchen, der in seinem Netz unter lautem Johlen der gesamten Truppe mit der Seilwinde langsam ins Meer hinabgelassen wurde, bis er blubbernd in den Wellen verschwand. Nach einigen langen Sekunden des Schweigens wurde er wieder hochgezogen, und jedesmal, wenn der Patriarch auftauchte, spie er wie ein Walfisch in weitem Bogen eine Fontäne aus schmutzigem Hafenwasser aus. Die Salsatänzer forderten im Chor, den Patriarchen endgültig zum Schweigen zu bringen. Der Sbirre an der Winde begriff den Wink und setzte unter den wie bewegte Wellenschläge klingenden *„Cric crac plak plak“*-Rufen des gesamten Ensembles zur endgültigen Versenkung des Patriarchen an. Erst nach einigen Minuten zog er das Netz wieder hoch, in dem sich nun nicht mehr der Patriarch, sondern ein riesengroßer Plastikfisch befand.

Einige der Passanten applaudierten, doch die Szene war noch nicht zu Ende. Denn just in dem Moment, in welchem der Fisch erschien, breitete der zum Erzengel umfunktionierte Gliedermann seine beiden Schwingen aus, als wolle er zum Flug über Balaor ansetzen. Das Nummerngirl in der Richterrobe läutete unterdessen, einen Orgasmus vortäuschend, die Schiffsglocke. Der Gliedermann reckte sein Schwert gegen den Himmel. Salsatänzer und Sbirren beugten ihre Knie und stimmten einen ebenso kraftvollen wie wortdeutlichen Choral an: *„Ave Maria! Gratia plena! Pater noster, qui es in coelis. O Herr, verschone uns vor dem Gifthauch der Patriarchen und erhalte uns dafür die Fische des Meeres.“*

Während sie so beteten, versuchte der Engel, sich in die Lüfte zu erheben, sackte jedoch stattdessen mitsamt der Rüstung, dem Schwert und der Waage in sich zusammen. Auf den Schiffsplanken blieb nur ein Trümmerhaufen zurück. Der Choral verstummte, das Stück schien zu Ende zu sein.

Tatsächlich jedoch gab es noch ein Nachspiel, wenngleich in völlig unterschiedlicher Besetzung. Die Geschichte des Patriarchenversenkens endete nämlich in Wahrheit damit, dass ein Polizeikonvoi vorfuhr. Ein kleiner, aber bis an die Zähne bewaffneter Stoßtrupp enterte beherzt die im Hafenbecken schunkelnde Pharos, nahm sämtliche Mitglieder der Theatergruppe fest und ließ sie in einem Panzerwagen verschwinden.

Die grüne Minna war gerade um die Ecke gebogen, als dem Hafenbecken ein tropfnasser Adonis entstieg, der seine Scham unter einem dicken Polster verbarg und den durchnässten Patriarchentalar wie das Goldene Vlies um seine Schulter trug. Als er sah, wieviel Aufmerksamkeit er in seiner seltsamen Aufmachung erregte, lief er eilends auf eines der Lagerhäuser zu – und zwei dort wartenden Polizisten direkt in die Arme.

„Gehören Sie auch zu dieser Truppe?", fragte mich wie aus dem Off eine Stimme, während ich noch dem nackten Jason nachstarrte.

Die Stimme gehörte zu einem kleinen Mann mit unnatürlich schwarzem, kurz geschnittenem Haar und Dreitagebart, zu dem die waschblaue Krawatte, die er über seinem kurzärmeligen Hemd trug, nicht recht passen mochte.

„Wie kommen Sie drauf?"

„Ach, ich dachte nur, Sie seien vielleicht der Dramaturg dieses – Theaters."

„Seh ich denn so aus?"

„Ehrlich gestanden, ja."

„Ehrlich gestanden bin ich aber kein Dramaturg, sondern Archäologe."

Der Mann mit dem Kurzhaarschnitt und der unpassenden Krawatte musterte mich mit dem Blick einer sprungbereiten Dogge. Doch dann hellte sich sein Gesicht auf.

„Ach Sie sind das! Ich habe schon von Ihnen gehört", sagte er fast erleichtert. „Sie habe ich mir, ehrlich gesagt, ganz anders vorgestellt."

„Krauses graues Haar, dünnrändige Brille, irrer Blick und ein Rucksack, aus dem eine Spitzhacke hervorlugt. Stimmt's?"

„Nein, ganz falsch. Ich dachte eher an den Jäger des verlorenen Schatzes."

„Ja, an den denken viele, wenn sie von meiner Profession hören. Aber mit Professor Indiana Jones kann ich es leider weder an Reichtum noch an Schönheit aufnehmen."

Mein Gegenüber strich sich verlegen über seinen Dreitagebart, der in Wahrheit schon ein Fünftagebart war und durch die deutlichen grauen Einsprengsel erkennen ließ, dass er sich nur sein Haupthaar so rabenschwarz färbte.

„Ich wollte Ihnen nicht nahetreten."

„Und was hätten Sie gemacht, wenn ich wirklich Dramaturg gewesen wäre?"

Ein breites Lächeln erstreckte sich vom einen seiner etwas zu hoch sitzenden Backenknochen zum anderen. Und dann sagte er, fast ein wenig schüchtern:

„Dann hätte ich Sie verhaftet."

Er hüstelte nervös.

„Es ist wohl an der Zeit, dass ich mich vorstelle: Kommissar Gradnik, Joschko Gradnik, Kriminalpolizei von Balaor."

Er streckte mir die Hand entgegen, doch ich zögerte, sie zu nehmen.

Ich stellte mich dumm und fragte: „Weshalb?"

„Mord, Dottore Carozzi, oder zumindest Beihilfe zum Mord."

Ich ließ seine Hand in der Luft hängen, wo sie blieb, bis er sie achselzuckend zurückzog.

„Woher wissen Sie, wie ich heiße?"

Gradnik fischte ein Päckchen Rolltabak aus seiner Hemdtasche und drehte sich daraus eine Zigarette.

„Ich wäre ein schlechter Kriminalist, wenn ich nicht wüsste, was in meiner Stadt vorgeht."

„Überprüfen Sie alle Neuankömmlinge?"

„Nur die auffälligen. Und es kommt nicht alle Tage vor, dass ein Archäologe nach Balaor kommt, schon gar nicht, wenn zeitgleich ein Erzengel über den Fischereidirektor herfällt."

„Sie haben diese armen Schauspieler doch nicht in Verdacht, Lukobran ermordet zu haben, nur weil in ihrem wirren Stück ein Engel auftritt?"

„Ich muss feststellen, dass Sie sich für einen Neuankömmling in dieser Stadt ziemlich gut auskennen."

„Ja, man hat so seine Zuträger."

„Hat man die?"

„Unter anderem auch den Präfekten persönlich. Ich bin ja gewissermaßen in den Staatsdienst getreten."

„Hat er Ihnen gesagt, es handle sich um Mord?"

„Nein, er sprach von einem bedauerlichen Unfall."

„Warum nehmen Sie dann an, ich sei anderer Meinung als der Präfekt?"

„Sie hätten mich doch gerade um ein Haar unter Mordverdacht verhaftet."

„Wenn Sie ein Mitglied der Theatergruppe gewesen wären, ja."

„Aber haben Sie irgendwelche Beweise?"

Gradnik fischte einen in Blockschrift bekritzelten Fetzen Papier aus seiner Hemdtasche, der gleich neben dem Rolltabak steckte, und hielt ihn mir unter die Nase.

„Das kennt selbst der Präfekt noch nicht. Sagt Ihnen der Satz etwas?"

Ich warf einen Blick auf den Wisch und es blieb mir nichts anderes übrig, als stumm zu nicken. Auf dem Zettel stand: *Va in malòra, in malòrsegna!*

Später, viel später, habe ich mir oft gedacht, dies wäre wohl der richtige Augenblick gewesen, um Gradnik gegenüber das abgebrochene Stück des Engelssockels herauszurücken und ihm von den Rußspuren zu berichten. Tatsächlich hatte ich bereits nach dem Stück Stein, das ich vorsorglich in Zeitungspapier gewickelt bei mir trug, gegriffen. Doch dann blickte ich wieder in Gradniks Doggenaugen. Das waren, so war ich mir plötzlich ganz sicher, die Augen eines Mannes, der ganz genau wusste, wie man mit Hilfe kleiner Elektroden an große Geständnisse kommt, es waren die Augen eines Geheimdienstoffiziers aus der KGB-Schule, die auf mir ruhten und mich gnadenlos durchbohrten.

Nein, ich wollte diesem Mann, und wenn er hundertmal das Gesetz vertrat, nicht in die Tasche arbeiten und ließ mein Steinchen, wo es war.

Gradnik schien meine Gedanken erraten zu haben.

„Als Neuankömmling kommen Ihnen vielleicht Dinge zu Ohren, die die Polizei so nicht erfährt", sagte er, und da war er auch schon wieder, dieser durchdringende Spezialisten-Blick. „In einem solchen Fall sollten Sie diese Informationen aber nicht für sich behalten, Doktor Carozzi.“

Ich versprach ihm, seiner Bitte im Bedarfsfall nachzukommen, aber ich vermute, Kommissar Gradnik glaubte mir nicht.

3. Kapitel

Gratinierte Seeigel

Auch alte und feuchte Mauern können Hitze abstrahlen, wenn sie die Sonnenglut erst einmal so richtig gespeichert haben. Nachdem ich diese Erfahrung eine Nacht lang auf äußerst schweißtreibende Art und Weise gemacht hatte, beschloss ich, den nächsten Tag mit einer Abkühlung im Meer zu beginnen und schwimmen zu gehen. Es dauerte nicht lange, da hatte ich auch schon eine kleine Gittertüre in der Außenmauer entdeckt, die zwar völlig verwachsen war, sich aber zu meiner Freude mit dem Haustorschlüssel öffnen ließ und direkt hinaus auf die Uferpromenade führte. Nachdem ich diese überquert hatte, konnte ich über einige halb verfallene Stufen leicht ans Wasser gelangen, und jetzt hieß es nur noch, über ein paar spitzkantige Felsen zu hüpfen, ohne sich dabei die Haut blutig zu reißen, und schon konnte ich tief in den Schoß des Meeres eintauchen.

Die Morgensonne brannte schon ziemlich kräftig aufs Ufer, auch wenn sie ihren hochsommerlichen Feuerofen gerade erst aufheizte. Ich nahm ein kleines, etwa hundert Meter entferntes Felsenriff ins Visier, das sich, wie ich hoffte, mit ein paar forschen Kraulbewegungen leicht erreichen ließ. Es dauerte auch tatsächlich nicht lange, bis ich auf meinem Felsen saß wie ein Triton am Brunnenrand, nur dass mir der dazugehörige Dreizack fehlte.

Balaor lag mit seiner buntscheckigen Hafenfront vor mir wie ein verwunschenes Seeräubernest aus dem achtzehnten Jahrhundert. Es hätte, wie es war, eine perfekte Kulisse für einen alten Michael-Curtiz-Film mit Errol Flynn in der Hauptrolle abgegeben. Zugegeben, die eine oder andere moderne Hotelfassade hätte man zu diesem Zweck besser wegretuschieren oder zumindest in Technicolorfarben neu bemalen müssen, doch aus meiner Panorama-Perspektive von der Meerseite aus wirkten selbst die paar Appartement-Bunker, die das geschlossene Ensemble der Seepromenade da und dort stark beeinträchtigten, als dienten sie lediglich internationalen Schifffahrtsgesellschaften als Ladehäuser und Warenspeicher.

Deutlich konnte ich von meinem Felsensitz mitten im Meer auch die Fassade der Präfektur sehen. Sogar die Loggia, auf welcher Damir Nonno Hof zu halten pflegte, war klar erkennbar. Ob er schon auf seinem Posten war? Um diese Zeit wohl kaum. Das Leben begann spät in Balaor, vielleicht sogar noch später als in Mexiko, jedenfalls aber viel später als in den Südtiroler Bergen, aus denen ich stamme.

Nachdem ich mich ausgiebig der Sonne hingegeben hatte, schwamm ich eine andere Route zurück, und als ich mit ein paar vielleicht etwas übereilten Tempi aufs Ufer zusteuerte, hätte ich beinahe eine Kollision mit einem Rollstuhl gehabt, der bis an die oberen Radspeichen in den Wellen versunken war und dessen schwarzer Ledersitz von der weißen Gischt umspült wurde. Es handelte sich um einen modernen Rollstuhl mit Elektromotor und elektronischer Steuerung, der im Meer allerdings eher wie der vordere Teil eines zerschellten Motorboots wirkte.

„Los, Nicola. Es funktioniert schon. Du siehst ja, dass es geht. Du machst es", hörte ich, etliche Meter vom Rollstuhl entfernt, eine Stimme. Sie gehörte zu einem hochgewachsenen, gertenschlanken Mann mit dunklem Brusthaar, aber graumelierten Schläfen. Der Mann hielt seine Arme weit ausgestreckt und bildete damit, knapp unter der Wasseroberfläche, ein Tragebett für einen ziemlich gedrungenen Knaben mit viel zu kurzen Armen und einem viel zu großen Schädel. Der Junge stieß salvenartig glucksende Urlaute aus, die beim ersten Hinhören ziemlich schaurig klangen, aber, sobald man genauer hinhörte, von überschäumender Euphorie zeugten.

„Ja, das gefällt dir, Nicola, stimmt's? Mach nur so weiter", munterte der lange Mann den Knaben auf, der seine kurzen Arme wie Flossen bewegte und damit lustvoll gegen die schaumgeriffelten Wellen klatschte.

„Wenn Sie möchten, kann ich den Jungen eine Weile halten", bot ich mich an. „Dann können Sie auch einmal ein paar Takte schwimmen."

„Dankeschön", sagte der Mann, sichtlich überrascht. „Es passiert einem nicht oft, dass man in meiner Situation so ein Angebot bekommt.

Aber ich kann Nicola ja auch eine Weile zurück in seinen Stuhl setzen. Es handelt sich gottlob um ein wasserdichtes Modell."

Der Junge gluckste wieder.

„Ihr Sohn?", fragte ich.

„Ja, er ist seit seiner Geburt behindert."

„In den Stuhl scheint er aber nicht so schnell zurück zu wollen."

„Da haben Sie wahrscheinlich recht. Er fühlt sich wohl im Wasser. Wenigstens meine Liebe zum Meer habe ich ihm vererben können."

„Lassen Sie ihn ruhig los," sagte ich und griff nach dem Jungen, der mich mit großen, überraschten Augen ansah, „schwimmen Sie selbst auch einmal eine Runde."

Der Mann schaute mich zuerst etwas verdutzt an, ließ aber folgsam seinen Sohn los und der Junge gluckste, als er seinen Vater davonschwimmen sah, um eine Oktav tiefer. Er ruderte mit seinen Stumpen nun heftiger, wohl weniger aus Vergnügen als aus Angst.

Aber allmählich schien Nicola Zutrauen zu mir zu fassen. Ich drehte ihn vom Bauch auf den Rücken und wollte ihm zeigen, wie man Toter Mann schwimmt. Er müsse nur aufhören zu rudern, sagte ich, und er solle völlig auf seinen Körper und die Wellen vertrauen. Und auf mich natürlich.

Doch der Junge ruderte ohne Unterbrechung weiter. Das Rudern schien ihm wesentlich besser zu gefallen als meine Idee vom Toten Mann. Ich redete ihm noch eine Weile gut zu, redete von den Wellen, der Sonne und was mir sonst gerade so einfiel. Doch ich wusste bis zuletzt nicht, ob der Junge mich auch verstand.

Nicolas Vater nahm meine Hilfsbereitschaft nicht allzu lange in Anspruch. Er kehrte nach einer kurzen Schwimmrunde wieder zurück und übernahm den Jungen, der sich darüber hörbar freute.

„Wie alt ist er?"

„Sechsundzwanzig", sagte er. „Aber natürlich sieht man ihm das nicht an."

Ich hätte ihn, ehrlich gesagt, für neun oder zehn gehalten.

„Sie leben hier, in Balaor?", fragte ich, teils aus Neugier und teils, weil sonst nicht viel zu sagen war.

„Nein, ich lebe auf der anderen Seite des Meeres, drüben bei Padua. Nicola ist im Ospizio Marin in Pflege. Er hat es dort, den Umständen entsprechend, recht gut, und ich versuche, sooft es mir meine Geschäfte erlauben, ihn zu besuchen. Es ist das beste Pflegeheim in dieser Region.“

„Ich wohne auch im Ospizio Marin“, sagte ich und spürte, wie sehr ich ihn damit überraschte.

„Sind Sie etwa ein neuer Pfleger? Ich dachte, ich würde das Pflegepersonal schon zur Gänze kennen.“

„Nein, ich bin Archäologe.“

Nun war er mehr als nur überrascht.

„Die Gemeinde hat mich im Castelletto einquartiert, gleich neben dem Ospizio.“

„In der alten Bruchbude?“

„Allein die Aussicht macht's“, erwiderte ich lachend und Nicola lachte glucksend mit.

Ich schwamm zurück zum Castelletto und tauchte nach ein paar Seeigeln. Fürs Frühstück war also gesorgt.

***

In Ephesos, wo ich meine archäologische Karriere begonnen hatte, bevor es mich nach Mexiko verschlug, habe ich zahlreiche Arten kennengelernt, Seeigel schmackhaft zuzubereiten. Die einfachste und vielleicht sogar beste ist, man bricht sie nur auf und schlürft das Innenleben hinunter. Dabei hat man den kompliziertesten Teil der Seeigelzubereitung allerdings schon hinter sich gebracht, nämlich das fachmännische Öffnen. Unter fachmännisch verstehe ich, dass man nach dem Aufschneiden des Stachelpanzers nicht aussieht, als hätte man sich mit beiden Händen irrtümlich auf ein Nagelbrett aufgestützt.

Ich schien trotz meiner zunehmenden Liebe zum Insel-Malvasia eine ruhige Hand zu haben. Während ich das halbe Dutzend Seeigel aus meinem morgendlichen Fang knackte, floss kein einziger Tropfen Blut. Ich schrieb das der Harmonie meines inneren Gleichgewichts zu, das weder das etwas peinliche Gespräch mit Alfonsine noch das seltsame Treffen mit Kommissar Gradnik nachhaltig hatten stören können.

Ein Indiz dafür, dass diese Beobachtung nicht nur auf Wunschdenken, sondern auf Tatsachen beruhte, war mein Jutesack voller

Habanero-Chilis, den ich schon seit mexikanischen Zeiten immer mit mir mitführe, weil ich Chilis aus vielfacher Erfahrung für das beste aller Psychopharmaka halte, wenn es darum geht, in dieser Welt nicht auszurasten. Solange der Chilisack an der Wand hängt, stimmt mein seelisches Gleichgewicht. Kaum gerät es jedoch ins Wanken, wird der Chilisack immer leichter, ja es gab in meinem Leben schon Krisen, die ich nur mit ganzen Bataillonen von aggressionsdämpfenden, auf Chilisuppen, Chilisaucen, Chilihühner, Chiliragouts, Chilisalate und Chilifische verteilten Chilischoten wieder einigermaßen in den Griff bekommen konnte.

Das Chilibarometer sprach zumindest einstweilen noch dafür, dass Balaor eher ein Sitz guter als böser Geister war, obwohl ich daran so allmählich auch meine Zweifel hatte. Aber immerhin weilte ich nun schon fast eine halbe Woche auf der Insel und mein Jutesack hing immer noch völlig unberührt an einem Eisenhaken über dem alten Herd, den mir der göttliche D'Annunzio hinterlassen hatte.

Obwohl eine scharfe Prise dem Aroma meiner Seeigel gewiss nicht geschadet hätte, griff ich daher auch jetzt nicht nach dem scharfen Sack, sondern häckselte lieber ein paar Wildkräuter fein, die vor meiner Terrasse unter den Bougainvillea-Sträuchern wuchsen, versprudelte ein paar Eidotter und durchmischte diese gründlich mit den Kräutern und einer Prise grobem, ungebleichtem Meersalz. Jetzt erst schälte ich das zugegebenermaßen schlutzige, aber gleichermaßen deliziöse Innenleben mit einem Löffelchen aus den Seeigeln, strich es vorsichtig unter die Dotter und begann mit einer Schneerute das Eiweiß zu steifem Eischnee zu verschlagen. Kaum hatte der Schnee begonnen, kleine, markante Spitzen, die wie Gebirgsgipfel aus einem weißen Gletscher ragten, zu bilden, hob ich ihn vorsichtig unter die Dotter, mischte noch etwas fein geriebenen Parmesan darunter und rührte die Masse, bis sie sämig genug war, um in die ausgehöhlten Seeigelschalen abgefüllt werden zu können. Diese setzte ich nunmehr nebeneinander auf ein Backblech und stellte es ins Rohr, wo ich meine Ricci – so sagt man in Italien dazu – bei großer Hitze soufflieren lassen wollte.

Für ein kleines Junggesellenfrühstück war das weiß Gott mehr als genug. Es würde auch locker für zwei reichen. Denn ich sollte, wie sich gleich herausstellte, an diesem sonnendurchfluteten Morgen keineswegs alleine auf meiner Terrasse verweilen müssen.

Ich war gerade dabei, meine Seeigel, die bereits eine feine, goldbraune Kruste bekommen hatten, vorsichtig vom Backblech zu heben und auf einem Teller zu drapieren, als es an der Eingangstür des Castelletto laut schellte.

„Tür ist offen“, rief ich im Glauben, es könne sich nur um Dusan, den Haustechniker, handeln. „Kommen Sie rauf, ich bin gerade beim Frühstücken.“

„Können Sie mir bitte die Tür öffnen, ich habe beide Hände voll!“, rief von unten eine leicht genervt klingende weibliche Stimme, die sich wie jene Valerias anhörte, oder zumindest hoffte ich das.

Ich stellte meine Seeigel also ins Backrohr zurück und gab meine luftigen Soufflées somit dem sicheren Zusammenfall preis. Für dieses Ungemach wurde ich freilich durch den Umstand, dass die schellende Botin tatsächlich Valeria Stella war, mehr als entschädigt. Mit beiden Händen umschlang sie einen riesigen Weidenkorb, der bis knapp unter den Henkel mit frischen Früchten gefüllt war. Der Korb sah aus, als hätte ihn ein Maler bestellt, der sich gerade an ein Monumentalstillleben machen wollte. Auch Valeria, die Überbringerin, hätte sich, so dachte ich, gut als Modell gemacht, doch ich war leider kein Maler.

„Ich weiß nicht, wie Sie das angestellt haben, aber da ist Ihnen wirklich etwas gelungen“, sagte sie und drückte mir mit einem befreienden Seufzer den Korb in die Hand. Sie trug ein blütenweißes Kleid, in dessen Ausschnitt sich gerade eine Obstfliege niedergelassen hatte. Wie gerne hätte ich mit dieser getauscht.

„Sie müssen die Karte lesen, die am Korb hängt“, sagte Valeria.

Ich hievte den Korb, der schwer von Granatäpfeln, Melonen, Feigen, Pfirsichen, Nektarinen, Aprikosen und allerlei exotischen Früchten war, nicht ohne eine gewisse Mühe in den ersten Stock hinauf. In der Küche angelangt, stellte ich ihn ab und sah, dass am Henkel ein kleines Briefkärtchen an einer dünnen violetten Kordel baumelte.

„Wann immer ich etwas für Sie tun kann … Ihr UL.“

„Eine nette kleine Überraschung“, sagte ich. „Und wie komme ich dazu?“

„Das fragt sich die gesamte Belegschaft des Ospizio, Dottore Carozzi. Und es ist nicht nett, sondern es ist eine kleine Sensation. Das hat er noch nie mit jemandem gemacht, und er hätte weiß Gott jede Menge Grund dazu gehabt."

„Wer ist eigentlich UL?"

„Sie wissen es nicht? Sie haben ehrlich keine Ahnung, dass Ihnen Umberto Lichignoso den Früchtekorb geschickt hat?"

„Den kenne ich gar nicht. Ist das etwa der Kerl mit der Jacht? Sein Name ist bei Professore Belli gefallen und hat ihn plötzlich ganz nervös gemacht."

„Auf Balaor werden fast alle nervös, wenn sie den Namen Lichignoso hören."

Obwohl ihre Bemerkung mich neugierig machte, hielt ich es für klüger, nicht nachzufragen. Denn im Moment verfolgte ich ganz andere Interessen.

„Lichignoso hin oder her, Sie müssen jetzt jedenfalls mit mir frühstücken, sonst sind meine Seeigel endgültig hinüber."

„Ich esse keine Seeigel."

„Und was, wenn ich sie speziell für Sie aus der Tiefe des Meeresgrunds herausgetaucht und zubereitet hätte?"

Sie lachte.

„Auch dann nicht. Aber es ist ja genügend Obst da."

„Sie frühstücken also doch mit mir?"

„Keine falschen Hoffnungen, ich bin nur neugierig."

Meine Seeigelsoufflées waren mittlerweile erwartungsgemäß in sich zusammengefallen wie modernde Schiffswracks. Es blieb mir also nichts anderes übrig, als die Füllung wieder aus den Schalen zu kratzen, noch ein Ei dazuzuschlagen und das Ganze wie ein kreuzbiederes Omelett noch einmal in etwas zerlassener Butter in der Pfanne zu schwenken. Um dem verpfuschten Gericht wenigstens noch ein bisschen Geschmack zu verleihen, bröselte ich ein paar zerkrümelte Peperoncini darüber, wobei mich lediglich Valerias Anwesenheit daran hinderte, Habaneros zu verwenden. Dafür schob ich ihr den Obstkorb direkt unter ihre hübsche Nase.

„Neugierig worauf?", fragte ich und setzte auf, was ich für meine gewinnendste Miene halte.

„Begierig darauf zu hören, was Sie mit Lichignoso angestellt haben. Er ist nicht nur einer der reichsten Männer Italiens, sondern auch der größte Sponsor des Ospizio. Was er im Übrigen auch weiß und weshalb er uns allen gegenüber gerne den Signore herauskehrt. Danke hat er meines Wissens noch nie zu einem Menschen gesagt, geschweige denn dass er sich durch kleine Geschenke wie Obstkörbe hervorgetan hätte. Dabei behandeln wir sein Söhnchen mit der allergrößten Hingabe, wie ein rohes Ei. Aber Lichignoso ist halt ein Capo, der geborene Anschaffer."

Die leise Ahnung, der ich bis jetzt noch nicht so recht vertrauen mochte, nahm allmählich schärfere Konturen an.

„Wie alt ist sein Sohn?", fragte ich.

„Vielleicht zehn Jahre jünger als Sie. Aber er sieht aus wie ein Zehnjähriger. Und seine angeborene Behinderung macht aus ihm ein ewiges Kind. Armer Kerl, aber wenigstens reiche Eltern. Andere haben nicht einmal das."

„Habt ihr viele solcher Patienten drüben?"

„Nein, Nicola gibt's keinen zweiten. Unsere Patientenstruktur ist ziemlich durchmischt. Manche sind jung, manche, wie etwa Signora Zarazà, sind steinalt. Manche können sich nicht oder nicht mehr bewegen, andere sind recht gelenkig, können aber dafür nicht einmal ihren Namen buchstabieren. Im Grunde haben die Insassen des Ospizio Marin nur zwei Dinge gemeinsam: Sie sind in dieser Welt alleine nicht lebensfähig. Und sie haben jemanden, dem es sehr viel Geld wert ist, dass er sie nicht selber pflegen muss."

„Wie Umberto Lichignoso …"

„Der ist ein Sonderfall. Er zahlt noch viel mehr ein, als er eigentlich müsste. Dafür spielt er sich, sobald er das Haus betritt, gerne auf, als sei er hier der Direktor. Das geht sogar soweit, dass er uns Vorschriften machen will, wie wir uns anzuziehen haben."

„Wenn er den nötigen Geschmack hat", sagte ich achselzuckend.

„Das Kleid, das ich gerade trage, fand er völlig unpassend. Ich könne damit ins Casino, aber nicht zur Arbeit gehen, hat er gemeint. Am liebsten würde er uns wohl alle in Schwesterntracht stecken."

„Ist Lichignoso häufig anwesend?"

„Mindestens einmal die Woche. Seit er auch geschäftlich in Balaor zu tun hat, sogar noch öfter. Seine Jacht kreuzt ständig irgendwo zwischen den Inseln herum. Und sobald wir sie sehen, machen wir schon das Kreuzzeichen."

Sie biss, so wütend wie lustvoll, in eine der Nektarinen, die so saftig war, dass sie ihre Lippen mit einem glasig leuchtenden Film überzog. Ich reichte ihr eine Papierserviette, doch sie zog es vor, sich die Lippen mit der Zunge abzuschlecken, was seine Wirkung auf mich – beabsichtigt oder nicht – keineswegs verfehlte.

„Ich liebe Nektarinen", sagte sie.

„Dann müssen Sie sich bei Lichignoso halt ein bisschen mehr ins Zeug werfen. Vielleicht schenkt er Ihnen dann auch ein paar."

„Wie es scheint, habe ich in meiner neuen Bekanntschaft ja ganz gute Beziehungen."

Ihre Augen schimmerten, während sie das sagte, wie Opale.

„Was für Geschäfte meinten Sie?", hakte ich nach. „Mit Professor Belli?"

„Mag sein. Sicher auch mit Nonno und Macorig, und bis vorgestern wohl auch mit Lukobran, dem Fischereidirektor. Aber den gibt es ja nun nicht mehr."

„Sie sagen das ohne großes Bedauern."

„Natürlich tut mir sein schreckliches Ende leid. Aber andererseits kannte ich ihn kaum. Er war nur hin und wieder zum Abendessen in Signora Scaccis kleinem Salon anwesend. Ein höflicher, altmodischer, aber ziemlich unauffälliger Mensch."

„Wirklich keinen Seeigel?"

„Nein, wirklich nicht."

Ich schob den letzten Bissen zwischen meine Lippen und beschloss, bald einen neuerlichen Versuch mit besserem Timing zu starten.

„Dann werde ich halt auch noch eine Nektarine versuchen", sagte ich, um ihr keinen Grund zum Gehen zu geben.

„Sie können meine fertigessen."

„Auch die Feigen sehen gut aus."

„Nein, genug gefrühstückt", erwiderte sie. „Drüben wartet noch jede Menge Arbeit auf mich. Sie wissen ja: Lichignoso in casa."

So schnell wollte ich mich freilich noch nicht geschlagen geben.

„Wie hat es Sie eigentlich ins Ospizio Marin verschlagen? Sind Sie Krankenschwester?"

Sie pflückte ihren wie eine Gerberablüte frech nach oben gebundenen Haarschopf auseinander, als wollte sie gerade diesen Eindruck vermeiden.

„Nein, ich arbeite in der Wirtschaftsabteilung. Eigentlich komme ich ja aus dem Hotelfach, wie Signora Scacci auch. Ich habe sie kennengelernt, als ich mir mein Studium im Nachtclub eines großen Hotels in Rimini verdiente. Sie war dort Direttrice. Als ich fertig studiert hatte, bin ich dann in die seriösere Abteilung aufgerückt. Und seither bin ich ihr gefolgt. Zuerst ins Cavalieri Hilton nach Rom, dann ins Viktoria Interlaken in die Schweiz. Bis dann das Angebot aus Balaor kam."

„War das nicht ein Abstieg?"

„Finanziell sicher nicht. Ich sagte ja, wir haben reiche Sponsoren. Und außerdem kann ich hier nach der Arbeit schwimmen gehen, während man in Interlaken nur Berge um sich hat."

„Vielleicht sollten wir einmal gemeinsam nach Seeigeln tauchen."

„Sie mit Ihren Seeigeln", sagte sie mit gespieltem Tadel. „Dabei haben Sie mir noch immer nicht gesagt, wie Sie das mit Lichignoso hingekriegt haben."

„Ich war freundlich zu ihm. Wie zu den meisten Leuten."

Sie musterte mich eine Weile und erwiderte, nachdenklicher, als es mir lieb war: „Ja, das stimmt." Dann sah sie demonstrativ auf die Uhr, stand auf und verabschiedete sich.

Ich sah ihr nach und wartete an der Treppe, bis unten die Tür ins Schloss fiel.

Spät, aber doch holte ich mein vorsintflutliches Bellerophon – es stammte noch aus dem vorigen Jahrtausend – aus dem Gepäck und warf es an. Es war höchste Zeit, mich unter so vielen reichen Leuten endlich um meinen Vorschuss zu kümmern.

Macorig war gleich dran, klang aber bereits mürrisch, bevor ich noch vom Geld anfing.

„Wir sollten reden", sagte er. „Die Dinge laufen nicht so, wie ich mir das vorgestellt habe. Sagen wir, heute nach Dienstschluss in meinem Büro, so gegen 18 Uhr?"

Das klang nicht unbedingt nach großer Anzahlung, aber was hätte ich anderes tun sollen als hinzugehen?

***

Auch wenn mir mein Telefonat mit Macorig Ärger im Gegenwert von mindestens einem halben Dutzend Habaneros bereitet hatte – so ganz im Unrecht war er, wenn man die Sache nüchtern betrachtete, auch wieder nicht. Mein Salär als Kustos, so ich denn bis dato etwas davon auf die bare Hand gezählt bekommen hätte, war jedenfalls noch nicht wirklich verdient. Noch immer stand von dem Konzept, das ich Nonno abliefern wollte, nicht einmal ein Halbsatz auf der Festplatte meines Notebooks. Und wenn man von den schwiegerväterlichen Annäherungsversuchen Scaramuzzas absah, war ich einer Finalisierung der Catering-Logistik im Lapidarium von Balaor auch noch nicht wirklich nahegekommen. Von einer Eröffnung, geschweige denn von Einnahmen war meine Taberna-Antica-Idee jedenfalls so weit entfernt wie die Caritas vom Börsengang.

Dafür war ich in den zwei kurzen Tagen, die ich bislang in Balaor weilte, zumindest schon soweit zum Balaoraner geworden, dass ich die örtliche Lebensphilosophie hundertprozentig verinnerlicht hatte, die da lautete: „Was immer du tust, und sei es auch nichts, trage stets etwas bei dir, das dich tätig scheinen lässt.“

Bei Macorig jetzt mit meinem Laptop aufzukreuzen erschien mir, vor allem angesichts der Tatsache, dass dieser außer einigen privaten Tagebuchaufzeichnungen und einer Einpack-Checkliste für Fernreisen so gut wie nichts enthielt, ein ziemlich riskantes Unternehmen zu sein. Schon besser gefiel mir die Idee, mich für den bevorstehenden Termin mit Fachliteratur einzudecken und mit dem, was wir Wissenschaftler so gerne wie schwammig als Kompetenz bezeichnen, Punkte zu sammeln.

Ich verließ also mein Schlösschen an der Strandpromenade und überlegte, als ich die Via Brunbuli betrat, kurz, ob ich meinen unter einer Weinlaube geparkten Lada benützen sollte. Doch dann schien mir dieser idealtypisch schattige Sommerparkplatz zu wertvoll, um ihn leichtfertig zu verschenken, und ich zog es vor, zu Fuß durch die Altstadt zu bummeln. Mein Weg führte mich an der nämlichen kleinen Cartoleria vorbei, in der ich bereits einmal einen Balaor-Führer erstanden hatte, und in deren Hinterstübchen auch eine kleine, aber gar nicht so schlecht sortierte Buchhandlung untergebracht war. Die meisten der angebotenen Bücher waren allerdings in kroatischer Sprache geschrieben, darunter Dragan Velikics „Danteplatz“, den ich vor gar nicht so langer Zeit mit großem Vergnügen auf Deutsch gelesen hatte. Erstaunlich auch, dass sich, ebenfalls auf Kroatisch, ein Werk über den Seinsbegriff bei Schelling und eines über den poetologischen Aufbau von Shakespeares Sonetten fand. In vergleichbaren Fremdenverkehrsorten Österreichs oder Südtirols, dachte ich, hätte man solche Titel, so man sie überhaupt bekommen hätte, wohl wochenlang vorbestellen müssen.

Dennoch schien mir die Chance, in dem hofseitigen und daher erfreulich kühlen Kämmerchen auf einen Apicius zu stoßen, recht gering zu sein. Ein Regal mit antiquarischen Büchern, unter denen sich auch ein Istrien-Baedeker in deutscher Sprache aus dem Jahre 1890 befand, ließ zwar kurz einen Funken von Hoffnung in mir keimen, und zwar umso mehr, als ich gleich daneben auch ein ziemlich zerlesenes Exemplar des italienischen Kochbuchklassikers Artusi fand. Das Kochbuch des bekanntesten Leckermauls der römischen Kaiserzeit suchte ich indessen vergebens. Ich wandte meine Aufmerksamkeit also den paar italienischsprachigen Neuerscheinungen auf dem Kochbuchsektor zu. Dort fand ich eine begehrenswert schöne und ebenso kostspielige Ausgabe der „Cucina d’Oro“ und etliches vom üblichen Mainstream-Schrott wie Anti-Cholesterin- und Ajurveda-Kochbücher, Kretadiät-Broschüren und mehr oder weniger üppig illustrierte Anleitungen, wie man Tramezzini richtig belegt.

Ich wollte schon unverrichteter Dinge abziehen, als mir, gewissermaßen im Buchrückenschatten der voluminösen „Cucina d’Oro“, ein recht kompaktes, in keiner Weise illustriertes und eher unscheinbar ediertes Bändchen mit dem Titel „Culinaria Antica“ in die Hand fiel, dessen Verfasserin, wie ich zu meiner Freude feststellte, eine Archäologin von der Università di Milano war. Es verfügte neben einem umfangreichen Rezeptteil, der, was ich kaum zu hoffen gewagt hatte, vorwiegend mit Apicius-Rezepten bestückt war, auch über ein vielversprechend langes Register, in dem ich der Einfachheit halber gleich einmal nach dem Stichwort „echinus“, dem lateinischen Wort für Seeigel, suchte. Tatsächlich fand ich nach kurzem Blättern ein aus dem Griechischen übernommenes Rezept des Diphilos von Siphnos, der vorschlug, die eingesalzenen Seeigel mit frischer Minze zu servieren.

Etliche Erwähnungen des Seeigels bei Apicius wurden zwar angeführt, statt entsprechender Rezepturen fand sich jedoch lediglich die Anmerkung, dass Seeigel im alten Rom als besonders wertvoll galten, aber dennoch nur halb so teuer wie Austern waren.

Wesentlich weitschweifiger als zum Thema Seeigel äußerte sich die Verfasserin zum Stichwort Muränen, den, wie sie meinte, kostspieligsten Fischen der Antike. Eher beiläufig erwähnte sie in diesem Zusammenhang einen gewissen Vedius Pollo, einen Zeitgenossen des Apicius aus der tiberianischen Epoche, der erkannt hatte, dass das deliziöse Aroma dieses fettreichen Fisches sich noch weiter verbessern ließ, wenn man ihn in Meerwasserbecken hielt und mit dem Fleisch von Sklaven fütterte. Das Rezept schien mir im Lapidarium von Balaor zwar nicht wirklich nachvollziehbar, aber dafür absolut smalltalk-fähig. Ich klappte das Büchlein also zu, erwarb es um die letzten paar Scheine, die ich noch in meiner Geldbörse hatte, und beeilte mich, zum Geldnachfassen so rasch wie möglich in der Präfektur aufzukreuzen.

Vor dem Gebäude war die Karkasse des Erzengels mittlerweile ebenso verschwunden wie die letzten Spuren seines Opfers. An dieses erinnerte nunmehr nur noch eine gerahmte und mit einem schwarzen Band versehene Fotografie des Hafendirektors, die von zwei todmüde flackernden Grablichtern und einem Blumenstock gesäumt wurde.

Das Porträt Lukobrans zeigte ein ernstes Gesicht, dessen hohe, faltige Stirn von Strenge, wenig Humor und, wie mir schien, auch von einer gewissen Unnachgiebigkeit geprägt war. Lukobran trug sein gewelltes Haar nach hinten gekämmt und sah durch seine Hornbrille und die finstere Kordel an den Bügeln so respektgebietend aus, dass man verstand, warum ihm seine Leute den Spitznamen „Commendatore“ verpasst hatten.

Wesentlich deutlicher als Lukobrans kleines Schwarz-Weiß-Porträt fiel jedoch das über einen Meter hohe Ölgemälde des Erzengels ins Auge, das am Marmorsockel befestigt und durch eine Glasplatte vor allfälligen Witterungseinflüssen geschützt war. Der heilige Michael war darauf in voller Rüstung mit Flammenschwert und Seelenwaage, vor allem aber in strahlender Schönheit über einer Aufschrift zu sehen, die lautete:

„Heiliger Erzengel San Michele, dein Widersacher, der Teufel, löscht viele Lichter aus! Die Mächte der Finsternis bedrängen uns und verführen den Erdkreis. Wehe uns! Hast du unser vergessen?"

Kann es denn sein, dachte ich, dass den Balaoranern der kurzfristige Verlust ihrer Engelsskulptur tiefer in die Knochen gefahren ist als jener endgültige ihres Mitbürgers Lukobran?

Als ich Macorig wenige Minuten später in seinem Büro diese Frage stellte, kostete ihn das gerade ein Achselzucken.

„Die Menschen in Balaor haben sich manchmal noch ein überraschend kindliches Verhältnis zu Fragen der Religion bewahrt, Sie brauchen sich nur die vielen Heiligenstatuen und Madonnenbildnisse in den Häusernischen, Einfahrten und Durchgängen anzusehen, die an alte römische Hausgötter erinnern. Außerdem hat die Polizei ihre Ermittlungen über Lukobrans Tod noch nicht abgeschlossen, und so etwas nährt natürlich allerhand Aberglauben." Er räusperte sich nervös und spielte an seinem Handy herum. „Doch ich habe Sie nicht hierher gebeten, um mit Ihnen über den Erzengel Michael zu diskutieren."

Ich beschloss, in die Offensive zu gehen.

„Ich nehme an, Sie wollten mit mir über einen Vorschuss auf mein erstes Gehalt sprechen. Ich habe für die Vorarbeiten schon etliches ausgelegt."

„Genau über diese Vorarbeiten wollte ich mit Ihnen sprechen. Sie scheinen damit nämlich nicht recht von der Stelle zu kommen."

„Wie meinen Sie das?"

„Ich höre zuwenig Neues von Ihnen, und wenn, dann wenig Großartiges. Zum Beispiel, dass Sie Professore Belli zuerst versetzt und ihn mit einer, wie man mir berichtete, ans Unverschämte grenzenden Penetranz dann auch noch gezwungen haben, einen wesentlich wichtigeren Termin mit Signor Lichignoso zu verschieben."

Dieses Ei, soviel war sicher, hatte mir Alfonsine gelegt.

„Es war der Sommerfahrplan", stammelte ich im ersten Schreck, „ich konnte doch nicht wissen, dass der an der Mole offiziell ausgehängte Schiffsfahrplan nicht stimmt. Ich meine, die Gemeinde wäre gut beraten, den Aushang zu wechseln, wenn sich die Abfahrtszeiten ändern."

Macorig fummelte nervös auf der Tastatur seines Handys herum, ließ sich aber durch mein Gegenargument nicht von seiner einmal eingeschlagenen Gangart abbringen. Alfonsine musste ihn ganz schön aufgeheizt haben.

„Ich weiß selbst, dass Angriff immer die beste Verteidigung ist", erwiderte er kühl. „Aber wie dem auch sei, das ändert nichts daran, dass ich immer noch keine Zeile des Konzepts gesehen habe, das Sie mir versprochen haben. Auch die Handynummer, die Sie mir gegeben haben, funktioniert nicht. Und als ich gestern bei Gilda zu Abend aß, hatte sie noch keinen blassen Schimmer davon, dass wir geplant hatten, sie in unsere Kooperation einzubinden."

„Ich habe mit ihrem Vater verhandelt", sagte ich einigermaßen wahrheitsgemäß.

„Mit Boldo? – Das ist so ziemlich das Dümmste, was Sie tun können. Der Laden gehört nicht ihm, sondern ihr. Er ist nur ein lokales Faktotum und obendrein schon reichlich heruntergekommen. Nicht einmal seinen klapprigen Fischerkahn kriegt er noch klar. Lukobran musste ihm sogar die Fischereilizenz entziehen, weil er das Boot nicht mehr gewartet hat."

„Als ich gestern mit ihm auf die Katharineninsel fuhr," widersprach ich, „machte sein Trawler allerdings noch einen ziemlich startklaren Eindruck. Sogar ein satellitengesteuertes Navigationssystem hat er sich einbauen lassen."

Macorig grinste.

„Da hat er Ihnen denselben Bären aufgebunden wie manchen anderen auch. Boldo ist ein Großmeister im Aufschneiden. Sie hätten ihn fragen sollen, was ein Satellit ist. Wetten, er hätte es nicht gewusst. Den interessieren doch nur seine Reime, der Malvasia und wie er seine Gilda an den Mann bringt."

„Diesen Eindruck hatte ich allerdings auch", musste ich Macorig zustimmen.

„Ach, hat er bei Ihnen auch schon versucht, sie zu verkuppeln? Glauben Sie mir, ich weiß, wovon ich rede, ich bin dort Stammgast. Aber Gilda ist schon in Ordnung. Im Übrigen ist sie trotz oder vielleicht sogar wegen ihrer spröden Art apart genug, um die Männerwelt halb Balaors um den kleinen Finger zu wickeln. Sie ist bloß nicht interessiert daran, fragen Sie mich nicht wieso. Gilda will keinen Mann, und ihr Vater kann sich das, wie wohl alle Väter von Töchtern, nicht vorstellen. Sie hätten gleich mit ihr verhandeln sollen. Er ist nichts anderes als ein charismatischer Schwätzer."

Es war das erste Mal während unseres Gesprächs, dass ihm ein offenes, ehrliches Lächeln entschlüpfte. Doch es hielt nicht lang an. Eine innere Stimme – vielleicht auch jene von Alfonsine – schien Macorig zu sagen, dass er wieder einmal zu leutselig geworden war, und prompt fror er sein Lächeln wieder ein.

„Also, was ist jetzt mit Ihrem Konzept?", fragte er, nachdem er wieder seine Dezernentenmiene aufgesetzt hatte.

Ich zog das Taschenbuch aus meiner Jackentasche, wo es mir schon unangenehm auf die Leber gedrückt hatte, und knallte es Macorig triumphierend auf den Tisch.

„Das, bitte, das ist mein Konzept."

„Das ist kein Konzept, das ist ein Taschenbuch", erwiderte Macorig trocken.

„Schauen Sie doch einfach hinein …"

Macorig griff mit sichtlichem Desinteresse nach meinem Buch, blätterte eine Zeit lang systemlos darin herum und zitierte ein paar Wortfetzen, die ihm zufällig ins Auge fielen: „Schlafmäuse im eigenen Saft … na ja … Siebenschläfer mit Bockshornkleesamen … Schweinsvulva, gefüllt … Stellen Sie sich so etwa die Zukunft unseres Lapidariums vor?"

Die Feindseligkeit, mit der Macorig mir gegenüberstand, verblüffte mich, da sie in völligem Gegensatz zu jener Begeisterung stand, die er noch vor wenigen Tagen für die Sache aufgebracht hatte.

„Ich glaube zwar, dass Gäste, die Interesse an altrömischen Menüs haben, auch Verständnis für Exotisches aufbringen würden, aber ich wüsste beim besten Willen nicht, wo ich gefüllte Schweinsvulven und Siebenschläfer auftreiben sollte", versuchte ich die gespannte Situation wieder etwas zu entschärfen. „Aber das Büchlein bietet jede Menge Anregungen für meine zukünftige Arbeit. Nehmen Sie zum Beispiel die Mittelmeermuräne, die die Römer für eine der größten Delikatessen hielten und die auch heute noch unter Gourmets im besten Ruf steht, denken Sie etwa an den Muränenkaviar. Vor allem scheint es mir wichtig, dass die Rahmenbedingungen und die Atmosphäre stimmen. Wir müssen ein Triklinium nachbauen, oder am besten gleich mehrere davon. Und dann benötigen wir Fackeln, Sonnensegel, Polster, Decken, Kissen, Amphoren und authentisches Tafelgeschirr. Vielleicht sollten wir auch den Wein originalgetreu in Schläuchen ausschenken, die aus Ziegenhäuten gefertigt wurden wie früher bei den Römern; es gibt eine Fülle von Ideen ..."

Ich spürte förmlich, wie Macorig, während ich immer mehr ins Schwärmen geriet, zusehends ungehaltener wurde, konnte mir aber nicht recht erklären, warum.

„Genug, Doktor Carozzi", unterbrach er mich, „legen Sie Ihrer Phantasie wieder die Zügel der Vernunft an. Sie scheinen mir den Kern unserer Vereinbarung schon nach so kurzer Zeit wieder vergessen zu haben. Unser Schlüsselwort lautete: Profit-Center. Für uns ist das Lapidarium, wie Ihnen Präfekt Nonno, denke ich, ziemlich deutlich auseinandergesetzt hat, kein Investitionsprojekt, sondern eines, das möglichst vom ersten Tag an Gewinne schreiben sollte. Zumindest so viel Gewinn, dass wir davon Ihr Gehalt bezahlen können. Es ist also – und ich dachte, ich hätte mich da klar ausgedrückt – durchaus in Ihrem eigenen Interesse, dass Sie hier nicht nutzlos herumtrödeln und mit pensionierten Trawler-Kapitänen Hafenrundfahrten unternehmen. Wenn Sie also ein Triklinium benötigen, so sorgen Sie dafür, dass Ihnen jemand eines zimmert, und zwar billig. Am besten, Sie legen gleich selber mit Hand an. Oder erwarten Sie, dass die Gemeinde Balaor einen Auftrag an Philippe Starck erteilt?"

Seine herablassende Art hätte mein ohnedies etwas engsitzendes Nervenkostüm um ein Haar zum Zerreißen gebracht.

„Auch ein billiges Triklinium kostet Geld, zumindest für Bretter und Nägel. Und auch ein Trottel von einem Kustos braucht zumindest einen Vorschuss, um seine Arbeit aufnehmen zu können."

„Sie brauchen nicht ausfällig zu werden, Doktor Carozzi", sagte Macorig so ruhig er es konnte. „Ich habe weder behauptet, Sie seien ein Dummkopf, noch habe ich gesagt, dass Sie keinen Vorschuss bekommen. Allein der Umstand, dass wir Sie ohne jegliche Mietkosten an einem der schönsten Plätze der Stadt untergebracht haben, ist, wie ich meine, ein nicht unbeträchtlicher Teil dieses Vorschusses."

„Was die Aussicht betrifft, gebe ich Ihnen recht, aber sonst ist das Castelletto in jeder Hinsicht Substandard ..."

„Immerhin hat D'Annunzio ..."

„Ich weiß, ich weiß, aber der war ein Schwärmer und es ist an die hundert Jahre her."

Macorig seufzte.

„Also wieviel Vorschuss haben Sie sich denn so vorgestellt?"

Ich überschlug im Kopf gerade eine Summe, die unter den gegebenen Umständen räsonabel erschien, als sich die Tür zu Macorigs Büro öffnete und Nonno eintrat.

Der Präfekt war, im Gegensatz zu seinem Dezernenten, in bester Laune.

„Oh, ich sehe, unser Herr Archäologicus ist bereits an der Arbeit. Bellissimo, ich hoffe, es geht munter voran."

„Nicht schnell genug, leider", kam mir Macorig mit der Antwort zuvor, „vor allem bis dato noch nicht effizient genug."

„Ach Dario, mein Lieber," wehrte Nonno jovial ab, „setzen Sie unseren Dottore doch nicht über Gebühr unter Druck. In dermaßen kurz bemessener Zeit kann selbst eine Kapazität wie er keine Wunder wirken, auch wenn er über noch so eindrucksvolle Beziehungen verfügt."

„Ja, zu Arcimboldo Scaramuzza", bemerkte Macorig höhnisch. „Der hat ihn jedenfalls bereits auf die lange Liste seiner präsumtiven Schwiegersöhne gesetzt."

Nonno musterte seinen Untergebenen, und zu meiner Überraschung lag so etwas wie Tadel in seinem Blick. Zumindest schien er seine letzte Bemerkung gar nicht komisch zu finden.

„Ach ja, ich habe es, glaube ich, noch nicht erwähnt", fuhr der Präfekt fort. „Ich hatte heute Morgen ein kurzes Telefonat mit meinem Freund Umberto Lichignoso. Er ist von der Idee der Taberna Antica schlichtweg begeistert und hat sich spontan bereit erklärt, die nötigen Investitionen, um diesem Projekt gleich von der Startphase weg zu einem durchschlagenden Erfolg zu verhelfen, aus eigenen Mitteln zu finanzieren."

Dann fügte Nonno, an Macorig gewandt, noch hinzu: „Ich hoffe, Dario, Sie haben unserem Dottore schon einen angemessenen Vorschuss angewiesen."

„Ich war gerade dabei“, stotterte Macorig, dem für einen Augenblick sein Verständnis für die Kausalität der Welt abhandengekommen zu sein schien.

„Dario wird Ihnen einen Betrag überweisen, der Sie zufriedenstellen wird“, sagte Nonno und legte seinen Arm väterlich um meine Schulter. „Nicht wahr, Dario?“

Macorig nickte still in sich hinein.

„Während Dario sich um die Formalitäten kümmert“, fuhr Nonno fort, „darf ich Sie vielleicht in meine Bibliothek auf ein Gläschen Ramandolo einladen. Er ist nicht so süß und auch nicht so wertvoll wie Professore Bellis Falerner, den Sie, wie ich hörte, auch bereits verkosten durften, aber ich bin überzeugt, Sie werden ihn mögen.“

***

Nonnos Ramandolo verklebte mir den Gaumen nicht viel weniger als Bellis Falerner. Wohltuend war lediglich, dass der Präfekt nicht annähernd so viel Aufhebens um seinen süßen Saft machte wie der wichtigtuerische Professor aus Trier.

Doch auch ohne Süßwein hatte mich Nonnos süßholzraspelnde Art mehr als erstaunt. Ich hatte den Präfekten bei meiner ersten Begegnung jedenfalls als peniblen und ein wenig sekkanten Menschen eingeschätzt, der kein großes Hehl daraus machte, wie sehr Untergebene seinem Willen ausgeliefert waren. Macorig hingegen war mir viel eher als aufgeschlossener, mir und meiner Sache wohlgesinnter Kulturpolitiker erschienen. Binnen nicht einmal einer Woche hatte sich dieses Verhältnis völlig verkehrt. Einerseits schien ich Macorigs, vor allem jedoch Alfonsines Kreise, ohne es zu wollen, empfindlich gestört zu haben. Mir war bloß nicht klar womit. Denn nur meine Verspätung und der Umstand, dass sie mich unsympathisch fand, konnten es ja nicht gewesen sein.

Andererseits hatte der kleine Gefallen, den ich Umberto Lichignoso und seinem Nicola getan hatte, mich offenbar zum Helden der Inselwelt von Balaor gemacht. Was immer von Lichignoso zu halten war, an seiner Person und vor allem an seinem Vermögen schien in Balaor kein Weg vorbeizuführen.

Oder was gab es sonst für eine Erklärung dafür, dass derselbe Nonno, der mir vor ein paar Tagen erklärt hatte, er würde den ganzen Steinhaufen im Lapidarium am liebsten an das British Museum verscherbeln, plötzlich in den höchsten Tönen von der Bewahrung der antiken Bausubstanz von Balaor faselte? Mein „Apicius-Konzept", das Macorig soeben in Grund und Boden geschmettert hatte, rühmte Nonno inzwischen sogar als Inbegriff von sanftem Tourismus und weitsichtiger kommunaler Denkmalpflege, da es die mir anvertrauten steinernen Monumente, wie er sich ausdrückte, „harmonisch in die Nähe von Gerichten rückt, die sehr wohl auch Denkmäler sein können".

Ich fühlte mich an die alte Debatte zwischen den griechischen Philosophen Aristippos von Kyrene und Diogenes von Sinope erinnert, die beide Schüler des Sokrates waren. Während Aristippos im Sold des Tyrannen Dionysius von Syrakus stand, sich gerne mit Hetären umgab und in fürstlichem Wohlstand starb, lebte Diogenes anspruchslos in seinem Fass, befriedigte sich mangels leistbarer Kurtisanen in aller Öffentlichkeit am Marktplatz selbst und starb eines Tages freiwillig, indem er die Luft anhielt. Als die beiden einander einmal begegneten, war Diogenes gerade beim Krautwaschen und spöttelte über den eitlen Aristipp: „Hättest du gelernt, dich mit solcher Kost zu begnügen, so würdest du dich nicht zum Dienst an Tyrannenhöfen erniedrigen." Der nicht minder schlagfertige Aristipp jedoch entgegnete: „Und du würdest es, wenn du mit Menschen richtig umzugehen verstündest, nicht nötig haben, dich mit Krautwaschen abzugeben."

Ich hatte diese Geschichte während meines Studiums in einer Vorlesung für das Philosophicum gehört und es in meinem bisherigen Leben, vom öffentlichen Masturbieren einmal abgesehen, immer eher mit Diogenes gehalten. Auch wenn ich für Sinnenfreuden wesentlich verführbarer bin als der Mann aus dem Fass, so war mir dessen konsequente Verweigerung jeglicher Anbiederung an Macht und Geld doch wesentlich sympathischer als Aristipps selbstsüchtige Einschleimerei. Nach meinem Gespräch mit Nonno kam es mir jedoch plötzlich so vor, als sei ich aus dem Denkerfass des Diogenes mit fliegenden Fahnen in Aristipps Prunkgemächer übergelaufen. Und ich fühlte mich, ehrlich gesagt, nicht besonders gut dabei, auch wenn ich nicht leugnen will, dass mir die Demütigung Macorigs doch einigen Spaß gemacht hatte.

Auch die Sache mit dem Erzengel war zwischen Nonno und mir noch einmal zur Sprache gekommen. Ich wollte mich zwar nicht unnötig wichtigmachen, indem ich mit dem Präfekten meine Beobachtungen über die Asche auf dem Sockel erörterte, aber ich konnte doch nicht umhin, ihn auf meine Begegnung mit Kommissar Gradnik anzusprechen.

„Ja, ja, der Kommissar", sagte Nonno. „Ein guter Mann, ein sehr guter Mann. Er hat in seinen jungen Jahren noch unter Marschall Tito gedient."

„Dort hat er vermutlich auch gelernt, wie man eine ganze Theatergruppe in einem grünen VW-Bus mit Gittern unterbringt."

„Ach, Sie wissen davon?"

„Ich war zufällig dabei. Fast wäre ich auch verhaftet worden. Gradnik hat mich für den Dramaturgen der Truppe gehalten."

„Ja, ja, die Menschenkenntnis", sagte Nonno und lächelte dabei milde.

„Glauben Sie wirklich, dass herumziehende Schauspieler einfach mir nichts dir nichts einen Fischereidirektor umbringen?"

„Gradnik scheint jedenfalls, wie er mit sagte, gewisse Verbindungen zwischen der Theatergruppe und der Engelverehrung für möglich zu halten, welcher Art diese auch sein mögen. Sie dürfen nicht vergessen, dass das Verbrechen, so es denn eines ist, auch eine religiöse Dimension erhält, sobald ein Erzengel darin verwickelt ist. Es gibt Unruhe unter manchen Bevölkerungsgruppen von Balaor. Sie als Südtiroler werden das vielleicht sogar besser verstehen als andere, da Sie auch aus einem Land kommen, das dem Gottesstaat des heiligen Augustinus näher steht als der liberalen Forderung nach Trennung von Kirche und Staat. Ich selbst bin, wie Sie vielleicht bemerkt haben, ein Konservativer, wenn auch kein Frömmler. Aber ich kann Menschen gut verstehen, die es für ein schlechtes Vorzeichen halten, wenn die Stadt ohne Erzengel ist oder sich zumindest ohne seinen Schutz glaubt. Immerhin gibt es Exegeten, die den heiligen Michael für ein gottähnliches Wesen halten. Jakob sah ihn an der Himmelsleiter. Moses erblickte ihn im brennenden Dornbusch. Dem Propheten Zacharias erschien er gleich zweimal und der Mutter Samsons versprach er die Befreiung aus der Gewalt der Philister. Und in all diesen Fällen redete und handelte der

Engel, als sei er so souverän wie Gott selbst. Verwundert es Sie da, wenn die Menschen von Balaor das Fehlen des Engels als existenzielle Bedrohung empfinden? Dagegen verblasst der Tod des Hafendirektors zum nebensächlichen Ereignis."

Nonno entließ mich mit dem Vorschlag, möglichst bald schon ein gemeinsames Essen mit Lichignoso und Belli zu organisieren, am besten bereits auf dem bis dahin als Taberna Antica adaptierten Lapidariumsareal, und ich versprach ihm, die Dinge so schnell wie möglich voranzutreiben. Um dieses Versprechen auch in die Tat umzusetzen, schnappte ich mein altrömisches Kochbuch und marschierte auf dem schnellsten Weg in Richtung Via Brunbuli. Ein stiller Leseabend auf der Terrasse des Castelletto mit Meerblick, das war genau das, wonach ich mich nach diesem hektischen Tag sehnte. Und ich würde dabei, auch wenn ich das vorhin in Macorigs Büro noch vorgehabt hatte, keineswegs tief in meinen Peperoncinisack greifen müssen. Denn die Lage – und damit auch meine Stimmung – hätte entschärfter nicht sein können.

***

Es war schon nach elf Uhr vormittags und die Konoba Fortuna war um diese Zeit noch menschenleer. Aus der Küche hörte ich jedoch Geräusche und erblickte, als ich diese betrat, eine ziemlich übellaunige Köchin, die sich gerade im Infight mit einem Hummer von fast lindwurmartigen Ausmaßen befand.

Trotz seiner Tapferkeit und obwohl er der Köchin eine schlimme Blessur am Ellbogen zufügte, verlor der König der Meere erwartungsgemäß den Kampf, doch Gildas Laune besserte sich auch nicht, nachdem ihr Gegner ein letztes heißes Bad im Kochtopf genommen hatte.

„Ganz schön drückend, die Hitze", sagte ich, weil mir angesichts der blubbernden Brühe nichts Gescheiteres einfiel.

„Wie auch sonst immer, wir sind in einer Küche", antwortete Gilda, umhüllt von den aus ihren Kesseln aufsteigenden Dunstschleiern.

„Ich möchte mit Ihnen über eine mögliche Zusammenarbeit sprechen", fuhr ich fort.

„Fein, ich brauche sowieso dringend eine Küchenhilfe", erwiderte Gilda emotionslos. „Binden Sie sich eine Schürze um und lösen Sie die

Meerkrebse aus. Los, kommen Sie schon. Oder hat mein Vater Ihnen etwa versprochen, dass ich Sie auch so heiraten werde?“

„Wie kommen Sie drauf?“

„Das tut er bei jedem Mann, der zum ersten Mal die Fortuna betritt. Aber an Ihnen scheint er einen ganz besonderen Narren gefressen zu haben.“

Sie wischte ihren immer noch etwas blutenden Arm in einem feuchten Tuch ab. „Aber leider macht er die Rechnung ohne die Wirtin. Die Fortuna gehört nämlich nicht ihm, sondern mir. Ich habe sie von meiner Mutter geerbt.“

„Da sind Sie exakt die richtige Verhandlungspartnerin in meiner Sache.“

„Über welche Sache wollen Sie denn verhandeln?“

„Es geht um das Lapidarium hinter Ihrem Küchenfenster. Ich habe den Job als Kustos bekommen und möchte hier an einem oder zwei Abenden in der Woche ein altrömisches Menü veranstalten. Sie verstehen schon, ein paar möglichst abenteuerlich oder meinetwegen auch dekadent klingende Leckerbissen aus der römischen Kaiserzeit – einfach um neugierige Gäste anzulocken.“

„Und was soll ich dabei tun?“, fragte Gilda und griff nach dem nächsten Hummer. Diesmal zog sie zuvor allerdings einen Gummihandschuh an.

„Hummerschwanz mit Feigen zum Beispiel, das wäre schon was“, sagte ich lachend. „Apropos: Gibt's heute bei Ihnen Hummersalat?“

„Sieht so aus“, erwiderte Gilda trocken und ließ das nächste zappelnde Tier mit dem Kopf voran in den Kochtopf rutschen.

„Keine üble Idee, das mit dem Lapidarium“, fuhr Gilda nach einer kurzen Nachdenkpause fort, „ich könnte den Bretterverschlag abnehmen und das Fenster in eine von innen versperrbare Durchreiche umbauen lassen. Das Problem dabei ist nur: Ich kann nicht altrömisch kochen.“

„Keine Bange. Das lernen Sie“, sagte ich und knallte ihr die „Culinaria Antica“ ähnlich forsch auf den Tisch, wie ich es zuletzt bei Macorig getan hatte. Auch Gilda schlug als erstes die Doppelseite mit den gefüllten Siebenschläfern auf.

„Siebenschläfer,“ sagte Gilda amüsiert, „die habe ich vor vielen Jahren bei meiner Tante im Landesinneren gegessen. Bilche nennt man sie auch und man fängt sie vor allem wegen der schönen warmen Mützen, die ihr Fell abgibt. Dass sie gut schmecken, ist eher ein Gerücht. Jedenfalls geht es ihnen im Herbst an den Kragen. Da verfangen sie sich dann in einer der kleinen Baumfallen, in die die Einheimischen in Öl getränktes Dörrobst einlegen. Nur kurz einmal dran genascht und die Falle schnappt zu. Arme Viecher. Aber das ist wirklich lange her, dass ich das erlebt habe …"

„Die Geschichte fängt aber gut an, ich meine, für eine zukünftige Apicius-Köchin."

„Was bekomme ich eigentlich dafür, wenn ich mitmache?"

„Darüber lässt sich reden. Außerdem könnte ich mir vorstellen, dass Ihr Antrag an die Präfektur, im Lapidarium ein paar Tische für einen Hintergarten aufzustellen, plötzlich recht schnell und vor allem wohlwollend behandelt werden könnte. Meine Beziehungen zum Präfekten sind zurzeit nicht wirklich schlecht."

Gildas Antwort schien, ihrem Gesichtsausdruck nach zu schließen, positiv auszufallen, doch ich verstand nicht mehr, was sie sagte. Denn plötzlich zerschnitt das Kirchengeläut vom Campanile her die mittägliche Idylle und dröhnte dermaßen markerschütternd über den Innenhof hinweg, dass sogar die Teller in den Küchenregalen zu klirren begannen. Dabei ist der Klang von Glocken ein Geräusch, das ich von meinen Kindheitstagen in Naturns her kenne und trotz meiner späteren Wandlung zum Agnostiker eigentlich bis heute gerne mag.

„Das ist ja ein abscheulicher Lärm", schrie ich, damit Gilda mich hören konnte.

„Mussolini ist schuld", schrie sie zurück. „Er hat die Glocken vor Ende des Zweiten Weltkriegs für die Rüstungsindustrie beschlagnahmen lassen. Dass nach dem Krieg neue Glocken gegossen wurden, haben dann die Kommunisten verhindert. Nach dem Balkankrieg wurde das Glockenthema schließlich wieder aktuell. Der Pfarrer war für ein aus vier neuen Glocken bestehendes Geläut, Nonno hingegen hat sich mit seiner Idee durchgesetzt, dass es viel praktischer und sparsamer sei, eine HiFi-Anlage mit vier riesigen Boxen anzuschaffen, eine für jede Himmelsrichtung. Was dabei herauskam, hören Sie gerade."

Auch nachdem das übersteuerte Gebimmel aus der Konserve endlich verstummt war, wollte keine wirkliche Stille aufkommen. Anstatt der penetranten Glockentöne drangen aus der Euphemienbasilika nämlich urplötzlich recht seltsame Klänge an mein Ohr. Die Stimmen, die ich da – von einem jaulenden Harmonium begleitet – hörte, klangen so innig wie falsch und so laut wie fromm. Es hörte sich an wie Händels Halleluja in der Fassung der Bremer Stadtmusikanten.

Gilda merkte meine Verstörung.

„Ach, das ist nur der Männerchor von Santa Euphemia, der gerne um diese Zeit probt", sagte sie. „Und da sie ihren Proberaum direkt über der Gruft mit der mumifizierten Hand der heiligen Barbara und dem im Ganzen erhalten gebliebenen heiligen Leone Bembo haben, nennen wir sie auch scherzhaft die singenden Mumien von Balaor. Vater ist auch dabei, wie auch nicht?"

Gilda schnitt einen Teller Prsut auf, setzte sich mit mir an einen Tisch, trank ein Gläschen Malvasia und erwies sich als überraschend hartnäckige Verhandlerin. Zunächst hatte ich alle Mühe, ihr zu erklären, dass eine antike Taverne ohne Triklinien einfach keine antike Taverne sei, vor allem konnte sie sich nichts darunter vorstellen. Ich setzte ihr also haarklein und geduldig auseinander, dass ein Triklinium aus drei Klinen bestand, bei denen es sich im Grunde um nichts anderes als um etwas feiner gearbeitete Saunapritschen mit Tischbeinen handelte, die u-förmig aneinandergestellt und mit Decken, Tüchern und Polstern als Speisesofas eingerichtet wurden, auf denen man bequem auch im Liegen essen konnte.

Am Schluss unseres ebenso langwierigen wie mühsamen Gesprächs hatten wir uns darauf geeinigt, dass Gilda fünfzig Prozent der Einnahmen aus den Taberna-Abenden bekommen sollte und eine Option darauf, den rückwärtigen Teil des Lapidariums an tabernafreien Tagen bis auf Weiteres auch als Hintergärtchen für die Fortuna verwenden zu dürfen. Gilda verpflichtete sich im Gegensatz dazu, auf eigene Kosten vier Triklinien zimmern zu lassen, etliche Tische und Stühle aufzustellen sowie an den Apicius-Abenden für die entsprechende Dekoration zu sorgen.

Als Scaramuzza mit Il Tubo und Leuchtstanitzel, die offensichtlich ebenfalls zu seinen Sangesbrüdern zählten, von der Probe zurückkehrte, hatten Gilda und ich das ganze Taberna-Paket ausverhandelt, und Scaramuzza war genau in der richtigen Stimmung, dieses Geschäft bei ein paar leckeren Bissen und mit noch viel mehr Gläschen auch entsprechend würdevoll zu begießen.

Nach einer Weile schwenkten die drei Chorknaben dann von Malvasia auf Peperoncini-Grappa um, und etliche Gläschen später rückte Scaramuzza dann auch erwartungsgemäß und gegen Gildas ausdrücklichen Widerstand mit seinem neuesten lyrischen Opus heraus. Es trug den Titel *Der kleine Fisch* und wurde von Boldo so sangbar vorgetragen, dass man beinahe glaubte, dazu das Harmonium aus der Mumiengruft als Begleitmusik zu vernehmen. Mit kräftiger, wenngleich schon etwas schwankender Stimme hub Arcimboldo zu deklamieren an:

Ich hing mein Netz grad an die Wand,
Als ich ein kleines Fischlein fand.
Es hatt' sich im Gespinst verhakt
Und wimmerte dort recht verzagt:
„He, alter Fischer, lass mich frei,
Auf dass das Meer das meine sei.
Mein Leben währt erst ein paar Stunden,
Schon hat's im Netz sein End' gefunden.
Willst du mich heute noch verschonen,
So wird es dir Poseidon lohnen."

„Ach Fischlein", sagte ich, „bist wirklich zart
Und obendrein von selt'ner Art.
Doch was sollt' mir Poseidon geben,
Ließ ich tatsächlich dich am Leben?"

Das Meer war klar, das Fischlein arm
Und zitterte, dass Gott erbarm.
Ich warf das Ding ins Meer zurück,
Es schnappte Luft und schwamm ein Stück.
„Ach alter Fischer, du warst nett.
Als Dank komm delikat und fett
Ich einst zurück an deinen Tisch.
Dann iss mich auf", sagte der Fisch.

Das Gedicht war gewiss keines von Scaramuzzas Meisterwerken, so dieser überhaupt in der Lage war, solche zu schaffen. Doch das kleine Poem stieß zumindest bei Il Tubo und Leuchtstanitzel auf den allerpflichtschuldigsten Applaus. Was mich daher erstaunte, war das von ebensoviel Liebe wie sichtlichem Mitleid geprägte Lächeln, mit dem Gilda dem Vortrag ihres Vaters folgte, den sie noch zuvor mit aller Kraft verhindern wollte. Fast hatte ich das Gefühl, sie fürchtete, wir Zuhörer nähmen ihr ein Stück ihres Vaters weg, das sie für sich selbst reserviert hatte. Gilda behandelte Boldo zwar wie ein großes Kind, doch je länger ich sie dabei beobachtete, desto mehr wurde mir klar, wie sehr sie trotz ihrer resoluten und oft recht burschikosen Art auch eine empfindsame Seele war.

„Na, Carozzi, wie hat dir meine Ballade gefallen?", lallte Scaramuzza, nachdem sein literarischer Vortrag ihn die letzte Kraft gekostet hatte, die ihm der Grappa di Peperoncino noch gelassen hatte.

„Das klang mir mehr nach Romanze als nach Ballade, und es roch eher nach Fischgewürz als nach Dichterlorbeer", sagte ich wahrheitsgemäß. „Aber um ehrlich zu sein, fand ich es auch ziemlich traurig."

Boldo ging auf mich zu und drückte mich an seine behaarte Brust.

„Komm, trink noch einen Pfefferschnaps mit mir, Schwiegersohn."

„Vater, leg dich etwas nieder", fuhr Gilda dazwischen. „Dottore Carozzi und ich sind Geschäftspartner und kein Ehepaar, auch kein zukünftiges. Abgesehen davon, dass ich schon mit dem halben Ort verlobt wäre, wenn es nach dir ginge."

„Schweig, Tochterherz", lallte Boldo. „Ich meine es nämlich nur gut mit dir. Eine Frau braucht einen Mann. Und der Dottore, sage ich dir, das ist ein guter Mann. Der versteht was vom Geschäft, und noch mehr versteht er von der Literatur. Er hat mich durchschaut, weil er nämlich erkannt hat, dass ich schreibe wie ich koche. Ich gebe mitunter ein Kräutlein zuviel dazu, aber am Schluss duftet es – molto armonico."

Gilda versuchte ihren Vater mit sanfter Gewalt in Richtung Hintertreppe und somit in Richtung Schlafzimmer abzuschieben. Doch Boldo stand am Tresen, als ragte ein Fels aus dem Terracottaboden.

„Worum ging es in dem Gedicht, Carozzi, sag es?"

„Es ging um einen kleinen Fisch“, antwortete ich folgsam, obwohl ich mit Gilda der Meinung war, dass Boldo in seinem derzeitigen Zustand im Bett wesentlich besser aufgehoben wäre als an der Bar.

„Richtig, um einen kleinen Fisch“, erwiderte er und klopfte mir auf die Schulter, dass es weh tat. „Aber worum ging es noch?“

„Um einen Fischer.“

„Der Fischer ist nicht so wichtig, Carozzi. Was ist noch wichtiger als der Fischer?“

„Sein Boot?“, riet ich.

„Gar nicht dumm, aber falsch. Ein Boot macht einen Mann noch nicht einmal zum Seefahrer, und schon längst nicht zum Fischer. Also, denk nach, Carozzi. Was ist es, das den Mann zum Fischer macht?“

„Sein Netz?“, riet ich abermals.

„Der Mann ist gut“, jubilierte Boldo. „Du solltest wirklich bald das Aufgebot bestellen, Gilda. Mein Freund Mario ist nicht nur ein Jäger des verlorenen Schatzes, sondern auch ein Freund der Götter. Welcher Mensch, der aus den Bergen kommt, weiß schon, dass das Wichtigste an einem Fischer das Netz ist? Aber ich brauche kein Netz mehr, seit dieser, wie hieß er doch gleich …“

„Papa!“, mahnte Gilda.

„Ist ja auch gleichgültig, wie er hieß. Mein Boot hat er mir nicht nehmen können, und mein Netz auch nicht. Aber er hat dafür gesorgt, dass das Netz in meinem Boot liegt wie die vertrocknete Haut unserer Mumien. Ich weiß, wovon ich rede, denn ich singe mit meinen Freunden für die Mumien. Bei der Auswahl unserer Zuhörer sind wir nämlich nicht wählerisch, musst du wissen. Ich singe sogar für die ausgestopfte Hand der heiligen Barbara. Ein außerordentlich musikalisches eiskaltes Händchen.“

Er hatte wirklich zuviel getrunken.

„Ich werde dir diese Hand, ich meine diese Haut … also das Netz … das werde ich dir schenken, Carozzi. Zum Einstand, damit bei deinen römischen Mählern die Fische niemals ausgehen mögen. Und wenn du willst, dann werde ich dir bei deinen Gelagen sogar den Trimalchio machen.“

„Da sei Gott vor“, sagte Gilda und bekreuzigte sich.

„Ja, den Trimalchio“, insistierte Boldo. „Jede römische Orgie braucht auch einen Trimalchio. Genauso wie sie ein Netz braucht, weil jeder Mann ein Netz braucht … zumindest solange er … Fischer ist und noch nicht bei den Mumien liegt … Ich würde gerne einmal bei den Mumien liegen, aber ich fürchte, dafür bin ich nicht … heilig genug.“

Gilda nahm all ihre Muskelkraft zusammen und versuchte ihren torkelnden Vater zu schultern, um ihn die Treppe hinaufzuziehen. Der allerdings dachte nicht ans Schlafengehen.

„Ich muss jetzt das Netz holen. Das Netz des Trimalchio.“

„Morgen, Vater, morgen“, beschwichtigte Gilda.

„Ich bin es dem Dottore Mario Carozzi schuldig, dieses Netz, das noch mein Vater geknüpft hat. Mit einem einzigen Eschenschiffchen hat er es geknüpft.“

Ich wollte einwenden, dass ich kaum etwas mehr hasse als Lokale, in denen Fischernetze herumhängen, aber Boldo ließ mich nicht zu Wort kommen.

„Mit einem einzigen Eschenschiffchen“, wiederholte er. „Als Vater tot war, brauchte ich es nur noch frisch einzufetten und in eine Lösung aus Wacholderblättern und Pinienrinde zu tauchen. Danach kam das schönste und beste an einem Netz: sein Name. Weißt du, wie ich es genannt habe, Carozzi?“

Ich schüttelte den Kopf.

„Gilda habe ich es genannt, nach meiner schönen und so herzzerreißend liebenswürdigen Tochter. Gilda.“

Nach diesen Worten fiel er in sich zusammen wie ein leerer Sack, und Gilda und ich hatten alle Mühe, ihn die Stiege hinauf ins Bett zu ziehen.

„Jetzt haben wir uns was Anständiges zu essen verdient“, sagte Gilda, als wir beide wieder die Treppe herunterstiegen.

„Gute Idee. Seit den gratinierten Seeigeln, die ich mir gestern zum Frühstück gemacht habe, habe ich vor lauter Stress nichts Gescheites mehr gegessen. Ich bin rechtschaffen hungrig. Und vielleicht können wir ja schon ein wenig für den Apicius üben …“

„Vergessen Sie Ihren Apicius, Carozzi. Wir werden kochen wie immer und einfach sagen, dass das altrömisch ist. Die Menschen werden uns das auch glauben. Denn sie glauben an alles, was schmeckt. – Wie, sagten Sie, haben Sie Ihre Ricci zubereitet?"

Ich erklärte es ihr.

„Jämmerlich", erwiderte sie und war plötzlich per Du mit mir: „Ich werde dir Seeigel machen, Dottore, wie sie Cäsar nicht bekommen hat, und wie selbst Kaiser Nero nur von ihnen träumen konnte."

Daraufhin verschwand sie für eine Weile in ihrer Küche und kehrte mit einem Seeigelgericht zurück, das alle ihre Verheißungen in göttliche Gaumenwirklichkeit umsetzte. Sie bereitete tatsächlich die besten Seeigel zu, die ich je gegessen hatte; sie dufteten nach allen Aromen des Mediterran, nach allen Kräutern der Küsten und nach allen Pflanzen aus der Tiefe des Meeresgrunds. Selbstverständlich fragte ich sie nach dem Rezept, doch das verriet sie mir nicht. Dafür schenkte Gilda mir eine Flasche Peperoncini-Grappa, der mich für die Mezcal-losen Tage in Balaor mehr als nur entschädigte.

Am Abend dieses langen und ziemlich feuchtfröhlichen Tages setzte ich mich dann auf die Terrasse des Castelletto und versuchte probehalber, die Luft so lange als möglich, bis knapp an den Tod heran, anzuhalten. Doch schon nach einer halben Minute prustete ich los und verschluckte mich so sehr, dass mir nur noch ein Schluck von Gildas Schnaps helfen konnte. Vielleicht, dachte ich, war ich doch eher zum Aristipp als zum Diogenes geboren.

Mein kleiner praktischer Exkurs in die kynische Philosophie wurde einmal mehr durch aufblitzendes Blaulicht und einen Heidenlärm durchbrochen. Ein bisschen viel Blaulicht dachte ich, im Verhältnis zu der doch relativ kurzen Zeit, die ich auf Balaor verbrachte. Doch diesmal kam das Blaulicht nicht um die Ecke gebogen, sondern direkt aus der Luft, und obendrein direkt auf mich zu. Mit einem Male erstrahlte mein Strandschlösschen im Glanz einer Akropolis, während ein großer schwarzer Vogel zu einem Landemanöver direkt über meinen Schultern ansetzte.

Bevor ich in Panik verfiel, realisierte ich jedoch, dass der tennisplatzgroße Flecken, der zwischen mir und dem Ospizio lag, als Hubschrauberlandeplatz diente und dass den Totenvogel mitsamt seinem schwirrrenden Gefieder nicht Persephone, sondern das Rote Kreuz geschickt hatte.

Kaum war der Hubschrauber gelandet, füllte sich der Platz in Sekundenschnelle mit Menschen, unter denen ich auch eine nervös Kreise um den Helikopter ziehende Signora Scacci und eine diese Kreise dauernd mit Zwischenrufen störende Valeria erkannte. Zwei Männer schoben ein Intensivbett mitsamt Apparaten und Infusionsschläuchen aus dem Spitalsportal auf das Flugzeug zu. Ich konnte trotz des flirrenden Lichts nicht erkennen, wer in dem Bett lag, sondern sah lediglich, wie das Intensivmodul mittels einer hydraulischen Hebebühne in den Hubschrauber gehievt wurde, wo es von zwei Männern in weißen Arztkitteln in Empfang genommen wurde. Kurze Zeit später hob der Helikopter ab und das ornithologische Intermezzo über den Dächern Balaors war beendet.

Ich erwischte gerade noch einen Zipfel von Valerias Kleid und konnte sie im Laufschritt fragen, was los war. „Signora Zarazà", sagte sie. „Sie liegt im Koma und musste ins Spital nach Triest überstellt werden. Vielleicht kann man ihr dort noch helfen."

Während Valeria mit den anderen hinter der sich automatisch schließenden Schiebetür verschwand, entstand vor meinen Augen das Faltengebirge von Signora Zarazàs weit über hundertjährigem Antlitz. Sollte es ihr tatsächlich auf ihre alten Tage noch gelungen sein, sich einfach unsichtbar zu machen? Oder hatte ihr womöglich jemand dabei geholfen?

4. Kapitel

Pastete serbisch

„Der Name Oliventor stammt von dir, Gilda, und wir nennen es heute noch so. Denn ein besserer ist dafür noch nicht gefunden worden. Dabei warst du damals gerade erst fünf Jahre alt."

Gilda reagierte unwillig wie die meisten selbstbewussten Frauen, die nicht daran erinnert werden wollen, dass sie einmal zarte, zerbrechliche und keinesfalls selbstbestimmte Geschöpfe gewesen sind. Sie murmelte etwas Unverständliches im ruppigen Dialekt der istrischen Küstenbewohner, den auch Onkel Ivo sprach, wenn er von unsereins, in diesem Falle: von mir, nicht verstanden werden wollte.

Mit dem Ausdruck Oliventor hatte Gilda allerdings tatsächlich ins Schwarze getroffen. Das Tor wurde von zwei alten Olivenbäumen gebildet, die in Wahrheit mindestens zehn Meter hintereinander standen, deren Kronen, von Onkel Ivos vierkantigem Steinhaus aus betrachtet, bei Gegenlicht jedoch so innig ineinander verflossen, dass sie ein von zwei knorrigen Baumriesen mit starken Astarmen getragenes Portal mit spitz zulaufendem Bogen zu bilden schienen. Wer aus Onkel Ivos festungsartigem Gehöft trat, sah sich genau diesem Tor gegenüber, durch welches der Blick unmittelbar auf die steil abfallende Karstklippe führte, von der der Himmel kopfüber ins Meer stürzte.

Es war Gildas Idee gewesen, die Fortuna übers Wochenende Scaramuzza und seinen beiden Kumpanen zu überlassen und hier herauf in die Berge des Hinterlands zu Onkel Ivo zu fahren, dessen Anwesen, an die hundert Kilometer von der Stichstraße entfernt, die Balaor mit dem Festland verband, hoch über einer der schönsten adriatischen Meeresbuchten thronte. „Onkel Ivo ist ein wahrer Tausendsassa", hatte sie gesagt, während mein Lada angesichts von zwei Dutzend steilster Serpentinen ohne jegliche Mauereinfassung eine der schwersten Bewährungsproben seiner marxistisch-leninistischen Existenz hinter sich brachte. „Mein Onkel kann einfach alles, er weiß alles, er hat schon alles gemacht, er ist ein großer Forscher, ein Experimentator, ein Jäger, ein Züchter, ein Produzent, ein Gelehrter", fuhr Gilda zu schwärmen fort. „Er wird uns deine komischen Triklinien zimmern, und wenn es irgendwo am Balkan noch welche gibt, wird er für uns auch auf Siebenschläfer Jagd machen. Onkel Ivo ist in Wahrheit kein Mensch der Gegenwart, du wirst es bald merken. Was immer man nur mit den Mitteln der Vergangenheit zustande bringen kann, Onkel Ivo beherrscht es."

Vor allem jedoch schien Onkel Ivo, wie man gleich nach dem Eintreten in das Geviert des Innenhofes durch ein kunstvoll gedrechseltes Tor aus Nussbaumholz erkennen konnte, den Umgang mit Kalaschnikows zu beherrschen. Gleich mehrere davon zierten, ordentlich gewichst und wie beim Kommiss durchgeputzt, die Wände des Patio, in dem sie allerdings von ein paar Hirschgeweihen, einer Keilerschnauze mit zwei gefährlich spitzen Zähnen und einem ausgestopften Bären Konkurrenz aus Dianas Reich erhielten. Letzterer erhob seine Pranken furchterregend hinter einem schmiedeeisernen Gitter in einer etwas abgelegenen Seitennische, die früher wohl einmal eine lebensgroße Madonnen- oder Heiligenstatue beherbergt hatte.

„Seid willkommen auf Gut Valvasor, meine Lieben!" Onkel Ivo pflanzte sich neben der Zisterne in der Mitte des Patios auf wie eine alte Eiche, auch wenn er, kurz und gedrungen, wie er gewachsen war, allenfalls die Höhe einer Hecke erreichte.

Gilda hatte nicht zuviel versprochen: Es war eine andere, ja eine „alte Welt", in die wir hier eingetaucht waren. Das modernste Utensil war noch der knisternde Gelsengrill, der unterhalb einer der vier Steinarkaden angebracht war, dort, wo sich auch ein mächtiger, wohl an die acht Meter langer Eichenholztisch befand, der aus einem einzigen Stück gefertigt und an der Oberfläche spiegelblank poliert war. Außerdem bot der Innenhof noch weiteren zwei Olivenbäumen Platz, die den beiden Oliventorbäumen draußen vor der Mauer fast spiegelverkehrt gegenüber lagen und deren Zweige ein grob gewirktes Schattennetz über Granittröge, Steinfundamente und begonnene Schmiedeeisenarbeiten warfen, mit denen der Innenhof vollgestellt war.

„Kommt, trinkt ein Glas Teran mit mir, meine Freunde", forderte uns Onkel Ivo, sichtlich gut gelaunt, auf, entkorkte eine unetikettierte Flasche und bat uns an seinen Eichentisch.

„Ich habe frische Fleischpastete gemacht", sagte er und klatschte in die Hände, woraufhin eine vom Kopftuch bis zu den Samtschuhen in Schwarz gekleidete Frau erschien, die zwar ohne Stock, aber gebückt wie eine Knusperhexe daherschlurfte, der nur noch der Rabe auf der Schulter fehlte, deren Gesicht mir aber auf seltsame Weise alterslos und abgeklärt erschien. Gilda stand auf, eilte auf sie zu, nahm ihr die Olivenholzschale mit der Fleischpastete ab, stellte diese auf den Tisch und umarmte die Frau, die sich dabei unter Aufbietung all ihrer Kräfte aufbäumte, als schämte sie sich der allzu offensichtlichen Folgen ihrer Osteoporose.

„Komm, setz dich ein wenig zu uns, Bernarda", sagte Onkel Ivo so jovial, als wollte er einer treuen Bediensteten zur Belohnung eine kleine Freude bereiten.

Doch Bernarda machte einfach kehrt und verschwand so unauffällig, wie sie gekommen war.

„Meine Tante ist sehr scheu, musst du wissen, Carozzi."

„Deine Tante?" Ich konnte mein Erstaunen nur schlecht verbergen, und Onkel Ivo las in meinen Gedanken wie in einem Buch.

„Natürlich ist Bernarda Gildas Tante, aber ich verstehe, was Sie meinen. Viele fragen sich das. Dabei ist Bernarda Jahrgang 49, zwei Jahre jünger als ich, auch wenn sie aussieht, als könnte sie meine Mutter sein. Die Frauen hier oben in den Bergen verblühen schnell. Außerdem war sie nicht im Krieg. Uns Männer hält der Krieg jung, was, Dottore?"

„Ich war nie im Krieg", widersprach ich.

„Nicht einmal bei einer Armee gedient?"

„Nicht einmal dort", erwiderte ich wahrheitsgemäß und hinterließ damit eine peinliche Stille. „Als Südtiroler studierte ich in Wien und wurde nicht zum italienischen Militär eingezogen", fügte ich, fast entschuldigend, hinzu.

Mein Gegenüber räusperte sich.

„Onkel Ivo war während des großen Balkankriegs General", sagte Gilda vorsichtig. „Erst vor zwei Jahren hat er seinen Abschied von der Armee eingereicht."

„Es ist noch gar nicht so lange her, da war dieses Haus eine Festung und der Weinkeller voller Dynamit. Sogar ein paar biochemische Waffen hatten wir hier eingebunkert, für alle Fälle“, sagte Onkel Ivo mit Stolz. „Aber mittlerweile habe ich wieder mehr Teran als Waffen eingelagert, und das Dynamit, das noch drunten schlummert, taugt allenfalls für ein Feuerwerk. Der Krieg ist vorbei, und nun auf zur Pastete!“

„Onkel Ivo ist nämlich nicht nur General“, meldete sich Gilda erneut zu Wort. „Er ist auch ein großer Koch. Das meiste, was ich kann, habe ich bei ihm gelernt.“

„Das ist nun wieder zuviel der Ehre“, widersprach Onkel Ivo. „Aber eines ist richtig: Ich habe tatsächlich Koch gelernt, bevor ich in die Armee eintrat. Dort bin ich allerdings nicht lange in der Feldküche geblieben, auch wenn das Soldatenhandwerk durchaus manche Ähnlichkeit mit dem eines Kochs hat. In beiden Fällen arbeitet man vorwiegend mit Materialien aus Fleisch und Blut.“ Er griff zum Messer und zog damit eine tiefe Furche durch die Pastetenschüssel, bevor er sich deren Inhalt aufs Brot strich.

„Nehmen Sie diese Fleischpastete. Pastete – das ist ein Wort aus der Küche. Aber es ist auch ein Wort aus dem Krieg. Denn es macht schon einen Unterschied, ob man den Feind mit dem Sturmgewehr zu grober Leberstreichwurst oder mittels Kalaschnikow zu feiner Pastete verarbeitet hat. Aber das können Sie natürlich nicht wissen, Dottore, wenn Sie niemals eine Garnison von innen gesehen haben. Ich hoffe, die Pastete schmeckt trotzdem. Sie brauchen keine Angst zu haben. Ist kein Deka Serbenfleisch drin, alles nur von ganz normalen Rindviechern.“

Onkel Ivo lachte aus ganzem Herzen.

Mir machte die Vorstellung, eine „Pastete serbisch“ zu essen, nicht unbedingt Appetit, aber Gilda zeigte sich schlichtweg begeistert, und es dauerte, da sie offenbar schon von Kindesbeinen an Onkel Ivos Liebling war, auch nicht allzu lange, bis er ihr das Rezept verriet:

„Du brauchst fünf Kilo Fleisch mit vielen Knochen und reichlich Wurzelwerk, Sellerie, Petersilie, Pastinaken, Rüben, was du halt gerade daheim hast. Das verkochst du mit einem Apfel und ein oder zwei Paprikaschoten, je nach Geschmack. Nach ein paar Stunden hast du dann eine gute, kräftige Suppe, die du großzügig mit Kümmel würzt, ehe du sie noch etwas einkochst. Dann lässt du die Suppe einfach stehen, bis das Fleisch im Sud erkaltet ist. Jetzt trennst du das Fleisch von den Knochen ab und röstest in einer Pfanne reichlich Speck in wenig Olivenöl an. Um noch zusätzlichen Geschmack zu geben, fügst du etwas Butter hinzu und lässt eine oder auch zwei größere, aber fein geschnittene Zwiebeln lange genug anschwitzen, sodass sie etwas von ihrer Süße abgeben können. Inzwischen schneidest du das vom Knochen gelöste Fleisch schön klein und gibst es gemeinsam mit etwas gedünstetem Gemüse zu den Zwiebeln in die Pfanne. Nun gießt du mit einem guten Schöpfer Suppe und ein, zwei Gläsern kräftigem Rotwein auf und schmeckst das Ganze noch mit einem Schuss Essig ab, du kannst ruhig auch einen verwenden, der mit etwas Peperoncino versetzt ist, dann wird die Pastete allerdings etwas schärfer. Gemeinsam mit Lorbeer, edelsüßem Paprikapulver, drei braunen Zuckerwürfeln, einer Prise Suppenwürze, ein wenig Curry, etwas gemahlenem schwarzen Pfeffer, Salz und einem Schuss Cognac gibst du ihn in die Brühe und bringst sie noch einmal kräftig zum Aufwallen. Lass sie so lange einkochen, bis dir ihre Konsistenz recht ist. Die Fleischmasse kühlst du eine Nacht lang durch. Wenn du alles richtig gemacht hast, geliert sie schön, und du kannst das Fett, das sich an der Oberfläche abgesetzt hat, bequem abheben. Doch jetzt kommt erst der wirkliche Clou: Nun nimmst du zehn hartgekochte Eier und drei Ecken pikant gewürzten Schmelzkäse, die du gemeinsam fein verhackst und gut untereinandermischst. Die Eier und den Käse rührst du dann unter den sulzigen Fleischteig. Das alles drehst du noch durch einen Fleischwolf mit sehr feiner Scheibe. Jetzt musst du nur noch einmal abschmecken – und kannst die Pastete sofort servieren oder als Aufstrich für später in Gläsern konservieren."

Gilda fuhr mit ihrem zierlichen Zeigefinger nicht wirklich damenhaft in den Aufstrichtopf und schleckte mit sichtlicher Kennerschaft ab, was sie dem Gefäß entlockt hatte.

„Kaum zu glauben, dass da Käseecken und Suppenwürze drin sein sollen."

„Du zählst schon zu jener Generation, die mit Maggi und Vegeta aufgewachsen ist, Gilda, und sich gar nicht vorstellen kann, wie eine Suppe ohne dieses Glutamat-Zeug schmecken würde. Ich hingegen, der ich mich sehr wohl an echte Rindsknochensuppen erinnere, wollte es zunächst auch nicht glauben, dass diese Pastete tatsächlich eine Portion

Glutamat abbekommen haben sollte. Aber der Industriegeschmack verkocht sich, und das Rezept ist absolut wasserdicht. Ich habe es von einem Förster aus dem Uckagebirge erhalten, der es allerdings mit Bärenfleisch zubereitet, was dem Ganzen eine völlig andere geschmackliche Dimension verleiht. Aber Bären sind selbst in unserem Gebiet rar geworden. Und wenn man einmal einen vor die Flinte kriegt," Onkel Ivo machte eine Grußbewegung zum ausgestopften Meister Petz im säkularisierten Heiligenschrein hin, „dann verarbeitet man ihn nicht zu Pastete, sondern schmort ihn oder macht Bärenschinken daraus. Leider habe ich keinen, den ich euch anbieten könnte, aber, jetzt fällt mir was ein, in Bernardas Tiefkühltruhe warten seit dem letzten Winter noch ein paar Bärentatzen. Eine Delikatesse. Ich könnte sie morgen für euch zubereiten. Sie brauchen aber sechs bis acht Stunden, bis die darin enthaltene Gallerte wirklich weich ist. Die ist das Beste daran."

Ich kostete, während er sprach, die Fleischpastete und musste zugeben, dass sie wirklich gut schmeckte. Vor allem diese klammheimliche Schärfe, die sie am Gaumen hinterließ, gefiel mir. Onkel Ivo hatte an Peperoncino-Essig nicht gespart. Ich überlegte allerdings, wie viele Habanero-Chilis er wohl mitschmoren müsste, um mich dazu zu bringen, seine Bärentatzen zu kosten.

Gilda schien diesem Vorhaben indessen keineswegs abgeneigt zu sein.

„Nun, Carozzi, wissenschaftlich interessiert?"

„Um ehrlich zu sein, nicht wirklich." Ich kratzte mich betont grüblerisch an meinem Ohrläppchen und ließ im Geiste alle Rezepte an mir vorüberziehen, die ich in dem Büchlein „Culinaria Antica" meiner Kollegin aus Mailand gelesen hatte.

„Ursus cotus, mhm …", sagte ich bedächtig und schüttelte mein Haupt. „Es fiele mir kein einziges altrömisches Rezept zu gekochtem Bären ein. Ich fürchte, das haben die Römer eher den Germanen überlassen."

Onkel Ivo schien etwas enttäuscht zu sein. Doch immerhin hatte mir Gilda Mut gemacht, endlich mein eigentliches Anliegen vorzubringen. „Aber an Siebenschläfern wäre ich interessiert, und an noch so allerlei, was in unsere römische Taberna im alten Lapidarium von Balaor passen würde."

Nun war es an Gilda, die ganze Geschichte für ihren Onkel zu rekapitulieren. Er hörte sie sich in aller Ruhe an und verharrte dabei überraschend emotionslos und abwartend. Ganz im Gegensatz zu Gilda, die ihre Sache mit einer Begeisterung vortrug, die ich ihr niemals zugetraut hätte. Ich fragte mich allerdings, ob diese Begeisterung der altrömischen Küche galt oder eher der Tatsache, dass sie mit Hilfe dieses kleinen Tricks das Lapidarium hinter ihrer Trattoria nach langen, vergeblichen Bemühungen nun doch in einen Gastgarten verwandeln konnte. Wie auch immer: Gilda war eine leidenschaftliche Frau und nach dem Ende ihrer Ausführungen schien Onkel Ivo gewillt, uns jede Hilfestellung der Welt zu leisten. Von der Idee, antike Triklinien für uns zu zimmern, schien er sogar besonders begeistert zu sein, auch wenn ich den Verdacht nicht ganz loswurde, dass er keineswegs so genau wusste, was da auf ihn zukam.

Doch es war mittlerweile spät geworden. Zwei Flaschen Teran waren ebenso geleert wie die doch recht geräumige Schüssel Fleischpastete, zu der sich im Laufe des Abends noch etwas Rohschinken, Schafkäse und jede Menge Oliven gesellt hatten.

„Ich denke, wir reden morgen weiter", sagte Onkel Ivo, nachdem er uns noch ein letztes Glas von seinem Travarica aufgedrängt hatte, einem angesetzten Schnaps, der zwar angenehm kalt durch die Kehle lief, am Gaumen aber einen so picksüßen Schleier hinterließ, dass ich mich ehrlich nach Gildas Peperoncini-Grappa zurücksehnte.

„Und was die Siebenschläfer betrifft," sagte Onkel Ivo, „so werden wir erst weiterreden, wenn unser Herr Archäologe eine Nacht in unserem Siebenschläferzimmer verbracht hat."

Gilda kicherte.

Und schon eine knappe Stunde später wusste ich auch ganz genau wieso.

***

Das Siebenschläferzimmer verdankte seinen Namen einem riesigen Ölgemälde, das unmittelbar gegenüber des Bettkastens über einer breiten Anrichte hing, auf der allerhand Nippesfiguren, darunter auch etliche aus der Werkstatt Hummel, standen, die mit ihren Hans-im-

Glück- und Rotkäppchenmotiven einen eigenwilligen Gegensatz zu den Kalaschnikows an der Außenmauer bildeten.

Das Gemälde selbst mochte wohl so an die hundert Jahre alt sein, war aber, wenn man von seinem kunstvoll gedrechselten und blattvergoldeten Rahmen absah, ohne jeden künstlerischen Wert. Dennoch erzählte es so manches über seine beiden Protagonisten, die auf dem in den Rahmen eingelassenen Messingschild als „glires in autumno" bezeichnet wurden. Das war auch für einen Archäologen, der sich wie ich auf die Schätze der Mayas und Azteken spezialisiert hatte, nicht schwer zu übersetzen und bedeutete: „Siebenschläfer im Herbst".

Das Bild zeigte unter einer Kuppel aus dichtem, in allen herbstlichen Farben üppig flammendem Blätterwerk einen armdicken Buchenast, auf dem zwei feiste Tierchen mit silbrig-grauem Pelz und weiß aufgehelltem Bauchfell saßen, die mit ihren von dünnen Tasthaaren besetzten spitzen Schnauzen wie Mäuse, von der Körperdimension eher wie Ratten und mit ihren buschigen Schweifen fast wie Eichhörnchen aussahen. Auffällig waren die großen, klugen, von dunklen Ringen umrandeten Augen, die den Betrachter sofort für die kleinen Nager einnahmen. Der eine hielt sympathischerweise ein paar Waldfrüchte umklammert, während sich sein Nachbar, weniger sympathisch, gerade an den Verzehr eines Borkenkäfers machte.

Die beiden blinzelten mir, vom durchs Fenster einfallenden Mond in ein bizarres Licht gerückt, immer noch zu, als ich mich in mein Kastenbett verkrochen hatte und unter meiner Bauerntuchent trotz des etwas kratzigen Linnens alsbald in einen Schlaf verfiel, der allerdings nicht von langer Dauer sein sollte.

Als ich gerade im Begriff war, die Schwelle ins Reich von Bruder Morpheus endgültig zu überschreiten, wurde ich durch ein Scharren und Kratzen zurückgehalten, unter das sich, je länger ich hinhörte, zunächst ein unüberhörbares Murmeln, Zirpen und Quieken, dann aber immer mehr schrille Pfiffe mischten, bis sich das Ganze zu einer kakophonischen Klangkuppel verdichtete, unter welcher sogar mein durchaus solide gezimmertes Kastenbett zu erzittern schien.

Ich machte wieder Licht und starrte, während der Lärm und das Pfeifen zu einem Bacchanal ausarteten, in dem nicht mehr nur gescharrt und gekratzt, sondern über meinem Kopf auch getanzt wurde, erneut auf das Gemälde mit den beiden Siebenschläfern, an dem mir nunmehr ein neues Detail auffiel. Kaum merklich ragte aus dem Dunkel hinter den herbstlichen Farben eine Stange in die Baumkrone, an der ein viereckiges Stück Holz mit einer Mulde befestigt war, in der sich etwas befand, das beim ersten Hinsehen wie Kohle aussah. Erst als ich es näher betrachtete, sah ich, dass es sich dabei um eine Dörrzwetschke handelte, die so seidig glänzte, als hätte jemand sie mit Öl bestrichen.

Jetzt erst fiel mir auch auf, dass die Höhlung, in der sich das Dörrobst befand, durch ein hauchdünnes Brettchen zugeklappt werden konnte, das sich, an einer straff gespannten Schnur befestigt, im Blattwerk versteckte.

Der Tanzboden über mir vibrierte weiter, und je lauter das Getrampel und Getrappel wurde, desto mehr verstand ich Gildas Grinsen, bevor ich zu Bett gegangen war.

Das Orchester, das einen Stock höher seinen „Bolero Infernal" probte, hatte die Crescendo-Phase mittlerweile hinter sich gebracht und sich zu einem so markerschütternden Fortissimo gesteigert, dass es mich nicht gewundert hätte, wenn der Lärm plötzlich den Dachfirst über meinen Kopf hinweggerissen und ich mich mitten unter dem klaren Sternenhimmel dieser hellen Mondnacht wiedergefunden hätte.

Allmählich hatte ich mich auch damit abgefunden, dass in dieser schaurigen Nacht an ein Einschlafen wohl nicht zu denken sein würde. Es war, als hätte jemand, der es auf meinen Schlaf abgesehen hatte, eine Höllenmaschine installiert, die mich permanent aus demselben reißen sollte. Onkel Ivo hätte ich das ohne weiteres zugetraut, und Gildas kindisches Kichern blieb mir dabei ebenso im Ohr wie die im Stakkatorhythmus über mich niedergehenden Schnarr-, Schlurf- und Piepsgeräusche.

In meiner Verzweiflung suchte ich nach einer Waffe und hätte im Bedarfsfall vielleicht sogar zu einer Kalaschnikow gegriffen, fand aber leider nur einen Besen hinter einem alten verstaubten Tischfußballspiel. Ich klopfte mit dem Stiel mehrere Male gegen die Balkendecke, bis diese sich unter meinen heftigen Schlägen rhythmisch zu bewegen begann und an einem Seitenende ein kleines Stückchen des die Decke stützenden Mauersimses herunterbrach.

Der Lärm ebbte ab und fast traumwandlerisch wiegte ich mich in der Illusion, es sei endlich wieder Stille eingekehrt. Jetzt noch ein schönes, scharfes Chiligericht, dachte ich, und alles wäre wieder gut. Allein: Das „Da Capo" der Lärmorgie ließ nicht lange auf sich warten und der Bogen des Crescendos begann sich neuerlich über diesen zu Ende gehenden Tag zu spannen, der, wie es schien, in keine Nacht münden wollte.

Um mir die Zeit zu vertreiben, begann ich mich in dem geräumigen Zimmer, das Onkel Ivo mir zugewiesen hatte, genauer umzusehen. Über einem Gläserkasten mit allerlei Schnapsbuddeln, bunten Likörgläsern, Porzellanfröschen, russischen Puppen, Spieldosen, bunt bemalten Zinnfiguren, einem in Silber gefassten Jugendbildnis Kaiser Franz Josephs, einem funkelnden Rosenquarz, einem angeschnittenen Amethyst und einem Gips-Schutzengel waren auf einem Bücherbord etliche in Stehrähmchen gesteckte Fotos aus Onkel Ivos glorioser Soldatenkarriere zu finden.

Seit ich mit dem Besenstiel an die Decke geschlagen hatte, hörte das Rieseln des Verputzes vom Mauersims nicht mehr auf. Nicht auszudenken, was passieren könnte, wenn dieses Rieseln die ganze Nacht lang anhielt. Die Nacht war allerdings noch recht jung und der Schlaf angesichts des wieder ansteigenden Lärmpegels noch weit.

Onkel Ivo schien das geahnt zu haben und hatte vorgesorgt. Auf meinem Nachtkästchen fand ich nämlich ein dickes, sogar in deutscher Sprache verfasstes Buch aus dem späten neunzehnten Jahrhundert, das nichts anderes als eine nach Jahrestagen geordnete Sammlung von Heiligenlegenden mit zahlreichen realistischen Illustrationen aus der katholischen Sado-Maso-Abteilung war. Fromme Christen, die gerne zersägte Menschen, abgeschnittene Brüste und enthäutete Gliedmaßen sehen, kamen hier voll auf ihre Rechnung.

Ziemlich genau in der Mitte des Buches steckte ein Lesezeichen, das den 27. Juni markierte, der tatsächlich vor etwa zwei Stunden angebrochen war. Als Tagesheilige waren Johannes, Serapion, Martinianus, Dionysius, Constantinus, Maximinian und Malchus vermerkt, sieben Brüder, die sich der Legende nach während der Christenverfolgung durch den römischen Kaiser Decius im Jahre 251 in einer Höhle bei Ephesos versteckt hielten und von römischen Soldaten, die ihnen auf der Spur waren, eingemauert wurden. Doch die sieben Brüder, so erzählte die Legende weiter, starben nicht, sondern fielen bloß in einen tiefen Schlaf, der währte, bis die Höhle im Jahr 446 mit den jungen Leuten entdeckt wurde, die sich gerade die Augen rieben.

Gott, wie beneidete ich diese Brüder, nach denen bis heute der Siebenschläfertag benannt ist, der, wie Onkel Ivos Legendenbuch vermerkte, nicht nur aus theologischer, sondern auch aus meteorologischer Sicht von Bedeutung ist. „Wenn die Siebenschläfer Regen kochen, so regnet es vier ganze Wochen“, lautet die dazugehörige Wetterregel, die für den Bauernstand ebenso erfreulich wie für die Fremdenverkehrswirtschaft bedrohlich ist.

Ein reines Glück, dachte ich, dass das südliche Sommerwetter den regenmacherischen Künsten der Siebenschläfer kaum eine Chance ließ. Vier Wochen Regenwetter, das wäre genau das, was mir für das ohnedies noch recht zart keimende Pflänzchen meines Open-Air-Projekts im Lapidarium in den nächsten Wochen noch gefehlt hätte.

Doch im Moment hatte ich ganz andere Probleme. Die Mauerstelle, die ich mit meinem Besenstiel angebohrt hatte, erwies sich weiterhin als rieselfreudig. Und dann machte es plötzlich plopp, und ein undefinierbares Etwas klatschte von der Decke herab direkt auf das darunter liegende Tischfußballfeld.

Da saß er nun zwischen einem rotbehosten und einem blaubehosten Kicker und glubschte mich an.

„Was nun, Mister 007-Schläfer?“, fragte ich.

007 senkte seinen Blick auf den grünen Rasen und tat, was für ihn das Vernünftigste auf der Welt war: Er begann zu scharren, um sich ins Erdreich einzugraben. Es war bloß kein Erdreich da, stattdessen brachte er durch sein Scharren die hinter ihm verharrende Rothose ins Rotieren, die ihn recht unsanft knapp unter seinem buschigen Schweif ins Hinterteil kickte.

007 vollführte vor Schreck ebenfalls einen Salto, blieb aber, statt sich aus dem Fußballfeld zu katapultieren, mit seiner Schnauze zwischen einer Blau- und einer Rothose stecken, was ihm einen schmerzhaften Quieker von so schauderbarer Länge entlockte, dass es selbst mir die Nackenhaare aufstellte, und erst recht 007.

Ich versuchte, ihn aus seiner misslichen Lage zu befreien. Doch 007 wollte weder geschüttelt noch gerührt werden und hakte seine spitzen

Krallen gottlob nicht in meinem Handrücken, sondern in meinem Pyjamaärmel ein, was mir trotzdem einen unterirdischen Kratzer von beachtlicher Länge bescherte.

„Dann bleib halt, wo du bist, Mistvieh!", fauchte ich ihn an.

007 schien jedes Wort zu verstehen, fauchte zurück und setzte zu einer gewaltigen Volte an, die ihn mit Sicherheit ein paar Meter außerhalb seines Gefängnisses befördert hätte, wäre sein Schwanz, der immerhin fast die Hälfte seiner Körpergröße ausmachte, nicht am Tormann gescheitert.

Der Goalkeeper hielt brillant, 007 drehte sich mehrmals um die eigene Achse und plumpste zurück. Nun bedurfte es keines Schiedsrichters mehr: Des Pfeifens war kein Ende.

Tief in seiner Ehre verletzt und um die Wirkung seiner Tarierstange gebracht, als welche ihm sein Schwanz zuvor gedient hatte, griff 007 den Tormann nunmehr frontal an, verbiss sich zunächst in seinen rotierenden Körper und schlug diesen schließlich mit einer gewaltigen Prankenbewegung ins Abseits.

Das Tor war frei, und 007 war dumm genug, es für ein Erdloch zu halten und sich hineinzuzwängen.

Nun pfiff er in des Wortes buchstäblichem Sinn aus dem letzten Loch, und obwohl ich mir geschworen hatte, ihm nicht mehr beizustehen, erregte er mein Mitleid, wie er, mit dem Rumpf voran, in jenem Kanal steckte, in dem sonst die Bälle nach unten fallen, und 007 weder in der Lage war, sich nach vorne noch nach hinten zu bewegen.

Ein zarter und gutgemeinter Versuch meinerseits, ihn an seinem buschigen Schweif aus der Malaise, in die er sich selbst gebracht hatte, herauszuziehen, endete in einem so herzzerreißenden Gejaule, dass ich einen zweiten Versuch lieber unterließ.

Ich entsann mich also meines Allzweck-Besenstiels und gab 007 eine kleine Marschierhilfe, indem ich ihm von hinten einen zwar ebenfalls von einem gellenden Schrei begleiteten Stups versetzte, der ihn jedoch prompt durch den Kanal in das Ballnetz beförderte.

007 zappelte nicht lange in seinem Gefängnis. Noch ehe ich ihm zu Hilfe kommen konnte, hatte er es durchgebissen und war mit seinen seidigen Pfoten nach nur zwei Sprüngen direkt auf meinem Kopfpolster gelandet.

Da saß er nun und sah mich mit seinen treuherzigen Augen an. Und hätte er sprechen statt quietschen können, er hätte wohl „Darling, komm jetzt endlich ins Bett!" gesagt.

***

Bevor ich mir noch eine Strategie überlegen konnte, wie ich es anstellen sollte, dem offensiven Liebeswerben von 007 zu entgehen, ging hinter mir plötzlich die Tür auf. Breitbeinig stand Onkel Ivo im Türstock und rieb sich lachend die Hände.

„Nun, verstehst du jetzt, Archäologe, warum man bei uns sagt, dass der Teufel selbst die Siebenschläfer auf die Weide führt?"

Ich antwortete mit einem tiefen Seufzer.

„Ich bin ein guter Teufel", erwiderte Onkel Ivo. „Zieh dich an und lass mich dir noch was zeigen."

Trotz der sommerlichen Temperatur hatte Onkel Ivo, wie er sagte, „mir zu Ehren" seine Polhovka aufgesetzt. Sie war, wie er sich gleich zu erklären anschickte, eine aus Siebenschläferfell gefertigte Pelzmütze, die wiederum Teil der traditionellen Wintertracht der slowenischen Tschitschen war, von denen Onkel Ivo, im Gegensatz zu seinem italienischstämmigen Vetter Boldo, abstammte.

„Für die Freunde meiner Nichte Gilda tu ich fast alles", sagte er und Gilda lugte, neckisch-unfrisiert und mit großen schwarzen Augen, hinter Onkel Ivos massigen Schultern hervor.

„Seit Mitternacht schreiben wir den 27. Juni, Dottore", sagte Onkel Ivo und setzte dabei seinen schaurigsten Soldateska-Blick auf. „Und 27. Juni, das ist Weltbilchtag."

„Ist mir nicht entgangen", erwiderte ich und wollte auf das Legendenbuch zeigen, sah aber stattdessen nur 007, der munter seine Salti über meinem Kastenbett schlug.

„Mach schon, Carozzi", tschilpte Gilda mit spitzer Stimme hinter Onkel Ivos kraftstrotzendem Körper hervor. „Der Onkel hat eine Überraschung für uns."

Während ich mich anzog, stieg Gilda auf einen Stuhl und verstopfte die Öffnung unter dem Mauersims, die ich mit meinem Besen verursacht hatte, mit einem Handtuch. Dann öffnete sie das Fenster, gab dem gerade wieder auf meiner Decke hockenden 007 einen Klaps, woraufhin der neckische kleine Bilch mit Erfolg zu einem weiten Sprung hinaus in die Nacht ansetzte und im Wald verschwand.

Wir folgten ihm dorthin schon kurze Zeit später nach. Onkel Ivos Range Rover kehrte dem Meer den Rücken zu und fuhr, den Gebirgskamm ansteuernd, landeinwärts in den Mischwald. An manchen Stellen verlangsamte er das Tempo, schaltete das Fernlicht ein und machte uns auf ein vorbeiziehendes Rudel von Rehen oder Wildschweinen aufmerksam.

„Vielleicht habt ihr Glück und wir sehen auch einen Hirsch“, sagte Onkel Ivo. „Doch die lassen sich nur selten hier blicken, genauso wenig wie die Bären.“

„Warum fürchten sich die Tiere nicht vor uns und dem Licht?“, fragte ich.

„Merk dir, Carozzi: Ein fahrendes Auto wird von den Tieren niemals als Feind, sondern als Freund betrachtet. Fahrende Autos bringen Futter. Die Tiere kommen ganz zutraulich her, solange man sie nicht dadurch verunsichert, dass man eines von ihnen aus dem Wagenfenster erlegt. Aus dem Fenster schießen, das ist das letzte, was man tut, zumindest bei Tieren.“

Das Gelände, das wir durchquerten, wurde immer unwegsamer, bis Onkel Ivo dort, wo sich die letzten Reste der Fahrstraße endgültig in Schlingwerk und Wurzeln verloren, Halt machte und drei Handfackeln aus dem Kofferraum hervorholte.

„Jetzt geht's an die Ernte“, sagte Onkel Ivo, während er die Fackeln entzündete und sowohl Gilda als auch mir eine davon in die Hand drückte. „Ich war nämlich nicht untätig, während unser Dottore im Konzert gesessen ist.“

Da war es wieder, dieses spitze Kichern, von dem man nicht wusste, ob es nur übermütig oder bösartig gemeint war.

Onkel Ivo forderte uns mit einem Wink auf, ihm ins Unterholz nachzufolgen, aus dem er zu meiner Überraschung eine Waldrebenranke von annähernd zwei Meter Länge hervorzog und sie sich wie einen Strick um den Hals legte.

„An der Siebenschläferjagd hat sich in den letzten hundert Jahren nicht viel geändert, nur dass sie früher überall erlaubt war, während sie heute in den meisten Ländern der Welt verboten ist, die Balkanstaaten und England ausgenommen", sagte er. „Man hat mit den kleinen Quälgeistern schon immer kurzen Prozess gemacht und ihnen mit einfachen Baumfallen nachgestellt. Nur in ganz frühen Zeiten, als die Siebenschläferplage noch viel größer war als heute, da sind die Bauern und Bäuerinnen in den Nächten von Samstag auf Sonntag mit den ältesten Klamotten, die sie besaßen, in den Wald gegangen und haben sich dort ihrer Oberkleider und vor allem auch der Stiefel entledigt. Danach brauchten sie nur zu warten, bis Hunderte von Siebenschläfern in ihre Kleider hineinschlüpften, und während diese sich in Ärmeln und Hosenrohren verfingen, wurden sie totgeschlagen. Dann hatten die Siebenschläferjäger bis zum nächsten Samstag Zeit, ihre Kleider wieder zu waschen."

„Warum gerade bis Samstag?", fragte Gilda.

„Lag wohl daran, dass es damals noch keinen Samstagssport im Fernsehen gab", sagte ich frech und handelte mir einen vorwurfsvollen Blick von Gilda ein.

Onkel Ivo ließ sich dadurch nicht aus dem Konzept bringen.

„Das hängt mit einem alten Aberglauben zusammen, wenn ihr so wollt. Oder auch mit Glauben. Die Menschen damals glaubten, dass die Siebenschläfer des Teufels fünfte Kolonne seien."

Während wir immer tiefer in den Buchenwald vordrangen und unsere Fackeln geisterhafte Schatten in die Baumkronen zauberten, begann er zu erzählen.

„Wir befinden uns im Reich des bocksfüßigen Pan. Pan, der Teufel, halb Mensch, halb Bock. Er hatte, so waren zumindest unsere Vorfahren überzeugt, in Samstagnächten keine Macht, seine quiekenden Schützlinge aus Menschenkleidern zu vertreiben. Und dennoch hatten sie Angst davor, dass er unter lautem Pfeifen und Peitschenknallen dann doch erschien, und wehe der armen Seele, die beim dritten Pfeifen an ihm anstreifte."

„Die ist dann wohl einem Satyr auf den Leim gegangen", bemerkte ich höhnisch. „So einen wollte ich immer schon treffen."

„Heute ist deine Chance, Carozzi, doch … pssst!"

Ich hörte ein leises, verzweifeltes Quieken.

„Da haben wir ja schon einen."

Onkel Ivo zog eine lange Stange aus einer Baumkrone, an der jener kleine Holzsarg steckte, den ich auf dem Ölgemälde im Siebenschläferzimmer gesehen hatte. Nur war der elastische Holzbogen nun nicht mehr darübergespannt, sondern über dem armen Opfer, das mitsamt seinem buschigen Schweif in der Kiste steckte und erbarmungswürdig bibberte, zugeschnappt.

Onkel Ivo schlug mit der Falle gegen einen Baum, bis der letzte Seufzer erstarb. Dann nahm er das eine Ende der Ranke in die Hand, die er um den Hals gelegt hatte, und zog es durch die Schnauze seines Opfers, bevor er bis auf Weiteres im Dunkel des Waldes verschwand.

„Wo ist er geblieben?", fragte Gilda.

Der Buchenwald gab keine Antwort. Nur da und dort hörte man einzelne, schrille Pfiffe.

„Vielleicht hat ihn ja tatsächlich der Teufel geholt, wenn er doch so gute Beziehungen zu ihm unterhält", sagte ich im Flüsterton.

„Du solltest ihm dankbar sein", zischelte Gilda zurück. „Onkel Ivo hat das alles nur wegen dir inszeniert. Normalerweise geht er nur auf Bären."

„Vielleicht sollten wir das mit dem Apicius-Abend doch noch einmal überdenken", sagte ich und dachte an 007.

„Willst du jetzt kneifen?"

„Nein, aber ich überlege, ob man das Siebenschläferrezept des alten Apicius nicht auch mit kleinen Kaninchen zubereiten könnte."

„Die musst du doch auch vorher töten", sagte Gilda.

„Nein, ich nicht", erwiderte ich nach einem kurzen Augenblick des Überlegens. „Ich muss nicht einmal dabei zusehen."

Inzwischen hatte Onkel Ivo seinen Beutezug beendet und hatte mehr als ein Dutzend von ihm erlegte Siebenschläfer an einer durch deren Schnauze gezogenen Schnur aufgefädelt und als Trophäe über beide Schultern gehängt.

Er warf seinen Fang auf die Ladefläche des Range Rovers und setzte sich zufrieden neben Gilda ans Steuer.

„Du solltest gleich ins Bett gehen", sagte Gilda, die bemerkte, dass ich auf der Hinterbank von Onkel Ivos Range Rover immer wieder wegkippte, „Tante Bernarda hat dir im Nebentrakt ein frisches Bett gemacht, da werden dich keine Bilche mehr wecken. Ich werde Onkel Ivo noch helfen, unsere Ernte einzubringen."

Als ich mich, kaum waren wir am Oliventor angekommen, folgsam hinausschwang, strich mir Gilda völlig unvermittelt durchs Haar und sagte: „Das mit den Kaninchen, das hat mir gefallen, Carozzi."

Ich verstand allerdings nicht mehr ganz, wie sie es meinte. Ich hatte keine Kraft, darüber nachzudenken, und ich fühlte mich auch noch elend, als ich tags darauf bleich und mit noch größeren Augenrändern als 007 zum Mittagessen erschien und Onkel Ivo mit seiner Nichte direkt unterm Oliventor stehen sah, als würden sie dort entweder auf einen Gold- oder einen Pechregen warten.

***

„Ich werde dir etwas vorlesen", sagte Onkel Ivo zu Gilda, als die zwischen Hochnebeln kaum durchschimmernde Sonne die Olivenbäume in ein milchiges, wenngleich noch etwas geheimnisloses Mittagslicht tauchte.

Onkel Ivo fischte einen schon relativ vergilbten Zettel aus seinem Wildlederjackett, stellte sich auf eine schräg aus dem Boden wachsende Steinplatte, die eine gute Kanzel abgab und auf der er, nicht ohne ein gewisses Pathos, zu rezitieren begann:

Aus dem Schatten heraus in die Sonne hinein,
Das muss der Weg durchs Oliventor sein.
Das Oliventor, müsst ihr wissen,
Bilden zwei Bäume, die einander küssen.
Ihre Kronen, dicht mit Früchten behängt,
Neigen sich zueinander, sind zärtlich verschränkt,
Die Stämme wagen sich nicht so weit vor,
Halten ehrfürchtig Abstand und stützen das Tor
Mit morschen, zerschründeten Armen,
Gott der Winde, habe Erbarmen!
Es knirscht im Geäst, manche Blätter sind welk
Doch ausbalanciert ist der Zweige Gebälk
Und stülpt sich wie ein küssender Mund
Über des biegsamen Tores Rund,

Dessen Innres sich füllt, die Brise weht flau,
Mit des Meeres schönstem, dem azurblauen Blau.
Das Blau von Himmel und Meer strömt durchs Tor
Und wären nicht waschweiße Steine davor,
Die Flut, sie kennte kein Halten,
Ihr Blau würd' sich haltlos entfalten.
Doch kann es auch vice versa geschehen
Und das Steinweiß den Weg zum Meer hin gehen.
Dieses Weiß, das nicht ganz durchsichtig ist,
Weil es – noch – mancher irdische Schatten umschließt.
Aus dem Schatten heraus in die Sonne hinein,
Das soll auch der Weg des Torhüters sein.

„Wer hat das geschrieben?“, fragte Gilda.

„Du kennst ihn“, erwiderte Onkel Ivo.

„Ich wünschte, es wäre mein Vater. Er war einmal ein brauchbarer Dichter, aber das ist lange her. Er hat drüben in Triest ein Jesuitengymnasium besucht und sollte eigentlich Priester werden. Die Jesuiten hätten ihn sogar nach Rom an die Gregoriana geschickt. Aber dann starb mein Großvater, und Vater übernahm sein Fischerboot. Damals begann er zu dichten. Als meine Mutter bei meiner Geburt starb, da begann er dann auch zu trinken. Seither tut er beides.“

„Du hast richtig geraten“, erwiderte Onkel Ivo. „Das Gedicht ist fast vierzig Jahre alt, ich habe es mir bis heute aufgehoben. Boldo schrieb es, als er zum ersten Mal mit deiner Mutter herauf nach Valvasor kam. Sie war damals schon mit dir schwanger.“

Über Gildas sonst so fordernde Augen schien sich bei der Erwähnung ihrer Mutter mit einem Mal ein trauriger Glanz zu legen.

„Also kommt schon raus, ihr Verrückten!“, rief Onkel Ivo daraufhin recht unvermittelt ins Rund des Oliventors hinein. „Die Überraschung ist gelungen, ihr braucht euch nicht mehr zu verstecken.“

In der vormittäglichen Stille begann plötzlich ein Motor zu jaulen und das dichte Gestrüpp, welches das Oliventor zur Gutsmauer hin abschottete, teilte sich auf geradezu biblische Weise, um eine Harley Davidson samt einem filmreifen safranfarbigen Beiwagen auszuspucken, der wohl noch aus den 50-ern stammte. Die Harley pilotierte kein Geringerer als Scaramuzza selbst, auf dem Sozius saß Leuchtstanitzel und im Beiwagen suhlte sich, unter dem Dach seines viel zu großen Sturzhelms ein schaurig klingendes Liedchen plärrend, Il Tubo mit einer schon beängstigend leeren Schnapsflasche in der Hand.

Der traurige Glanz verschwand im Nu wieder aus Gildas Augen und wich ihrem scharf konturierten Circeblick.

„Ihr habt doch nicht ernsthaft die Fortuna mitten in der Saison …?"

„Ach, verzeihe", winselte Boldo glubschäugig, aber keineswegs aufrichtig.

„Ich bereue", setzte Il Tubo nach und klopfte sich mit beiden Armen wie ein Menschenaffe schuldbewusst auf die Brust.

Nur Leuchtstanitzel war geistesgegenwärtig genug, um zu sagen: „Wir sind wegen den Triglizerinen hier oder wie hießen die doch gleich, diese … Triniklien, ach, Ivo, sag schon, warum du uns gerufen hast …"

Gildas Blicke trafen kurz die meinen und ich glaubte einen Augenblick lang, ich hätte ein Tête-à-tête mit dem Haupt der Medusa.

„Es heißt Triklinien", sagte ich, so sachlich wie möglich.

Onkel Ivo nahm den Faden auf. „Der Herr Archäologicus fordert, dass ich gezählte zwölf Saunaliegen mit Tischbeinen für ihn zimmern soll, und schon hebt der alte General Ivo einen Bautrupp dafür aus. Oder soll ich die Liegesofas für Balaors neuen Cäsar Carozzi etwa alleine schnitzen?"

„Wir kommen in General Ivos Auftrag, Gilda, glasklar", bestätigte Il Tubo und ließ seine mittlerweile geleerte Schnapsflasche am nächsten Karstfelsen zerschellen. „Wir sind Ivos fünfte Kolonne und brennen auf seine Befehle."

„Haben die beiden tatsächlich unter Ihnen …?", fragte ich den in Rufweite neben mir stehenden Onkel Ivo.

Der grinste mich nur an und erwiderte: Du meinst gedient? – Ja, sie waren hervorragende Leberwurstproduzenten!"

„Ich wusste gar nicht, dass Sie sich mit Klinen auskennen", erwiderte ich, um das Thema zu wechseln, während Gilda, wild gestikulierend, Boldo auf Balaoran beschimpfte, weil er ohne sie zu fragen die Taverne im Stich gelassen hatte.

Onkel Ivo interessierte sich in diesem Augenblick allerdings weder für Gilda noch für seine ehemaligen Kombattanten, sondern schien sich durch meine Bemerkung herausgefordert zu fühlen. „Nicht dass du glaubst, Dottore, ich sei nur ein einfacher Bauer und Soldat. Ich habe meinen Plinius, meinen Varro und vor allem meinen Cato recht gut drauf. Weniges, was seither über das Wesen des Landbaus geschrieben wurde, ist besser als die Einsichten dieser Alten. Und im Übrigen bin ich, um Cato den Älteren ein wenig auf den Stand unserer Zeit zu bringen, der Meinung, dass Serbien dem Erdboden gleichgemacht werden muss."

Mein pflichtschuldiges Lächeln muss ziemlich zerquetscht gewirkt haben. Onkel Ivo jedenfalls ließ mich, von der mit ihrem Vater hadernden Gilda unbeobachtet und auch von Il Tubo und Leuchtstanitzel kaum bemerkt, im Patio stehen, ging ins Innere seines Landguts und kam erst eine gute Weile später mit einem Buch von der Größe eines Missale Romanum wieder zurück: „Das ist der elfte Band der 1689 erschienenen Topographie von Johann Weichard Freiherr von Valvasor, der diesem Haus seinen Namen gab und mit bemerkenswerter Genauigkeit darüber Buch führte, wie das damalige Herzogtum Krain an Körper und Seele beschaffen war. Er konnte nicht wissen, dass dereinst unsereins an dieser Stelle hausen würde, just dort, wo er sich sein Land- und Forschungsgut errichten ließ, von wo aus er Mensch und Tier Tag und Nacht mit einigem Eifer beobachtete. Andererseits ahnte der Freiherr vielleicht auch schon, was auf ihn und seine Nachkommen zukommen würde."

Onkel Ivo schlug eine Doppelseite auf und breitete den in Leder und Pergament gebundenen Wälzer vor meinen Augen aus. „Da lies, Carozzi, es ist sogar in deiner Muttersprache geschrieben", schlug er vor und wies auf eine Stelle, in der es hieß: „Die Einwohner sind Tagediebe und frechmütigen Räubereien zugeneigte Gesellen, die nicht gern arbeiten, sondern lieber mit dem Rohr dem Wild- und Vögelschießen nachgehen."

Onkel Ivo übersetzte den Satz und fügte unter dem schallenden Beifall von Il Tubo und Leuchtstanitzel hinzu: „Da wird er doch nicht womöglich unsereins gemeint haben, der alte Freiherr."

Scaramuzza riskierte lediglich ein gequältes Lächeln und war froh, dass Onkel Ivo seine Scherze nicht mit ihm, sondern mit seinen beiden alten Kriegskameraden trieb.

Onkel Ivo klatschte laut in die Hände und sagte: „So lasst uns also zu Tisch gehen."

Bernarda schien sein Zeichen verstanden zu haben, denn noch während wir rund um Onkel Ivos auf einen Holzpflock aufgebockte Tischplatte Platz nahmen, erschien sie mit einem Topf voll leuchtend rotem und ziemlich fettigem Gulaschsaft, der mehr als ein Dutzend enthauptete und geschmorte Siebenschläferrümpfe überglänzte.

„Strotzen sie nicht vom blühenden Fett?", wandte sich Onkel Ivo an mich und ich wusste nicht recht, was ich darauf antworten sollte. Doch Onkel Ivo schien gar keine Antwort zu erwarten. „Sag ihm, Bernarda, sag dem Herrn Fachmann Archäologicus, wie du das gemacht hast. Hast du das wie die alten Römer gemacht?"

Ein scheues Lächeln huschte über Bernardas Lippen.

„Ich kenne mich mit den alten Römern nicht aus", erwiderte sie verlegen. „Ich habe die Siebenschläfer einfach nach Tschitschenart gemacht."

„Sag ihm, wie das geht, Bernarda, er muss es wissen. Der Dottore ist ein Fachmann für Siebenschläfer, aber ein blutiger Anfänger, was Tschitschen betrifft."

„Ich mache sie ganz ähnlich wie ein Triestiner Goulash", antwortete Bernarda eilfertig, während sie jedem von uns mit einem Riesenschöpflöffel zwei Bilche sowie jede Menge Kartoffelpolenta auf die bunt bemalten Holzteller schob und ausreichend dunkle, sämige Sauce darüberschwappen ließ. „Das Rezept ist ganz einfach. Du machst einen Ansatz aus lange in Fett geschmorten Zwiebeln, lässt die Siebenschläfer darin Farbe nehmen, gießt mit Teranwein auf und bedeckst sie mit Wasser. Dann lässt du die Siebenschläfer mit etwas Senf, Rosmarin, Lorbeer, geschälten Tomaten und Salbei zwei bis drei Stunden lang schmoren und kochst die Sauce am Schluss notfalls noch ein, bis sie sämig ist, oder du rührst ein bisschen Stärke darunter. Keine Hexerei."

Onkel Ivo goss jedem von uns aus einer dickwandigen Karaffe ausreichend Teran in seinen Kristallkelch, der sich freilich bei näherer Betrachtung als billiges Pressglas entpuppte.

„Ich verstehe nicht, was du mit deinen Siebenschläfern hast, Carozzi", wandte sich Onkel Ivo an mich. „Das ist doch nur ein Haufen

Knochen mit wenig Fleisch dran. Der Aufwand lohnt sich nicht, wenn ich da an einen Bären denke, und erst an Bärentatzen …"

„Ich will mich nicht wiederholen, aber die Römer aßen keine Bären, zumindest weiß ich nichts davon."

„Wie, sagtest du doch gleich, bereitete der alte Apicius die Siebenschläfer zu?"

„Er füllte sie mit einer Farce aus gehacktem Schweine- und Siebenschläferfleisch, Pfeffer, Nüssen, Pinienkernen, Laserwurzel und würzte alles mit Liquamen, einer Paste aus sonnengetrockneten und schon leicht angefaulten Fischen. Danach brauchte er sie nur noch auf heißen Ziegeln im Backofen zu garen."

„Angefault? – Was tust du meiner Gilda an, Carozzi?", meldete sich Scaramuzza zu Wort, der unserer kleinen Diskussion bis jetzt mit einer stummen Ratlosigkeit gefolgt war, die ich noch gar nicht an ihm kannte.

„Liquamen ist nichts anderes als das Ketchup der Römer, und vermutlich schmeckt es, vor allem wenn Gilda es macht, besser als Ketchup", versuchte ich Scaramuzza zu beruhigen.

„Grausiger als dieses Siebenschläfergulasch können stinkende Fische auch nicht schmecken", warf Il Tubo ein, der sichtlich an seiner Bilchkeule würgte.

„Ach, sei still", fuhr ihm Gilda, der diese unverblümte Kritik an Bernardas Küche peinlich war, über den Mund. „Dir hat doch der Weingeist schon seit Langem die letzten Geschmacksknospen ausgebrannt."

„Ich find's interessant", versuchte ich einzulenken. „Vielleicht ein bisschen zu wenig Fleisch im Verhältnis zu dem vielen Gerippe, aber das wenige schmeckt …"

Nein, die Siebenschläfer verursachten am Gaumen wahrlich keine Geschmacksexplosionen. Das Fleisch schmeckte, wenn man positiv gestimmt war, zwar würzig, war aber an etlichen Stellen auch gallenbitter. Am besten schmeckten noch die Innereien, doch auch in dieser Hinsicht war jeder Wildhase dem Siebenschläfer bei Weitem überlegen.

„Siebenschläferfett soll ja gut gegen Lungenschwindsucht sein", mischte sich Leuchtstanitzel ein.

„Leberzirrhose wär mir lieber“, erwiderte Il Tubo.

„Dagegen hilft’s aber nicht“, sagte Gilda streng. „Aber wer weiß, vielleicht kann ich aus den Resten deiner Leber eines Tages noch Liquamen machen, Gestank erzeugt sie heute schon genug.“

„Das war unzart von dir, Gilda“, rügte Boldo.

„Streitet ihr euch in Balaor eigentlich immer noch um eure Fischgründe?“, versuchte Onkel Ivo das Thema zu wechseln.

„Was heißt streiten?“, konterte Leuchtstanitzel, „es herrscht Krieg. Zwei Opfer hat er schon gefordert. Lukobran hat der Erzengel zwischen seinen Eisenflügeln den letzten Tropfen Blut rausgequetscht, und gestern hat’s die alte Zarazà erwischt. Sie ist in Triest im Spital gestorben. Und zwar an Gift.“

„So ein Unsinn“, fiel ihm Gilda ins Wort. „Lukobran hatte einen tragischen Unfall, weil der Erzengel vor der Präfektur nicht mehr ordentlich an seinem Sockel verankert war, und Teresa Zarazà war hundertein Jahre alt. Mit ihrem Ableben war täglich zu rechnen. Das sind doch alles Schauergeschichten.“

„Aber all diese Schauergeschichten“, wandte ich ein, „scheinen damit zusammenzuhängen, dass die kleineren Schiffe der italienischen und die größeren mittlerweile der slawischen Bevölkerung von Balaor gehören, was, Scaramuzza?“

„Mag sein, Carozzi, mag sein“, antwortete Scaramuzza nachdenklich. „Aber die Italiener tanzen ihre Furlana und die Slawen tanzen ihre Schiava, und es bleibt doch derselbe Tanz.“

„Und zuletzt bleiben wir doch alle Balaoraner“, fügte Leuchtstanitzel hinzu, „und denen liegt nun einmal schon seit jeher die Seeräuberei im Blut. Mit unseren leichten Barkassen haben wir schon zu Kaiser Trajans Zeiten Angst und Schrecken am Mittelmeer verbreitet. Erst als uns Rom das Bürgerrecht gab, haben wir unsere Fregatten eingemottet.“

„Ja, wenn wir uns nicht im Recht fühlen, dann sind wir unberechenbar“, lallte Il Tubo und schob sich einen letzten Siebenschläferknochen in die Kehle, an dem er fast erstickt wäre, hätte ihn Bernarda nicht mit ein paar Schöpflöffeln Sauerkrautsuppe davor gerettet.

Am Schluss dieses langen, in weiterer Folge noch durch etliche Strudel und Kuchen aus Bernardas Hand sowie mehrere Flaschen Teran aus Onkel Ivos Keller in die Länge gezogenen Festmahls war von uns allen nur noch Gilda fahrtüchtig. Und ehe ich mich's versah, war mein Lada von Onkel Ivo auch schon als Fahrzeug für den nicht gerade von Tatendrang getriebenen Triklinium-Bautrupp requiriert und ich sah mich von Gilda, ohne dass ich ihr maßgeblichen Widerstand entgegensetzen konnte, in das an der Harley hängende, safranrote U-Boot abgedrängt. Onkel Ivo stülpte mir zum Abschied noch Il Tubos Helm über den Schädel und setzte mir eine Styroporschachtel auf den Schoß, deren Deckel ich neugierig lüpfte, um darunter eine ganze Batterie tiefgekühlter Siebenschläfer in Paradeformation zu entdeckten. Schnell schloss ich den Deckel wieder.

„Wir werden mindestens zwei Autos brauchen, um deine Triklinien zu liefern", sagte Onkel Ivo. „Meines und – deines."

Ich warf einen verzweifelten letzten Blick auf meinen Lada.

Onkel Ivo verabschiedete sich von mir, indem er mir pathetisch das Versprechen abnahm, bald wieder zu kommen und statt dieser grauenvollen Siebenschläfer mit ihm einen Bären zu verzehren, auch wenn dieser keine römische Spezialität sei. Und von Gilda verabschiedete er sich, selbst sturzbetrunken, mit den aufmunternden Worten: „Solange man sich am Lenkrad festhalten kann, sagt ein altes slawisches Sprichwort, kann man auch fahren. Und bedenke, meine Liebe, dass dieses Sprichwort so alt ist, dass es noch aus der Zeit stammt, bevor die Servolenkung erfunden wurde."

„Motorräder haben keine Servolenkung", wandte ich ein, doch Onkel Ivo hörte mich nicht mehr.

„Halt dich gut fest", rief Gilda, warf die Harley an, und die nervenzerfetzendsten zwei Dutzend Serpentinen meines bis dato gar nicht so abenteuerlos verlaufenen Archäologendaseins lagen vor mir.

5. Kapitel

Vinum mulsum

Das Warten ist die sesshafte Schwester der Veränderung. Nur allmählich gewöhnte ich mich daran, dass diese Wahrheit auf Balaor in ganz besonderem Maße zutraf. Ich wartete und spürte dennoch jede Sekunde, die trotz meines Verharrens verstrich, wie sich die Dinge um mich verwandelten, ohne dass ich dessen gewahr wurde und auch nur den geringsten Zugriff darauf hatte. Eine Weile schrieb ich das der Tatsache zu, dass ich hier auf Balaor, zumindest vorläufig, nur Zaungast war. Doch diese Erklärung befriedigte mich bald nicht mehr. Es wurde mir zunehmend bewusst, dass ich in den Sog der Ereignisse wie von selbst hineingezogen wurde. Ich erinnerte mich also gelassen des alten Kafka-Wortes, dass nicht das Warten nutzlos sei, sondern nur das selbständige Eingreifen – und wartete weiter.

An Wartesälen fehlte es nicht. So wartete ich trotz Nonnos Intervention bei Macorig noch immer darauf, dass nach einem ersten kleineren Barvorschuss endlich auch mein erstes Gehalt auf dem eigens dafür eingerichteten Konto eintraf. Ich wartete auf die recht spärlich eintröpfelnden Interessenten, die das Lapidarium besichtigen wollten. Ich wartete auf die Triklinien für mein Lapidarium, die längst hätten fertig sein sollen. Außerdem wartete ich auch darauf, dass die Einladungen, die ich für den ersten Apicius-Abend mitsamt dem Wortlaut des Eröffnungsmenüs in Auftrag gegeben hatte, endlich auch wirklich gedruckt wurden. Und obwohl ich mir trotz oder gerade wegen meiner Beobachtungen auf dem Sockel vor der Präfektur immer wieder einredete, dass mich das alles nichts anging, wartete ich auch auf neue Erkenntnisse im Fall Lukobran. Doch die wenigen italienischen Zeitungen, die man in Balaor bekam, schrieben nichts darüber. Die kroatischen konnte ich nicht lesen. Und wenn ich jemanden wie Nonno, Macorig oder auch Il Tubo und Scaramuzza danach fragte, so erntete ich nur ein wortloses Kopfschütteln. Jeder schien sich damit abgefunden zu haben, dass es ein Unfall gewesen war; aber gleichzeitig schien es keiner zu glauben.

Der einzige Trost während all der Warterei lag darin, dass ich dabei nicht immer alleine war. Valeria beispielsweise leistete mir dabei auf der Terrasse des Castelletto gerne Gesellschaft und lernte zwischenzeitlich nicht nur meine Seeigel, sondern auch meine Vorliebe für extrascharfe Chilis kennen. Wir siezten uns zwar noch, aber ich arbeitete mit großer Zuversicht an einer Vertiefung unserer Bekanntschaft. Valeria war eine jener seltenen Frauen, bei denen Schönheit und Warmherzigkeit nicht in Widerspruch zueinander stehen. Was Valerias Umgang mit ihrer Umwelt betraf, war sie das absolute Gegenteil einer Femme fatale, auch wenn ihr Aussehen ihr jegliches Recht gegeben hätte, eine solche zu sein.

Auch Gilda hätte, selbst wenn sie das immer wieder gestenreich in Abrede stellte, wohl ganz gern mit mir auf meiner Terrasse gewartet. Doch da traf sie wohl einmal zu oft auf Valeria, was unsere junge Beziehung trotz gewisser vielversprechender Annäherungswerte in der Nacht der Siebenschläfer letztlich doch eher geschäftsmäßig verlaufen ließ. Immerhin probierten wir gemeinsam einige antike Rezepte durch und kamen zu dem Schluss, dass Kaninchen wahrlich besser als Bilche schmecken, auch wenn wir diese aus Gründen der Authentizität und damit auch des erhofften Geschäfts weiterhin als Siebenschläfer bezeichnen wollten.

Darüber, was es in der Taberna Antica zu essen geben würde, brauchte ich mir also keine großen Sorgen zu machen. Schon eher beschäftigte mich die Getränkefrage. Gewiss hätte ich es mir einfach machen und ein paar 60-Liter-Gebinde voll Malvasia einkaufen können, wie sie von den Winzern des istrischen Hinterlandes in bauchigen Korbflaschen angeboten wurden. Doch dann erwachte der Wissenschaftler in mir und mit ihm ein letztlich aussichtsloses, aber zumindest ehrsames Streben nach Authentizität.

Noch allzu gut konnte ich mich an Professor Bellis Angebot erinnern, mit mir über jenen Vinum mulsum zu sprechen, der, wie er sich damals ausdrückte, als Nebenprodukt seiner Beschäftigung mit dem Falerner abfiel. Ich hatte auch schon mehrmals Bellis Handynummer fast zu

Ende gewählt, als ein unbestimmtes Gefühl letztlich doch immer wieder meinem Bellerophon Einhalt gebieten ließ. Gewiss hatte ich seinen klebrigen Süßwein noch immer im Gedächtnis, und die Aussicht, ihn, wie bei Mulsum üblich, auch noch mit Honig zu vermischen, verklebte mir schon beim Gedanken daran den Magen. Dennoch war mir klar, dass es nicht der Geschmack von Bellis Weinen war, der mich davon abhielt, mit dem Professor Geschäfte zu machen. Es war vielmehr Belli selbst, oder genauer gesagt seine Assistentin, pardon: seine Account-Managerin Alfonsine Rismondo.

Unsere nicht eben glückhaft verlaufene erste Begegnung auf Bellis Insel hatte ohne Zweifel auch mein Verhältnis zum Professor selbst getrübt, den ich obendrein für alles andere als einen Sympathieträger hielt. Zudem hatte mir die allzeit gut informierte Valeria ein paar Details zugeflüstert, die mich nachhaltig daran hinderten, Belli beim Projekt Taberna Antica auf welche Weise auch immer um Rat oder Hilfe zu bitten. In Tusnelda Scaccis kleinem Salon, dessen Wände bekanntlich Ohren hatten, die alles aus Balaor und Umgebung vernahmen, hatte Valeria nämlich aufgeschnappt, dass Belli an meinem Tavernenprojekt wesentlich mehr Gefallen gefunden hatte als mir lieb sein konnte. Es habe ihn, erzählte sie mir, dermaßen begeistert, dass er es gerne selbst in die Hand nehmen und in seine hochfliegenden Pläne für den touristischen Ausbau der Inselwelt um Balaor einbeziehen wolle.

„Ich muss noch dazusagen," hatte mich Valeria gewarnt, „dass der Geschäftsführer eines solchen Unternehmens keinesfalls Mario Carozzi heißen und wohl auch kein armer Museumskustos sein wird. Für diesen Job hat sich schon Alfonsine angemeldet, und wie ich sie kenne, wird sie daraus wohl kein Museum mit antiker Küche, sondern eher eine Geisterbahn durch den Hades mit Apicius-Catering machen."

„Vielleicht sollte ich genau das auch machen?", sagte ich.

„Sie kennen sich mit Menschen nicht aus", erwiderte sie. Offensichtlich mochte Valeria Macorigs kapriziöse Freundin noch weniger leiden als ich.

Valerias Antipathie gegen Alfonsine wirkte sich jedoch fürs Erste nur dadurch aus, dass ich begann, meinen Vinum mulsum nunmehr selbst anzusetzen und sie als Vorkosterin zu missbrauchen.

Valeria kostete willig, aber ohne große Begeisterung. Brav schluckte sie meine sterbenslangweiligen Elixiere hinunter und nickte andächtig, aber nicht sehr überzeugt, wenn ich ihr davon erzählte, dass schon Horaz die darmspülende Wirkung dieses Getränks besungen hatte. Nachdem ich verschiedene Arten von Wein und Honig durchprobiert hatte, stieg ich auf Vinum conditum um, einen Gewürzwein, der neben Honig auch mit Rosen, Myrten, Veilchen, Wacholder, Lorbeer, Minze, Fenchel oder Pistazien verfeinert wurde. Doch auch in diesen Fällen las ich an den Mienen meiner Testpersonen, zu denen ich auch Gilda und Boldo zählte, lediglich ab, was mir auch mein eigener Gaumen sagte, und das war nichts Gutes.

Mein allerletzter Versuch galt schließlich einem Rezept aus der „Historia naturalis" des Plinius, das in dem kleinen Büchlein „Culinaria Antica" angeführt war. Der darin geschilderte Vinum piperatum erweckte meine Neugier vor allem wegen seines hohen Pfefferanteils, von dem ich hoffte, er würde den picksüßen Honig wenigstens einigermaßen neutralisieren. Allein: Gilda kostete nicht einmal davon und sagte nur: „Papas Peperoncino-Grappa ist schlimm genug. Wir werden einfach Malvasia ausschenken. Das ist bewährt." Meinen Einwand, dass Malvasia mit authentischen altrömischen Ess- und Trinkgewohnheiten ungefähr so viel zu tun hatte wie Cevapcici mit Siebenschläfern, ignorierte sie einfach.

***

Ehrliche Menschen gewöhnen sich auch an falsche Glocken, so wie sich Eilige an Druckereien gewöhnen müssen, die so lange nicht drucken, bis sie es eines Tages dann doch tun, auch wenn es dafür schon zu spät ist. Drei Wochen vor der Eröffnung des Lapidariums wollte ich die Einladungen gemäß einer Liste örtlicher Honoratioren verschicken, die ich von Macorig erhalten hatte. Sieben Tage vor dem Ereignis hatte ich die gedruckten Einladungen noch immer nicht in der Hand, und als sie zwei Tage später dann doch noch geliefert wurden, beschloss ich, zumindest die wichtigsten davon ihren Empfängern persönlich zuzustellen, da ich der Post, seit sie privatisiert ist, noch weniger vertraue als säumigen Druckereien.

Die erste der noch druckfrischen Einladungen überreichte ich feierlich meiner Gastgeberin Tusnelda Scacci, die mir mittlerweile viel Gutes getan hatte, indem sie dem Castelletto Gutes tat und verhinderte, dass ich darin mitsamt dem feuchten Mauerwerk vermoderte. Die Scacci fühlte sich, wie zu erwarten, sehr geehrt und versprach mit der ihr eigenen geschäftsmäßigen Herzlichkeit zu kommen. Nonno und Macorig von der Eröffnung zu verständigen war eine reine Formsache und Valeria steckte ich die Einladung einfach zu, während sie ihre Kaffeepause, wie so oft, ins Castelletto verlegte.

Komplizierter war es schon, Signor Lichignoso zu erreichen, dessen Jacht, wie ich hörte, gerade zwischen Pula und Bari kreiste. Ich hatte Lichignoso seit unserer Begegnung damals im Morgengrauen nicht mehr gesehen und scheute mich, ihn so mir nichts dir nichts anzurufen. Also hinterlegte ich die Einladung im Ospizio Marin und bat Tusnelda Scacci, sie an den Gönner des Hauses mit dem übrigen anfallenden Postlauf weiterzuleiten.

Zuletzt beschloss ich, Professor Belli in seinem Stadtbüro aufzusuchen. Ich tat das, ehrlich gesagt, nicht ohne Hintergedanken, denn ich hoffte zuversichtlich, ihn dort nicht anzutreffen. Wie ich von Valeria wusste, verbrachte er, ebenso wie Alfonsine, die ich noch weit weniger treffen wollte als ihn, einen Großteil seiner Zeit auf der Katharineninsel und verfügte sich nur zu dringenden Besprechungen ins Stadtbüro auf der Hauptinsel.

Es war gar nicht so leicht, den Campiello Sardonion, der auf Bellis Visitenkarte stand, im Labyrinth der Altstadt von Balaor zu finden. Ich fühlte mich wie Theseus auf der Suche nach dem Minotaurus, nur hatte ich leider keinen Faden, der mir bei der Orientierung half. Nachdem ich mehrmals die ganze Innenstadt durchquert hatte, fand ich jedoch, eher durch Zufall, heraus, dass der Campiello keine fünfzig Schritte von der Via Brunbuli entfernt lag, wo er sich allerdings hinter einem recht finsteren Durchgang versteckt hielt, der nur von einer glimmenden Kerze vor einem vergilbten, mit ein paar Trockenblumen geschmückten Heiligenbild erleuchtet war. Als ich den Durchgang durchquert hatte, lag ein atriumartiger Platz vor mir, der nicht viel größer war als ein geräumigeres Wohnzimmer. Erstaunlicherweise zählte er dennoch knapp über zehn Hausnummern, wobei die Häuser freilich allesamt eher in die Tiefe als in die Breite gebaut waren.

Was mir als erstes auffiel, war ein kleines Kellerlokal der kommunistischen Partei, dessen Schild gerade, als ich den Campiello betrat, von einem einsamen Anstreicher, der auf einer kleinen Leiter stand, übermalt wurde. Ich konnte gerade noch beobachten, wie der rote Stern, der samt Hammer und Sichel auf gelbem Grund gemalt war, in Minutenschnelle einer kitschigen Grundierung in Aquamarinblau wich. Doch Hammer und Sichel waren keineswegs das einzige Emblem, das auf dieser Piazza meine Aufmerksamkeit erregte. Auch das Zeichen, welches die Tür des Nachbarhauses zierte, war mir wohlbekannt und zeigte eine Kopie des bekannten Cave-Canem-Mosaiks aus Pompeji, das mittlerweile in aller Welt als Warnung vor dem Hund verwendet wird. Man bekommt solche Schilder heute in jeder besseren Blumenhandlung und ich hätte wohl auch kaum länger davon Notiz genommen, würde mich das Haus, zu dem das Schild gehörte, nicht auf andere Weise in seinen Bann geschlagen haben. Es hatte drei winzige Balkone mit giftgrünen Fensterläden, die in eigenartigem Gegensatz zu den sauberen Spitzenvorhängen standen. Vor dem Haus befand sich eine lange Keramikwanne, die nicht mit Wasser, sondern mit Erde und vielen bunten Blumen gefüllt war. Darüber stand ein schon einigermaßen ramponiertes Milchglasfenster halb offen. Ein kleiner, turmähnlicher Vorbau leitete mit seinen schießschartenartigen Fenstern zu einer kleinen Nische über, aus der unter einer von gefährlich freiliegenden Kabeln gespeisten Laterne ein kleiner Balkon hervorragte. Man sah ihn kaum, da er mit wuchernden Ranken von wildem Wein und einem Schleier von Hibiskusblüten recht wohlgefällig überwachsen und nur gerade so groß war, dass ein einzelner Mensch, dem es nichts ausmachte, halb im Freien und halb im Inneren des Hauses zu sitzen, darauf Platz finden konnte. Wer wollte, der konnte hier im Laubenschatten bequem und unbeobachtet arbeiten und dennoch im Auge behalten, was sich auf dem Campiello gerade abspielte.

Es war, daran bestand kein Zweifel, Bellis Stadthaus, vor dem ich gerade stand, denn es stimmte nicht nur die Nummer, sondern der Hund auf dem Mosaik hatte auch noch ein Nachbarschild, auf dem in klarer, sachlicher Typografie *Agenzia Mondomare* stand, derselbe Name, den ich auch auf der Visitenkarte gelesen hatte, und wieder dasselbe, fast wie eine Kinderzeichnung anmutende Logo der drei Pfähle mit dem fetten Engel.

Ich wollte schon die Türglocke unter dem Hund drücken, als ich bemerkte, dass sich gegenüber Bellis Haus eine kleine Bar befand. Da die Vormittagshitze langsam in die Mittagsglut überging, konnte ein Drink nicht schaden, und außerdem gab mir das einen Grund, das Haus eine Weile unter Beobachtung zu halten, um herauszufinden, ob Belli oder Alfonsine gerade dort Hof hielten.

Ich nahm also auf einem der hohen Rattan-Barhocker Platz, die unter einem geräumigen Sonnensegel rund um etliche zu Tischen umfunktionierte Fässer gruppiert waren. Ich bestellte Mineralwasser sowie einen Grappa und bekam einen Mondscheinbrand von der Sorte, der man nicht ohne Grund nachsagt, dass man davon erblindet.

Ich wartete eine knappe halbe Stunde, während derer sich in Bellis Haus mit der Nummer sechs absolut nichts bewegte. Kein Fenster wurde geöffnet, kein Hund bellte, vor dem man sich hätte hüten müssen, und auch die verschwiegene Loggia unter der Weinlaube blieb leer.

Ich zahlte, überquerte den Campiello und drückte die Türklingel. Keiner öffnete. Ich versuchte es noch einmal mit Anklopfen und stellte dabei fest, dass das Türschloss schon ziemlich ausgeleiert war. Man brauchte die Tür nur leicht anzustupsen und schon öffnete sie sich mit einem langen, knarrenden Geräusch. Durch einen dunklen Hausflur von angenehmer Kühle gelangte ich in ein kurzes Treppenhaus und erreichte über die Stiege ein kleines Kämmerchen direkt unterm Dach, in das durch eine kleine Oberlichte ein üppiger Lichtstrahl eindrang. In seiner Mitte diente eine über zwei Holzböcke gelegte Spanplatte als Ablagefläche für jemanden, der es gewohnt war, zwischen Stapeln von Plänen und Folianten zu arbeiten, und der seinen Arbeitsplatz nur für eine kurze Unterbrechung verlassen hatte. Einige Bücher waren aufgeschlagen, einige Pläne aufgebreitet, andere waren mit Reißnägeln an eine Pinnwand geheftet oder hingen von dort lose bis auf den Boden herab.

Mein erster Blick fiel auf die Skizze, die ein antikes Fischerboot im Aufriss zeigte, das unter dem Wasser eine riesige Reuse mit sich führte, die etwa die sechsfache Fläche des Fischerbootes umfasste und fünf oder sechs Meter hinab ins Meer ragte. Die Reuse war locker mit Fischen gefüllt, die aber, wie es schien, nicht gerade erst gefangen worden waren, sondern gewissermaßen zur Bootsbesatzung gehörten. Auf dem Fischerboot saßen nämlich zahlreiche Menschen in leichter Bekleidung, die nebeneinander ihre Angeln ins Meer hielten und von denen einige bereits einen Fisch an der Leine hatten. Die Skizze war technisch nicht sehr präzise, aber dafür optisch umso ansprechender ausgeführt und unter dem einprägsamen Titel „Petri quick" auf einen Präsentationskarton kaschiert.

Noch nicht kaschiert, aber um nichts weniger bunt war eine andere, mit Luftpinsel gearbeitete Darstellung eines weiteren Schiffes, in dessen Bauch zwei Dutzend Männer in gleichmäßigem Rhythmus die Ruder bewegten, während oben an Deck Massagen durch halbnackte Mädchen, Sonnenbäder und sonstige Belustigungen angeboten wurden. Die Überschrift lautete „Die Fitnessgaleere" und ich hegte keinerlei Zweifel daran, dass es dem Erbauer einer solchen an Zuspruch nicht fehlen würde.

Eine weitere Zeichnung war noch nicht völlig reingezeichnet, zeigte aber unter dem Motto „L'Isola del Vino" schon recht deutlich, worauf es dabei ankam. Interessenten konnten hier in einem altrömischen Torculum selbst durch Treten mit den Füßen Wein pressen. Überall sprudelten Weinbrunnen und Weingeysire und allenthalben spielten sich bacchantische Szenen in antikisierendem Ambiente ab.

Im selben Maße, wie mir zusehends klarer wurde, welchen Gefallen Belli an meiner „Taberna Antica" gefunden haben musste, stieg auch meine Angst, hier entdeckt zu werden. Mir fiel auf, dass die kleine Kammer noch eine zweite Tür hatte, die hinaus auf eine Loggia führte. Ich drückte die Tür vorsichtig auf und steckte meinen Kopf ins Freie hinaus, von wo aus ich den gesamten Campiello übersehen konnte. Nichts hatte sich verändert, seit ich die Casa Belli betreten hatte. Sogar mein Mondscheingrappa-Glas stand noch immer auf dem Fass, auf dem ich es halbausgetrunken stehengelassen hatte. Niemand schien sich in dieser sirrenden Mittagshitze ohne Not ins Freie begeben zu wollen.

Das machte mir Mut, in Bellis Büro noch ein Weilchen herumzustöbern. Ich fand zunächst ein paar halbfertige Skizzen, auf denen jemand versucht hatte, einen pausbäckigen Engel zu zeichnen, der ein Weinglas in der Hand hielt. Die Skizzen lagen auf einem Stapel architektonischer Standardwerke, die mich zunächst nicht weiter interessierten, bis ich auf ein unscheinbares Büchlein stieß, zwischen dessen unbeschrifteten Deckeln sich das Faksimile einer aus dem Jahre 1360 stammenden Handschrift befand, die mit *„Liber ignium ad comburendos hostes"* übertitelt war, was übersetzt etwa „Anleitung zum Verbrennen der Feinde" bedeutete.

Ich versuchte, ein paar Zeilen davon zu entziffern, kannte aber nur wenige Vokabeln wie Salpeter, Schwarzpulver, Schwefel, Haselholz, Donner oder Blitz und fand ansonsten nur mir völlig unverständliche, möglicherweise verschlüsselte chemische Rezepte. Aufgrund mehrerer Skizzen schloss ich, dass es sich um ein Handbuch für mittelalterliche Artillerie handelte. Nachdem ich das Büchlein durchgeblättert hatte, fiel mir allerdings noch ein Satz ins Auge, für dessen Übersetzung man kein großer Altphilologe sein musste: *„Evolat enim subito et quemcumque locum volueris, et omnia incendio concremabit."* – „Denn es wird ganz plötzlich emporfliegen", hieß es da, „und alles an jedem gewünschten Platze verbrennen."

Es handelte sich um eine Beschreibung von Leuchtraketen aus dem Spätmittelalter. Sollte sich Professor Belli in seinem unerschöpflichen Phantasiereichtum zu einer Seeschlacht mit dem berüchtigten griechischen Feuer inspirieren lassen wollen? Oder steckte in ihm nur ein klammheimlicher Bombenbastler?

„Seit wann interessieren sich Archäologen denn für Feuerwerke?", fragte eine Stimme hinter mir, die ich kannte.

„Wenn noch was davon übrig geblieben ist, was wir ausgraben können, immer schon."

Alfonsine, die sich in ihrem Business-Outfit gegen den einfallenden Lichtkegel wie die Silhouette des schwarzen Ritters ausnahm, gab sich mit dieser Antwort nicht recht zufrieden.

„Ich fürchte, dass Ihr Verweilen hier schon etwas mehr Erklärungsbedarf als unermüdlichen Forschergeist hat."

„Kann ich Ihnen gerne geben", erwiderte ich und zog meine Einladung aus der Tasche. „Ich hab ein Brieflein im Schnabel."

„Solche Vögel wie Sie lobe ich mir", sagte sie frostig.

„Vom Herzallerliebsten einen Gruß. Ist doch Ihr Verlobter, der Herr Macorig?“

So finster waren ihre Züge denn doch wieder nicht, dass mir nicht aufgefallen wäre, wie sie errötete.

„Ich wüsste nicht, was mir Dario über Sie auszurichten hätte.“ Sie ging zum Lavazza-Automaten, der gleich neben Bellis Schreibtisch stand, und ließ sich einen Ristretto herunter.

Ich überreichte ihr die persönliche Einladung zur Eröffnung der Taberna, die tatsächlich nicht von mir, sondern von Nonno und Macorig unterzeichnet war.

„Ich habe auch noch eine für Ihren Boss.“

Der Mocca rieselte in die Tasse wie Schwarzpulver.

„Krieg ich auch einen?“, fragte ich.

„Hätten Sie gekriegt, wenn Sie sich angemeldet hätten, wie unter zivilisierten Menschen üblich.“

„Zivilisierte Menschen verschließen auch ihre Türen.“

„Die Tür war nicht offen. Sie müssen sie gewaltsam aufgestoßen haben. Das ist Hausfriedensbruch.“

Sie schien mich wirklich nicht zu mögen.

„Sie müssen es ja wissen“, sagte ich und ließ sie allein in der Kammer stehen.

Als ich Bellis Haus verließ und wieder auf dem Campiello stand, war aus der Zentrale der Kommunistischen Partei von Balaor inzwischen eine *„Galleria del Mare“* geworden. Mein Grappa war mittlerweile abgeräumt und auf meinem Platz am Fass saß jemand, dessen Gesicht ich kannte. Auch er schien mich zu erkennen, denn er starrte mich lange an, bevor er sich erneut seiner rothaarigen Begleiterin zuwandte. Wie sie an seinen Lippen hing, verriet Inbrunst. Kein Wunder, immerhin war ihr Tischgenosse der Patriarch aus dem Pharos-Theater.

***

Der große Tag begann gut, denn er begann mit vier riesigen Steinkrügen der Marke Hochzeit zu Kana, in denen das Wasser bereits in Wein verwandelt war. An einem der Krüge, von denen jeder gut und gern seine zwanzig Liter fassen mochte, hing eine Grußkarte an einem Goldfädchen mit den Worten: „*Vinum mulsum aureum* – mit besten Wünschen für den Einstand als Museumsmundschenk von Balaor. B. Belli“

Auch sonst hatte sich alles zu guter Letzt gefügt: Gilda und ich hatten für das Eröffnungsspektakel unserer „Taberna Antica“ kaum Absagen zu verzeichnen. Neben Belli und Macorig hatte sich auch Nonno angesagt. Die weibliche Führung des Ospizio kündigte ihr vollzähliges Erscheinen an, nur Lichignoso hatte mit großem Bedauern – und unter Beilegung eines Extra-Schecks für unsere „Tavern-Warming-Party“ – abgesagt.

Die bestellten Triklinien im ausklappbaren Modulsystem waren von Onkel Ivo im letzten Moment auch noch fertiggetischlert und inklusive des dazugehörigen Bautrupps und meines Ladas nach Balaor geliefert geworden. Sie machten sich im Geviert des Lapidariums, mit vielerlei Tüchern und Pölstern drapiert, zwischen all dem Rankenwerk aus Sandstein und Marmor recht dekorativ. Wo sich, wie von mir vorgesehen, jedoch ein großer Baldachin aus einem in alle Himmelsrichtungen gesetzten Sonnensegel über sämtliche Triklinien wölben sollte, hatte Boldo das Netz, das er mir geschenkt hatte, aufgespannt und war auch nicht davor zurückgeschreckt, es mit allerlei totem Meeresgetier wie Seesternchen und ausgedienten Hummerpanzern zu dekorieren. Ich intervenierte bei Gilda, doch sie bestand darauf, dass die Ausgestaltung des Ambientes ihr Teil unseres Geschäfts war. Und da sie, um die Sitzplatzkapazität zu erweitern, auch noch den Sarkophag mit dem Relief des Banketts in der Unterwelt mittels einer großen Spanplatte und eines riesigen Tischtuchs zu einem Esstisch umfunktioniert hatte, sah das Lapidarium trotz all meiner wissenschaftlichen Beratung nicht wie ein authentisch nachgestelltes antikes Speiseensemble, sondern letztlich doch wie eine Hafenkonoba mit romantischem Hintergärtchen aus.

„Keine Bange, es sind immer noch mehr als genug alte Trümmer zu sehen“, tröstete mich Gilda, als sie meinen kummervollen Blick bemerkte. Doch bevor ich ihr noch widersprechen konnte, landete ein Maul voll roter Flüssigkeit direkt auf meiner Stirn.

Scaramuzza hatte soeben Bellis Vinum mulsum gekostet, der, wie mir dieser auf der Rückseite seines Grußkärtchens erläutert hatte, nicht nur, wie von Apicius vorgeschrieben, mit umgerechneten 60 Gramm Honig auf einen Liter Wein, sondern auch mit Zimtrinde, Wacholder und Sandelholz vergoren worden war und, wie mir Scaramuzzas Reaktion nahelegte, genau so schmeckte.

„Malvasia", rief Scaramuzza, so laut, dass er mit seiner kräftigen Stimme sogar die dröhnenden Retortenglocken von Balaor souverän übertönte. „Wir müssen unbedingt noch ein Fass Malvasia besorgen."

Um Scaramuzzas vernichtendes Urteil zu überprüfen, tauchte auch ich ein Glas in einen der Krüge, roch, nippte und dachte nur noch an den Scheck von Lichignoso und dass die Idee mit dem Malvasia augenblicklich in die Tat umgesetzt werden müsste.

Dennoch trug ich Bellis Krüge in die begehbare Zisterne im Zentrum des Lapidariums hinab, die ich wegen ihres handbreit hohen Wasserspiegels als natürlichen Weinkühlschrank ausersehen hatte. Die feuchten Steine hielten den Wein tatsächlich kühl. Besser wurde er dadurch allerdings leider nicht, auch wenn die Rezeptur, wie ich zugeben musste, wesentlich authentischer war als alles übrige an der Taberna Antica.

Authentisch klang auch, was auf dem Zettel stand, den Gilda auf der Pinnwand in ihrer Küche befestigt hatte und auf dem sie das endgültige, gegenüber dem Einladungstext allerdings in ein paar Kleinigkeiten abgeänderte Festmenü in etwas zittrigen Blockbuchstaben niedergeschrieben hatte: Es sollte altrömisches Legionärsbrot, geschmorte Ferkelleber mit Kardamom, Seeigel und Austern, Fischeintopf mit Liquamen, Muräne auf Saubohnen mit Traubenmostsauce und Kapern, gefüllte Siebenschläfer, Feigenschnepfen, Saueuter, gesottene Enten und als Dessert gebackene Holzäpfel mit Sternanis-Honigsauce geben. Gilda schien das Büchlein über die antike Küche, das ich ihr geliehen hatte, tatsächlich gründlich studiert zu haben.

„Hast du nun Siebenschläfer oder Kaninchen genommen?", fragte ich mit ehrlichem Erstaunen.

„Mein kleines Geheimnis", erwiderte Gilda keck.

„Ich wette, du hast ein paar niedliche kleine Stallhasen bekommen. Oder du hast ein paar Eichhörnchen auf der Esplanade eingefangen?"

Sie lachte.

„Vergiss nicht: Ich bin im Besitz von einer Schachtel voll zwar tiefgefrorener, aber dank Onkel Ivo immerhin von Hand gefädelter Exemplare."

Da war er nun wieder, der Circeblick.

Das Malvasia-Fass, das Scaramuzza mittlerweile herbeigekarrt hatte, fasste etwa so viel Wein wie alle vier Krüge zusammen. Auch dieser Tropfen war nicht unbedingt von erster Güte, aber wenigstens nicht süß. Es kostete uns beide einige Anstrengung, das Fass hinab in die Zisterne zu hieven, wobei sich Scaramuzza offensichtlich viel leichter tat als ich.

„Der alte Trimalchio ist immer noch ganz gut in Form, was?", feixte er.

„Du willst doch nicht etwa wirklich …?"

„Und ob ich will. Ich werde meine Drosseln aus der gebratenen Sau rauslassen, dass es nur so eine Freude ist. Fellini wird es noch im Grab bereuen, dass er mich in seinem Satyricon nicht in dieser Rolle besetzt hat."

Scaramuzza sollte nicht übertrieben haben. Als die Ehrengäste am Abend alle eingetroffen waren, war von ihm allerdings weit und breit keine Spur zu sehen. Gilda war auch schon etwas ungehalten und ihre Stimmung war mit unwirsch nur unzureichend zu umschreiben.

Die Bewohner von Balaor, daran bestand kein Zweifel, schenkten dem von mir inszenierten Ereignis Beachtung. Alles, was hier Rang und Namen hatte, war gekommen, und als Macorig zu seiner wohleinstudierten Eröffnungsrede ansetzte, herrschte in meinem Lapidarium ein Gedränge, als stünden wir nicht vor der Eröffnung einer kleinen antiken Taverne auf einem kleinen adriatischen Eiland, sondern vor einem Wagenrennen im Circus Maximus in Rom. Die Gäste schlürften brav ihren Vinum mulsum, den ich ihnen als Aperitif einschenken ließ, weil er mir da noch am besten zu passen schien, und Macorig wurde nicht müde, alles, was man hier sah, als seine Idee zu verkaufen und sich selbst sowie seinen kulturpolitischen Weitblick zu preisen. Zu meiner Überraschung begann er plötzlich auch davon zu träumen, dass am Strand von Balaor in Hinkunft kein Liegestuhl mehr vergeben werden solle, dessen Miete nicht auch die Eintrittskarte für den Museumsbesuch einschließen würde. Das klang gut. Wie mein Lapidarium bei dieser Konstruktion jedoch zum Profit-Center werden sollte, sagte er nicht dazu. Zuletzt dankte er allen Beteiligten von Nonno über Lichignoso bis hin zu Belli, dem großzügigen Vinum-mulsum-Spender. Nur Gilda und mir dankte er nicht. Dafür beendete er seine Rede mit den Worten: „Ich möchte meiner Hoffnung Ausdruck verleihen, dass ich mit der derzeitigen Konstruktion das richtige Personal gefunden habe, das unsere zukunftsweisenden touristischen Ideen auch auftragsgemäß in die Tat umsetzen wird."

Gilda wurde beim Zuhören noch mürrischer, als sie es zuvor schon war, und meine anfangs noch recht gute Laune legte sich im Verlauf der knapp fünfminütigen Rede schneller, als ein Siebenschläfer zum Einschlafen braucht.

Zu allem Überfluss kam ich dann auch noch auf dem „Ehrentriklinium" neben Nonno, Belli, Macorig und Alfonsine Rismondo zu sitzen und nicht, wie ich es eigentlich eingefädelt hatte, zwischen meinen beiden neuen Freundinnen Valeria Stella und Tusnelda Scacci.

„Was halten Sie von meiner Idee, die Museumstickets gemeinsam mit den Liegestühlen zu verkaufen?", fragte mich Macorig scheinheilig, während die Ferkelleber mit Kardamom als Vorspeise serviert wurde. „Die Idee stammt eigentlich von Alfonsine."

Alfonsine wartete auf ein zustimmendes Nicken von Nonno und blickte erst, als dieses nach etlichen Sekunden noch immer nicht bei ihr angekommen war, mich an.

Ich nickte allerdings auch nicht zustimmend, sondern sagte einfach: „Bekomme ich dann anteilig von jedem Liegestuhl mein Geld?"

„Natürlich nicht", erwiderte Macorig mit kopfschüttelnder Entrüstung. „Die Liegestühle sind die Grundlage der Einkünfte des Gemeinwesens von Balaor. Ich dachte eher, Sie würden mir für diese Idee dankbar sein, da Sie dadurch jede Menge neuer Museumsbesucher bekommen."

„Allerdings solche, die nicht zahlen."

„Aber solche, die vielleicht essen und trinken."

„Das wird Gilda freuen, macht aber die Museumskasse noch lange nicht zu einem Profit-Center."

„Dann muss Gilda Sie eben an ihrem Umsatz beteiligen. Von irgendwoher muss Ihr Gehalt ja schließlich kommen."

„Das wird sie nicht so sehen. Darüber ist mit ihr auch niemals gesprochen worden. Und außerdem“, fügte ich mit Nachdruck hinzu, „gibt es da ja noch Lichignosos zweckgebundene Subvention.“

Alfonsine saß so reglos da wie eine ägyptische Statue und Macorig schien aufs Tiefste verärgert.

„Über die Zweckbindung wird erst die Präfektur entscheiden“, erwiderte er scharf und es irritierte mich ein wenig, dass Nonno, der dem Streitgespräch bisher mit sichtlich lauem Interesse zugehört hatte, ihm nicht widersprach.

„Diese Ferkelleber mit Kardamom ist wirklich ein Gedicht“, mischte sich Belli ein. „Ich habe seinerzeit schon Marc Meneau geraten, Leber mit Kardamom zu würzen; doch er wollte einfach nicht auf mich hören.“

„Ist aber trotzdem was aus ihm geworden“, erwiderte Nonno trocken.

Mittlerweile wurde bereits der zweite Gang aufgetragen, den ich schon kannte, da es sich um dasselbe Seeigelgericht handelte, mit dem Gilda schon einmal mein Herz und meinen Gaumen bezaubert hatte.

Auch Belli war ganz aus dem Häuschen. Nur Nonno winkte ab: „Ich esse keine Seeigel. Ich will nichts Lebendes in meinem Magen haben.“

„Mit den Seeigeln ist es wie mit den Austern“, sagte Belli. „Sobald sie durch die Speiseröhre flutschen, sterben sie. Ihre Angst ist gottlob unbegründet.“

„Ist sie nicht“, widersprach Nonno mit jener Heftigkeit, die ich mir zuvor beim Thema Liegestühle gewünscht hätte. „In Wahrheit kommt es auf die individuelle Konzentration des Magensaftes an, wie lange die Tiere im Magen am Leben bleiben. Lassen Sie also die Finger von den Seeigeln und essen Sie lieber etwas von den eingesalzenen Sardellen mit Oliven und getrockneten Feigen, die Gilda dazu serviert hat. Ich hoffe, sie hat die getrockneten Feigen heute Nachmittag noch einmal ins Meer getaucht. Dann sind sie gleich noch einmal so gesund.“

„Die Feigen ins Meer?“, wandte Alfonsine ein und machte dabei einen ziemlich fassungslosen Eindruck.

„Da muss ich dem Signor Nonno ausnahmsweise recht geben“, mischte sich Belli ein. „Mit den Feigen ist es wie mit den Weinen.

Weine von Inseln munden deutlich besser als solche vom Festland. Das haben schon die alten Griechen gewusst. Und die Römer haben ihre Schläuche sogar in Meerwasser gelegt, um ihre Weine noch zuträglicher zu machen."

„Genau wie an der Mosel", fügte ich hinzu.

„Wie kommen Sie auf die Mosel?" Belli starrte mich fassungslos an.

„Sie erzählten mir doch unlängst, die besten Weine der Welt stammten von der Mosel. Heute sagen Sie, Weine von Inseln seien solchen vom Festland vorzuziehen. Ich muss also annehmen, dass die Mosel auf einer Insel fließt und Salzwasser führt."

Belli schluckte. „Auch die Mosel ist kein Dogma."

„Jedes Dogma war zunächst einmal Häresie", meldete sich Nonno abermals zu Wort.

„Häresie war schon immer ein relativer Begriff. Früher galt es als Häresie, daran zu zweifeln, dass Gott auch den Teufel erschaffen hat. Heute sieht man das Problem entspannter und glaubt an den einen so wenig wie an den anderen. Dafür gilt es heute als Häresie, einen gefüllten Siebenschläfer zu essen." Belli lachte und wedelte drohend mit jener Pergamentrolle, auf die Gilda die Speisenfolge geschrieben hatte. „Passen Sie bloß auf, dass Sie nicht den Tierschützern in die Hände fallen", fügte er, mit Blick auf mich, lachend hinzu.

Gildas Siebenschläfer sahen gar nicht wie Siebenschläfer aus, sondern eher wie Galantinen aus zunächst entbeintem und danach kunstvoll wieder zusammengerolltem Fleisch. Das Fleisch war dunkler und geschmackvoller als Hühnerfleisch; Gilda, mutmaßte ich, hatte wohl tatsächlich Wildkaninchen verwendet und diese lediglich durch bestimmte Gewürze auf Apicius getrimmt. Dennoch ging, als der Gang serviert wurde, ein Raunen durch die Festgesellschaft, das Entrüstung und Entzücken zugleich signalisierte.

Nonno und Belli schienen jedenfalls in ihrem Element zu sein und versuchten sich gegenseitig in Sachen klassischer Bildung zu übertrumpfen.

„Haben Sie gewusst", fragte Belli, „dass die Römer ihre Meerbarben lebendig in durchsichtigen Glasgefäßen kochten, weil sie dabei das sich verändernde Farbenspiel besser beobachten konnten?"

„Ich denke, dass viele dieser Geschichten, die man sich über das liederliche Leben der Römer erzählt, doch etwas übertrieben sind", konterte Nonno. „In Wahrheit waren sie viel vernünftiger, als wir heute glauben. Denken Sie nur an den lebensklugen Kaiser Augustus. Als er davon hörte, dass sein Prokurator in Ägypten eine in allen Turnieren siegreich gebliebene Kampfwachtel verspeist hatte, war er über eine derartige Sittenlosigkeit dermaßen entsetzt, dass er den Mann an einen Schiffsmast nageln ließ."

„Sehr vernünftig", stimmte ich zu, sah mich aber in Wahrheit danach um, wo Valeria und Tusnelda geblieben waren. Sie saßen, oder besser: lagen auf einem benachbarten Triklinium in Gesellschaft einiger Herren, die keinen besonders fröhlichen Eindruck machten, obwohl sie angesichts ihrer Tischdamen, wie ich meinte, dazu allen Grund gehabt hätten. Als ich versuchte mitzuhören, worüber sie gerade sprachen, glaubte ich, ein- oder zweimal den Namen Lukobran aufzuschnappen. Vielleicht habe ich mich aber auch verhört.

Doch jetzt kam Arcimboldo „Trimalchio" Scaramuzza. Und vor ihm stolzierten, wie bei einer altrömischen Saturnalien-Prozession, seine beiden Paladine Il Tubo und Leuchtstanitzel. Scaramuzza hatte sich nach Art einer römischen Toga in ein altes Segeltuch gehüllt, das einen Teil seines dicht behaarten Oberkörpers freiließ und das er wie eine Schleppe noch zwei, drei Meter hinter sich nachschleifte. Sein wallendes weißes Haupthaar hatte Boldo ganz comme-il-faut mit einem Lorbeerkranz gebändigt und in der Hand hielt er eine Lyra, der er ein recht kakophonisches Geklimper entlockte.

Auch Il Tubo und Leuchtstanitzel hatten sich, zu wessen Ehren auch immer, ausnahmsweise umgekleidet. Il Tubo fiel vor allem dadurch auf, dass er ein frisch gewaschenes T-Shirt trug, auf dem die Aufschrift „The Unsinkable Legend" zu lesen war. Wie ein Mesner marschierte er vor dem priesterlich dahinstolzierenden Scaramuzza her, und dass er gerade kein volles Glas in der Hand hielt, lag wohl daran, dass er mit beiden Händen einen Knochenmann aus Plastik umschlossen hielt, wie man ihn in Scherzartikel- und Spielzeuggeschäften zu kaufen bekommt.

Selbst Leuchtstanitzel hatte sein buschgrünes Hemd, mit dem er bis jetzt auf ähnliche Weise verwachsen zu sein schien wie mit seiner schrillen Kopfbedeckung, gegen ein Top aus durchscheinender schwarzer

Gaze eingetauscht, das er entweder aus einem Bordell geklaut oder bei den letzten Soldi in einem Lingeriegeschäft erstanden hatte. Auch ihm hatte Boldo, der Arbiters „Gastmahl des Trimalchio“ offensichtlich genauer gelesen hatte, als ich es ihm zugetraut hätte, eine Insignie in die Hand gedrückt. Er erschien mit einem Stoffhasen, dem jemand – vermutlich Gilda – links und rechts zwei Flügel aus Vogelgefieder angeklebt hatte, sodass er wie ein als Osterhase verkleideter Pegasos aussah.

Das Bild heroischen Jammers, das die drei abgaben, ließ die Festgemeinde mit einem Mal verstummen.

„Da müssen wir jetzt wohl durch“, flüsterte Macorig und Nonno gab ihm recht: „Je schneller er sein Sprüchlein aufsagt, desto eher verschwinden die drei wieder. Sie sind ohnedies schon völlig betrunken.“

Tatsächlich sahen Boldo und seine beiden Kumpane aus, als ob sie sich aus dem Malvasiafass schon eine Sonderration abgezapft hätten.

„Man muss ihn, glaube ich, bitten, sonst redet er nicht“, sagte Macorig, der die Gebräuche in der Fortuna kannte.

Das ging an Nonno, der von seiner präfektoralen Autorität auch sogleich Gebrauch machte.

„Wenn wir schon einen Trimalchio unter uns haben, so wollen wir auch hören, was er zu sagen hat“, sagte Nonno, so ernsthaft er dazu in der Lage war, konnte sich das Lachen dabei jedoch nicht verkneifen.

„Mach die Magenseele“, forderte Il Tubo Scaramuzza mit gellender Stimme auf.

„Genau, die Magenseele“, sabberte Leuchtstanitzel hinten nach.

„Meint ihr wirklich, die Magenseele?“ Scaramuzza ließ sich, wie erwartet, eine Zeit lang umwerben. „Soll ich nicht lieber eine große Ode zu Gehör bringen?“

„Magenseele, Magenseele!“, insistierten die beiden Paladine.

Boldo plusterte sich auf.

„Also gut“, sagte er. „*Die Magenseele*“, und griff in die Saiten:

Eine kleine Magenseele
Nimmt, sonst wird ihr sehr schnell fad,
Gemeinsam mit der Steingarnele
Ein weinumspültes Magenbad.

„Bravo, bravo, weiter so.“ Il Tubo klatschte in die Hände, aber nur Leuchtstanitzel folgte ihm, und Boldo hob zur nächsten Strophe an:

Eine kleine Magenseele
Verirrte sich im Magenbad.
Sie suchte nur ein wenig Wärme
Und fand sie in der Magentherme.

„So ein Schwachsinn“, zeterte Belli, „kann man dem nicht Einhalt gebieten?“

„Er hält es für eines seiner besten Gedichte“, sagte Macorig grinsend.

Boldos Claqueure fanden das sichtlich auch.

Eine kleine Magenseele
Rettete sich vor dem Sturm
Und traf tief in der Magengrube
Ihren Freund, den Bandelwurm.

Einige der Gäste applaudierten, andere pfiffen, und ich erkannte allmählich, dass Scaramuzzas Auftritt, obwohl es auf den ersten Blick ganz danach aussah, dennoch keine volltrunkene Farce war, sondern einem ganz genauen dramaturgischen Konzept folgte. Während Scaramuzza nämlich zur nächsten Strophe ansetzte, verzogen sich Il Tubo und Leuchtstanitzel diskret in den Hintergrund, wo Gilda schon auf sie wartete.

Eine kleine Magenseele
Traf auf einen Drachenkopf,
Gottlob war er abgeschlagen
Und kam aus einem Suppentopf.

„Hört denn das überhaupt nie auf?“, klagte Belli, während Il Tubo und Leuchtstanitzel ihre Insignien, die sie bis jetzt fest umklammert gehalten hatten, ablegten und an der Durchreiche zur Taberna

Fortuna von Gilda ein großes, üppig dekoriertes Tablett in Empfang nahmen, auf dem – als Überraschung außerhalb des Menüplans – ein knusprig gegrilltes Spanferkel auf einem Bett aus frischen Datteln drapiert war.

Boldo schlug noch einmal in die Saiten und holte tief Luft:

Eine kleine Magenseele
Machte Urlaub in der Kehle.
Dort fuhr sie an den Gaumenrand
Und picknickte am Zungenstrand,
Wo dann zu mancher heit'rer Stund
Sogar die Sonn schien durch den Mund.
Doch plötzlich, unterm Schneidezahn
Erschien ein Berg, wie ein Vulkan,
In seinem Innern qualmte Feuer,
Bei Zeus, war das ein Abenteuer.
Die Magenseele schluckte Rauch,
Tief unten knurrte es im Bauch,
Dann kippte sie vom Rand der Zunge
Und rutschte runter in die Lunge.

Die Regie war tatsächlich perfekt. Il Tubo und Leuchtstanitzel hatten es so eingerichtet, dass die Platte mit dem gebratenen Ferkel just in jenem Moment vor Boldo auf einem der alten Grabsteine aufgebaut war, als dieser sein Gedicht beendet hatte.

Einige Gäste klatschten, die meisten warteten jedoch gespannt darauf, was nun passieren würde.

„*Culibonia*", sagte Scaramuzza, während er das Schwein liebevoll tätschelte, „ein guter Hintern."

Dann fasste Boldo in eine seiner Segeltuchfalten und fischte ein Feuerzeug heraus, dessen Flammensäule er so groß einstellte, als ob er das bereits gebratene Ferkel noch einmal flämmen wollte. Plötzlich zischte jedoch eine Stichflamme auf, die das Schwein aufplatzen und Dutzende von Würsten herausquellen ließ, während aus seinem Inneren ein Feuerwerkskörper nach dem anderen in den nachtdunklen Himmel abgeschossen wurde.

„Na, Carozzi," rief er mir zu, „habe ich dir zuviel versprochen, als ich dir sagte, dass ich heute noch meine Drosseln aufsteigen lassen würde?"

Inzwischen war auch Gilda zur Stelle, um das Ferkel zu tranchieren und gemeinsam mit den Würsten auf Teller zu verteilen.

„Das hat er gut gemacht, das muss man ihm lassen", zollte sogar der skeptische Belli Respekt. „Erstklassige Performance."

Boldo suhlte sich merklich in seinem Erfolg, genoss den anhaltenden Applaus und schoss aus lauter Freude noch ein paar zusätzliche Feuerwerkskörper ab.

„*Se rugna el fogo*", sagte er, „das Feuer singt! – Sag schon, Gilda, juckt dich nicht die Hand? – Meine Gilda pflegt nämlich immer zu sagen: Wenn einen beim Kochen die Hand juckt, dann kommt Geld ins Haus. Mich juckt's heute gewaltig."

„Ja, unsere Gilda ist eine gewaltige Köchin", lallte Leuchtstanitzel, der mittlerweile fett war wie eine Hafenratte. „Heute Mittag hat sie mir einen Risotto nero gemacht und seither könnte ich mein Klopapier als Tuschzeichnung verkaufen."

Gilda zischte ihn an, doch Nonno hatte gehört, was er gesagt hatte, und rief ihm vom Triklinium aus zu: „Trinken Sie Rhabarbersaft, mein Freund, dann kommt's oben raus und Sie können sich einmal so richtig auskotzen. Wird Ihnen guttun."

Leuchtstanitzel formierte seine schweren Glieder mit letzter Kraft zu einer Pose, die er wohl für eine Kampfstellung hielt.

„Du solltest lieber Seepferdchenasche fressen, du naseweiser Lackaffe von einem Stadtpräfekten, dann verschwindet vielleicht deine Glatze und du brauchst sie nicht mehr täglich mit Sonnenöl zu polieren. Außerdem tätest du besser daran, dafür mit Pech vermischtes Schweineschmalz zu verwenden. Das hilft obendrein gegen Rheuma, und gegen einen Tripper kann's auch nicht schaden. Allerdings darfst du's dir dann nicht auf die Glatze schmieren."

„Jetzt reicht's aber", wies ihn Gilda zurecht und versuchte, das hysterisch grölende Leuchtstanitzel von unserem Triklinium wegzuziehen. Boldo stand unterdessen, noch immer trunken von der vielen Dichterliebe, die ihm zuvor zuteil geworden war, mit verklärtem Blick zwischen allen Disputanten und beobachtete einen Albatros, der sich auf einer der Säulen neben ihm zur Ruhe niedergelassen hatte und, durch den Lärm aufgeschreckt, sein Gefieder aufblähte.

Erst als sich der kurzfristig entstandene Tumult wieder gelegt und Gilda Freund Leuchtstanitzel hinter das Ehrentriklinium des Präfekten und somit aus unserer Sichtweite gezogen hatte, sagte Boldo milde: „Das erste Glas, das einer bestellt, müsst ihr wissen, das schenke ich immer am wenigsten voll, das zweite mache ich schon ein wenig voller, und ab dem dritten lege ich immer noch ein, zwei Millimeter drauf. Je mehr einer bei mir trinkt, desto günstiger wird es für ihn, verstehst du …"

„Kein Wunder, dass man dann irgendwann besoffen wird", warf Macorig auf eine für ihn fast leutselige Weise ein.

„Das hast du sehr gut verstanden, Kulturdezernent. Aber war nicht genau das der Zweck der Übung?"

„Dobra volja", prostete Macorig Scaramuzza zu, „das bedeutet bei uns Kroaten, nach dem Trinken lustig zu sein, *pijan biti* hingegen heißt, dass man betrunken ist. Das eine ist gut, das andere ist schlecht."

„Mein Vinum mulsum harmoniert mit der jungen Sau ganz ausgezeichnet", versuchte Belli die Diskussion in andere, ihm genehmere Bahnen zu lenken, während er so zierlich, als ihm das möglich war, an einem ihrer Rippchen nagte. Doch niemand am Tisch fand sich bemüßigt, Belli beizupflichten.

Ich hielt den Zeitpunkt für gekommen, mich mit der Begründung, ich müsse als Gastgeber auch an den anderen Triklinien meine Aufwartung machen, bei Nonno, Belli und Macorig zu entschuldigen. Tatsächlich hatte ich jedoch nur den Wunsch, Valeria zu einem klammheimlichen Abstecher in die Zisterne zu überreden, was mir leichter gelang als ich befürchtet hatte. Ich tapste ihr auf die Schulter und fragte sie, ob sie mir nicht ein bisschen beim Nachschenken zur Hand gehen könne. Sie zierte sich nicht, sondern schien zu meiner Überraschung sogar hoch erfreut, als ich ihr von ihrem Polster auf dem Triklinium aufhalf.

„Ich dachte schon, ich hätte keine Beine mehr", sagte sie, sobald sie von dem Holzgerüst zu mir auf den Boden herabgestiegen war. „Ich kann mir ja viele Dinge vorstellen, die ich gerne im Liegen mache, aber essen?"

„Wir können uns ja hinüber in die Fortuna schleichen, dort gibt's Tische."

„Ich bin froh, dass Sie mich losgeeist haben", sagte Valeria munter. „Ich kam mir während der letzten beiden Stunden vor wie unter Sicherheitsverwahrung."

„Wie soll ich das verstehen?"

„Ich saß neben Joschko Gradnik, unserem Polizeichef, und der ist ungefähr so gesprächig wie das Lenin-Mausoleum am Roten Platz. Er redet fast nichts, lässt einen dabei aber auch keine Sekunde lang aus den Augen."

„Wollen wir uns was zu trinken holen?"

Sie nickte und ich schubste sie mit einer sanften Berührung, der sie erfreulicherweise keinerlei Widerstand entgegensetzte, auf den Treppenabgang zur Zisterne. Ich ließ ihr ein paar Stufen Vorsprung und sah ihr dabei zu, wie sie ihre Hüften elegant wie eine venezianische Barcarole wiegte.

Sie drehte sich um.

„Was führen Sie denn im Schilde? Man könnte fast glauben, Sie hätten schlechte Gedanken im Kopf."

„Erste schlechte Gedanken sind letztlich meistens gute Gedanken."

„Meinen Sie wirklich?"

„Ich möchte nur kosten."

„Kosten wovon?"

„Lassen wir's doch drauf ankommen."

Wir waren mittlerweile in der Tiefe der Zisterne angelangt, an deren Wand Scaramuzza eine Fackel angebracht hatte, die Bellis vier Krüge und Boldos Malvasia-Fass einen Schattentanz aufführen ließ.

„Gemeinsam zu kosten ist was Schönes", sagte sie und tauchte die auf einem der Krüge liegende Schöpfkelle tief in den Wein und führte sie genau zwischen unsere beiden Münder, die einander dadurch beträchtlich nahe kamen. Dann schlürften wir den Saft gemeinsam aus der Wölbung, und Bellis klebriger Honigseim schien mir plötzlich ein wahrhaftiger Liebestrank zu sein.

„Woher hast du eigentlich diesen seltsamen Ohrring?", fragte Valeria.

„Ein Indianerhäuptling in Mexiko hat mein Ohr damit durchbohrt. Seither trage ich ihn."

„Bist du sicher, dass es keine Häuptlingsfrau war?“

„Kann auch eine Häuptlingsfrau gewesen sein. So genau erinnere ich mich nicht mehr. Ist lange her.“

„Vergisst du alle Frauen so schnell wie die Häuptlingsfrau?“

„Du hast gesagt, dass es eine Häuptlingsfrau war. Ich sprach von einem Häuptling.“

„Ich bin sicher, es war eine Häuptlingsfrau“, kicherte Valeria, während sie mein Ohrläppchen streichelte. Dann griff sie noch einmal zur Kelle und fasste tief aus dem Krug noch einen Schöpfer von Bellis Liebestrank aus.

„Carozzi!“

Eine messerscharfe, mir wohlbekannte Stimme gellte vom oberen Zisternenrand bis tief hinab ins Gewölbe, in dem sie sich mehrmals brach. Das dazugehörige Gesicht oben am Brunnenrand war mir ebenso bekannt und gehörte der zornigen Gilda.

„Du bist mir vielleicht ein schöner Geschäftspartner“, gellte die Stimme weiter. „Ziehst dich da zu einer privaten Weinverkostung zurück und lässt Vater und mich die Gäste alleine bewirten.“

„Ich kann mich nicht erinnern, dass du mich als Kellner oder als Küchenjungen engagiert hättest.“

„Aber als Archäologen. Die Gäste wollen wissen, woher das Rezept für die Saueuter stammt, die wir gerade servieren. Komm rauf und lass dir was einfallen.“

Die böse Erscheinung verschwand und ich wünschte mir, sie wäre nur eine Sinnestäuschung gewesen. Doch Valeria hatte das Gesicht offenbar auch gesehen und drängte zurück an ihren Platz.

„Ich kann Tusnelda ohnedies nicht mehr lange mit diesem langweiligen Polizisten alleinlassen. Das wäre nicht fair“, sagte sie und setzte damit ein unmissverständliches Zeichen für den Aufbruch.

Ich hängte die Schöpfkelle zurück an den Fassrand und fügte mich in mein Schicksal, das mich wieder zurück zu Belli, Nonno und Macorig und zu einer langen Diskussion über die geschmacklichen Unterschiede zwischen geschmorten Saueutern und gefüllten Schweinsvulven führen sollte. Als wir zuletzt bei der von Belli aufgeworfenen Frage angelangt waren, ob die Lukanischen Würstchen, die die Römer während ihrer Saturnalien zubereiteten, mit Zimt oder Majoran gewürzt worden waren und ob dazu, würde man sie heute essen, wohl besser Picolit oder Verduzzo passen würde, da wurde die Zeit plötzlich durch einen Schrei angehalten. Er kam vom benachbarten Triklinium und fuhr noch wesentlich tiefer ins Mark als zuvor Boldos falsche Lyraakkorde. Ich sprang von meinem Triklinium hinab und bemerkte, wie aus Valerias Gesicht jegliche Farbe entwichen war. Erst danach sah ich, wie Tusnelda Scacci sich in krampfartigen Zuckungen am Boden wälzte. Doch dann – und das war das Schlimmste – verebbten die Zuckungen allmählich wieder und Tusnelda lag steif, starr und bewegungslos wie ein Stück Holz am Boden. Valeria und einer der Gäste, der Arzt war, hatten sich über sie gebeugt. Ich kam näher und sah, dass Signora Scacci kaum noch ihre Lider zu bewegen vermochte, als die Rettung sie abholte und ins Krankenhaus führte.

Meine Frage, ob sie noch am Leben sei, beantwortete der Arzt mit einem trockenen „noch". Die Gästeschar verstreute sich, obwohl das Menü keineswegs zu Ende war, binnen einer Viertelstunde in alle Richtungen. Ich suchte Gilda, um ihr die rasche Abhaltung einer Krisensitzung vorzuschlagen. Sie war aber weder in der Küche noch sonst wo zu finden. Ich stieg also noch einmal in die Zisterne hinab, traf aber dort nur Belli, der fassungslos vor seinen Krügen stand.

„Können Sie sich das vorstellen", sagte er wie in stiller Trauer über die Schlechtigkeit der Welt. „Von meinen vier Krügen mit dem köstlichsten Vinum mulsum, der seit Marc Aurel gekeltert wurde, sind drei übriggeblieben, und das Fass mit diesem letztklassigen Fusel namens Malvasia haben diese Banausen bis auf den letzten Tropfen geleert. Ist das nicht deprimierend?"

Ich zog es vor, ihm achselzuckend beizupflichten, und ließ ihn, um einer erneuten Süßweinprobe zu entgehen, an der Stätte seiner Niederlage grübelnd zurück. Nachdem ich die Stufen wieder hinaufgestiegen war, traf ich auf Boldo, der mir mit einer Flasche winkte.

„Ein Schlückchen Grappa di Peperoncino?", fragte er und ich nahm dankbar an.

„Ist ganz einfach herzustellen", sagte Scaramuzza: „Vier Teile Grappa, ein Teil Peperoncini. Altes Piratenrezept."

Der Albatros, der noch immer auf seiner Säule saß, bewegte sich nun endlich und sah mit seinen weit ausgebreiteten Schwingen aus wie ein Engel, der soeben abgehoben hatte.

6. Kapitel

Perlhuhn mit Pfefferschokolade

Das öffentliche Spital von Balaor befand sich in auffälliger Nachbarschaft zum Friedhof der Stadt. Mit diesem teilte es sich auch das schützende Felsenriff samt Brandung und Meerblick – von dem allerdings weder die Bewohner des Friedhofs noch die Patienten der Intensivstation profitierten.

Das kommunale Spital war zwar größer, aber wesentlich schäbiger als das private Ospizio Marin. In den langen Gängen lagen einige Elektroleitungen gefährlich außer Verputz und die lehnenlose Holzbank, auf deren einem Ende eine völlig erbleichte Valeria den Großteil ihres Gesichts hinter dem Vorhang ihrer blonden Haarsträhnen verbarg, knirschte verdächtig, als ich darauf Platz nahm.

Boldos Pfefferfusel brannte mir noch auf den Lippen. Das Plakat, vor dem ich saß, war von einem internationalen Pharmakonzern gesponsert und erklärte mir in sieben drastisch illustrierten Schritten, was im Falle eines Herzinfarkts zu tun sei. Diese nützliche Information verbesserte meine Stimmung so wenig wie Valerias durch gelegentliches eruptives Schluchzen unterbrochenes Schweigen.

„Hast du mit einem der Ärzte gesprochen?“, fragte ich sie.

Valeria schüttelte den Kopf und ihr Haar wurde noch wirrer.

„Soll ich?“

„Du darfst da nicht rein, das haben sie mir auch schon erklärt.“

Während sie das sagte, war ich schon drin.

„Sie dürfen da nicht rein!“, sagte eine Stimme, die ich erwartet hatte.

Auch der kroatische Assistenzarzt, der von der Besitzerin der Stimme beauftragt wurde, mich zu entfernen, reagierte ungehalten und ließ, in seiner Muttersprache wild auf mich einredend, an der Aufrichtigkeit seiner Entrüstung keinen Zweifel. Ich antwortete auf Italienisch, was ihn nicht freundlicher stimmte. Von mir vor die Wahl gestellt, entweder die Polizei zu holen oder mir eine ganz einfache Frage zu beantworten, entschied er sich zuletzt aber doch für eine Antwort.

„Wie geht es ihr?“, lautete die einfache Frage.

Die Antwort kam in nahezu akzentfreiem Italienisch: „Es ist noch nicht ganz sicher, doch es scheint, als könnte sie durchkommen. Aber nun verschwinden Sie.“

Mir war aber nicht nach Verschwinden.

„Ist es eine Lebensmittelvergiftung?“, fragte ich stattdessen.

„Ja“, erwiderte der Assistenzarzt. „Wer sind Sie überhaupt?“

„Ihr Bruder“, log ich. „Ihr einziger.“

Ein Anflug von Milde huschte über sein Gesicht.

„Wissen Sie schon den Grund?“, fragte ich, dadurch ermuntert.

„Ja, wir haben das Gift bereits lokalisiert.“

„Was war es?“

Der Assistenzarzt schwitzte, seine Nerven lagen fast so blank wie die Kabel in den Gängen seiner Wirkungsstätte.

„Versprechen Sie mir zu gehen, wenn ich Ihnen diese Frage auch noch beantworte?“

Ich versprach es.

„Es handelt sich um ein ziemlich seltenes Ichthyotoxin, ein Gift, das vor allem in Fischen aus der Aalfamilie vorkommt, vorzugsweise bei Muränen …“

Der Doktor drängte mich mit jedem Wort, das er sprach, ein Stückchen weiter in Richtung Schwingtür.

„Das spezielle Gift, das wir gefunden haben“, fuhr er fort und schubste mich gleich wieder ein Stück weiter, „stammt von einer Muraena Helena …“

„Bezaubernder Name für einen so bösartigen Fisch“, sagte ich.

Der Doktor räusperte sich.

„Ja, die Mittelmeermuräne, so wird sie auch genannt. Muraena Helena. Sie ist eine von hundertzwanzig Muränenarten, die wir kennen, aber nur fünf davon sind giftig. Die Helena gehört dazu. Ihre Giftdrüsen liegen in der Mundschleimhaut. Und je älter sie wird … Also, um die Sache abzukürzen, ihr Gift führt zu Lähmungserscheinungen und … wie gesagt, je älter, desto … nun ja.“

„Sie meinen, Tusnelda wird auf jeden Fall gelähmt bleiben.“

„Nun ja … Wir tun, was in unserer Macht steht."

Bevor ich noch weiter fragen konnte, hatte er mich bereits so knapp an die Schwingtür gedrängt, dass es von seiner Seite nur noch eines kräftigen Händedrucks bedurfte, um mich mit einem nicht wirklich aufmunternden „Wir werden sehen!" wieder aus der Intensivstation zu drängen.

Das nächste, was ich sah, war, wie Valeria von ihrer Bank vornüber kippte und von einem fixen Sanitäter mit Gladiatorenarmen in letzter Sekunde vor einem Sturz auf den glatten Steinboden bewahrt wurde. In aller Eile war auch ein Rollbett zur Stelle, und ehe ich noch richtig davon Notiz nehmen konnte, was geschah, war Valeria auch schon wieder aus meinem Gesichtsfeld verschwunden.

Ich wartete noch eine Weile und sah der Schwingtür beim Ausschwingen zu, hinter der die tatkräftige Signora Scacci gegen das Fischgift in ihren Adern kämpfte und womöglich schon das Ticket für eine kleine Kreuzfahrt auf dem Styx in der Tasche hatte. Ich meinesteils hatte nun wohl ein paar Monate und mit etwas Pech ein paar Jährchen in den Bleikammern von Balaor bei freier Kost und Logis gebucht. Wegen fahrlässiger Körperverletzung war ich auf jeden Fall dran, und würde Tusnelda sterben, so lautete die Anklage wohl auf fahrlässige Tötung. Es sein denn, es käme auch noch ein verrückter Staatsanwalt daher, um Gilda und mir einen Mord in die Schuhe zu schieben. Der Schuldige war aber ich, Gilda fungierte allenfalls als Helfershelferin. Ich hätte ihr die Geschichte von den alten Römern und ihrer unersättlichen Liebe zu den fetten Muränen niemals erzählen dürfen.

Der Desinfektionsmittelgeruch, der über der ganzen Abteilung lag, erinnerte mich daran, dass ich schon ewig keinen Mezcal getrunken hatte. Dabei hätte ich dringend einen Schluck aus der Flasche mit dem Wurm gebraucht. Der Wurm im Mezcal ist ein Glücksbringer. Wohl dem Teilnehmer eines Trinkgelages, der den letzten Schluck aus der Flasche erwischt und den Wurm gleich mitschlucken darf! Ich fühlte mich im Moment zwar auch, als ob ich einen Wurm verschluckt hätte, aber Glückspilze sehen anders aus.

Ein altes mexikanisches Sprichwort sagt: Man kann einen Schatten nicht zum Verschwinden bringen, indem man das Pueblo, auf das die Sonne ihn wirft, mit Kalk tüncht.

Wäre es mir möglich gewesen, ich hätte am liebsten kübelweise weiße Farbe herbeigeschafft und alle Wände meines Lapidariums von Balaor, die Grabsteine inklusive, aber auch Gildas Taverne und zuallererst meine kleine Suite im Castelletto damit übermalt. Allein, ich ahnte: Es blieb mir, um aus dem ganzen Schlamassel wieder herauszukommen, nichts anderes übrig, als entweder die Sonne, die Wände oder meine Position zwischen der Sonne und den Wänden zu verändern. Die Frage war bloß wie.

Flucht. Die einzige Rettung hieß Flucht.

Südtirol fiel mir ein und der Vorschlag meiner Eltern in Naturns, statt auf die Grabdenkmäler von Balaor ein wachsames Auge auf den vertrockneten Wandersmann vom Stilfserjoch zu werfen. Gerade eben sei, so hatten sie mir in ihrem letzten Brief geschrieben, eine Stelle als Sachbearbeiter im Bozner Archäologie-Museum freigeworden, und der Direktor sei beim selben Schützenverein wie mein Vater.

Aber ehrlich, der Ötzi!? Und dann auch noch ein Tiroler Schütze als Vorgesetzter!

Okay, Axayácatls Kalenderstein oder meinetwegen auch Montezumas Federkrone, das würde ein allmählich im Scheitern begriffenes Archäologenleben vielleicht noch mit Sinn erfüllen können. Aber dieser datteltrockene arme Teufel, der ja nur deshalb bekannt ist, weil er als Namensgeber für einen mittelmäßigen DJ herhalten musste?

Nein, der Ötzi war keine Alternative. Auch die Aussicht, nach Aquileia zurückzukehren, um unter den wachsamen Onyxaugen meiner schönen Etruskologin weiter als Fremdenführer oder Kassenwart zu dienen, schien mir nicht besonders reiz- oder gar ehrenvoll.

Alles Tünche, dachte ich, überall nur Dispersion, und mitten im heißesten mediterranen Sommer, der sich denken lässt, weit und breit kein einziger Sonnenstrahl in Sicht, der mich hoffen ließ, mein für einen bald Vierzigjährigen immer noch unstetes Leben doch noch einigermaßen in den Griff zu bekommen. Es stimmt schon, was mir ein alter Indianer am El Mercéd, dem schönsten Markt von New Mexico, einmal gesagt hat: „Das Leben ist wie ein rachsüchtiger Koch, der dir die Bissen, die du zurückgeschickt hast, so lange wieder vorsetzt, bis du sie zuletzt doch noch hinunterschluckst."

Das Bild von Tusneldas spasmischen Zuckungen, das mich seit ihrem Abtransport aus dem Lapidarium nicht mehr losließ, war so ein Bissen, und meine Darmflora ein Stück Brachland.

Ach, Valeria! Wenn ich bei ihrer unglücklichen Chefin schon nichts mehr ausrichten konnte, was hätte ich dafür gegeben, wenigstens ihr beistehen zu können.

In solch umwölkten Gedanken versunken ging ich langsam den Korridor entlang, bog um die Ecke und lugte nichtsahnend in das erste Krankenzimmer, dessen Tür halb offen stand.

„Gehen Sie nach Hause. Es ist nichts und Sie können ihr nicht helfen", sagte die Schwester, die soeben aus dem Zimmer kam. „Sie schläft nur."

***

Es war schon nach Mitternacht, als ich das Spital verließ. Die Konoba Fortuna war um diese Zeit zwar nicht mehr geöffnet, aber auch noch nicht wirklich geschlossen. Ich schlenderte also durch die Gassen des nächtlichen Balaor zum Lapidarium hinüber, das so arglos und selbstverständlich hinter den Gitterstäben lag, die es von der Piazza trennten, als handle es sich tatsächlich um nichts anderes als eine von der Öffentlichkeit kaum beachtete archäologische Ausgrabungsstätte. Nicht das geringste Indiz ließ auf die Arbeit der Spurensicherung schließen, denn Gilda hatte, während ich im Spital war, ganze Arbeit geleistet. Es erinnerte auch nichts mehr daran, dass hier noch vor wenigen Stunden Trimalchio die Ortsgranden verprellt und der alte Apicius sie gelabt hatte. Die Triklinien standen, ordentlich zusammengeklappt und übereinandergestapelt, in einer finsteren Nische neben den Amphoren, deren Inhalt wohl mittlerweile auch schon von der Polizei beschlagnahmt worden war. Apicius und Trimalchio hatten sich, wie es so schön heißt, auf französisch verabschiedet.

Ich brachte es, ehrlich gesagt, nicht über mein gebrochenes Archäologenherz, die Abkürzung in die Fortuna, in deren Küche noch ein dürres Lichtlein flackerte, über die Stätte meiner Schmach zu nehmen. Ich machte also den Umweg rund um die Euphemienkathedrale und schlüpfte durch einen finsteren Sottoporto in die Via Fortuna, wo die gleichnamige Konoba ihre Existenz nur noch durch einen schmalen Lichtstreifen ahnen ließ. Ich gab dem herabgelassenen Rollladen an seiner Unterkante mit der Schuhspitze einen kräftigen Tritt, der ihn schnarrend in die Höhe fahren ließ.

Gildas Blick hatte sich, seit ich sie zuletzt am Zisternenrand gesehen hatte, nicht wesentlich aufgehellt. Sie hatte ihre Abwäscherin schon nach Hause geschickt und kämpfte daher auf ziemlich aussichtslosem Posten gegen ganze Türme von Geschirr an, das noch der Reinigung harrte.

„Tusnelda Scacci ist am Leben, Gott sei Dank", sagte ich, ohne zu grüßen. „Zumindest atmet sie noch."

„Weiß man, was es war?"

„Ichthyotoxin, ein Gift der Mittelmeermuräne."

„Du brauchst mir nicht zu erklären, was das ist, der Name klingt scheußlich genug."

„Es kann tödlich wirken, es muss aber nicht sein. Hängt vom Alter des Fisches ab."

„Es kann auch tödlich sein, sich für seine Geschäfte den falschen Partner gesucht zu haben."

Gildas Mundwinkel zeigten nach unten, als hätte sie zwei Gewichte dran hängen, und man musste keinen Kurs für Körpersprache absolviert haben, um das richtig zu deuten. Ich trat also lieber gleich die Flucht nach vorne an.

„Du hast die Muränen schließlich gekauft. Du bist die Köchin. Ich wusste, dass die Römer sie mit dem Fleisch von Sklaven gefüttert haben, aber ich wusste nicht, dass sie giftig sind. Du hättest dich auch erkundigen können."

„Ich hätte mich lieber über deinen Charakter erkundigen sollen."

Hinter ihren Rabenaugen schwelte Höllenglut.

„Etwa eifersüchtig?"

Gilda drückte mit aller Kraft ihre starken Hände gegeneinander, und ich war froh, dass sie dabei ein Geschirrtuch und nicht meinen Hals umschloss.

„Wenn ich die ganze Party praktisch im Alleingang schmeiße, während du dich im kühlen Grunde mit deiner Nachbarin vergnügst, was soll daran Eifersucht sein? – Nein, Doktor Carozzi, ich hätte dich nicht zum Knuddeln gebraucht, sondern zum Mitanpacken."

„Wir hatten doch abgemacht, dass ich für die Gäste zuständig bin und du für die Küche. Valeria war ein Gast."

Die Höllenglut erstarrte. Der schweigsame Furor stand ihr gar nicht so übel zu Gesicht. Sie raste wie Medea, und sie hatte die gleichermaßen selbstbewusste wie selbstverlorene Dämonie der Callas im Pasolini-Film. Gilda war wohl wesentlich kleiner als die Callas, aber der griechischen Primadonna in ihrer fragilen Leidenschaft keineswegs unähnlich, und in ihrer eher von Bruchlinien als von Ebenmaß bestimmten Schönheit waren die beiden nahezu Schwestern. Ja, sie war schon eine echte „belle dame sans merci", meine balaoranische Geschäftspartnerin, und heute war sie von einer geradezu verführerischen Gnadenlosigkeit.

In ihrer Rage schleuderte meine Medea jetzt einen Teller wie einen Diskus gegen mich, der um Haaresbeite an meiner rechten Schläfe vorbeiflog und an einem Türpfosten in tausend Stücke zerbarst.

Damit rief Gilda allerdings den schon etwas schlaftrunkenen Scaramuzza auf den Plan und leitete, ohne es zu wollen, selbst meine Rettung vor ihrer Rachsucht ein.

Boldo erschien am oberen Treppenabsatz, stieg zunächst stolpernd die Stufen herunter und kam dann tänzelnd auf mich zu:

„Na, Carozzi. Wie war ich? Hab ich dir gefallen als Trimalchio?"

Seine so plötzlich zur Schau getragene Eitelkeit entwaffnete mich.

„Boldo, du warst fabelhaft, einfach zum Niederknien. Fellini hätte dich nicht besser erfinden können", schmierte ich ihm, vielleicht um eine Spur zu offensiv, Honig ums Maul. Doch es wirkte.

„Du solltest den jungen Mann nicht mit Tellern bewerfen, Gilda!", tadelte Boldo seine Tochter nachsichtig. „Er ist ein gutes Publikum. Wir brauchen mehr solche wie ihn, wenn wir Erfolg haben wollen."

Boldos humorvolle Gelassenheit beschämte und bestürzte mich gleichermaßen. Hatte er nicht begriffen, was geschehen war, oder wollte er es nicht begreifen? Bloßfüßig und mit schlotternden Pyjamahosen unter einem umso dichter bepackten Oberteil tänzelte er um Gilda und mich wie ein gemütlicher Faun.

Dann geschah etwas sehr Seltsames. Boldo zog seine annähernd halb so große Tochter, der das, wie man an ihrem Zappeln bemerkte, alles andere als recht war, mit einem einzigen Griff zu sich hinauf, drückte sie an seine Brust und sagte: „Meine Tochter! Mein Kind! O meine

Gilda! Du brauchst keine Angst zu haben, mein Liebes. Und wenn du welche hast, dann kannst du wie damals, als du ein kleines Mädchen warst, immer noch auf mich rauf hüpfen. Dann ist sie wieder weg, die Angst, genau wie früher." Dann ließ er sie mit einer Zärtlichkeit, die in deutlichem Gegensatz zu der Wucht stand, mit der er sie zuerst gepackt hatte, langsam in den Schienen seiner starken Arme wieder nach unten gleiten.

Zu meinem Erstaunen schnaubte Gilda jetzt nicht noch mehr als zuvor, sondern stand unbeweglich da. Es schien, als hätte sie sich beruhigt und ein porzellanenes Pulcinellenlächeln aufgesetzt.

Mich würdigte sie ab diesem Moment keines Blickes mehr. Vermutlich würde sie mir auch niemals verzeihen, dass ich Zeuge dieses intimen Rituals geworden war, das gewiss nicht für mich bestimmt war. Sie knipste das Küchenlicht aus und verschwand im Dunkel des Treppenhauses.

Boldo bat mich, nachdem er den offenen Rollladen wieder geschlossen hatte, noch an die Bar, brachte seine Macchinetta wie eine alte Lokomotive zum Dampfen, machte uns zwei Ristretti, schwarz wie der Eingang zum Dante'schen Inferno, und schenkte zwei bis an den Rand gefüllte Gläser von seinem fegefeuerfarbenen Peperoncini-Grappa ein.

„Sie ist so jung", sagte er. „Fast noch ein Kind."

Ich hatte mit Gilda nie über ihr Alter gesprochen, aber nach den Worten von Onkel Ivo zu schließen musste sie Ende dreißig sein.

„Meine Kleine ist sie jedenfalls", fügte er nach einer Pause hinzu, bevor er Kaffee und Grappa jeweils in einem Zug ausschlürfte und sich danach am ganzen Körper zu schütteln begann, als hätte er gerade eiskalt geduscht.

„Ich bin müde", sagte er dann. „Der Trimalchio hat mir doch einigermaßen zu schaffen gemacht."

„Ja, und es ist auch spät geworden", fügte ich hinzu und schickte mich an aufzubrechen.

„Darf ich dir noch ein kleines Gedicht mit auf den Nachhauseweg geben?", fragte Boldo, fast ein wenig verschämt. „Es ist ganz kurz, ich halte dich nicht lange auf."

„Hat es einen Titel?"

„Ja. Der Titel lautet: *Das Gedicht.*"

Jeder Mensch ist ein Gedicht,
Das Pech ist nur: Meist reimt sich's nicht.

Doch alles, was sich reimt, ist gut.
Drum sei vor Menschen auf der Hut!

Die Rollläden, die sich daraufhin noch einmal öffneten, knirschten richtig unmusikalisch.

***

Peperoncini.

Boldos Schnaps hatte meine Begehrlichkeit nach befreiender Schärfe keineswegs gestillt, sondern das Verlangen danach nur erneut angefacht.

Die Dialektik von Schicksalsschlag und Gaumenschärfe begleitet mich schon mein halbes Leben. Dabei war meine Kindheit und Jugend, was Chilis betraf, komplett entschärft. In Südtirol pfeffert man nicht gerne. Vielleicht machte aber gerade diese Tatsache Geist und Gaumen dafür frei, richtig durchzuatmen und entschlackt zu denken, sobald ich in Mexiko erstmals mit echten Habaneros konfrontiert wurde.

Kein Mensch, schon gar kein Europäer, kann eine Habanero-Schote essen wie eine Scheibe Kiwi oder eine Banane. Es war mein Glück, dass ich, als ich mein erstes Chiligericht essen durfte, gleich mit der Königsdisziplin begann: mit einer Sauce aus Habaneros und Schokolade, die von den Tarahumara-Indianern, bei denen ich diesen Meilenstein indianischer Küche erstmals kosten durfte, zu Hühnerfleisch gereicht wurde. Damals lernte ich die Grundlage jeglicher wahrer Chiliküche kennen: Chili braucht, um zu seiner vollen Wirkung zu gelangen, einen starken Partner. Das kann Honig sein oder Stachelbeermarmelade, Tamarindenmark oder Kokosmilch. Am besten aber passt Schokolade, und zwar, um präzise zu sein: Bitterschokolade. Die Schokolade muss definitiv bitter und der Chili muss definitiv scharf sein, nur dann kommt es zu jener Vereinigung der Geschmäcker, die geeignet ist, Endorphine auszuschütten und rezentes Unglück vergessen zu machen – eine Wirkung, derer ich in meinem gegenwärtigen Zustand aufs Dringlichste bedurfte.

Alle Versuche, die ich in meinem bisherigen Leben als Hobbykoch mit der Kombination von Chili und Schokolade angestellt hatte, waren fehlgeschlagen, wenn die Chilis nicht messerscharf waren und die Schokolade einen Kakaoanteil unter 80 Prozent hatte.

Es war schon nach drei Uhr früh, als ich die Treppe zu meiner Wohnung im Castelletto hinauf- und der Pfeffer mir bereits ins Hirn stieg. Ich wusste, ich brauchte Schärfe, um Ordnung in den Knäuel meiner flottierenden Gedanken zu bringen. Und ich wusste, ich musste meine Hände gebrauchen, um meine trüben Gedanken möglichst schnell wieder zu verscheuchen. Ich hatte zwar nicht den Anflug von Hunger, aber mir war dennoch klar, dass ich jetzt kochen musste.

Das war angesichts der Tatsache, dass ich keine Nachbarn damit stören konnte, nicht weiter kompliziert. Ein Problem war höchstens, dass in meinem Kühlschrank trotz längerer Suche keine Zutaten verfügbar waren, die sich zu einem harmonischen Gericht zusammenfügen würden.

Doch genau darin besteht ja die Herausforderung. Mit einer wohlgefüllten Speisekammer kochen, das kann jeder. Was aber macht man, wenn nur ein bisschen Lauch, Zwiebeln, eine gelbe Rübe und eine Stange Sellerie sowie ein paar tiefgekühlte Kalbsknochen vorrätig sind?

Ich trat hinaus auf die Terrasse, wo sich Aurora mit ihren rosigen Backen zur Morgenschicht meldete. Ich sah auf das Ospizio hinüber, in dem noch kein einziges Zimmer erleuchtet war. Ob Valeria schon wieder drüben schlief, oder ob sie doch im Spital übernachtet hatte?

Nein, ich würde heute nicht schlafen, zumindest nicht, bevor es Nachmittag wurde. Ich würde stattdessen ein Chiligericht von solcher Klasse auf den Tisch zaubern, dass ich selbst eine Meisterköchin wie Gilda damit vor Staunen stumm, und mir dadurch vielleicht wieder etwas gewogener machen konnte.

Über die Hauptzutat des Gerichts zerbrach ich mir einstweilen noch nicht den Kopf, die würde mir wohl der Morgenmarkt am Mandracchio-Hafen vorschlagen können. Doch ich wusste, dass die geplante Hochzeit von Chili und Schokolade vor keinem Altar der

Kochkunst so harmonisch verlaufen würde wie vor dem eines dunklen Knochenfonds. Und genau diesen galt es jetzt herzustellen.

Dass man die mit kochendem Wasser überbrühten Knochen dafür mit einem scharfen, schweren Beil möglichst klein hacken muss, kam meiner Stimmungslage sehr entgegen und half mir, die angestauten Aggressionen wieder etwas abzubauen. Mindestens ebensoviel Spaß machte es, die abgesplitterten Knochenstücke dann in heißem Öl so richtig zum Tanzen zu bringen, wobei sie sich so echauffierten, dass sich ihre Farbe völlig veränderte. Sobald ich in meinem Topf auf diese Weise ein recht anarchisches, aber durchaus wohlriechendes Chaos angerichtet hatte, ließ ich die gewürfelten Gemüsestücke eine Weile mittanzen, und dann kam das Schönste: Ich löschte den tanzenden bunten Reigen mit reichlich Rotwein ab, dass es nur so zischte. Sobald der Rotwein Blasen warf, füllte ich meinen Topf mit Wasser auf, fügte etwas Meersalz, Lorbeerblatt und ein paar zerstoßene Pfefferkörner hinzu, ließ es abermals aufkochen, schäumte die Eiweißinseln von der Oberfläche ab, reduzierte die Hitze und wusste, dass ich meinen Fond nun für die nächsten fünf oder sechs Stunden, mit leicht gelüpftem Deckel gegen Verdunstung abgeschirmt, seinem Schicksal überlassen konnte.

Also döste ich, von Aurora sanft belächelt, noch ein wenig in D'Annunzios klapprigem Ohrensessel auf meiner Terrasse und machte mich, als es knapp vor sechs Uhr war, von dort aus auf den Weg zum Markt.

***

Die Markthalle von Balaor war zweigeteilt. Der kleinere Teil, dessen Stände wesentlich dichter gestellt und üppiger beladen waren als in der Nachbarhalle, war der Fischmarkt, der vor allem aus tiefen Felsenküstengewässern, aber auch aus den seichten, meerestierreichen Fanggründen der nahen Lagune gespeist wurde. Man konnte hier gutkatholische St. Petersfische von geradezu vatikanischer Pracht bewundern oder deren unkatholische Gegenstücke, die Seeteufel, deren von einem Zackengebirge umrandete Schlünder die Frage nach der Herkunft des Namens überflüssig machten. Schaurig wie abgeschlagene Gorgonenhäupter blickten dem schlaftrunkenen Marktbesucher die

Drachenköpfe ins Gesicht, wie Meerschlangen wanden sich die Spaghettifische mit ihren dünnen Zwirnrümpfen an den schnabelartigen Köpfen durch das Gebirge aus zerstoßenem Eis. Heuschreckenkrebse von wasserklarer Transparenz zeigten durch das Zippern ihrer winzigen Beinchen, dass sie noch wenige Stunden zuvor einem anderen Element zugehört hatten, Steinbohrermuscheln verrieten durch ihre zerschründete Oberfläche noch die geologischen Formationen, von denen man sie abgesprengt hatte, die orangeroten Eiersäcke der Jakobsmuscheln schimmerten auf elfenbeinernem Grund im Neonlicht und ein in der Mitte seines Torpedoleibs mit einem glatten Schnitt von chirurgischer Präzision entzweigeteilter Thunfisch begrüßte den roten Morgenhimmel mit frischem Blut.

Es waren vor allem Frauen, die um diese Stunde hier einkauften. Eine von ihnen kam mir bekannt vor und ich konnte mich des Eindrucks nicht erwehren, dass auch sie jede meiner Bewegungen genau verfolgte. Sie trug ihr seidiges, hennarotes Haar länger, als es gegenwärtig Mode war, und ihre Blicke folgten mir während meines kleinen Rundgangs durch die Halle von Vitrine zu Vitrine. Die Aufmerksamkeit, mit der mich diese Blicke maßen, konnte, so bildete ich mir zumindest ein, kein Zufall sein. Es war ein kluges, hübsches, sommersprossiges, vielleicht um die Spur zu langes Gesicht, zu dem diese Augen gehörten.

Erstaunlicherweise war auch in der kleinen Fischbraterei, die sich hinter einer Glaswand am Ende der Halle befand, schon viel Betrieb. Das Bratöl war um diese Zeit noch frisch, auch wenn die kleinen Seehechte, die Baby-Seezungen und die Tintenfische, die mitsamt ihren Tentakeln darin ausgebacken wurden, das ihre dazu taten, um bereits am frühen Morgen die keiner Witterung verborgen bleibende Fischbrat-Dunstglocke über das Marktgeschehen zu legen.

Ich setzte mich auf einen der wenigen hohen Hocker, die rund um die Bartische standen, und bestellte einen Espresso mit einem Glas Wasser. Die Marktfrau, die auch die Fritteuse bediente und um diese Zeit noch nicht so richtig ausgelastet war, brachte beides an den Tisch und dazu noch ein Schnapsglas mit einem glibberigen, giftgrünen Saft.

„Vom Haus?“, fragte ich und konnte, nicht zuletzt angesichts der frühen Stunde, meine Verblüffung nicht verbergen.

„Den hat Ihnen die Dame von dort hinten spendiert, die mit den roten Haaren. Sie möchten ihn auf ihr Wohl trinken.“

„Was ist das?“, fragte ich, während ich mich nach der edlen Spenderin umdrehte.

„Ein Grappa Santonego, mit frischem Lagunengrün angesetzt.“

Ich erhob das Glas und prostete der Rothaarigen lächelnd zu. Die allerdings machte keinerlei Anstalten, das Lächeln zu erwidern.

Ich nippte und hätte mich an dem Gesöff fast verschluckt. Es war klebrig, picksüß und eher ein Likör als ein Grappa.

Die Gönnerin kam unterdessen auf mich zu und streifte mit ihrer Hand kaum merklich meine Schulter.

„Das nächste Mal ist der Schnaps vielleicht vergiftet, Doktor Carozzi“, sagte sie, während sie mein mittlerweile schon etwas eingeschlafenes Lächeln mit offensichtlicher Feindseligkeit quittierte.

Als ich sie fragen wollte, woher sie meinen Namen kannte, hatte sie die Fischhalle schon mit schnellen Schritten verlassen.

Ich bezahlte meinen Espresso und ging hinüber in den größeren Teil der Markthalle, wo Fleisch, Gemüse, Delikatessen, Weine und Spirituosen verkauft wurden. Ich ließ meinen Blick mehrmals rund um die Halle schweifen, aber die Spenderin des Algengrappas blieb so verschollen wie mein Personengedächtnis getrübt.

Ich gustierte noch ein wenig zwischen den Ständen herum, erfreute mich am Anblick von ein paar feisten Wachteln, spielte kurz mit dem Gedanken, zu einem besonders rosafleischigen und prallschenkeligen Kaninchen zu greifen, stieß aber dann auf ein Prachtexemplar von Perlhuhn, das aufgrund seiner numidischen Herkunft auch Faraone genannt wird und meiner indianischen Schoko-Chilisauce, wie ich hoffte, alle Ehre machen würde. Im Vorbeigehen nahm ich dann auch noch ein Fläschchen Vinsanto mit, der zwar mit indianischer Küche nicht mehr zu tun hat als Manitou mit Jehova, aber meinem Indio-Vogel – so hatte ich wenigstens das Gefühl – durchaus noch eine charmante geschmackliche Weihe zuteil werden lassen konnte.

Noch charmanter war die Entdeckung, die ich in einem der entlegeneren Weinregale machte. Dort fand sich nämlich zu meiner großen Überraschung tatsächlich ein Fläschchen Mezcal, und zu meiner noch größeren Freude war es eines von jener Sorte, in welcher auch ein durch den hohen Alkoholgehalt sorgsam konservierter Agavenwurm als U-Boot unterwegs war.

Vielleicht, dachte ich angesichts von so viel Glück, würde doch noch alles gut werden.

Mein Pharaönchen erwies sich jedenfalls, wie ich zuhause gleich feststellen konnte, als exzellente Investition. Es war mit 1,7 kg nicht zu ausgewachsen, aber auch nicht zu jung. Die schwarzen Krallen glänzten wie ein Bösendorferflügel, das Brustbein war gerade gewachsen und das Brustfleisch gab selbst bei kräftigem Daumendruck nicht nach.

Auch mein Fond hatte sich schon recht gut entwickelt und wetteiferte mit den Bougainvillea-Blüten erfolgreich um die aromatische Vorherrschaft im Castelletto.

Während ich Pharao sorgsam sezierte, drehte ich den kleinen Portablefernseher an, den Valeria aus dem Ospizio „entwendet" und in meiner wildromantischen Castelletto-Suite installiert hatte. Ich zappte ein wenig herum, bevor ich mich daran machte, die Geflügelteile in eine Marinade aus Vinsanto, feuchtem Meersalz und einer ordentlichen, aber durchaus „europäischen" Dosis fein gehackter Habaneros zu legen. Nachdem ich diese und auch noch ein paar andere Vorbereitungen für mein abendliches „Indianermahl" erledigt hatte, begannen gerade die Frühnachrichten in einem italienischen Privatsender.

Es war nicht allzu viel passiert in der vergangenen Nacht. Ein paar lähmende Debatten im italienischen Parlament, ein paar Unwetter in entlegeneren und daher nicht sonderlich ausführlich thematisierten Teilen der Welt, ein Bericht über einen bevorstehenden Pizzaverkäuferstreik in Neapel, ein paar Sportmeldungen, die mich in keiner Weise emotionalisierten, und schließlich, kurz vor dem Wetterbericht, die Schlagzeile: „Mord nach Apicius? – Managerin von Nobelsanatorium starb am Gift von Muränen."

***

Fast genauso pünktlich wie die Acht-Uhr-Nachrichten kam Joschko Gradnik. Es blieben mir gerade ein paar Minuten Zeit, um die Nachricht von Tusneldas Tod zu verdauen sowie Pharaos Reliquien mitsamt der Marinade in den Kühlschrank zu stellen. Dann klopfte es auch schon unten an der Tür.

Das Fünkchen Hoffnung, es könne sich um die wiedergenesene und frühstückswillige Valeria handeln, wurde allein schon durch die Kraft und Nachhaltigkeit des Klopfens zerstört. Das war kein liebevolles Nachbarschafts-Klopfen, sondern ein herrisches Lass-mich-herein-oder-es-kracht-Klopfen.

Ich öffnete die Tür, und während ich dem Kommissar in die hinter seiner randlosen und leicht getönten Brille hellwachen Augen sah, dachte ich weder an die verstorbene Tusnelda noch an die darniederliegende Valeria, sondern meine Gedanken gehörten einzig und allein meinem Pharao. Osiris sei Dank lag er bereits im Kühlschrank, wo er zwei, drei Tage in der Marinade problemlos überstehen würde. Was aber, wenn mich Gradnik länger festhielt, vier oder fünf Tage, eine ganze Woche womöglich, oder gar zwei?

Ich beschloss, die Sache zu beschleunigen, und streckte Gradnik statt einer Hand zum Gruß gleich beide Hände hin.

„Sie brauchen mir kein Geständnis abzupressen, sondern Sie können gleich die Handschellen hervorholen. Ich gebe zu, die Idee mit den Muränen war von mir. Ich wusste allerdings nicht, dass sie giftig sind."

Gradnik schob seine Brille mit einer kurzen Bewegung zur Nasenspitze vor und musterte mich über den Brillenrand hinweg.

„Es gehört nicht zu den Bürgerpflichten, Ichthyologie studiert zu haben", sagte er. „Darf ich reinkommen?"

Ich senkte meine Hände wieder und ließ ihn die Treppe hinauf vorgehen. Dann bot ich ihm einen Stuhl an, doch Gradnik blieb stehen und sah sich eine Weile um.

„Jetzt stehe ich seit über zwanzig Jahren im Dienst der Kriminalpolizei von Balaor, und es ist heute das erste Mal, dass ich das Castelletto von innen sehe. Dabei bin ich wohl tausende Male draußen auf der Promenade daran vorbeigegangen."

Ich wusste nicht recht, was er mit dieser Einleitung bezweckte, und reagierte verunsichert.

„D'Annunzio hat hier geschrieben. Er liebte den Ausblick."

„Ich weiß, und ich kann ihn verstehen. Er war allerdings ein Faschist. Es gab zu seiner Zeit wahrhaft Würdigere, die man in dieses schöne Castelletto zum Schreiben hätte einladen können."

„Und wie steht's um meine Würde?"

Gradnik lachte. Es war das erste Mal, dass ich ihn lachen sah.

„Darf ich Sie etwas bitten, Doktor Carozzi?"

„Ich fürchte, ich kann Ihnen keinen Wunsch abschlagen."

„Nein, nein, Dottore, machen Sie sich keine Sorgen. Es wird Ihnen nicht schwer fallen, meiner Bitte nachzukommen. Aber macht es Ihnen etwas aus, dieses Gespräch draußen auf der Terrasse weiterzuführen? Ich wollte dort schon immer einmal sitzen. Und jetzt, da ich die Chance habe, muss ich sie nützen."

Ich trug den kleinen Holztisch und die beiden Stühle, in Wahrheit also meine halbe Wohnzimmereinrichtung, hinaus ins Freie und stellte sie im Bougainvillea-Schatten auf.

Gradnik nahm Platz, streckte alle Viere von sich, blickte übers Meer und sagte: „Manchmal liebe ich meinen Beruf. Man kommt an Plätze, die einem sonst ewig verschlossen blieben."

Ich bot ihm einen Kaffee an und er lehnte nicht ab. In der Speisekammer hatte ich eine Espressokanne entdeckt, die so alt war, dass sie am Antikmarkt durchaus als Original von Alfonso Bialetti durchgegangen wäre. Ihre Funktionstüchtigkeit hatte ich schon getestet und so füllte ich auch jetzt Wasser und Kaffeepulver ein, stellte die Kanne auf die heiße Herdplatte, und es dauerte nicht lange, bis der Espresso gurgelnd aufstieg.

Gradnik genoss einstweilen den Ausblick.

„Wie ich sehe, sind Sie über den Tod Ihres gestrigen Gastes bereits informiert", sagte er, als ich ihm seinen Kaffee einschenkte.

„Ich war in der Nacht auf der Intensivstation, wo man mir noch Hoffnung machte, Frau Scacci könnte überleben. Vom Tod habe ich erst in den Acht-Uhr-Nachrichten erfahren. Das Gift muss tatsächlich von einer sehr alten Muräne stammen."

„Sie kennen sich ja besser bei Muränen aus, als Sie zuerst zugegeben haben."

Jetzt hatte er mich. Ich saß in der Falle. Doch Gradnik schien meine Gedanken zu erraten.

„Keine Angst. Das macht Sie nicht verdächtiger, als Sie es ohnedies schon sind. Und vor allem nicht verdächtiger als jeden anderen. Oder auch jede andere."

Er hatte Gilda ins Visier gefasst, klar. Ich fragte aber dennoch nach.

„Wen meinen Sie mit jede andere?"

„Ach, das war nur politisch korrekt gedacht. Ich wollte mit meinem Verdacht niemanden diskriminieren. Es ist ziemlich gleichgültig, ob ein Mann oder eine Frau die giftigen Muränen zubereitet hat. Denn es gibt da noch ein kleines Detail, das Sie möglichwerweise nicht kennen, Doktor Carozzi, und das auch ich erst weiß, seit ich heute Morgen mit unserem Gerichtsmediziner telefoniert habe, nämlich eine kleine Marotte, die diese Muränen nun einmal haben."

Er nahm noch einen Schluck von seinem Espresso.

„Selbst die älteste Muräne", fuhr Gradnik fort, „also selbst, wenn sie ein biblisches Alter hat und daher schon eine echte Giftspritze ist – das Ichthyotoxin verliert seine Wirkung, sobald der Fisch gekocht oder gebraten wird. Um es genau zu sagen: Sobald ihr Fleisch einer Temperatur von mehr als 75° Celsius ausgesetzt ist, wird die giftigste Muräne harmlos wie ein Fischstäbchen. Weiß der Teufel, wie das Gift in Tusnelda Scaccis Kreislauf kam, aber dadurch, dass sie von der Muräne gekostet hat, ganz sicher nicht."

„Sie sind also nicht gekommen, um mich zu verhaften?" Mein Pharao im Kühlschrank fiel mir wieder ein.

„Nein, keineswegs. Zumindest nicht im Moment. Wer außer Ihnen wusste eigentlich, dass bei der Apicius-Gala, oder wie Sie das nannten, Muränen auf dem Speisezettel stehen würden?"

„Selbstverständlich Gilda, aber auch Scaramuzza und seine Freunde. Mit Dario Macorig, dem Kulturdezernenten, habe ich mich schon in der Vorbereitungsphase darüber unterhalten. Und außerdem stand es auf der Einladung. Wir haben ja den ganzen Speisezettel auf der Einladung abgedruckt, um die Leute neugierig zu machen."

„Also jeder?", fragte Gradnik.

„Zumindest jeder, der eingeladen war."

Gradniks Tasse war inzwischen leer.

„Noch einen Kaffee?"

„Gerne. Der Tag wird noch lange genug."

Ich ging in die Küche, wusch die Kanne gut durch und setzte noch eine Portion Espresso auf.

„Wenn Sie mich fragen,“ sagte Gradnik ganz nebenbei, als ich wieder zurückkam, „so kann das Muränengift nur in Frau Scaccis Weinglas gewesen sein, und da könnte es jeder hineingeleert haben. Vorausgesetzt natürlich, es gelang ihm zuvor, das Gift aus den Giftdrüsen in der Mundschleimhaut der Fische zu extrahieren. Dazu braucht es ein gewisses Know-how, nehme ich an, und auch ein gewisses professionelles Geschick. Das hat kein Kulturdezernent, und wohl auch kein Archäologe.“

„Sie halten mich also nicht für einen Mörder?“

„Jeder Mensch kann zum Mörder werden, Sie genauso wie ich, es müssen nur ein paar Voraussetzungen stimmen. Ich habe in meinem Leben viele Mörder überführt und manche, von denen ich wusste, dass sie Mörder waren, auch nicht überführen können. Meine Mörder waren alles Mögliche, schweigsam, geschwätzig, kreuzgescheit, strohdumm, gebildet, ungebildet. Nur eines waren sie nie: harmlos. Sie sind harmlos, Carozzi, nehmen Sie mir das bitte nicht krumm. Und das ist vielleicht auch der Grund, warum Sie nicht besonders erfolgreich sind.“

Am liebsten wäre ich ihm für diese Beleidigung um den Hals gefallen.

„Ein Schlückchen Mezcal zum Kaffee?“, fragte ich, einer inneren euphorischen Regung folgend.

Gradnik schien ehrlich überrascht zu sein.

„Ist zwar noch ein bisschen früh dafür, aber nur her mit dem Zeug. Ich hab es ewig nicht mehr getrunken. Aber aus welchem gottverdammten Grund hat ein Steinepolierer auf Balaor eine Flasche Mezcal bei sich?“

„Ich habe etliche Jahre als Archäologe in Mexiko geforscht. Um ehrlich zu sein, haben mich die Kalendersteine und Todestempel der alten Azteken wesentlich mehr interessiert als die frühchristlichen Grabsteine von Balaor. Aber man nimmt, was man kriegt. Und als ich heute Morgen in der Fleischmarkthalle in der hinteren Reihe eines Weinregals eine Flasche Mezcal erblickte, da habe ich gleich zugegriffen.“

Ich schenkte Gradnik einen Schluck davon ein. Er roch lang daran und prüfte die Farbe gegen die nun schon ziemlich hoch stehende Morgensonne mit Kennermiene.

„Ich nehme an, es ist mexikanischer Mezcal", sagte er, nachdem er gekostet hatte. „Ich kannte bis jetzt nur den nicaraguanischen, aber der ist auch nicht schlecht."

„Ich habe niemals darüber nachgedacht, ob sie in Nicaragua auch Mezcal brennen."

„Verständlich. Den kennt auch nur, wer schon einmal dort gewesen ist."

„Sie waren in Nicaragua?"

„Ja, Marschall Tito hat mich verliehen. Ich durfte dort Ende der 70er Jahre ein paar Monate lang sandinistische Freiheitskämpfer militärisch ausbilden."

Er sagte das in einem Tonfall, als wäre er damals zu einem Philatelistenkongress nach Managua eingeladen gewesen.

„Da standen Sie ja auf der richtigen Seite?"

Gradnik nahm seine mittlerweile schon fast schwarz eingedunkelte Brille ab, zog ein Brillenputztuch aus der Brusttasche und begann, die Gläser penibel zu reinigen.

„Ich habe Marschall Tito gedient, damals. Danach habe ich Präsident Tudjman gedient. Jetzt diene ich der demokratisch gewählten Regierung. Wer kann wissen, wem ich morgen diene. Die richtige Seite ist immer die, auf der man gerade steht. Denn Loyalität ist ein relativer Begriff, finden Sie nicht, Doktor Carozzi?"

***

„Du hast Gäste, Carozzi, also kümmere dich auch um sie."

Was da in tiefem Alt und mit der neuerdings üblichen Eiseskälte durch mein Bellerophon drang, war Gildas Stimme.

„Das Lapidarium ist heute geschlossen, also kann es auch keine Gäste geben."

Gilda ließ nicht locker.

„Sie sind aber da. Also komm und schau sie dir an. Und vor allem: Rede mit ihnen."

Meine „Gäste“ waren nicht zu übersehen. Sie hatten vor dem Gitter des noch geschlossenen Lapidariums einen kleinen Klapptisch aufgestellt und diesen mit Stößen von Flugblättern und Pamphleten belegt. Man brauchte allerdings keine dieser Schriften zu lesen, um zu wissen, worum es ging. Am Gitter selbst waren nämlich allerlei Plakate affichiert worden, die Fotos von blutverschmierten Tierkadavern zeigten. Darüber prangte ein Transparent: „Stoppt das Tierleid in der Taberna! Freies Geleit für Siebenschläfer!“ Daneben hatten die Tierschützer, um ihrer Botschaft noch weiter Nachdruck zu verleihen, einen kleinen Galgen errichtet, in dessen Schlinge ein Eichhörnchen aus Plüsch hing, das allerliebst aussah und jeden Vorbeikommenden zu Tränen rühren musste. Wer immer vorbeikam, unterschrieb daher auch, und das waren nicht wenige.

„Möchten Sie nicht auch gegen die willkürliche Tötung aussterbender Tiere an den Tischen der Reichen unterschreiben, Doktor Carozzi?“, sagte mein Gast, den ich diesmal sofort erkannte.

Die junge rothaarige Dame hielt mir die auf ein Reißbrett gepinnte Unterschriftenliste unter die Nase und drückte mir einen Kugelschreiber in die Hand.

„Ich wollte mich ohnedies noch für den Grappa aus der Lagune revanchieren; dann sind wir wieder quitt“, sagte ich und unterschrieb.

„Ich ahnte ja, dass Sie ein Zyniker sind, aber so viel Zynismus hätte ich Ihnen nicht zugetraut.“

Jetzt wusste ich auch wieder, wo ich die Unterschriftensammlerin schon früher gesehen hatte. Sie hatte das Nummerngirl bei jener denkwürdigen Aufführung des Pharos-Hafentheaters gegeben.

„Pfui Teufel!“, sagte sie und spuckte vor mir auf den Boden.

„Langsam, langsam“, erwiderte ich. „Noch nie etwas von Unschuldsvermutung gehört?“

„Sie sind nicht unschuldig. Carlo und ich haben Sie angezeigt wegen verbotener Schlachtung von Lebewesen, die unter strengem Tierschutz stehen. Sie haben es selbst zugegeben, indem Sie es auf die Einladung schrieben.“

Ich muss gestehen, nachdem ich gerade eine Stunde zuvor durch Kommissar Gradnik, wenngleich auf nicht sehr charmante Weise, vom Mordverdacht freigesprochen worden war, schreckte mich dieser neue Anklagepunkt nicht sehr.

„Erstens stehen Siebenschläfer in Kroatien nicht unter Tierschutz“, sagte ich.

„… doch, stehen sie, außerhalb der Jagdsaison in den Monaten Oktober und November. Wir schreiben aber jetzt Juli.“

„Und zweitens wurden in der Taberna Antica keine Siebenschläfer verkocht. Wir nannten das Gericht zwar aus historischen Gründen ‚Siebenschläfer nach Apicius-Art‘, doch Gilda hat es mit Kaninchenteilen zubereitet. Das sieht ganz ähnlich aus. Keiner hat es gemerkt.“

„Lass dir von ihm nichts hineindrücken, Patricia“, sagte der hochgeschossene, aber, wie sein strähnig-graues Haar zeigte, nicht mehr ganz junge Mann neben ihr, der in der Hafentheater-Burleske den versenkten Patriarchen gegeben hatte.

„Keine Angst, ich glaube ihm kein Wort, Carlo“, beschwichtigte Patricia ihren Begleiter.

„Glaubst du mir auch nicht?“, ertönte plötzlich eine Stimme hinter dem Transparent.

Alle drehten sich um und sahen Gilda, die uns hinter den Plakaten am Zaun schon längere Zeit beobachtet haben musste und nun durch die Gittertür aus dem Lapidarium kam. Triumphierend schwenkte sie in der Hand zwei kleine, küchenfertige Kaninchen, die um den Hals jeweils ein buntes Bändchen trugen, an dem ein Herkunftssiegel mit der Aufschrift „Fattoria Bio Giuseppe Pucciariello, Satriano Di Lucania“ baumelte.

„Darf ich vorstellen,“ sagte Gilda vergnügt, „hier sind die Hauptdarsteller unseres gestrigen Apicius-Menüs: Biokaninchen. Ich habe sie extra aus Kampanien bestellt. Denn ich arbeite gerne mit Biofleisch und Biogemüse, gar nicht so sehr aus ökologischen Gründen, sondern weil es einfach besser schmeckt. Darf ich euch auf etwas Vollbiologisches zum Mittagessen einladen?“

Gildas plötzlicher Auftritt verblüffte auch mich, aber Patricia und Carlo blieb nicht nur sprichwörtlich der Mund offenstehen.

Carlo begann missmutig die Pamphlete und Flugblätter wieder einzusammeln und in eine dicke Tasche zu stopfen, während er mit Patricia ein paar Worte in einer Lautstärke tuschelte, die es mir unmöglich machte, etwas zu verstehen.

Abschließend zog Patricia dem Plüscheichhörnchen den Kopf aus der Schlinge. „Wir gehen, aber sobald auch nur der geringste Verdacht auftaucht, dass hier in nächster Zeit tatsächlich Siebenschläfer aufgetischt werden, werden wir jeden, der kommt, am Betreten der Taverne hindern, und sei es mit Gewalt."

„Und nächstes Mal kommen wir nicht zu zweit, sondern nehmen das ganze Pharos-Theater mit", fügte Carlo, der mittlerweile auch die Plakate mit den blutüberströmten Tierleichen wieder weggepackt hatte, hinzu.

Die beiden wollten sich schon aus dem Staub machen, und ich hätte sie ehrlich gesagt auch gerne ziehen lassen, aber da hatten sie nicht mit Gildas Temperament gerechnet.

Sie warf sich in eine ihrer liebsten Kampfpositionen, indem sie beide Schultern zurückschnellen ließ, sodass die Spitzen ihrer Ellbogen einander hinter dem Rücken fast berührten. Dann atmete sie tief durch und verschränkte die Arme unter der Brust.

„So leicht kommt ihr mir nicht davon, meine Lieben!", sagte sie ohne Aggressivität, dafür aber mit einem langgezogenen, streitbaren Lächeln. „Zuerst hetzt ihr, ohne euch zu informieren, auf das bloße Hörensagen hin, meine Gäste gegen mich auf und verklagt mich auch noch bei der Behörde, und dann habt ihr nicht einmal den Anstand, euch zu entschuldigen."

Mit diesen Worten nahm sie dem verdutzten Carlo seine Tasche mit den Pamphleten ab und hievte sie mit der für ihren kleinen Körper immer wieder erstaunlichen Kraft über den Gitterzaun. Dann nahm sie Patricia ihr Kuscheltier aus der Hand und fügte hinzu: „Ihr beide werdet euch jetzt schön brav mit mir unterhalten. Und als Buße gibt's zum Mittagessen das, was ihr fälschlich für geschmorte Siebenschläfer gehalten habt!"

Dann sah sie mich an und sagte nur: „Carozzi!" – und ich wusste, dass ich nunmehr mit der Durchführung dieser Aktion beauftragt war. Ich nahm also Carlos Tasche auf und trottete hinter Gilda, die mit ihren beiden Kaninchen und dem Plüscheichhörnchen voranschritt, quer über den Rasen durch das Lapidarium in die Konoba Fortuna, die wir durch die Küche betraten.

Carlo blieb keine Wahl, als uns entweder zu folgen oder auf sein wertvolles Schrifttum zu verzichten.

„Ich mag keine Kaninchen!“, protestierte Patricia.

„Du kannst dir ja denken, es seien Siebenschläfer“, erwiderte ich frech und Gilda spendierte in der Küche zunächst einmal eine Runde Peperoncini-Grappa.

Carlo schluckte das Zeug stoisch hinunter wie Sokrates seinen Schierlingsbecher. Patricia bekam einen Hustenanfall, dem Gilda nur ein Ende setzen konnte, indem sie ihr mit machtvoller Wucht auf den schmächtigen Rücken klopfte.

Ich hätte nie geglaubt, dass Gildas Plan, den beiden durch ihre forsche Freundlichkeit den Wind aus den Segeln zu nehmen, aufgehen könnte. Aber sie bewirtete Patricia und Carlo in weiterer Folge mit geradezu mütterlicher Fürsorge. Nachdem sie mit Vollkorn-Bigoli in einer Sauce aus Tomaten, Kapern und Oliven einiges vom verspielten Terrain gutgemacht hatte, tischte sie eine klare Fischsuppe auf, in der weder Köpfe noch Gräten noch Schwänze noch Tentakel zu sehen waren, die aber dafür herrlich nach Safran und Weißwein schmeckte. Und zuletzt servierte sie uns auf flockigweicher Polenta eine kleine Portion ausgelösten Kaninchenrücken, der tatsächlich nach allem mundete, was der alte Apicius vorgeschrieben hatte: Gilda hatte in das weiße Fleisch kleine Taschen geschnitten und diese mit einer sehr feinen Farce aus gehacktem Keulenfleisch, Pfeffer, Pinienkernen und Sardellenpaste gefüllt, lediglich die Laserwurzel hatte sie weggelassen. Dafür hatte Gilda nicht an Olivenöl gespart, von dem beim alten Apicius nicht die Rede war.

„Und es ist sicherlich kein Siebenschläfer, den wir da essen?“, fragte Patricia, die sich allmählich in ihrer Haut etwas wohler zu fühlen begann.

Ich wollte schon sagen, dass sie keine Angst zu haben brauche, da das Fleisch echter Siebenschläfer wesentlich dunkler sei – aber dadurch hätte ich wohl oder übel auch zugeben müssen, dass ich schon welche gegessen hatte, und das hätte womöglich genau zu jenen Diskussionen geführt, denen wir nun mühsam entronnen waren.

Carlo, der nun schon bei seiner dritten Karaffe Malvasia angelangt war, erwies sich als zunächst etwas wortkarger Theoretiker jeglicher Art von Revolution, aber mit jedem Gläschen glitten ihm seine Theorien eloquenter über die Zunge.

Carlo war, wie er uns erzählte, Gründer, Regisseur und – soweit dies in seinen Kräften stand – auch Geldbeschaffer des Pharos-Hafentheaters, einer im Kollektiv geführten freien Gruppe, die schon bei vielen Festivals in aller Welt aufgetreten war und sich davon auch so recht und schlecht ernährte. Die Gruppe, die je nach Finanzlage unterschiedlich groß war, reiste zu allen großen Weltwirtschaftskonferenzen, zu den G 8-Gipfeln, aber auch zu Olympischen Spielen und Weltmeisterschaften. Mit glühenden Augen erzählte Carlo von seinem großen Lehrer Jerzy Grotowski, bei dem er jenes „Theater der Armut" kennengelernt hatte, das er zum „Theater gegen die Armut" weiterentwickelt hatte. Carlos stilistischer Beitrag dazu war, dass er mit seinem Ensemble ausschließlich auf Schiffsplanken spielte.

„Es gibt überall Wasser", sagte er, „selbst auf dem Lande. Am liebsten treten wir natürlich in Meereshäfen auf, aber wir spielen auch auf Flüssen und Seen, auch auf Teichen hatten wir schon Vorführungen. Eine Zille oder ein Floß, das man vertäuen kann, gibt es nahezu an jedem Fleck der Erde. Wenn ihr so wollt, sind wir eine Shakespeare-Bühne auf Wellen."

„Und welche Stücke spielt ihr da so?", fragte Gilda, die sich nach Küchenschluss zu uns an den Tisch gesetzt hatte.

„Wir spielen keine Stücke, wir reagieren auf Provokationen durch die Mächtigen, und von denen gibt es zurzeit so viele, dass unsere Produktionen ständig in Bewegung bleiben und keine Aufführung der anderen gleicht."

„Carlo ist einer der letzten großen Visionäre des Theaters", sagte Patricia. „Wir alle sind glücklich, dass er mit uns arbeitet."

„Und woran arbeitet ihr gerade?", fragte ich, „oder besser gesagt, auf welche Provokation reagiert ihr, außer auf unsere Taberna Antica."

„Die Taberna Antica war nur eine Nebenfront," sagte Carlo, „auf die wir im Rahmen unserer Recherchen über das Mondomare-Projekt gestoßen sind."

„Welches Projekt?", fragte ich, und mir schoss plötzlich der Gedanke durch den Kopf, dass es möglicherweise alles andere als Zufall war, dass ich die beiden zuletzt vor Professor Bellis Stadtbüro in Balaor gesehen hatte.

„Sagt bloß, ihr wisst nicht, was das Mondomare-Projekt ist?", fragte Carlo ehrlich entsetzt.

„Das ist doch dieser Vergnügungspark, den Professor Belli bauen will“, sagte Gilda, ohne dem viel Bedeutung beizumessen.

„Da muss ich euch wohl die Augen öffnen. Das Mondomare-Projekt ist kein Vergnügungspark, sondern das ist der ökologische Megagau für die gesamte nördliche Adria.“

Während Carlos Ausführungen zunehmend interessanter wurden, war Patricia auf die Toilette verschwunden. Als sie wieder zurückkam, hatte sich ihr Blick verfinstert und sie trug eine Styroporschachtel wie einen Bauchladen vor sich her.

Plötzlich traf mich ein Wurfgeschoss, dann gleich darauf noch eins. Ich wich in letzter Sekunde aus, und auch Gilda musste sich mit beiden Händen davor schützen, von einem dieser Torpedos getroffen zu werden.

„Ihr miesen Schweine“, schrie Patricia, und Tränen der Wut standen ihr dabei in den Augen. „Ihr verlogenen und niederträchtigen Schweine! Ich habe es ja geahnt, dass ihr mit Belli unter einer Decke steckt!“ Und abermals durchschnitt eines dieser spitzen, eiskalten Wurfgeschosse die Luft und raste direkt auf mich zu.

Patricia hatte wohl in der Tiefkühltruhe, die sich im Gang hinter der Damentoilette befand, gestöbert und war dabei auf Onkel Ivos gefrostete Siebenschläfer gestoßen. Gildas Idee, die beiden einzuladen, war vielleicht doch nicht so gut gewesen.

***

Der Traum vom Profit-Center war fürs Erste einmal ausgeträumt und ich musste mich wohl oder übel daranmachen, statt altrömischem Legionärsbrot wieder kleinere Brötchen zu backen. Ich besann mich also meiner Fertigkeiten als Fremdenführer, hängte das Schild mit der Aufschrift „Jeden Abend ab 20 Uhr Apiciusküche in der Taberna Antica“ vom Gatter ab und stattdessen ein neues hin: „Europas schönstes Lapidarium. Archäologische Führungen auf Anfrage“.

Das Lapidarium von Balaor war, um der Wahrheit die Ehre zu geben, weit davon entfernt, Europas reichhaltigste oder gar wertvollste Sammlung antiker Grabsteine zu sein. Allein die benachbarte Konkurrenz in Aquileia und Triest war bei Weitem überlegen. Doch die Beifügung

„das schönste“ spiegelte erstens meinen persönlichen Eindruck wider, und zweitens lag mein Wirkungsgebiet tatsächlich wie eine stille, grüne Insel des ewigen Seelenfriedens im Schatten der Euphemienbasilika von Balaor. Auch die letzte Grabstätte von Romeo und Julia hätte man sich nicht reizvoller vorstellen können.

Nachdem ich mich bis dato auftragsgemäß eher als Event-Manager betrachtet hatte, begann ich das Lapidarium nun erstmals mit den Blicken des Kustos und Museumsdidaktikers zu betrachten. Abgesehen davon, dass mein kleines, schmales Büro im Durchgang zwischen Kathedrale und Lapidarium dringend renovierungsbedürftig war, wartete auch viel unspektakuläre Restaurationsarbeit auf mich. Der Steinfraß hatte so manchem antiken Rankenwerk schon arg zugesetzt, viele Inschriften waren durch Bemoosung und Flechtwerk selbst für den Fachmann nicht mehr entzifferbar. Auch der kleine Schauraum benötigte nicht nur dringend eine Neuverglasung der schon recht milchig-trüb gewordenen Vitrinen, sondern auch ein völlig neues Beleuchtungskonzept. Außerdem fehlte mir noch eine zündende Idee, warum jemand, der nicht unbedingt musste, hier hereinkommen und sogar noch Eintritt bezahlen sollte.

Der Eintritt war bis dato frei gewesen. Und ich hatte angesichts der bevorstehenden Tavernen-Spektakel und der daraus erhofften Einnahmen auch keinen Grund gesehen, das zu ändern. Nach den jüngsten Entwicklungen stellte ich diese Entscheidung allerdings – nicht zuletzt auch in Hinblick auf meine eigene Entlohnung – in Frage und schrieb fürs Erste einmal einen Versuchstarif auf mein Plakat. Es war nicht leicht einzuschätzen, was einem Touristen der Besuch des Lapidariums wert sein mochte. Es musste, fürchtete ich, wohl deutlich unter dem Pergamonmuseum liegen, aber nicht minder deutlich über dem Preis für eine Eistüte.

Ich pendelte mich also in der Mitte ein und, siehe da, es dauerte keine Viertelstunde, bis eine Familie aus dem Sachsenland kam, die bildungsbeflissen genug war, um den von mir eingesetzten Betrag zu zahlen, und sich sogar ernsthaft nach einer archäologischen Führung erkundigte.

„Die können Sie gleich haben“, sagte ich, „heute ist ohnedies nicht viel zu tun.“ Dann fasste ich mir ein Herz und fügte hinzu: „Die kostet aber extra.“

Der Vater bezahlte, die Mutter nickte stumm, die beiden Kinder protestierten lautstark, aber vergeblich.

Nun muss ich gestehen, dass ich die paar Wochen, die ich in Balaor weilte, für meine Weiterbildung als Kustos des örtlichen Lapidariums auf sträfliche Weise ungenützt hatte vergehen lassen. Anstatt mich in frühchristliche Ikonographie und Epigraphik einzulesen – zwei Gebiete, von denen ich seit meinem Studium gar nichts mehr und währenddessen auch nur am Rande gehört hatte –, war all mein Fleiß im Studium dekadenter altrömischer Kochsitten aufgegangen, die mich ehrlich gesagt auch wesentlich mehr interessierten als Chorschrankenplatten und Presbyteriumspfeiler. Und was die Inschriften auf den Architraven betraf, so konnte ich sie wohl nur mit Phantasie und Gottvertrauen, ganz sicherlich aber nicht mit der nötigen Sachkenntnis entziffern.

Als gelernter Archäologe sollte ich zwar, wie man gemeinhin von mir erwartet, ein inniges, wenn nicht gar erotisches Verhältnis zu Steinen unterhalten, und in gewisser Hinsicht tue ich das ja auch. Doch ich hatte schon als Student das Problem, dass mich alte Steine, losgelöst von ihrer Geschichte, nicht interessierten. Es reichte mir nicht, sie einfach zu datieren und zu katalogisieren. Leben, davon war ich damals wie heute überzeugt, kommt erst durch Füße in die Steine. Jeder Stein beginnt erst dann spannend zu werden, wenn zumindest die Denkmöglichkeit besteht, dass Perikles, Kaiser Nero, Odoaker, Montezuma oder meinethalben auch die grausigen Konquistadoren dereinst darauf herumgestelzt sein mochten.

Mir ist selbstverständlich bewusst, dass das kein wissenschaftlicher Ansatz ist, aber schließlich macht man Führungen ja auch nicht in erster Linie für Wissenschaftler, sondern für ganz normale Leute, denen Steine und Inschriften noch weniger sagen als einem selbst.

Ich begann also meine Führung auch nicht mit einem Grabspruch, sondern mit der Geschichte jenes unglücklichen Patriarchen, der von den Einwohnern Balaors im Jahre 511 von der Mauer gestürzt und ersäuft worden war, eine Geschichte, die offensichtlich auch Carlo und seine Theatergruppe kannten, weil sie diese alte Legende in ihrer Erzengelfarce aufgegriffen hatten.

„Wie war der Name dieses Patriarchen?“, fragte der Vater aus dem Sachsenland.

Ich zögerte. Selbstverständlich hatte ich den Namen schon gelesen, aber er war mir entfallen.

„Elia“, sagte die Mutter aus dem Sachsenland mit sicherer Stimme. „Es war der Patriarch Elia.“

„Du sollst den Fachleuten nicht ins Wort fallen, mein Schatz“, rügte der Vater die Mutter, während die beiden Knaben über die Architrave hüpften, weshalb diese wiederum von der Mutter gerügt wurden.

„Sie müssen wissen“, fuhr der Vater, um die Mutter zu entschuldigen, fort, „wir haben uns auf diese Reise sehr gut vorbereitet.“

„Wie schön“, erwiderte ich, und in meiner Magengrube zog sich etwas zusammen, das nichts mit Gildas Kaninchen zu tun hatte. Die Sachsen waren brandgefährlich, ich musste sie ablenken.

„Ich wache hier zwar über tote Steine“, sagte ich, „aber meine Dissertation habe ich über antike Automaten geschrieben, also über das genaue Gegenteil toter Steine.“

„Wie meinen Sie das?“, fragte der Sachsenvater.

„Ich habe mich mit Menschen beschäftigt, die es verstanden, tote Steine in Bewegung zu setzen.“

„Tote Steine in Bewegung, wie soll das gehen?“, fragte die Mutter, während ich spürte, wie ihre beiden hyperaktiven Jungs mir plötzlich zuzuhören begannen.

„Nehmen Sie zum Beispiel Heron von Alexandria. Der schaffte es sogar, Tempeltüren wie von unsichtbarer Hand aufgehen zu lassen, und das Ganze war so überzeugend, dass die Menschen an ein Wunder glaubten.“

„Gehen hier die Tempeltüren auch auf?“, fragte einer der beiden Jungs.

„Das ist kein Tempel, das ist ein frühchristliches Gotteshaus“, korrigierte der Vater. „Wir möchten lieber etwas über die Inschriften erfahren.“

Ich ignorierte diesen Einwand. „Nein, nein, ich wollte den jungen Herren geradezu erzählen, wie Tempeltüren früher funktioniert haben. Oder soll ich euch lieber etwas über die alten Azteken erzählen? Ich war lange drüben in Mexiko und ich kenn mich aus mit den Geheimtüren in den alten Indianertempeln, und natürlich auch mit den Menschenopfern.“

„Wow, Menschenopfer, Mama, Klasse!"

Die eine Hälfte meines Publikums war be-, die andere entgeistert.

„Sie werden diesen beiden Knaben doch nicht etwas über Menschenopfer erzählen wollen", sagte der Vater mit sanfter Entrüstung. „Kommen Sie lieber hierher, Herr Kollege. Ich darf doch Herr Kollege sagen, auch wenn ich selbst nicht Archäologe, sondern nur Philologe bin."

Ich wusste, das war mein Todesurteil.

„Da, sehen Sie her: P QUINCTIUS T L LIBR QUINCTIA T L UXOR QUINCTIA P L AGATE LIBERTA CONCUBINA. Der Rest ist unleserlich. Ich meine, der Anfang ist klar: P steht für Publius, T für Titus und das L – *libertus* – steht dafür, dass es sich um einen Freigelassenen des Titus handelt. Warum aber wiederholt er mit LIBR die Freilassung, Herr Kollege? Es kann sich doch nicht um die Freilassung eines Freigelassenen handeln?"

„Warum nicht?", interpretierte ich munter weiter. „Vielleicht ist der Freigelassene wegen eines Verbrechens, das er später beging, eingebuchtet und vor seinem Tod wieder frei gelassen worden. Könnte doch sein."

Der Altphilologe setzte einen im wahrsten Sinn des Wortes prüfenden Blick auf. „Also im Ernst, Herr Kollege, dieses LIBR macht mir schon arge philologische Beschwerden."

Der Mann war um seine Sorgen zu beneiden. Doch nun war er nicht mehr zu bremsen.

„Also fassen wir zusammen. Publius Quinctius, der Freigelassene des Titus, ist frei. Das heißt doch nichts. Aber andererseits: Wenn LIBR beispielsweise für *librarius* stünde, dann war Publius Quinctius, der Freigelassene des Titus, ganz einfach von Beruf ein Schreiber, ein Bibliothekar, oder vielleicht sogar ein Bücherschreiber. Also spannen Sie mich bitte nicht länger auf die Folter, Herr Kollege. Sie kennen doch Ihre alten Inschriften. Übersetzen Sie doch schon die vollständige Inschrift. Ich kann es kaum erwarten. Wenn ich mich nicht irre, wird sie zum Schluss ja auch noch ganz schön schlüpfrig …"

„Heinrich", tadelte seine Frau.

Ich hatte keine Ahnung, was er meinte, schaute noch einmal auf die Inschrift und sah, dass er wohl die CONCUBINA ins Visier genommen hatte.

„Also wenn Sie mich fragen, hatte dieser freigelassene Schreiber ganz einfach eine Konkubine", sagte ich. „Schriftsteller waren auch schon früher etwas – libertinär."

„Und was, Herr Kollege, soll dann die UXOR QUINCTIA gleich daneben, die ebenfalls freigelassene Ehefrau?"

„Denken Sie doch bloß logisch", versuchte ich seiner Phantasie auf die Sprünge zu helfen. „Der freigelassene Schreiber lag ganz einfach mit seiner freigelassenen Ehefrau und seiner Konkubine in einem einzigen Grab. So etwas kam vor damals, so knapp vor dem Untergang des römischen Weltreichs."

„Heinrich, sag was!" Der Ehefrau aus dem Sachsenland schien die Vorstellung, neben der Konkubine ihres Altphilologen bestattet zu werden, wenig Freude zu bereiten.

Der Professor trat auch prompt den geordneten Rückzug an.

„Der Große Georges würde eine dermaßen freisinnige Deutung niemals zulassen. Wir müssen uns irren, Herr Kollege!"

Bevor der Sachse zu einem neuerlichen Versuch anheben konnte, mich als epigraphischen Hochstapler zu entlarven, eilte mir wieder einmal Scaramuzza zu Hilfe.

„Heureka!", rief er. „Trimalchio hat gesiegt. Ich habe sie bekommen!"

Er lief auf mich zu und präsentierte mir voll Stolz einen Kübel, den er an seine Brust gepresst hielt. Darinnen herrschte ein unglaubliches Gewusel voller zuckender, springender und nacheinander schnappender grüner Leiber.

„Frösche!", rief Scaramuzza aus. „Wenn ich heute Abend den Trimalchio machen werde, dann werde ich Frösche flambieren. Wenn das nicht nach dem Gusto des alten Petronius Arbiter ist!"

Bevor ich es noch verhindern konnte, hatten die beiden Knaben auch schon ihre Köpfe in Richtung Kübel gereckt und stießen unisono ein schauriges „Brrrr! Igittigitt! Das ist ja eklig!" aus.

Das wiederum brachte die besorgte Mutter auf den Plan, die ebenfalls ihren Kopf in den Kübel steckte und dabei beinahe von einem der Insassen besprungen worden wäre.

„Heinrich," rief sie, plötzlich kreidebleich geworden, „Heinrich, das ist ja grauenvoll!"

Heinrich, der noch auf dem Boden vor seiner Inschrift kniete, rappelte sich mühsam auf, riskierte einen verächtlichen Blick in den Froschkübel, nahm seine beiden Söhne an der Hand, warf seine schon recht schüttere Künstlermähne zurück und sagte: „Elsa, wir gehen!"

„Ach, Boldo", sagte ich mit gespielter Betroffenheit, aber großer Erleichterung, „du vertreibst mir meine besten Kunden."

„Keine Bange. Es kommen neue", meldete sich eine Stimme hinter mir zu Wort, die mir wohlbekannt war und nach Moselwein klang.

Professor Belli, heute mit weißem Leinenanzug, Panamahut und silbernem Zigarettenspitz auf Fin-de-Siècle getrimmt, starrte, fiebernd vor Neugierde, in Boldos Eimer und sagte: „Das sind ja gar liebliche Fröschlein. Was wollen Sie dafür, Scaramuzza? Ich zahle Ihnen einen guten Preis."

„Die sind nicht verkäuflich", brummte Scaramuzza. „Die haben heute ihren großen Abend, wenn Trimalchio sie entflammen wird. Flammende Frösche, das ist ein uraltes Rezept ..."

„... stammt aber definitiv nicht von Apicius", wandte Belli beflissen ein.

„Nein, es stammt von meiner Großmutter, aber ich bin überzeugt, es wird auch Trimalchio zur Ehre gereichen."

„Wird es nicht", widersprach ich. „Trimalchio hat heute Abend keinen Auftritt."

Scaramuzzas Verblüffung war ungespielt.

„Ich, keinen Auftritt? Wieso? – Du sagtest doch erst gestern abends, dass ich gut war."

„Es liegt nicht an dir, Boldo. Es liegt an den Umständen. Wir müssen die Taberna Antica einmotten. Zumindest so lange, bis man weiß, woran Tusnelda Scacci wirklich gestorben ist – oder wer sie ermordet hat."

„Man hat sie ermordet? Das ist ja furchtbar."

Professor Belli verlor für einen Augenblick seine sonst so wohl einstudierte Contenance.

„Sie starb an einer Lähmung durch ein tödliches Fischgift, wie es in den Muränen vorkommt, die Gilda gestern serviert hat."

„Nun, gottlob war es nicht in unserem Vinum mulsum", erwiderte Belli, „das hätte uns noch gefehlt, jetzt, da wir doch gerade in unserer Aufbauphase sind, was, Girolamo?"

Er wandte sich zu seinem Begleiter, einem kleinen drahtigen Männchen mit Umberto-Eco-Bart und sehr ernsten, aber glutvollen Augen, die eher nach Sizilien als nach Balaor gepasst hätten. Er drückte mir die Hand und stellte sich als Girolamo Zanin vor.

„Das ist der gottvolle Önologe, von dem ich Ihnen erzählt habe, Doktor Carozzi", erklärte Belli, der sich vom Schock über Tusneldas Tod überraschend schnell wieder erholt hatte, lautstark. „Er ist der Cäsar unter den Önologen unserer Epoche."

Zanin, mit Knitterhemd, zu kurzen Jeans und Nickelbrille, alles andere als eine strahlende Erscheinung, war diese Vorstellung spürbar peinlich. „Wenn wir in dieser Runde jemanden haben, der den Namen Cäsar verdient," lenkte er bescheiden ein, „dann ist das selbstverständlich unser Professor Belli."

„Zuviel des Lorbeers," winkte Belli gnädig ab, obwohl er keinen Zweifel daran ließ, dass dieser ihm völlig zu Recht zustand, „viel zu viel des Lorbeers."

Es war mir ein echtes Bedürfnis, ihn von seinem Olymp wieder herunterzuholen, auch wenn ich dafür die historische Wahrheit ein wenig überstrapazieren musste.

„Das Gift dürfte sich aller Wahrscheinlichkeit nach im Vinum mulsum befunden haben, der aus Ihren und Signor Zanins Weinbergen kam", sagte ich, so sachlich wie möglich.

„Wer behauptet das?"

„Kommissar Gradnik von der Mordkommission hat es mir erzählt. Wäre das Gift wirklich in Gildas Mittelmeermuräne auf Saubohnen mit Traubenmostsauce und Kapern gewesen, so wäre es nämlich bereits neutralisiert worden, da das Ichthyotoxin, sobald es über 75 Grad Celsius erwärmt wird, seine Wirkung verliert. Tusnelda muss das Gift also auf andere Weise konsumiert haben. Kommissar Gradnik tippt auf den Vinum mulsum."

Bellis Gesicht lief vor Zorn puterrot an. „Das ist ja eine kolossale Beleidigung. Signor Zanin, das geht uns beide persönlich an, da müssen wir uns wehren. Die Zeitungen anrufen. Eine Pressekonferenz arrangieren."

„Sie brauchen sich nicht aufzuregen, Professor", versuchte ich Belli zu beschwichtigen. „Jeder kann Signora Scacci das Gift in den Wein oder auch ins Wasser geschüttet haben. Jeder, der gestern in unserer Taberna Antica anwesend war und an Tusneldas Tisch vorbeikam. Sie, ich, Scaramuzza, der Präfekt, der Kulturdezernent. Jeder kommt in Frage."

„Doktor Carozzi hat recht", sagte Zanin zu Belli. „Noch hat uns keiner verdächtigt, also müssen wir auch nichts dagegen tun."

„Meinen Sie, Zanin, meinen Sie wirklich?"

Bellis Blutdruck senkte sich, wie in seinem Gesicht deutlich sichtbar wurde, das sich allmählich ins Rosige wandelte, während sein Blick, nun ganz und gar friedfertig, wieder wohlgefällig auf Boldos Fröschen ruhte.

„Wo haben Sie nur diese herrlichen Tiere her, Scaramuzza? Sehen Sie sich doch die feine Zeichnung am Rücken an, diese hauchdünnen hellgelben Linien, wie von einem Meisterkalligraphen gefertigt."

„Ja, es sind grüne Wasserfrösche", sagte Scaramuzza. „Man findet sie nicht auf der Insel, aber wenn Sie ein paar Kilometer landeinwärts fahren, herrscht an ihnen kein Mangel. Wo immer ein noch so kleiner Tümpel ist, kann man sie quaken hören. Manche Bauern fangen sie ein und dressieren sie für das jährliche Froschfest, bei dem sie dann durch Reifen springen oder um die Wette hüpfen. Der grüne Wasserfrosch ist von allen Froscharten am besten zum Verzehr geeignet, weil das Fleisch seiner Waden überaus zart ist. Früher hat es diese Frösche auf jedem Fischmarkt gegeben, aber heute werden sie nur noch von Feinschmeckern verlangt."

„Ich sagte ja, dass ich jeden Preis dafür zahle, oder fast jeden."

„Und du meinst wirklich, dass Trimalchio heute am Abend keinen Auftritt haben wird?", wandte sich Scaramuzza an mich.

„Mit Sicherheit nicht."

„Dann, Professore, bin ich verhandlungsbereit", sagte Scaramuzza mit einem breiten, generösen Lächeln. Belli, soviel war mir klar, würde tief in die Tasche greifen müssen – und es auch tun. „Darf ich Sie zu den Preisverhandlungen auf einen Peperoncini-Grappa an die Bar bitten."

„An die Bar gerne," raunte der Professor mit einem leicht pikierten Hüsteln, „aber muss wirklich Peperoncini im Grappa sein? Das verspricht alles andere als ein Gaumenerlebnis."

„Es ist eher eine Gaumenexplosion“, scherzte ich.

Doch der Professor blieb ernst. „Auch darunter verstehe ich etwas anderes.“

***

Nicht nur an der Bar herrschte um diese Stunde ein rechtes Getümmel, auch die Tische der Konoba Fortuna waren bis auf den letzten Platz voll. Gilda, der Genossin meiner Schmach, hatte der „Mord nach Apicius“ bis jetzt offenbar kein schlechtes Geschäft eingebracht. Allerdings konnte man das Brodeln der über den Tischen kreisenden Gerüchte förmlich hören. Mittlerweile war Tusnelda Scaccis Ableben in der ganzen Stadt publik geworden und es fehlte nicht an mehr oder minder abstrusen und handgestrickten Theorien dazu.

Eine davon lieferte Il Tubo, der seinen Pegel bereits erreicht, wenn nicht überschritten und vielleicht gerade deshalb einen Anfall von seltener Klarsicht hatte. Während Boldo neben mir mit Belli noch um den Froschpreis feilschte, sprach er aus, was sich wohl so mancher dachte: „Erst Lukobran, dann die alte Zarazà und jetzt die Scacci. Wer da keinen Zusammenhang sieht …“

„Worin sollte der Zusammenhang zwischen dem Hafendirektor, einer über hundertjährigen Patientin und einer Pflegeheimmanagerin schon bestehen?“, lallte Leuchtstanitzel und kippte gefährlich vornüber.

„Im Pflegeheim natürlich. Worin sonst? Die Fischgründe, die nicht der Genossenschaft gehören, sind, soviel ich weiß, noch immer im Besitz des Ospizio Marin, oder was meinst du, du Schlafmütze?“

Nach diesen Worten stupste Il Tubo seinem Zechkumpanen mit dem Zeigefinger so tief ins Sonnengeflecht, dass er mitten in dessen Schrumpfleber traf. Leuchtstanitzel schreckte mit einem Schmerzensschrei aus seiner schon halb liegenden Haltung auf.

„Was soll ich wissen?“

„Die Fischgründe von Balaor, die gehören doch zu einem großen Teil dem Ospizio?“

„Was du so daherredest, wenn der Tag lang ist. Die Fische gehören längst einer ehrenwerten … du weißt schon, dieser Gesellschaft …

Aber Schwamm drüber." Er holte tief Luft – und fiel wieder in seine Klappstellung zurück.

Inzwischen waren Boldo und Belli handelseins geworden.

„Wie werden Sie Ihre liebreichen Fröschlein denn zubereiten?", fragte Boldo neugierig.

„Ich liebe sie auf die allereinfachste Weise", antwortete Belli. „In einer Hand voll Bröseln aus entrindetem Weißbrot gewälzt und danach mit einem Hauch Knoblauch in geklärter Butter gebraten."

„Ich habe ein anderes Rezept", sagte Scaramuzza und zog den Professor auf seine Seite. „Ich flambiere die Frösche zuerst mit edlem Destillat, das mit einem ganz speziellen Kräutlein angesetzt wurde, und dann kommen Morcheln …"

„Ich will Ihnen ja nichts dreinreden, aber ob man statt der Morcheln nicht lieber Trüffelchen …"

„Es ist ein Originalrezept meiner Großmutter, Professore! Ich musste ihr versprechen, dass ich es, solange ich kochen kann, nur selbst zubereite und die exakten Ingredienzien niemandem verrate."

„Dann bereiten Sie Ihr Rezept doch einfach einmal bei mir drüben auf der Katharineninsel zu. Ich lade Sie ein, und wir gönnen uns vielleicht ein Gläschen Mosel dazu. Große Mosel selbstverständlich. Frösche und Mosel – einfach göttlich! Ich darf wegen eines Termins auf Sie zukommen?"

„Wenn Sie meinen", sagte Boldo achselzuckend.

„Aber was machen Sie, wenn Sie das Gericht einmal nicht mehr selbst zubereiten können, nehmen Sie das Rezept dann mit ins Grab?"

„Jetzt lassen Sie sich doch zuerst einmal überraschen, ob Ihnen meine Zubereitungsart überhaupt zusagt. Dann können wir immer noch darüber weiterreden, wer wen oder was mit ins Grab nimmt, abgemacht?"

„Das gilt, mein Freund", sagte Belli, während er den Kübel mit den Fröschen in die eine und seinen Freund Zanin in die andere Hand nahm und sich anschickte, die Konoba Fortuna durch den Lapidariumsgarten allmählich wieder zu verlassen.

Ich wollte noch kurz bei Gilda vorbeischauen, um, wenn schon keine Versöhnung, doch zumindest eine Waffenruhe zwischen uns beiden auszuhandeln. Doch Gilda stand gerade nicht in der Küche und ich lief dafür am Ende der Bar wieder einmal Kommissar Gradnik direkt in die Hände.

„Die Leute reden viel über Mord, aber leider nicht nur Kluges“, sagte er.

„Ist das Erlauschen der Volksmeinung auch ein Teil Ihrer Fahndungsmethoden?“, fragte ich.

„Es ist oft nicht die schlechteste Methode. Außerdem kehrt der Mörder gerne an den Ort des Verbrechens zurück. Vielleicht ist er auch gerade unter uns.“

Inzwischen hatte Belli es sich wieder anders überlegt und verließ Gildas Konoba doch nicht durch den Lapidariumsgarten, sondern durch den Eingang in der Via Fortuna und setzte sich einmal mehr in Szene, indem er ein zappelndes Fröschchen, das er aus seinem Kübel gefischt hatte, unter allgemeinem, von ein paar Pfiffen durchmischten Applaus durchs ganze Lokal trug.

„Heute am Abend werde ich dich küssen, mein kleiner Prinz!“, sagte er lachend und ließ den Frosch erst zum Abschied wieder zurück zu den Seinen platschen.

„Er ist ein Zábar“, sagte Gradnik. „Das bedeutet in unserer Sprache Froschesser, und es ist nicht mit einem besonders hohen Sozialprestige verbunden, so genannt zu werden.“

Gradnik schüttelte nachdenklich den Kopf, während Belli mitsamt Zanin und seinem Froschkübel abzog.

„Seltsam,“ murmelte er, „es ist wirklich seltsam.“

„Tja, jeder hat so seinen Geschmack“, erwiderte ich. „Ich bin zwar aus meiner Zeit in Mexiko allerlei Getier gewöhnt, aber ehrlich gesagt: So wirklich mein Geschmack sind Frösche auch nicht.“

„Da schon lieber Würmer, was?“, feixte Gradnik. „Ich muss gehen,“ sagte er, „haben Sie Lust, mich noch ein Stück zu begleiten?“

Meine Lust hielt sich in Grenzen, aber die Art, in der er seine Frage stellte, hatte meine Neugierde geweckt. Also drängelte ich mich an seiner Seite durch den Pulk der Anwesenden hinaus in den späten und erfreulich stillen balaoranischen Nachmittag.

***

Folgsam trottete ich, immer einen halben Schritt hinter dem Kommissar nachstolpernd, über die mit Sonnenglut aufgeladenen Pflastersteine der engen Gassen. Gradnik ging schnell und wortlos, und als wir plötzlich vor jenem Seitenflügel der Präfektur stehen blieben, in welchem das Hauptkommissariat untergebracht war, wurde mir plötzlich klar, dass Gradnik mich, so unauffällig wie elegant, schlicht und einfach auf die Polizeiwache eskortiert hatte.

„Nach Ihnen", sagte er höflich und schob mich durch den breiten Spalt des halboffenen Eichentors, in das über einem schmiedeeisernen Türklopfer ein vergittertes Fenster eingelassen war.

„Ist das jetzt doch noch eine Verhaftung geworden, oder wollen Sie mir nur Ihr Büro zeigen, Kommissar?"

„Gefällt es Ihnen?"

„Dass ich hier bei Ihnen auf der Hauptwache sitze? – Es gibt schönere Orte."

„Da werden Sie von mir kein Wort des Widerspruchs hören. Kaffee?"

„Nein, danke."

Gradniks Amtszimmer wirkte wie eine Klosterzelle, aus der man das Kreuz entfernt hatte. Neben dem Schreibtisch und einem Stuhl – meinem Stuhl – beschränkte sich die Einrichtung des dunklen, nur durch ein schießschartengroßes Meerblick-Fenster erhellten Raumes auf ein Feldbett. Es war mit militärischer Präzision gebaut, warf kein Fältchen und ließ dennoch den Schluss zu, dass der Kommissar oft länger nicht nach Hause kam.

„Praktisch, so ein Bett im Büro", sagte ich.

„Mitunter. Meine Fälle halten sich leider nicht immer an Dienstzeiten, was wohl zur Natur des Verbrechens gehört. Andererseits heißt es auch: *Natura non saltat.* Die Natur macht keine Sprünge. Wenn also die Natur berechenbar ist, müsste auch das Verbrechen berechenbar sein. Ist es aber nicht. Zumindest noch nicht völlig."

„Und was hat das mit mir zu tun?"

Ich wischte mir den Schweiß von der Stirn. Es war heiß hier wie in den Bleikammern von Venedig. Gradnik selbst schien zwar ein Wundermittel gegen Schwitzen zu kennen, doch er hatte Erbarmen mit mir und schaltete den kleinen Ventilator ein, der zwischen Schreibtischlampe und PC auf seinem Tisch stand.

„Diese Geschichte mit den Fröschen. Wie ist es dazu gekommen?"

Ich erzählte ihm wahrheitsgemäß von den Nachstellungen des Altphilologen aus dem Sachsenland und meiner wundersamen Errettung durch Scaramuzzas plötzliche Liebe zum Wasserfrosch.

„Sie haben die Frösche gesehen?"

„Ja, ziemlich genau sogar. Es waren ganz normale Frösche. Grün, mit einem hellgelben Linienmuster am Rücken."

„Sind Sie da ganz sicher?"

„Nun, ich bin kein Zoologe, aber ich weiß, wie Frösche aussehen."

Gradnik bückte sich und holte aus einer Schreibtischlade ein dickes Buch, das den Titel „Zoologia" trug und mit einem Lesezeichen markiert war. Er schlug das Buch auf und drehte es zu mir. Dann zeigte er auf ein Foto, das ebenfalls einen Frosch zeigte.

„Sahen die gelben Muster etwa so aus?"

Der Frosch auf dem Foto war gelbgescheckt wie ein Feuersalamander.

„Nein, die Linien waren hauchdünn. Das sind keine zarten Linien, das sind gelbe Flecken."

„Sie sind ganz sicher, dass sich in dem Kübel nicht auch ein Frosch mit gelben Flecken befunden hat, ein klitzekleiner vielleicht?"

Ich versuchte mir das Gewusel in dem Kübel noch einmal genau vorzustellen.

„Ich habe noch nie in meinem Leben einen Frosch gesehen, der wie dieser aussah," sagte ich, „und ich denke, es war auch heute keiner dabei."

Der Kommissar klappte das Buch wieder zu.

„Ich vergaß, Sie kamen ja nur bis Mexiko", sagte Gradnik. „Wären Sie wie ich etwas weiter südlich bis Nicaragua vorgedrungen, so hätten möglicherweise auch Sie die Bekanntschaft mit dem gelbgebänderten Baumsteigerfrosch gemacht. Der Regenwald ist ihm lieber als das Hochland. Weiter nördlich als bis Nicaragua ist der gelbgebänderte Baumsteigerfrosch allerdings niemals vorgedrungen."

„Wie sollte er dann nach Balaor kommen?"

„Genau das frage ich mich seit heute Mittag auch. Da durfte ich nämlich den endgültigen Laborbericht über die Todesursache von Tusnelda Scacci studieren. Die erste Vermutung der Ärzte, dass es sich beim tödlichen Gift um ein Ichthyotoxin gehandelt habe, wie es die Mittelmeermuräne ausscheidet, hat sich als nicht haltbar erwiesen. Frau Scacci ist an einer winzigen Dosis Batrachotoxin gestorben. Es handelte sich, wenn Sie es genau wissen wollen, um 0,0001 Gramm."

„Ich habe noch nie etwas davon gehört."

„Das glaube ich Ihnen sogar, Doktor Carozzi. Aber Sie sind doch, erzählten Sie mir, auch ein Indianerexperte."

„Nur für tote Indianer", sagte ich reflexartig. „Ich meine, für Mayas und Azteken. Ich bin Archäologe."

„Dann haben Sie sich also niemals mit indianischen Pfeilgiften beschäftigt."

„Meine Indianer gingen, wenn sie jemanden töten wollten, lieber mit zu Messern zurechtgeschliffenen Steinkeilen zu Werke, mit denen sie ihren Opfern das Herz aus dem Leib rissen, um deren Blut danach auf die Götterstatuen zu streichen. Die brauchten kein Gift."

„Da sind ja die Regenwaldindianer richtig human dagegen. Die tragen lediglich eine winzige Prise Gift auf ihre Pfeilspitzen auf, das jede noch so kleine Verwundung letal enden lässt. Wissen Sie, welches Gift sie bei ihren Jagden verwenden?"

„Ich kann es mir denken."

„Genau: das tödliche Hautgift des gelbgebänderten Baumsteigerfrosches. Sie kratzen es mit der Pfeilspitze direkt von der Haut des lebenden Tiers. So ein Frosch ist in Wahrheit nichts anderes als ein lebender Giftschrank."

Ich musste plötzlich aus ganzem Herzen lachen. „Sie meinen doch nicht etwa …? – Also, Scaramuzza mag ja manchmal etwas von einem alten Indianer an sich haben, aber Sie glauben doch nicht ernsthaft, dass er mit Froschgift präparierte Pfeile abschießt?"

„Sie haben völlig recht, Doktor Carozzi. Alleine die Vorstellung ist grotesk. Ebenso grotesk ist allerdings auch, dass Tusnelda Scacci eindeutig nachweisbar mit einer tödlichen Dosis Batrachotoxin vergiftet wurde."

Gradnik legte sein Zoologielexikon wieder in die Schublade zurück, der er es entnommen hatte.

„Meine Aufgabe ist es nun zu klären, wie das Pfeilgift in Frau Scaccis Vinum mulsum gelangte. Das ist schwierig genug. Ein Ansatzpunkt wäre die pharmakologische Forschung. Erst vor Kurzem hat man nämlich erkannt, dass das Froschgift, wenn es in Spurenelementen verabreicht wird, als Heilmittel gegen Multiple Sklerose eingesetzt werden kann. Andererseits spielt es auch bei der Entwicklung neuer chemischer Waffen eine Rolle und findet sich daher auch in den Waffenarsenalen aller großen Geheimdienste. Das alles ist erklärbar und somit auch berechenbar. Warum aber taucht Scaramuzza am Tag, nachdem Tusnelda Scacci mit einem Froschgift getötet wurde, mit einem Kübel voller Frösche in der Konoba Fortuna auf? Ist das Zufall, eine Laune des Schicksals? Oder hat es eine Bewandtnis damit?"

„Sollten Sie Boldo tatsächlich in Verdacht haben, einen giftigen Frosch zu besitzen und womöglich auch noch verwenden zu wollen, so entlastet ihn die Geschichte mit dem Kübel. Er würde sich in diesem Fall wohl davor hüten, sich auch nur mit einem Laubfrosch in der Öffentlichkeit sehen zu lassen."

„Das ist einleuchtend, und auf Scaramuzza fällt, wie ich das sehe, auch nicht der geringste Verdacht. Und dennoch ist es seltsam … Scaramuzza mit einem Kübel voller Frösche – ein Zufall, gewiss. Aber doch ein eigenartiger."

„Da würde mir schon mehr zu denken geben, dass es ganz offensichtlich einen Zusammenhang zwischen dem Tod Lukobrans und dem Ospizio Marin gibt, in dem, wenngleich aus unterschiedlichen Gründen, sowohl Tusnelda Scacci als auch Teresa Zarazà zuletzt wohnten."

Gradnik blickte mir tief in die Augen.

„Ich habe Ihnen schon einmal gesagt, Doktor Carozzi, dafür, wie kurz Sie sich auf unserer Insel befinden, wissen Sie schon sehr viel. Gefährlich viel."

„Stehe ich deshalb unter Verdacht?"

„Nein, aber Sie befinden sich möglicherweise in Gefahr. Vielleicht sogar in größerer Gefahr, als Sie denken. Außerdem befinden Sie sich mit Ihrem Verdacht, dass der Unfall Lukobrans und der im Grund nicht schwer erklärliche Tod einer 101-Jährigen etwas mit dem zweifelsfreien Mord an Tusnelda Scacci zu tun haben könnten, mit Sicherheit im Irrtum. Wo ist da das Missing Link?"

Ich ertappte mich dabei, dass ich, ohne es wirklich zu wollen, in der rechten Jackentasche zwischen den Pfefferminzbonbons herumkramte, die mir Macorig vor meinem ersten Termin mit dem Präfekten geschenkt hatte.

Ich legte ein Lutschbonbon nach dem anderen auf den Tisch und kramte unterdessen weiter.

„Nein danke, ich mag keine Pfefferminzbonbons", sagte Gradnik.

Mittlerweile hatte ich das kleine, in Zeitungspapier eingewickelte Steinchen, das vom Sockel des heiligen Michael abgesplittert war, doch noch in den Abgründen meiner Jackentasche gefunden. Ich legte es auf den Tisch, steckte die Lutschbonbons wieder ein und schälte das Gesteinsbröckchen, als handelte es sich um ein wertvolles Artefakt aus der Epoche Montezuma II., aus dem Papier.

„Vielleicht ist das Ihr Missing Link", sagte ich. „Ich habe es zufällig neben dem Sockel der St. Michaelsstatue gefunden, als ich von meinem ersten Gespräch mit Nonno zurückkam. Und ich muss sagen, es ist für ein Stück weißen Marmor verdächtig schwarz."

Diesmal blickte mir Gradnik nicht mehr in die Augen, sondern wiegte nur nachdenklich sein Haupt, um sich danach an seinem Dreitagebart zu kratzen.

„Vielleicht sind Sie doch nicht so harmlos, wie ich dachte, Carozzi!"

Diesmal war ich mir nicht so sicher, ob ich das als Kompliment auffassen sollte.

***

Als ich ins Castelletto zurückkehrte, den Kühlschrank öffnete und sah, wie friedfertig mein kleiner Pharao da die Kraft der Chilis, die ihn umgaben, einsaugte, wusste ich: Der Tag hätte auch noch schlimmer enden können, denn meine Kochlust hielt sich zurzeit ebenso in Grenzen wie mein Gusto auf höllisch Scharfes.

Immerhin war ich von Gradnik heute gleich zweimal nicht verhaftet worden, obwohl ich gleich zweimal fix damit gerechnet hatte. Dass Pharao rechtzeitig in die Endfertigung kommen würde, daran bestand derzeit kaum ein Zweifel, und ein paar Stunden länger in der Marinade konnten seinem Charakter nur guttun.

Ich schloss also die Kühlschranktür wieder und machte mir über jemanden Gedanken, der für meine Abendgestaltung mindestens genauso wichtig war wie der Chili für das Schokohuhn, nämlich über einen Tischpartner.

Vernünftig wäre es, alleine schon aus „firmenpolitischen" Gründen, zweifellos gewesen, Gilda, am besten in Begleitung ihres Vaters, einzuladen, von dem ich noch dazu wusste, dass sein Gaumen und seine eiserne Speiseröhre meinen diabolischen Chili-Attacken mit Sicherheit standhalten würden. Andererseits schreckte ich davor zurück, für Gilda zu kochen. Vermutlich würde sie mein Schoko-Chili-Perlhuhn ebenso verachten, wie sie mittlerweile mich selbst verachtete.

Nein, Gilda war einfach eine viel zu gute Köchin, um ihren Gaumen mit meinem Indianerperlhuhn zu belästigen. Selbst wenn sie die Harmonie von Chili und Schokolade als schlüssig akzeptieren würde, was mir keinesfalls sicher schien, würde sie gewiss eine völlig andere Proportion wählen als ich. Ich habe mir über diese Proportion noch niemals wirklich Gedanken gemacht. Ich koche schließlich nicht aus geschmacklichen, sondern aus therapeutischen Gründen. In Wahrheit hat mein Pharao weniger mit Feinschmeckerei zu tun als vielmehr mit „Mood-Food", der neuzeitlichen Wunderwaffe gegen die alte Krankheit der Frustration.

Ich weiß aus Erfahrung, dass Schärfe meine Nerven beruhigt, also gehe ich nach der Formel vor: Gute Nerven – wenig Chili, schlechte Nerven – viel Chili, zerrüttete Nerven – einen ganzen Haufen Chili. Ein Freund, der von Beruf Gehirnforscher ist, hat mir einmal erklärt, dass dahinter nichts anderes als die Lust auf Schmerz stecke und ich schlichtweg ein kulinarischer Masochist sei. Mein Trigeminusnerv, sagte er, reagiere wie ein stimuliertes Geschlechtsorgan. Die Enden dieses Nervs seien unmittelbar auf der Zunge zu finden, reichten aber auch bis in die Nasenschleimhäute und in die Augen. Wenn nun Capsaizin – die Grundsubstanz von Chili – in großen Mengen auf den Trigeminus einströme, so signalisiere dies dem Gehirn zunächst einmal Schmerz, der sich in teuflischem Brennen und Schweißausbrüchen äußere, die vom Körper auf ähnliche Weise unerträglich empfunden würden wie etwa das Ausgepeitschtwerden von einem Masochisten. Nun aber geschehe etwas Wunderbares. Gerade dieser gewaltsame

Angriff durch ganze Batterien von Capsaizinen versetze den Körper in einen Zustand von so schmerzhafter Erregtheit, dass im Grunde nur noch schwere Schmerzmittel wie Morphine oder Opiate helfen würden, ihn wieder einigermaßen zu beruhigen. Das wahre Wunder dabei sei nun aber, dass der Körper diese Rauschmittel in Form von Glückshormonen oder Endorphinen selbst produziere, bevor der Schmerz unerträglich würde. Der Körper fühle also den glückhaften Rausch der Befreiung vom Schmerz stärker als den Schmerz selbst. Ja, der Schmerz verschwinde sogar und statt seiner stelle sich ein Gefühl absoluten Glücks und uneingeschränkter Zufriedenheit ein.

Ich fand das, obwohl ich für Sado-Maso-Praktiken sonst eher wenig übrig habe, recht einleuchtend, und ich verstehe seither auch, dass man auf Chili genauso süchtig werden kann wie auf Opiate.

Wer nun aber meint, dass so ein masochistischer Endorphinrausch das höchste aller Gefühle sei, der hat die Chilis noch niemals mit Schokolade probiert. Die nämlich enthalte, erzählte mir mein Freund, der Gehirnforscher, die Aminosäure Tryptophan, die wiederum eine Vorstufe des Glückshormons Serotonin sei. Chili und Schokolade – das ist also in Wahrheit nichts anderes als die glückhafte Vereinigung zweier Rauschzustände. Nicht auszudenken, was mit meinen Schokochilis passieren würde, wenn ich sie zum guten Schluss auch noch mit einer Prise Sex würzen könnte …

Klar. Valeria. So hieß das Stichwort, und schon war das Problem meiner Tischpartnerwahl gelöst. Oder doch zumindest annähernd gelöst. Denn ich hatte die gute, schöne und tieftraurige Valeria aus den Augen verloren, seit sich heute Nacht die Tür zu ihrem Zimmer im Krankenhaus vor mir geschlossen hatte.

Ich ging auf die Terrasse und starrte über meinen Teppich aus Bougainvillea-Blüten und die schütter besetzte Promenade hinaus aufs offene Meer. Die feuchte, von einer undurchdringlichen Dunstglocke bemäntelte Hitze ließ einen schwülen Abend befürchten, aber, nachdem sie schon etliche Tage währte, auch auf ein befreiendes Gewitter hoffen, das die milchige Luft endlich wieder durchsichtig und das Meer wieder klar und blau machen würde.

Ich ging hinüber ins Ospizio. Valeria war nicht in ihrem Büro, aber die Sekretärin sagte mir, sie sei vom öffentlichen Spital schon lange wieder heimgekehrt und ruhe sich in ihrem Zimmer von den Anstrengungen der vergangenen Nacht aus.

Valerias Zimmer lag im Dachgeschoss des Ospizio Marin. Ich ging also vom Direktionsbüro, an den zwei großen Speisesälen vorbei, in Richtung Haupttreppe zum Lift und stand, als sich dessen Tür öffnete, plötzlich Lichignoso gegenüber, der mit Nicola und seinen beiden Leibwächtern, einem ausnehmend langen und einem gefährlich muskelbepackten Kurzen, herauskam. Ich kam gerade dazu, wie er den beiden für den Abend freigab. Dann wandte er sich seinem Sohn Nicola zu und schob ihn selbst in Richtung Esszimmer.

„Ah, Doktor Carozzi“, sagte er freundlich.

„Signor Lichignoso, Ihr Scheck, es ist mir ein Bedürfnis …“ Ich spürte, wie ein Teil von mir, den ich nicht besonders mag, unwillkürlich Haltung annahm.

„Nein, Sie brauchen sich nicht zu bedanken“, sagte Lichignoso, während Nicola, als er meiner ansichtig wurde, auf geradezu beschämende Weise glückstrahlend zu grunzen begann und mir dann vorführte, wie er nur mit Hilfe seiner Beine den Rollstuhl selbst in Bewegung setzen und manövrieren konnte. Er fuhr mit einem Tempo auf mich zu, dass ich zur Seite sprang, um nicht aus überbordender Zuneigung überfahren zu werden. Doch Nicola schob wieder zurück und wiederholte das Spiel. Diesmal blieb ich stehen, und es gelang ihm tatsächlich, direkt vor mir Halt zu machen.

„Das kannst du aber gut, Nicola. Du machst das ganz, ganz toll.“

Nicola ließ sich das nicht zweimal sagen, schob wieder zurück und startete grunzend und gurgelnd einen neuen Anlauf.

„Ist ja gut, Nicola“, sagte Lichignoso. „Ich weiß, dass du den Herrn magst. Ich mag ihn ja auch. Allerdings hätte ich ihm etwas mehr Fortüne gewünscht. Wäre doch wünschenswert gewesen, oder, Doktor Carozzi?“

Ich nickte und sagte gar nichts.

„Ich habe übrigens erfahren, dass wir einen gemeinsamen Bekannten haben, drüben auf Valvasor.“

„Sie kennen Onkel Ivo?“

„Von Kindesbeinen an. Wir sind der gleiche Jahrgang und wir gingen gemeinsam zur Schule. Aber Nicola ist hungrig. Wir müssen zum Abendessen. Haben Sie Lust, mit uns zu speisen?“

Da meine Sehnsucht nach Valeria größer war als meine Neugier zu erfahren, welche Spiele Lichignoso und Onkel Ivo als Kinder miteinander gespielt hatten, entschuldigte ich mich und sagte, ich sei für den Abend leider verabredet. Was nicht einmal eine Lüge war. Zumindest hatte ich eine Verabredung mit Pharao.

„Schade", sagte Lichignoso und schob den immer noch glücklich zappelnden Nicola ein Stück weiter. „Vielleicht ein andermal."

„Vielleicht bei Onkel Ivo."

Lichignoso lachte.

„Eine bizarre Vorstellung. Ich glaube, ich habe ihn schon seit zwanzig Jahren nicht mehr gesehen."

„Und woher wussten Sie dann, dass ich ihn kenne?"

„Ach, man hat so seine Kanäle. Balaor ist zwar eine Insel, aber es liegt auch nicht außerhalb der Welt. Obwohl man das manchmal glauben könnte."

„Auf manchen Landkarten ist es nicht einmal eingezeichnet", stimmte ich ihm zu.

„Tatsächlich? – Wenn ich Ihnen irgendwie unter die Arme greifen kann, dann melden Sie sich. Ich bin zwar mit meiner Jacht und Nicola viel unterwegs, aber über das Ospizio immer erreichbar."

„Danke."

Er schob Nicola noch ein paar Meter weiter in Richtung Speisesaal und drehte sich dann noch einmal um.

„Darf ich Ihnen einen Rat geben, Carozzi?"

„Klar."

„Bringen Sie das in Ordnung mit Ihrer Taberna. Ich meine, es muss klar sein, dass auf Sie nicht der geringste Verdacht fällt. Am Geld soll es dann nicht mehr scheitern. Wie sagen die Triestiner doch gleich: *Bisogna spender, ma non spander.* – Man muss das Geld ausgeben, aber nicht vergeuden. Also sehen Sie zu, dass Sie eine gute Investition bleiben, Carozzi."

Als Nicola mich aus dem Gesichtsfeld verloren hatte, hörte auch das Grunzen auf und ging, aber vielleicht bildete ich mir das auch nur ein, in ein leises Schluchzen über.

***

Valeria war bleich, unfrisiert und hatte große schwarze Ringe unter den Augen. Sie schlief nicht mehr, als ich eintrat, sondern lag, halb sitzend und nur mit einem schon ziemlich verrutschten Schlafrock aus Satin bekleidet, auf ihrem Bett und starrte durch ihr kleines Balkonfenster aufs Meer hinaus, hinter dem die milchigen Schleier in der Zwischenzeit eine schwarze Wolkenwand freigegeben hatten, die Balaor wie eine riesige Staumauer vom Himmel trennte. Das sich ankündigende Gewitter würde nicht mehr lange auf sich warten lassen, und es würde mehr als ein kurzfristiges Intermezzo mit Blitz-und-Donner-Begleitung sein. Was sich da an den gischtgeränderten Manschetten über den zunehmend tiefer werdenden Wellentälern ankündigte, war ein veritabler Sturm.

„Ach, Carozzi", sagte sie, als ich ihr die Hand gab, und zog mich zu sich. „Glaubst du, wir können den Tag noch retten?"

„Vielleicht auf meiner Terrasse im Castelletto", sagte ich. „Es könnte allerdings sein, dass wir dabei ein wenig nass werden."

Ihre Augen hellten sich auf.

„Magst du scharfen Pfeffer?", fragte ich.

„Nein, nicht so sehr."

„Ich hab's befürchtet. Und magst du Schokolade?"

„Sehr."

„Ich hab's gehofft. Und wie ist es mit Perlhuhn?"

„Perlhuhn ist okay."

„Ich werde es nicht zu scharf machen", log ich.

„Ein bisschen scharf ist nicht schlimm."

Sie merkte, dass ihr der Morgenrock über die rechte Schulter rutschte. Als ich noch ein wenig nachschieben wollte, klopfte sie mir jedoch mit einem liebevollen Lächeln auf die Finger und adjustierte sich wieder. „Du kannst ja schon vorgehen", sagte sie. „Ich zieh' mich an und komm nach."

„Nimm einen Schirm mit", sagte ich.

„Ach, wegen der paar Meter."

Die paar Meter reichten jedenfalls aus, dass ich mich ebenfalls umziehen musste, als ich tropfnass in meinem Castelletto angekommen war. Denn just in dem Moment, als ich aus dem Ospizio trat, setzte ein Platzregen ein, der die Via Brunbuli samt ihrem alten

Kopfsteinpflaster in Sekundenschnelle in einen kleinen Teich verwandelte.

Nachdem ich mich am ganzen Körper abfrottiert und wieder trockene Sachen angezogen hatte, kam mir meine Marinade, vor allem wenn ich an Valeria dachte, schlicht und einfach zu scharf vor. Der Vinsanto kam kaum durch, es blieb nur ein teuflisches Brennen. Ich goss die Marinade also durch ein Sieb ab, stellte sie zur Seite und briet meinen sorgsam sezierten Pharao rundum in Olivenöl an. Dann schnitt ich eine schmale Tranche vom bereits angegarten Brustfleisch ab und kostete. Plötzlich waren alle Endorphine wie weggeblasen und der schiere Schmerz marschierte wie eine Armee von Zinnsoldaten über meine Geschmackspapillen.

Ich goss mit viel mehr Fond auf, als ich eigentlich vorgehabt hatte, um den Schmerz auf der Zunge wieder zu stillen. Allein, es half nichts. Im Nu hatte der Fond die höllische Schärfe der Habaneros aufgenommen.

Blieb als Rettung nur noch die halbe Flasche Vinsanto, die noch geöffnet am Küchenregal stand. Ich leerte ihren ganzen Inhalt in den Fond, ließ alles aufkochen und kostete vorsichtig.

Was meinen eigenen Gaumen betraf, so fand ich das Ergebnis recht reizvoll. Die Süße des Weins versammelte sich ganz comme-il-faut vorne auf der Zungenspitze, hinterließ aber, kaum dass sie verschwunden war, wieder diesen flammenden Capsaizinschweif, den ich Valeria ersparen wollte.

Als sie ein knappes Stündchen später eintraf, war Pharao bereits recht gut durchgeschmort und die Sauce erzielte, obwohl ja noch die Schokolade fehlte, zumindest Annäherungswerte an eine vorbildliche Konsistenz. Wenn man einen Löffel davon auf einen weißen Teller goss und mit dem Zeigefinger hindurch fuhr, so teilte sie sich wie das Rote Meer vor Moses und den Israeliten, als diese bei ihrer Flucht aus Ägypten von Pharaos Kohorten verfolgt wurden. Erst als das erwählte Volk das Meer durchquert hatte, ließ Gott die Fluten wieder übereinander schwappen, und Pharaos Armee ersoff.

Ob meinem Pharao eine ähnliche Niederlage bevorstand?

„Riecht gut", sagte Valeria, die eine kurze Sturmpause genutzt hatte, um überraschend trocken vom Ospizio zum doch gute 50 Meter entfernten Castelletto zu gelangen. „Darf ich einmal kosten?"

„Abwarten. Es ist noch nicht fertig", sagte ich, um ihr wenigstens einen kleinen Aufschub zu gewähren, bevor, wie zu befürchten war, der erste Pfefferschock über sie kommen würde.

„Ich habe Lichignoso getroffen", versuchte ich sie abzulenken, während ich damit begann, die Bitterschokolade auf einem Parmesanhobel zu raspeln. „Ich werde nicht schlau aus ihm."

„Wer wird das schon? Solange Nicola dabei ist, spielt er den liebenden Vater und ist der netteste Mensch der Welt. Da schickt er dann auch seine Security spazieren und macht ganz auf privat. Kaum geht es jedoch ums Geschäft, verwandelt er sich in Don Vito Corleone."

„Woher hat er eigentlich das viele Geld?"

„Ich nehme an, aus demselben Topf, aus dem Don Vito es auch hat. Aber das weiß keiner so genau."

„Du meinst, er gehört zur ..."

„Nenn es wie du willst, aber sag es besser nicht laut. Das Ospizio ist jedenfalls ein Teil davon, obwohl ich da bis heute noch nicht so richtig durchgeblickt habe, wie das alles genau läuft. Alfonsine sitzt auch in diesem Konsortium, seit sie von Signora Zarazà als Alleinerbin eingesetzt worden ist."

„Sie ist ...?"

„Millionenschwer, ganz genau. Ich schätze, das halbe Ospizio gehört ihr jetzt, und damit auch ein großer Teil der Fischgründe, soweit sich diese nicht noch im Besitz der Genossenschaft befinden."

„Und ich bin immer so unfreundlich zu ihr. Dabei wäre sie so eine gute Partie."

Valeria lachte. „Da müsstest du erst noch Macorig ausbremsen."

„Traust du mir das nicht zu?"

„Doch, doch. Bist du etwa interessiert?"

Ich küsste sie flüchtig auf die Stirn, anstatt ihr eine Antwort zu geben. Danach streute ich einen Teil der Schokolade in die Sauce, kostete und wurde den Verdacht nicht los, dass Pharao tatsächlich einer Niederlage entgegenblubberte.

„Du meinst also, das Ospizio ist, was den Fischfang in Balaor betrifft, einflussreicher als die Genossenschaft?", fragte ich.

„Das Konsortium, dessen Geschäftsführerin Tusnelda Scacci war, ist auch Eigentümer eines großen Teils der früheren Genossenschaftsgründe, wusstest du das nicht? Als die Genossenschaft gegründet wurde, hat sie sich verpflichtet, aus ihren Einnahmen auch das ursprünglich für die Versorgung mittelloser Seeleute gedachte Ospizio zu führen. Zu diesem Zweck hat es ihm damals einen kleinen Teil seiner Anteile abgegeben, aus denen sich das Ospizio finanzieren konnte. Doch im Laufe der letzten Jahrzehnte ist der Betrieb des Ospizio immer teurer geworden. Der Genossenschaft blieb also nichts anderes übrig, als private Finanziers in das Ospizio hereinzunehmen, die dadurch, dass sie ins Ospizio einzahlten, automatisch auch Anteile am Fischfang von Balaor erwarben. So kam neben Lichignoso zum Beispiel auch der Reeder Zarazà, Alfonsines Onkel, zu einem beträchtlichen Anteil an den balaoranischen Fischgründen. Aber Zarazà und Lichognoso waren nicht die einzigen. Erst in letzter Zeit soll es wieder eine große Transaktion gegeben habe, ich weiß allerdings nicht an wen. Angeblich handelt es sich um einen großen internationalen Fischhandelskonzern, der Fischreviere in aller Welt aufkauft. Soviel ich weiß, hat Lukobran sich stets gegen diesen Ausverkauf gewehrt, aber der ist ja nun tot, und mit ihm auf längere Sicht wohl auch die Fischereigenossenschaft von Balaor. Und arme Seeleute werden im Ospizio schon lange nicht mehr betreut."

„Das erzählst du mir beim Abendessen noch einmal", sagte ich, während mir auffiel, dass die schwarzen Ringe unter Valerias Augen vollständig verschwunden waren. „Kochen und Genossenschaftsrecht, das ist mir zuviel auf einmal."

Mein Pharao war mittlerweile zart und mürb, die Sauce hingegen immer noch zu scharf. Ich brachte noch eine Ladung geraspelte Schokolade in Anschlag, und bevor ich es verhindern konnte, hatte Valeria auch schon ihren Finger in die Sauce getaucht und abgeschleckt.

Der Effekt war, zumindest was Valerias Gesichtsfarbe betraf, überzeugend.

„Carozzi, willst du mich umbringen?"

„Eigentlich wollte ich dich nur ein bisschen scharf machen, ich gestehe es."

„Das ist dir auch vorzüglich gelungen. Ich fühle mich, als ob in meinen Adern Hot Ketchup fließen würde. Nein, es tut mir leid, ich kann diesen Pfeffervogel nicht essen."

„Du wirst aber hungrig sein.“

„Vielleicht braucht man ja nur die Zutaten anders zu mischen?“

„Wie stellst du dir das vor?“

„Du kriegst den Chili, ich die Schokolade.“

Sie ging zum Küchenregal und schälte eine kleine Tafel Bitterschokolade aus dem Silberpapier, öffnete die Lippen und biss lustvoll hinein.

Ich fischte unterdessen einen Habanero-Chili aus meiner Sauce und tat dasselbe. Dann küsste ich sie noch einmal, diesmal auf den Mund, und sagte: „Siehst du, so kommt zuletzt doch beides wieder zusammen.“

Der Regen prasselte mit so ungestümer Wucht gegen die Terrassentür des Castelletto, dass ich Angst hatte, sie würde bersten.

Das Gewitter war in vollem Gange.

7. Kapitel

Sardinen in Falerner

Der Herbst ist für den Liebhaber des Sommers kein freundliches Ereignis. Ich mag den Herbst mehr als den Sommer, Valeria mochte nur den Sommer und hasste den Herbst. Das war vermutlich auch der Grund, warum sie so sauer war, als er, an diesem grauen Morgen mitten im August, an die dicke Wolkendecke klopfte, um einmal vorzufühlen, ob man ihn schon reinlassen würde.

„Der Herbst hat kein Recht, sich mitten in den Sommer zu schleichen, und an der Adria schon gar nicht“, sagte sie, nachdem sie in den frühen Morgenstunden kurz draußen auf der Terrasse gesessen war und darauf gewartet hatte, dass sich Aurora einmal mehr wie ein roter Delfin vom Beckenrand des Horizonts mitten ins azurblaue Meer stürzen würde.

Doch Aurora sprang nicht. Sie kam nicht einmal bis ans Trampolin. Im Gegenteil, sie ließ sich im ungesunden Graugelb des Himmels nicht einmal blicken und schickte uns stattdessen eine kalte Brise ins Genick, wie man sie vielleicht auf den Färöerinseln kennt, aber nicht auf Balaor. Dass sie dabei ein paar schon leicht angetrocknete Bougainvillea-Blüten mitnahm und über die Terrasse streute, verstärkte Valerias Hang zur Melancholie.

„Sowas nennt sich Ferragosto. Eine Schande, dass man an einem Tag wie diesem schon einen Bademantel braucht, um draußen frühstücken zu können“, sagte sie, ließ ihren in Pink getauchten Flausch, den sie in der Zwischenzeit aus ihrer Kemenate im Ospizio in mein Castelletto übersiedelt hatte, auf den Boden gleiten und zog sich ins Bett zurück, wo sie sich hintereinander in meine und ihre Decke wickelte.

Das hatte zur Folge, dass ich nun gar keine Decke mehr hatte. Also zog ich mir eine Badehose an und ging schwimmen.

Bei Poseidon hatte sich der Herbst noch nicht vorgestellt. Das Wasser war zwar weniger klar und hatte eine felsengraue Trübung, aber es war warm und perlte dank der von der morgendlichen Flut beigesteuerten Kammwellen mit ihrer sprunghaften Gischt wie Frizzante.

Ich tauchte unter einer kleinen Felsengruppe nach ein paar Seeigeln, ließ sie aber liegen, wo sie waren. Heute war nicht der Tag der Seeigel, heute schien mir eher ein Möwentag zu sein. Denn soviel hatte ich in meiner kurzen Zeit auf Balaor schon gelernt: Es gibt, je nach Wetter, Luft- und Meeresströmung, Mondgestalt oder Gezeitenlage, Möwentage oder auch keine Möwentage. Manchmal ist das Auftreten dieser Raubvögel der Meere und Parasiten der Bordkanten endemisch, dann wiederum wünschte man sich nichts sehnlicher als wenigstens einen einzigen Flügelschlag, der die flirrende Hitze durchzuckt.

Heute zuckten genügend Flügelpaare, um eine wochenlange Hitzeperiode mit einer angenehmen Brise zu versorgen, allein: die animierende Wirkung verpuffte, denn der Wind pfiff auch ohne Möwen.

Außer den Möwen kreiste heute am Feiertag nur noch Lichignosos Jacht weit draußen am Horizont und signalisierte, dass Signor Umberto, der Herr der Meere und Privatkliniken, an seinen Latifundien zu Balaor vor Anker gegangen war.

Ich überlegte gerade, ob die dichte Wolkendecke wohl bis zum Abend, wenn die großen Ferragosto-Feuerwerke auf dem Touristenprogramm standen, aufreißen und einen klaren Sternenhimmel freigeben würde, als es hinter mir krachte und zischte, als sei einer der für den Abend vorbereiteten Feuerwerkskörper irrtümlich schon frühmorgens losgegangen.

Ich drehte mich um und sah, wie von der menschenleeren Promenade zwischen der Ufermole und dem Park des Ospizio eine Rauchsäule aufstieg. Ein paar Flammen züngelten noch am Boden. Auf der Terrasse des Castelletto stand Valeria, wieder in ihren Pink-Plüsch gehüllt, in dem sie aussah wie eine besonders üppige Bougainvillea-Blüte. Es schien mir, als würde sie die Hände über dem Kopf zusammenschlagen, doch ich war zu weit weg um zu hören, ob sie mir etwas zurief. Als ich ihr winkte, war sie schon wieder im Castelletto verschwunden.

Ich kraulte ans Ufer zurück und als ich aus dem Wasser stieg, lief mir Valeria, rasch angezogen und leidlich frisiert, bereits durch den Promenadeneingang des Castelletto entgegen, nahm mich an der Hand, zog mich, ohne ein Wort zu sagen, um die Bougainvillea-Ecke und zeigte mit offenem Mund und ausgestreckter Hand zur Mole hinüber.

Dort saß, am unteren Ende der gepflasterten Schrägwand, die er durch die Explosion offenbar hinabgeglitten war, Nicola in seinem Rollstuhl, gerade noch an Land, aber die Füße bereits von Meereswellen umspült. Er saß da und gluckste. Doch es war nicht sein übliches, gutgelauntes Taubengurren, sondern ein aus der Tiefe seines Körpers und seiner Seele dringendes bröselndes Schleifen und Röcheln, das an kaputte Hochleistungsboxen erinnerte und durch Mark und Bein drang.

Als ich Nicola so sah, konnte die nach wie vor wie gelähmt wirkende Valeria endlich ihren erstickten Schrei ausstoßen, der die menschenleere Promenade wie eine Sirene erschütterte und mich, spät, aber doch, darauf aufmerksam machte, was ihn ausgelöst hatte. Oben auf der Promenade lag, keine zehn Meter von Nicola entfernt, ein blutüberströmter weißer Anzug. In dem Anzug steckte zwar ein Körper, doch dem Körper fehlte der Kopf. Wer oder was auch immer die Explosion ausgelöst hatte, ihr Druck hatte das zugehörige Haupt vom Rumpf getrennt und in tausend Stücke bersten lassen.

Valeria war mittlerweile wieder gefasst genug, um ihr Handy zu bedienen und Hilfe herbeizurufen. Das erwies sich freilich jetzt nicht mehr als notwendig, da sich die Promenade in Minutenschnelle mit Menschen zu füllen begann, die aus allen Richtungen herbeiliefen.

Mir wurde erst jetzt bewusst, wie mein eigener Schädel innerlich und äußerlich von den Folgen der Explosion dröhnte, deren Augen- und Ohrenzeuge ich geworden war. Es gelang mir nur schwer, meine Gedanken zu koordinieren, und ich dachte wohl an gar nichts, als ich instinktiv über die kopflose Leiche hinwegschritt und den Schrägabfall von der Mole hinabschlitterte, um Nicola mitsamt seinem Rollstuhl von da unten wieder heraufzuziehen, was mir, möglicherweise auch unter tätiger Mithilfe von Passanten, derer ich mich allerdings nicht mehr erinnern kann, auch gelang. Ich weiß nur noch, dass ich Nicola, dessen Gurren immer tiefer in eine bedrohlich schnarrende Basstonlage abrutschte, wieder auf die Höhe der Uferpromenade hievte, fast nackt inmitten von durchwegs angezogenen Menschen vor ihm am Asphalt kniete und ganz fest seine Hände gedrückt hielt.

Erst jetzt ging mir allmählich durch den Kopf, dass der Geköpfte vermutlich Umberto Lichignoso war und nicht nur Nicola seinen Vater, sondern auch ich meinen einzigen Mäzen auf dieser seltsamen Insel verloren hatte. Doch bevor ich diesen Gedanken zu Ende denken konnte, stellte ich etwas fest, das mich noch viel mehr verunsicherte: Nicola machte nicht die geringsten Anstalten, meine Hände wieder loszulassen. Im Gegenteil. Mit aller erwachsenen Kraft, die in diesem scheinbaren Kind steckte, verkrallte er sich in meine Finger und zog mich immer weiter an sich, bis mein Gesicht nur noch einen Atemhauch von seinem entfernt war und ich einen Augenblick lang in den Abgrund seiner tiefschwarzen Augen sehen konnte, der genau dorthin führte, wo auch die Basstöne herkamen. Ich bekam einen Schweißausbruch und begann am ganzen Körper zu zittern, was Nicola nur dazu bewog, mich noch näher an sich und sein wild pochendes Herz zu ziehen.

Als wäre sie Lichtjahre entfernt und würde aus einem anderen Kosmos kommen, vernahm ich plötzlich eine schneidende Stimme, die sagte: „Zwar völlig falsch adjustiert, aber wieder einmal treffsicher am richtigen Ort, Doktor Carozzi. Ich muss sagen, meine Achtung vor Ihnen wächst."

Es war Gradnik, der neben mir stand und Nicola wie der Zauberer von Oz auf die Finger klopfte, worauf dieser gehorsam den Händedruck lockerte und mir die Freiheit wiedergab.

„Kommen Sie schon, ziehen Sie sich was an, Carozzi", sagte Gradnik. „Wir reden später drüber."

Ich schlüpfte durch die Gittertür in den Garten des Castelletto, wo ich meine Besinnung bei den Gedanken daran verlor, worüber in aller Welt Gradnik jetzt mit mir reden wollte.

***

Ich sollte lange nichts mehr von Gradnik hören, so verdächtig lange nicht, dass ich mir allmählich die Frage stellte, ob das nicht erneutes Ungemach bedeutete. Doch gottlob war ich mittlerweile anderweitig beschäftigt, und zwar zunächst einmal damit, meine Krankheit auszukurieren. Valeria schob die Ursache dafür, dass ich mich tagelang im Fieberwahn im Bett wälzte, auf meine verwegene Sorglosigkeit, an einem Tag, den sie für einen Wintereinbruch mitten im August hielt, so lange ins Meer schwimmen zu gehen. Doch ich wusste, dass sie sich irrte.

Was mich krank gemacht hatte, war nicht das Wasser der Adria gewesen, sondern die Tatsache, dass ich eine unendliche Sekunde lang Gelegenheit gehabt hatte, dem Grauen ins Antlitz zu sehen und dabei zu bemerken, dass es kein Gesicht hatte. Nicht Lichignosos Tod hatte mich mit diesem Grauen konfrontiert, sondern der Blick in die Augen Nicolas, die mir eine Ahnung davon vermittelten, wie er selbst dieses Grauen wahrnahm.

Valeria wollte von alledem nichts wissen und pflegte mich, obwohl nach dem Tod ihrer beiden Vorgesetzten Tusnelda und Lichignoso von Existenzängsten geplagt und immer wieder nur um Haaresbreite von einem Nervenzusammenbruch entfernt, geduldig wieder gesund. Meine Fragen nach Nicola und Lichignoso beantwortete sie, je öfter ich sie stellte, in immer prägnanterer Kürze. Ich möge mir keine Sorgen um Nicola machen, der werde bestens betreut, und das Lichignoso-Massaker habe man in Balaor bereits wieder zu den Akten gelegt. Eine Fehde unter Bossen, die zufällig hier ausgetragen worden sei, es hätte in Neapel oder Palermo genausogut passieren können, die ehrenwerte Gesellschaft sei, was spektakuläre Austragungsmöglichkeiten für Vendetten aller Art betreffe, wie man wisse ja recht gut sortiert.

Nach ein paar Tagen erschien Scaramuzza an meinem Krankenlager im Castelletto und stellte nach einem kurzen, aber intensiven Peperoncini-Grappa-Test fest, dass ich meine Krise überstanden hätte und endlich wieder unter Menschen gehörte. „Gilda macht heute Sarde in Saor“, sagte er. „Sarde in Saor, das sind Sardinen mit Humor. Und Humor kann dir nur guttun.“

Da mochte er recht haben, auch wenn mein Humor durch den Lauf der Dinge schwärzer als Schießpulver geworden war.

„Carozzi, endlich wieder auf den Beinen!“, rief mir Boldo beim Eintreten in die Fortuna erfreut entgegen, umarmte mich und steckte mir einen kopflosen Fisch in den Mund.

„Na, was sagst du? Das Kochen hat sie noch nicht verlernt, meine Gilda. Ihr beiden solltet bald wieder einen Tavernenabend machen.

Mein Kopf ist schon wieder voll von Ideen für meinen nächsten Trimalchio."

„Ja, er dichtet sogar wieder, anstatt nur zu saufen", warf der in der üblichen Tangentialstellung an die Theke gelehnte Il Tubo ein.

„Ich kann nicht dichten, ich kann nur saufen", brummte Nachbar Leuchtstanitzel.

„Du brauchst auch nicht zu dichten. Es ist genug an Poesie, wenn du nur säufst", antwortete Il Tubo und schnappte nach einem der marinierten Fische, die Gilda gerade auf die Theke gleich neben die Macchinetta gestellt hatte.

Die Macchinetta schnaufte und der Kaffeedunst vermischte sich mit dem Aroma von frittierten Sardinen, Zwiebeln und scharfem Essig zu jenem unverwechselbaren Geruch, den man wohl nur noch in ein paar Konobas in diesem entlegenen Wetterwinkel am Nordeingang der mediterranen Welt einatmet, wo manche Inseln angeblich nur tage- oder wochenweise auftauchen, um dann wieder von der Landkarte zu verschwinden.

Die sauren Sardinen mundeten in ihrer schlichten, geradlinigen Art besser als das meiste, was Gilda nach meinen alten Apicius-Rezepten gekocht hatte. Man schmeckte förmlich die Harmonie zwischen dem Charakter der Köchin und jenem des Gerichts. Ich war neben der Macchinetta gerade so zu stehen gekommen, dass ich einen Blick in die Küche erhaschen konnte, wo Gilda umringt von mehreren Kisten voller Sardinen stand und voll in ihrem Element war. Die silberblauen Fischleiber, die unter dem kalten Strahl der Neonröhre schimmerten, verliehen dem Bild, das sich in der Küche bot, die Präzision eines venezianischen Stilllebens von zwar düsterem, aber höchst filigranem Pinselstrich.

Gilda ging zwischen diesen Fischbergen mit einer vollendeten Grandezza zu Werke. Graziös nahm sie die einzelnen Fischlein zwischen ihre Finger, um sie nach dem Abschuppen, das eher ein kurzes Bürsten war, mit der runden Schneide eines kleinen, scharfen Tourniermessers vom Kopf zum Schwanz hin zuzuputzen und die Gräten mit chirurgischer Präzision aus dem Fleisch zu lösen. Mit einem schnellen Schnitt trennte sie den Kopf vom Rumpf und klappte die Sardinen wie eine Tasche auf. Der ganze Vorgang dauerte vielleicht zehn Sekunden und geschah mit einer solchen Leichtigkeit, dass man den Eindruck gewinnen konnte, Gilda bearbeite immer ein und denselben Fisch. Lediglich daran, dass sich die Fischkiste allmählich leerte, während sich die Filets auf der anderen Seite zu einem hübschen Türmchen aufwarfen, erkannte man, welches Arbeitspensum Gilda da in kürzester Zeit bewältigte, ohne dabei im Geringsten gestresst zu scheinen.

„Wenn sie gut drauf ist, bringt meine Gilda am Tag an die zweitausend Sardinen von der Kiste in die Pfanne", sagte Boldo. „Komm, nimm noch eine. Das sind die von gestern, die haben schon eine Nacht im Zwiebelbett verbracht."

Drinnen in der Küche blitzte eine Stichflamme auf und es zischte, dass es bis in den hintersten Winkel der Konoba zu hören war. Gilda hatte eine ganze Schaufel voller grau flimmernder kleiner Fischleiber in eine bottichgroße Pfanne voll heißem Öl gleiten lassen, um sie dort knusprig zu braten. Eine Rauchschwade durchquerte den Raum, doch bevor sie sich über denselben verteilen konnte, entschwand sie auch schon wieder durch die Eingangstür, deren Flügel sich gerade weit öffneten.

Belli liebte solche Auftritte, noch dazu heute, mit dem Kulturdezernenten und Alfonsine im Schlepptau, mit denen er sich gerne als „magisches Dreieck" des Kulturlebens von Balaor präsentierte.

Der Professore trug ein Paletot aus dunkelblauem Chintz über aschgrauen Leinenhosen. Macorig steckte wie meistens in einem seiner dezent angeknitterten Anzüge und trug eine kess unter dem obersten Hemdknopf gelüpfte, kupferfarbene Missoni-Krawatte. Alfonsine schien den durch das Zarazà-Erbe neu erworbenen Reichtum einem Probelauf in der nächsten Prada-Filiale unterzogen zu haben. Sie hatte sich gegenüber ihrer üblichen Hahnentritt-Strenge ein eindrucksvolles Upgrading verpasst und bewegte sich in diesem erweiterten Aktionsradius auch gleich viel selbstbewusster.

Mir gegenüber wirkte sich dieser Souveränitätsschub, zu meiner großen Überraschung, nur positiv aus. Alfonsine zeigte sich von ihrer liebenswürdigsten Seite, erkundigte sich nach meiner Gesundheit, nach dem Fortgang des Taberna-Projekts, nach (niemals geplanten) Baufortschritten im Castelletto und sogar nach dem Befinden von Valeria.

Sollte plötzlich hereinbrechender Reichtum jene, über die er sich ergießt, tatsächlich menschenfreundlicher machen?

Die Vorfälle, die sich rund um Alfonsines Erbe in Balaor abspielten, gaben mir nur wenig Anlass, an so viel Gutes im Menschen zu glauben. Es verhielt sich wohl doch eher so, dass Alfonsine, die meine Person – zumindest falls die Theorie der diesbezüglich grundvernünftigen Valeria stimmte – nur als Hindernis auf ihrem Weg zu einer Karriere als Geschäftsführerin der Gastronomie des geplanten Mondomare-Projekts gesehen hatte, nunmehr ehrgeizigere Ziele ins Auge fasste. Vermutlich wollte sie lieber gleich General Manager von Mondomare Enterprises werden. Und in diesem Fall war es wohl nicht ungünstig, zukünftigen operativen Staff wie mich auf ihre Seite zu bringen. Dass ich mich keinesfalls als Alfonsines Handlanger sah, konnte sie ja nicht wissen.

Als Belli neben mir an der Theke auftauchte und mir ohne jeden ersichtlichen Grund die Schulter tätschelte, bestätigte er nur, dass ich mich in meiner Einschätzung nicht irrte, und ich sah mich im Geist schon vom Impresario eines profitlosen Profit-Centers zu einer willfährigen, wenngleich gut verdienenden Angestelltenseele im Mondomare-Konzern mutieren.

Doch Belli machte keine weiteren Anstalten, mir neue Zukunftsperspektiven zu eröffnen. Er war vielmehr an der Gegenwart, sprich: an Gildas Sarde in Saor interessiert, die ihm Boldo mit einer Unterwürfigkeit präsentierte, von der ich nicht recht wusste, ob sie gespielt war oder nicht. Belli häufte ein paar gedünstete Zwiebeln auf eines der Sardinenfilets und schob sich das ganze Stück mit Kennermiene in sein breitlippiges Kussmündchen.

Belli kaute. Langsam wanderte die Sardine von der rechten in die linke Backe und von dort wieder in die rechte zurück. Belli kullerte mit den Augen, zuerst im Uhrzeigersinn, dann dagegen. Plötzlich schienen seine Pupillen steckenzubleiben. Sein Mund öffnete sich und Belli spie den Fisch mitsamt den Zwiebeln so spektakulär wieder aus, dass Il Tubo vor Schreck sein tangentiales Gleichgewicht verlor und von der Tresenkante rutschte.

„Sauer“, sagte Belli. „Das Zeug ist viel zu sauer.“

„Das Zeug ist was?“, fragte Scaramuzza, der nicht wusste, wie ihm geschah.

„Sauer“, wiederholte Belli tapfer. „Nicht runterzukriegen. Tut mir leid.“

„Gilda“, erhob Boldo seine Stimme so machtvoll, dass augenblicklich jeder Laut in seiner brechend vollen Schenke verstummte. „Gilda, dieser Mann da schmäht deine Kunst!“

Gilda legte drinnen in aller Ruhe ihr scharfes Messer aus der Hand, krempelte sich kampfeslustig die Ärmel ihrer Bluse hoch und schritt mit verschränkten Armen aus der Küche.

„Wer tut was?“

„Gilda, der Professor, er hat deine Sarde in Saor geschmäht.“

„Er soll es mir selbst sagen. Also, was ist mit meinen Sardinen los, Professore?“

Belli, der etwa gleich groß wie Gilda, aber nur halb so groß wie Scaramuzza war, versuchte sich aufzupflanzen.

„Gilda, Sie wissen, wie ich Ihre Kochkunst schätze“, begann er kleinlaut.

„Ich weiß,“ sagte Gilda, „aber …?“

„Aber Ihre Sarde …“

„Was ist mit den Sarde? Sie sind perfekt. Schon meine Mutter hat sie so gemacht, und die hatte das Rezept von ihrer Mutter, die es wiederum von ihrer hatte.“

„Sie sind sauer. Ja, sauer.“

„Sie sind also nicht perfekt?“

„Nun, perfekt? – Vielleicht sind sie ja perfekt sauer.“

„Sind sie. Sie heißen ja auch so. Sarde in Saor. Sardinen in saurer Marinade.“

Gilda löste die Hände aus ihrer Verschränkung und begann sie bedrohlich aneinander zu reiben.

„Darf ich noch eine Portion haben?“, fragte Belli.

„Gib ihm eine, Papa!“

Boldo jonglierte noch eine Sardine aus der Schüssel auf einen Dessertteller und klatschte noch einmal eine Portion Zwiebeln drauf.

„Eine Gabel, Professore?“

Belli winkte ab. Stattdessen zog er eine Phiole aus seiner Brusttasche, öffnete sie feierlich und träufelte ein paar Tropfen von ihrem Inhalt auf die gedünsteten Zwiebeln.

„So, und jetzt kosten Sie, Gilda!"

Gilda ergriff den Dessertteller, nahm eine Gabel und führte einen Bissen knapp an ihre Nase.

Stiller als in der Fortuna hätte es auch drüben in der Kathedrale nicht sein können.

Gilda atmete tief ein und ihr dunkelzarter Teint schien dabei ein wenig an Leuchtkraft einzubüßen.

Dann biss Gilda zu und kaute.

Sekunden vergingen, vielleicht sogar eine Minute.

„Und?", fragte Belli.

Gilda begann zu lachen, bis sie sich vor Lachen fast verschluckte.

„Es schmeckt tatsächlich besser."

„Es schmeckt was?", rief Boldo, völlig entgeistert.

„Besser. Nicht so sauer."

„Gilda, du sprichst über das Rezept deiner Mutter!"

Gilda holte sich noch einmal eine Gabel voll Zwiebeln und kostete wieder.

„Schmeckt trotzdem besser. Was ist da drin?"

„Kann nur Mosel sein", ätzte ich.

„Ach was, Mosel", fuhr mir Belli über den Mund. „Das ist Falerner! Der erste Tropfen jenes Weins, mit dem wir nächstes Jahr Mondomare feierlich eröffnen werden. Sein Name ist Opimianus, und Signor Zanin hat ihn heute zum ersten Mal abgezogen. Ich muss sagen, ich bin entzückt, dass er nun die Feuerprobe durch den strengsten Gaumen von Balaor bestanden hat …"

Alle applaudierten.

„Mein Opimianus ist nämlich nicht nur ein Wein zum Trinken, sondern auch einer zum Kochen", erklärte Belli salbungsvoll. „Er verzeiht es jedoch nicht, wenn er nicht von den erlesensten Zutaten der Welt begleitet wird. Sie müssen ihn einmal mit violetten Endivien kosten, Gilda! Opimianus mit violetten Endivien, das ist eine Delikatesse von Weltformat, glauben Sie mir." Das kleine Bäuchlein hüpfte vor Freude und sein Besitzer konnte sich, während er von den violetten Endivien sprach, vor lauter Lust und Lachen gar nicht mehr einkriegen.

Wohl nicht zuletzt aus diesem Grund gab er auch gleich mehrere Flaschen Frizzante aus und lud Gilda, Scaramuzza, Alfonsine, Macorig und mich zu einem nachmittäglichen Ausflug mit anschließender Weinprobe nach Dipsodia ein, jener Insel, der Belli selbst den Namen gegeben hatte, der „Insel der Durstigen“.

Als Belli mit seinem Hofstaat gegangen war, kostete ich von den Resten des Zwiebelkrauts, das noch auf Gildas Teller herumlag.

„Seltsame Vögel“, bemerkte ich. „Ich fürchte, sie wollen unsere Taberna Antica in ihrem Mondomare-Projekt verschlucken, natürlich zu ihren und nicht zu unseren Bedingungen.“

„Mag sein“, erwiderte Gilda. „Die Quelle ihres süßen Stoffs werden wir ja, wie es sich anlässt, heute noch näher kennenlernen.“

Die Sarde hatten nunmehr ihren unverfälschten Charakter einer einfachen balaoranischen Fischerküche verloren, waren aber wegen der paar Tropfen Süßwein noch längst keine feinschmeckerische Offenbarung.

„Hat dir das wirklich besser geschmeckt als dein eigenes Rezept?“, fragte ich Gilda.

„Was tut das schon zur Sache?“, antwortete sie unwillig. „Aber die Harmonie hat gestimmt, und er war der Gast.“ Doch dann fügte sie nachdenklich hinzu: „Ich bin sicher, es wird noch Situationen geben, in denen er das nicht mehr ist.“

***

Bellis Jacht war auf den schönen Namen „Leviathan“ getauft und eine von den ganz besonders schnittigen Exemplaren ihrer Spezies. Allenthalben spiegelte sie Bellis Hang zur Größe wider. Der gesamte Oberbau war aus laminiertem Tamariskenholz gefertigt, während die Innenwände mit Naturkorkplatten verschalt und die komfortablen Sitzgelegenheiten wie in einem Bentley Azure mit genarbtem Wasserbüffelleder tapeziert waren.

Das Ziel unserer Fahrt war eine der Balaor schon ziemlich weit draußen im Meer vorgelagerten Inseln, deren Silhouette am Horizont schon weithin sichtbar war. Aus schwarzem Schattengestrüpp, hinter dem sich ein kleines Weingebirge erhob, ragte auf dessen höchstem Gipfel eine kühne Dachkonstruktion empor, deren Umrisse im Sonnenlicht glitzerten und zunächst an ein Observatorium, bei genauerem Hinsehen jedoch an eine riesenhafte Zeltkonstruktion erinnerten.

„Sie müssen entschuldigen," sagte Belli, während seine Jacht an schon recht morschen Uferverbauungen und geborstenen Pilastern vorbeiglitt, „den Ausbau der Zufahrt nach Dipsodia haben wir noch nicht in Angriff genommen, da uns andere bauliche Vorhaben bislang wichtiger erschienen."

Nach der Landung fuhren wir die Fahrstraße mit einem an der Hafenmole bereitstehenden Range Rover ein paar Kilometer bergauf, bis wir, am Gipfel des Weingebirges angelangt, vor jenem zeltartigen Gebilde ankamen, das ich schon von Weitem gesehen hatte und zu dessen Eingang eine ebenso kurze wie breite Marmortreppe führte, auf deren Stufen Girolamo Zanin auf uns wartete. Diesmal trug er einen weißen, eng geschnittenen Anzug, und man sah auf den ersten Blick, dass er sich darin nicht wohlfühlte.

„Willkommen auf Dipsodia, der Insel der Durstigen", sagte er mit eingelernt wirkender Feierlichkeit und führte uns durch einen dreieckigen Eingang aus chromblitzenden Stahlstangen in das Innere des Zelts, wo aus High-End-Boxen ganz leise Joseph Haydns berühmte Variationen über die alte österreichische Kaiserhymne ertönten.

Zur Inszenierung gehörte auch, dass das Zeltdach aus einem engmaschigen Edelstahlnetz gewirkt war, welches die gesamte Installation zwar absolut luft-, aber nur bis zu einem gewissen Grad lichtdurchlässig machte und den hallenartigen Raum in ein weihevolles Halbdunkel tauchte. Tatsächlich war das Netz kunstvoll um eine Konstruktion aus drei gewaltigen Aluminiumtraversen geschlungen, deren Verflechtung sich die Architekten von jenen Dreipfählen abgeschaut haben dürften, die wir gerade unten am Hafen gesehen hatten und die man, wie Boldo mich aufklärte, Briccola nannte.

Allmählich fand ich mich in dem Halbdunkel auch einigermaßen zurecht und bemerkte, dass das Zeltrund von etwa drei Dutzend zylindrischen Plexiglassäulen gesäumt war, die bis obenhin mit Wasser gefüllt waren und in denen riesige, miteinander durch eine Art Nabelschnur verbundene Schläuche schwammen, die mich an jene Ziegenhäute erinnerten, in denen die alten Völker Wein und Milch transportierten und lagerten.

In der Mitte des Zeltrunds, dem die massigen Glassäulen die Aura eines Tempelheiligtums verliehen, waren wie in einem Theater einige Sitzreihen aufgestellt, auf denen uns Belli und Zanin nunmehr Platz zu nehmen baten, während aus einem Schlitz im felsigen Boden eine Kinoleinwand emporglitt.

„Ich bin ja bekannt dafür, dass ich zuviel rede," sagte Belli leutselig, „und damit ich diese Gefahr ein wenig verringere, habe ich zu Beginn unserer Führung durch Dipsodia eine kleine Präsentation über unser Mondomare-Projekt vorbereiten lassen." Nach dieser kurzen Einleitung fischte Belli eine Fernbedienung aus der Tasche seines Paletots, drückte auf einen Knopf und startete seine Show.

Das Kaiserquartett verklang langsam und auf der Leinwand tauchte zu meiner großen Überraschung ein fetter kleiner Trickfilm-Engel auf, der in der einen Hand ein Schwert in der Dimension eines Taschenmessers und in der anderen ein Weinglas hielt und sich als Michel-Angelo vorstellte. Da war er also wieder, der feiste kleine Cherub aus Bellis Stadtbüro, nur diesmal besser ausgestattet und wesentlich gesprächiger.

Michel-Angelo quasselte ohne Unterlass, während er eine angesichts seiner gedrungenen Figur erstaunliche Beweglichkeit entfaltete. Er steppte wie Fred Astaire über römische Galeeren. Er hüpfte von Insel zu Insel, wobei er jedes Mal einen kleinen Tsunami hinterließ. Er tanzte mit Bacchus über die Weinschläuche. Er kämpfte mit seinem Spielzeugschwert gegen gefährliche Riesenfische. Er flog mit Pegasus im Zick-zack-Kurs über die Adria um die Wette. Er dealte mit Merkur ein dickes Vertragswerk aus und redete die ganze Zeit von Börsengängen, Vorzugsaktien, Shareholder-Value und Return-of-Investment. Dazwischen wurden hübsche Tabellen eingeblendet, während ein Faustkeil flotte Sprüche in Tontäfelchen einmeißelte.

Am Schluss erschien der Slogan MONDOMARE – DER SCHATZ DER ADRIA, während Belli und sein Engel zu Fanfarenklängen wie weiland Onkel Dagobert von einem Geldregen überschüttet wurden, bevor ein purpurroter Vorhang und ein in Blockbuchstaben fröhlich über die Leinwand hüpfendes THE HAPPY END dem Spuk ein Ende machte.

„Das ist selbstverständlich für eine andere Zielgruppe gemacht, als Sie es sind“, sagte Belli fast entschuldigend, nachdem er die Leinwand wieder in ihrem Felsenschlitz verbannt hatte.

Alfonsine und Macorig applaudierten eilfertig. Belli wiederum drückte erneut auf einen Knopf seiner Fernbedienung. Nun tauchte aus dem mythischen Dunkel des Zelts eine als Vestalin gewandete Mitarbeiterin des Mondomare-Projekts mit einem Tablett voller Weingläser auf.

„Damit Sie bei unseren weiteren Ausführungen wissen, wovon wir sprechen,“ fuhr Belli fort, „darf ich Ihnen zunächst eine Kostprobe des goldenen Elixiers von Dipsodia kredenzen lassen, bevor Ihnen dessen Schöpfer, Girolamo Zanin, Näheres über unser EGO-SUM-VITIS-Projekt erzählen wird.“

Die Vestalin sah in ihrem langen, geschlitzten Kleid wesentlich lieblicher aus, als es der Saft war, den sie kredenzte. Er war von derselben picksüßen Klebrigkeit wie fast alles, was mir der Professor von der Mosel bis jetzt serviert hatte.

Girolamo Zanin hatte inzwischen seine eigene Fernbedienung in der Hand und ließ aus dem kühlen Kellergrund statt der Leinwand ein Rednerpult und ein Flipchart aufsteigen.

„Salve!“, begann er, wieder etwas unsicher. „Wie Ihnen sicher schon allen bekannt ist, geht es bei unserem EGO-SUM-VITIS-Projekt um die Rekultivierung der antiken Falernerrebe.“

EGO SUM VITIS – VOS PALMITES kritzelte Zanin auf sein Flip-Chart, JOH. 15,5, um fortzufahren: „Ich bin der Weinstock, und ihr seid die Reben. Manchmal falsch übersetzt: Ich bin der Weinstock, und ihr seid die Flaschen.“

Da hatte Zanin in seinen vorbereiteten Vortrag sichtlich einen Lacher eingebaut, der aber bei seinem heutigen Publikum nicht funktionierte. Vielleicht fehlte ihm auch nur die Routine. Großer Rhetoriker war er sicher keiner. Es stand nur zu hoffen, dass er ein besserer Winemaker war.

Bevor er das beweisen konnte, schrieb Zanin mit seinem Leuchtstift zunächst drei weitere Begriffe auf das Flipchart:

AGER FALERNUS
FAUSTITIANUS
OPIMIANUS

„So heißen die drei Qualitätsstufen, in denen wir unseren Falerner ausbauen. AGER FALERNUS ist die einfachste Stufe, und bereits diese war, wie wir aus einer pompejanischen Inschrift wissen, viermal so teuer wie ein normaler Landwein dieser Zeit."

„So ändern sich die Zeiten", mischte sich Belli ein. „Wer wollte sich heute vorstellen, dass er den teuersten Bordeaux nur um das Vierfache eines einfachen französischen Landweins bekäme? Vom Standpunkt des Marketings haben wir den alten Römern einiges voraus."

Zanin wirkte verärgert. Er würdigte den Professor keines Blickes und fuhr fort:

„FAUSTITIANUS – so hieß früher jener Wein, der nicht am Fuße, sondern auf den höchsten Steillagen des Monte Massico in Kampanien gedieh und dessen Qualität bereits Horaz, Martial und Vergil entzückte."

„Ein Lagenwein sozusagen", rief Belli erneut dazwischen, wurde aber von Zanin nicht einmal ignoriert.

„OPIMIANUS hingegen," dozierte dieser weiter, „das war schon immer das Beste vom Besten, ein Wein, den die Falernerwinzer nur durch langjährige Lagerung zustandebrachten. Der Wein ist nach dem römischen Konsul Lucius Opimius benannt, ging aber vor allem als ‚Wein der Cäsaren' in die Geschichte ein und durfte sich im Rom des beginnenden Cäsarismus erst nach fünfzehnjähriger Lagerung so nennen."

Gilda, die zwischen mir und Scaramuzza Platz genommen hatte, gab ihrem Vater, dessen Atem immer regelmäßiger wurde, während sich auch schon erste Schnarchgeräusche zwischen seine Atemzüge schoben, einen Rippenstoß. Der stieß auch prompt einen Schmerzensschrei aus.

„Ja, da staunen Sie!", versuchte Zanin die peinliche Situation zu retten.

Zanin wirkte wie einer dieser Vertreter, die ein ungnädiges Schicksal dazu verdammt hat, in den Eingangspassagen von Großkaufhäusern herumzustehen und den Passanten Allesschneider zu verkaufen. Dennoch wurde ich das Gefühl nicht los, dass der Mann, zu dem sein Anzug so wenig passte wie seine Umgebung, viel mehr zu sagen hatte, als er zeigte. Und nun überraschte er mich tatsächlich. Denn davon, was er jetzt erzählte, hatte ich noch nie etwas gehört.

„Noch mehr werden Sie jedoch staunen," fuhr er fort, „wenn ich Ihnen nun sage, dass diese drei Qualitätsstufen sich nicht nur durch verschiedene Lagerung oder verschiedene Vinifikation, sondern auch durch unterschiedliche Behandlung mit kosmischer Energie unterscheiden. Man sollte beim Weinmachen weniger an Baron Rothschild denken als vielmehr an Rudolf Steiner, der die Erde als einen großen und vielgestaltigen Organismus, als ein Geschöpf, das nicht nur über einen materiellen, sondern auch über einen geistig-seelischen Körper verfügt, sah und dabei von ‚ätherischen Bildekräften' sprach. Wilhelm Reich, heutzutage zu Unrecht als linksradikaler Apostel der freien Liebe und weniger als visionärer Önosoph bekannt, nannte Steiners ‚ätherische Bildekräfte', die bei der Verdauung im Magen-Darm-Trakt und über den Blutkreislauf in das Gehirn gelangen, wo sie über das Nervensystem bestimmte Wirkungen im emotionalen und mentalen Bereich ausüben, schlicht Orgon. Und er entwickelte für diese primordiale kosmische Energie auch einen speziellen Orgon-Akkumulator. Damit lieferte Reich die Ausgangsbasis für die Anwendung der Theorie, dass die Sonne kleinste Teilchen ausstrahlt, die über Lichtstrahlen zur Erde gelangen. Durch entsprechende Antennen gelang es ihm, diese Teilchen einzufangen und nutzbar zu machen. Genau das habe ich mit dem Wein gemacht und ein energetisches Bestrahlungssystem erfunden, das es uns ermöglicht, jungen Wein durch gezielte Aussetzung an energetische Informationen, wie sie sich etwa in bestimmten Mineralien befinden, zwischen drei Stunden und sieben Tagen soweit zu bringen, dass er wie alter, jahrelang gereifter Wein schmeckt. Wir haben diese Methode noch verbessert, indem wir sie durch die Kraft eines Zeltdachs aus Edelstahl verstärkt haben, das uns als Strahlungstransmitter dient. Auf diese Weise haben wir es schlussendlich geschafft, aus dem einfachen AGER FALERNUS binnen nur drei Tagen einen FAUSTITIANUS und binnen einer Woche einen OPIMIANUS zu machen. Wir haben also Raum, Wein und Zeit zu Deckungsgleichheit gebracht. Das, meine Herrschaften, ist die wahre Revolution von Dipsodia!"

„Es ist nur der eine Teil dieser Revolution", warf Belli ein, der nun aufstand und dem darob etwas verdutzten Zanin seine Fernbedienung aus der Hand nahm.

„Der zweite Teil hat nichts mit kosmischen Strahlen zu tun, sondern schlicht und einfach mit ausgereifter Computertechnologie auf der Höhe der Zeit. Da haben wir nichts dazuerfunden, sondern uns einfach dessen bedient, was am Markt ist. Wie Sie vielleicht schon gelesen haben, ist der neueste Stand der Weintechnologie die sogenannte ‚Spinning Cone Column', auch Schleuderkegel-Kolonne genannt. Es handelt sich dabei um eine Maschine, die, etwas vereinfacht gesprochen, in der Lage ist, den Wein in seine chemischen Bestandteile Alkohol, Wasser und die Extrakt genannten Feststoffe aufzuteilen und sie im Anschluss nach dem individuellen ‚Rezept' dessen, der die Kolonne bedient, wieder zusammenzusetzen. EGO SUM VITIS – ‚Ich bin der Weinstock' – Genau das soll der Besucher von Dipsodia daher behaupten und sich hier seinen eigenen, seinen idealen Wein, ganz nach persönlichem Gusto keltern können."

Während er das sagte, setzte Belli mit einem weiteren Druck auf seinen Zauberstab die Plexiglassäulen mitsamt den darin schwimmenden Weinschläuchen in Bewegung und ließ sie, von unten her in allen Farben des Regenbogens beleuchtet, um die eigene Achse rotieren, während die High-End-Boxen wieder Haydns Kaiserquartett intonierten, deutlich hörbar, aber dennoch so gedämpft, dass man auch Bellis weiteren Ausführungen folgen konnte:

„Wir haben hier auf Dipsodia etwas gemacht, an das keiner zu glauben wagte: Wir haben den dynamisch-biologischen Weinbau, den Girolamo Zanin, auf den Thesen Rudolf Steiners und Wilhelm Reichs aufbauend, entwickelt hat, mit dem modernen Hightech-Weinbau gekreuzt und damit einen völlig neuen Schritt in der Entwicklung der Weinkultur gesetzt."

Alfonsine und Macorig spendeten wieder einmal Zwischenapplaus.

„In diesen Behältern", fuhr Belli fort, „lagern wir die kompletten Lesen der letzten drei Jahrgänge, die wir nach der altrömischen Methode, sobald sie die Gärbottiche verlassen haben, nach Rieden sortiert in Schläuche aus Ziegenleder abfüllen und in Meerwasser schwimmend aufbewahren, das wir vom Hafen in Dipsodia hier heraufpumpen. Die Süße der Trauben und der schützende Mantel des Salzwassers gehen dabei jene unverwechselbare Harmonie ein, die für den Falerner pompejanischen Stils so typisch ist und die ihn auch für den Süßweinfreund von heute zu einem symbiotischen Weinerlebnis macht. Durch ein speziell entwickeltes System elektronisch kontrollierter Gärung sind alle Weinschläuche in allen Behältern miteinander verbunden und können bei Bedarf auch miteinander kommunizieren. Sie werden gleich sehen, wie ich das meine."

Belli strapazierte einmal mehr sein elektronisches Szepter, das diesmal ein kreisrundes Loch im Boden öffnete, aus dem sich ein schillerndes Zwitterwesen aus Altar und Orgelpositiv erhob. Bellis Riesenspielzeug leuchtete wie ein Spielautomat in allen Farben und verfügte über ein Computer-Manual mit zahlreichen Tasten und Knöpfen, zu denen sich seltsamerweise auch zwei goldene Wasserhähne gesellten, die aussahen, als ob man sie von einer Luxusbadewanne abgeschraubt hätte. Aus dem Orgelpositiv heraus wuchs schließlich, ähnlich wie ein großes Altarbild, ein überdimensionaler Plasmabildschirm, auf dem neben dem Mondomare-Logo mit Zelt und Engel auch die Aufschrift EGO SUM VITIS zu lesen war.

Während sich dieser multifunktionale Turm aus dem Tuffsteinboden herausschraubte, bekam die schöne Vestalin, die eifrig Falerner nachschenkte, einen feschen Faun zur Seite gestellt, der zwar weder Hörner noch Bocksfuß, dafür aber eine wild gelockte schwarze Mähne hatte und ein wahrhaft faunisches Gemächt unter seinen Leder-Leggins ahnen ließ.

„Darf ich unseren Ugolino vorstellen," sagte Belli, „der bereits ein kleines Genie auf der Klaviatur unseres Wein-Clusters ist und uns zeigen wird, was er kann."

Ugolino verbeugte sich wie ein Pianist zu Beginn eines Konzerts, die Musik des Streichquartetts verklang und stattdessen stand Dukas' „Zauberlehrling" auf dem Programm. So viel Humor hätte ich Belli gar nicht zugetraut.

Der Knabe brauchte gar nicht lange in die Tasten zu hauen, bis sich der dicke kleine Erzengel als Mondomare-Maskottchen auf seinem Mega-Screen in Bewegung setzte und zu einer formatfüllenden Figur aufplusterte, die jetzt ein T-Shirt mit der Aufschrift „Praepositus Paradisi" trug, was soviel wie „Vorsteher des Paradieses" bedeutete.

Das slapstickartig aufgelöste Computerprogramm, das jetzt ablief, basierte darauf, dass Michel-Angelo den Weinkoster spielte und vorgab, was zu tun war: So jonglierte er ständig mit Schrifttäfelchen, auf denen bestimmte Weineigenschaften vermerkt waren, die Ugolino entweder wählen oder abwählen konnte. So ließen sich Farbe und Alkoholgehalt des Weins ebenso bestimmen, wie man Aromen, die in der Art eines Asterixfilms ansprechend visualisiert waren, von Feigen bis Pfeffer und von Feuerstein bis Bitterschokolade an- oder abwählen konnte. Sobald Ugolino zehn Aromen bestimmt oder verworfen hatte, blitzten die goldenen Wasserhähne auf und er konnte einen Schluck Wein kosten, um zu probieren, wie er sich verändert hatte.

Die Vestalin ließ uns brav mitkosten. Meine Sehnsucht nach einem Schluck Mezcal wuchs von Minute zu Minute. Andererseits war es schon erstaunlich zu verfolgen, wie Bellis Falerner von Probe zu Probe vor allem schlürfbare Marmelade blieb.

Als Höhepunkt erschien dann ein Ballett aus Asterix-Figuren, durch deren An- oder Abwahl man den Charakter des Weines noch weiter präzisieren konnte. Cäsar stand klarerweise für Mächtigkeit, Cleopatra für Lieblichkeit, Obelix für Opulenz, oder, wenn er mit Hinkelstein auftrat, für Mineralik. Gutemiene verhieß Säure und Troubadix, je nachdem ob er gerade gefesselt oder frei herumtanzte, mehr oder weniger Harmonie.

Dazwischen erschien immer wieder Michel-Angelo und fragte, ob der Wein auch wirklich munde. Erst als Ugolino per Mausklick sein abschließendes Okay gab, küsste Michel-Angelo das Glas und entschwand in den siebenten Weinhimmel, wo er von nackten Bacchantinnen, die auf Hollywoodschaukeln herumflätzten, in Empfang genommen wurde.

So viel Glück war uns nicht beschieden, aber Vestas hübsche Priesterin schenkte mir immerhin aus einer Kristallkaraffe das schillernde Endprodukt von Ugolinos Bemühungen ein, das mir – wie zu erwarten – nicht schmeckte.

„Darf ich auch einmal ran?“, fragte ich artig.

Ich drückte also auf alle Aromen, die verboten klangen, gab statt Cleopatra Gutemiene eine Chance, entschied mich gleich zweimal hintereinander für Obelix mit dem Hinkelstein und wählte am Schluss den entfesselten Troubadix, bevor ich meine persönliche Variation des EGO SUM VITIS zur Verkostung freigab.

„Darf ich kosten?", fragte Belli neugierig, und seine Reaktion zeigte mir, dass seine Orgel zumindest auf Sweet-and-Sour programmiert war.

„Ich hätte niemals gedacht, dass man aus unserem Falerner so einen krampensauren Tropfen machen kann", rief Belli entsetzt aus.

„Genauso sauer wie Gildas Sarde in Saor", erwiderte ich frech. „Vielleicht liebe ich ja Essig auch mehr als Süßwein, was biblisch sehr korrekt wäre."

„Sie sind ein Banause, Carozzi!", rief mir Belli, dem dabei eine ungesunde Röte ins Gesicht stieg, zu. „Warten Sie, ich werde Ihnen nun vorführen, wie man das wirklich macht."

Nunmehr trat der Meister höchstselbst ans Mischpult, doch ein plötzlicher Telefonanruf hinderte Belli, sich noch länger mit seiner Aromenkomposition und damit auch mit uns zu beschäftigen. Er entschuldigte sich eilfertig, da er noch einen unerwarteten Termin auf seiner Katharineninsel hatte, versprach aber, die „Leviathan", sobald sie ihn dort abgesetzt hatte, wieder nach Dipsodia zurückzuschicken, damit sie uns noch vor Einbruch der Dämmerung heim nach Balaor bringen konnte.

In der Zwischenzeit lud uns Girolamo Zanin ein, mit ihm eine kleine Weingartenbegehung mit anschließendem Picknick rund um einen Rebstock-Grill zu unternehmen.

Zanins Weingärten waren allesamt in so blitzsauberem Zustand und von einer so vollendeten Symmetrie, dass man hätte annehmen können, sie seien nicht rund um einen Basaltkegel, sondern entlang der Pyramidenkanten von Gizeh angelegt worden.

„Soweit ich mich aus Studienzeiten erinnere, haben die alten Römer ihre Weingärten etwas russischer angelegt als Sie", versuchte ich Zanin mit meinem spärlichen Fachwissen zum Thema Römer ein wenig aus der Reserve zu locken.

„Nichts gegen die Russen", widersprach Zanin. „In Georgien keltern sie hervorragende Weine – soweit man die Georgier als Russen bezeichnen kann. Aber Sie haben natürlich recht. Zur römischen Zeit hätte ein solcher Weingarten völlig anders ausgesehen. Wahrscheinlich hätte man ihn als Arborium angelegt. Noch vor den Reben hätte man einen Hain gepflanzt, da Bäume für den Wein ein natürliches Stockwerk abgeben und die Reben sich wie von selbst an den Bäumen hochranken und entlang der Zweige von einem Baum zum nächsten klettern. Schon der alte Varro hat in seinen ‚Scriptores rei rusticae' davon geschrieben, dass der beste Saft dort fließt, wo die Trauben besonders hoch hängen. Und besonders hoch hängen sie nun einmal an den Bäumen."

Er riss ein paar Weintrauben vom Stock und ließ mich davon kosten. Ich steckte die Trauben in den Mund und raunte das von mir erwartete „mhmm".

„Nicht schlecht für die zweite Augusthälfte, aber seine große Zeit kommt erst. Ein paar Wochen noch, dann sprengen seine Zuckergrade jedes Refraktometer", fuhr Zanin fort. „Der Wein, so heißt ein lateinisches Sprichwort, verlangt Wasser im Becher und Sonne zum Wachsen. An beidem fehlt es hier nicht. Je mehr Feuchtigkeit vom Meer her aufsteigt und den Basalt durchtränkt, desto höherer Stöcke bedarf es."

Macorig und Alfonsine hatten sich während dieser Ausführungen in eine versteckte Seitenfurche des Weinbergs verzogen, und auch Gilda hatte mit ihrem Vater auf einer der Steinbänke Platz genommen, von denen man die Aussicht am Schnittpunkt zweier Meere genießen konnte, dem Rebenmeer und der auch „Mare diabolicum" genannten Adria, die diesen Beinamen nicht nur ihren gefürchteten Sturmböen, sondern wohl auch solchen teuflisch schönen Panoramen verdankte.

Zanin schien sich zu freuen, wenigstens einen aufmerksamen Zuhörer gefunden zu haben. „Gefällt es Ihnen hier auf Dipsodia, Doktor Carozzi?"

„Ja, hier lässt sich's tatsächlich aushalten, zumindest solange Dipsodia noch einigermaßen touristenfrei ist."

„Wäre es nach mir gegangen, es würde noch viel schöner sein."

„Und wer hat Sie daran gehindert?"

„Es ist traurig, das sagen zu müssen. Aber es war mein großer Förderer selbst."

„Seit wann kennen Sie den Professor?"

„Ach, endlos lange. Ich habe schon vor vielen Jahren bei einer Tagung über Kultur-Sponsoring versucht, ihm meinen alten Plan einer ‚Oinoversität' nahe zu bringen, deren Institute auf verschiedenen Inseln untergebracht sein und Grundlagenforschung über das Wesen des Weins und seine Harmonie mit Speisen betreiben sollten. Was

Sie hier sehen, ist das, was daraus geworden ist." Zanin wackelte mit seinem Kinnbärtchen, bis die Nickelbrille auf seiner Nase fröhlich zu hüpfen begann.

„Eine Universität der Genüsse hätte er haben können, ein epikuräisches Utopia mitten im Meer."

„Warum tun Sie nichts dafür?"

„Ich habe alles getan, um dieses Öno-Disneyland zu verhindern. Aber wenn man nicht über das nötige Kapital verfügt …"

„Trotzdem: Warum haben Sie mitgemacht?"

„Eine gute Frage, auf die es, fürchte ich, eine einfache Antwort gibt. Belli hat mir das Doppelte geboten wie Angelo Gaja. Und Angelo bot weiß Gott viel."

Mittlerweile waren wir nach unserem Spaziergang wieder zu den anderen gestoßen, die sich rund um ein offenes, mit glühendem Rebholz gefülltes, steinernes Becken versammelt hatten, das Ugolino mit einem Palmwedel anfachte, während Vestas Tochter artig die Spieße auflegte.

„Ah, Schaschlik à la Odysseus!", rief ich aus und Zanin applaudierte mir. „Sie sollten sich bei Belli bewerben."

Nein, Zanin mochte Belli wirklich nicht, das war klar. Aber er ließ sich für die erlittene Schmach fürstlich entlohnen.

Etliche Spieße und Weinkrüge später tauchte an der Kimm zwischen Meer und Horizont die „Leviathan" auf.

„Um Himmels willen", schrak Zanin wie von der Tarantel gestochen auf. „Ich habe Sie ja noch nicht gebeten, sich in unser Trinkbuch einzutragen. Belli erschlägt mich, wenn ich es vergesse. Ugolino, bitte!"

Kurze Zeit später erschien Ugolino mit einem aus Olivenholz gedrechselten Lesepult, auf dem ein dicker Foliant aus Pergamentpapier lag, dessen Seiten allerdings zum überwiegenden Teil leer waren.

„Wir hatten noch nicht viele, dafür aber erlesene Besucher", sagte Zanin entschuldigend. „Da, sehen Sie, hat sich Franco Zeffirelli eingetragen. Der war übrigens ganz hingerissen von unserem Mondomare-Projekt und überlegt, vor unserem Zelt Bizets ‚Perlenfischer' unter freiem Himmel zu inszenieren. Und das ist die Unterschrift von Claudia Cardinale. Auch der blinde Luigi Veronelli, der Teiresias des italienischen Weinbaus, hat uns besucht. Wenige Tage später ist er übrigens gestorben. Nun ja. Und Silvio Berlusconi, der war, wie Sie sehen, auch schon da."

Nun stellte sich auch Vestas Tochter mit Tintenfass und einem Federkiel ein, den Scaramuzza fast gierig ergriff, um mit flinken Fingern das folgende Gedicht über das Pergament fliegen zu lassen.

Trinklied des Behemoth

Nur böser Wein
Kann guter sein;
Das schreib ich dir
Ins Trinkbuch rein.

Man kann beim Wein
Nicht tolerant sein, da
Müsste man schon
Elefant sein, ein Nilpferd
Oder schlicht „das Tier".
Dem Tier der Wein,
Dem Wein die Gier.
Sei Lindwurm ich,
Wolf oder Rind,
Der Wein im Glas
Wie Blut gerinnt.
Ob Tempelherr, ob Pharao,
Ob Mundschenk oder Wendigo.
Solang mir Raum bleibt
Und auch Zeit
Diene ich der Gefräßigkeit.

Ich sei, sagt man,
Als Dämon dumm,
Doch kost ich
Manches andersrum,
Frag nicht nach
Harmonie, Geschmack,
Ich küsse einfach
Schweif und Frack.

Zu Gottes Wohle oder Weh
Bin ich
Des Teufels
Sommelier.

Ich musste schmunzeln, als ich Scaramuzzas Zeilen las. So viel Klarsicht hätte ich dem alten Fischerpoeten gar nicht zugetraut. Ich verzichtete also auf einen eigenen Eintrag und setzte meinen Namen, ebenso wie auch Gilda, einfach unter den seinen.

Danach machten wir uns an die Rückkehr zum Hafenbecken, wo wir, flankiert von schnarrenden Säbelschnäblern und kreischenden Lachmöwen, die „Leviathan" bestiegen.

„Die Wasservögel schnattern mit den Fischen," sagte Scaramuzza, der dem Falerner schon recht nachhaltig zugesprochen hatte, während er unsicheren Schrittes die „Leviathan" über eine gefährlich schwankende Planke betrat, „und wir stehen blöd daneben."

***

Die Leviathan schlüpfte aus der Bucht von Dipsodia eher wie eine geschmeidige Wasserschlange als jener biblische Wal, der Bellis Jacht seinen Namen geliehen hatte. Das Meer setzte dem Schiff kaum Widerstand entgegen.

Es war so gut wie windstill, und obwohl sich das Firmament nunmehr schon recht herbstlich über Balaor und die umliegenden Inseln wölbte, hatte die Sonne bislang noch wenig von ihrer hochsommerlichen Kraft eingebüßt. Gilda knöpfte sich ihre Bluse auf, soweit es gerade noch schicklich war, und auch Alfonsine suchte sich ein Plätzchen an der Sonne. Scaramuzza verschwand schneller, als ich schauen konnte, im vollklimatisierten Inneren der Jacht, um seinen Falerner-Dusel auszuschlafen, und ich blieb mit Macorig im Halbschatten-Geviert unter dem Sonnensegel sitzen, das vor dem Kabineneingang aufgespannt war.

„Sie sollten sich an ihn halten", sagte Macorig, während Dipsodia achteraus immer kleiner wurde, bis sie schließlich im Meer versank.

„An wen soll ich mich halten?"

„An den Professor. Jetzt, da Lichignoso tot ist, bleibt, wenn Ihnen an dem Lapidarium und der Taberna etwas gelegen ist, nur diese Chance."

„Hat Lichignoso von den versprochenen Geldern schon etwas an die Stadtverwaltung überwiesen, bevor er …?"

„Nein, hat er nicht. Bei uns ist nicht einmal eine schriftliche Absichtserklärung eingegangen."

„Sind Sie sicher?"

„So sicher wie ich mein eigenes Gehaltskonto kenne, das, nebenbei bemerkt, auch eher dürftig ausgestattet ist. Nonno ist ein alter Sparmeister. Im Übrigen ist er schlecht auf Sie zu sprechen."

„Auf mich?"

Unser Kapitän drehte vom bisherigen Kurs in einer schnellen Volte ab, um Fahrt auf das bereits am Horizont erscheinende Balaor zu nehmen. Das hatte zur Folge, dass eine Bugwelle mit überstürzendem Kamm über die Bordplanken sprühte und sowohl Macorig als auch mich wie begossene Pudel aussehen ließ. Die sonnenbadenden Damen blieben von diesem Brausebad indessen nahezu unbeeinträchtigt und konnten sich vor Lachen über uns beide kaum halten.

„Eine Seefahrt, die ist lustig!", sagte ich, gar nicht lustig.

„Sie sollten die Sache mit Nonno nicht auf die leichte Schulter nehmen", fuhr Macorig unbeirrt fort. „Die Art und Weise, auf die der Präfekt sich durch Scaramuzzas Mummenschanz beim Apicius-Dinner gedemütigt fühlte, wird er Boldo zwar nachtragen, aber er wird immer Ihnen dafür die Schuld geben. Nonno ist es gewohnt, in Hierarchien zu denken, und da waren Sie nun einmal der Zuständige."

„Das war doch nur ein Spaß. Sie kennen doch Boldo und seine Kumpane. Kaum einer hat es bemerkt."

„Sie müssen es ja wissen, aber sagen Sie nicht, Sie seien nicht gewarnt worden", sagte Macorig ernst. „Doch nun, denke ich, sollten wir uns in die Sonne setzen, wenn wir einigermaßen trocken in Balaor ankommen wollen."

Macorig holte sich einen Liegestuhl und ich rutschte auf meiner Bank einfach anderthalb Meter vor.

„Oder ich stell mich mit Alfonsine gut", sagte ich frecher, als es opportun war. „Sie ist doch, wie ich gehört habe, jetzt eine reiche Frau. Vielleicht will sie die Taberna sponsern."

Macorig dachte nicht daran, auf den Hintersinn meiner Worte einzugehen. „Alfonsine wird nichts tun“, sagte er so sachlich wie möglich, „was nicht mit Belli abgestimmt wäre. Er ist in Mondomare der Boss.“

„Ich weiß nicht, ob mich Mondomare interessiert. Vielleicht gehe ich ja auch nach Bozen zurück, um den Ötzi zu bewachen.“

Macorig räkelte sich gemächlich in seinem Liegestuhl und murmelte etwas, das ich nicht verstand.

Dann zerfetzte ein Schreckensschrei die linde spätnachmittägliche Meeresluft, und während ich noch überlegte, ob Gilda oder Alfonsine ihn ausgestoßen haben mochten, folgte eine Terz tiefer ein zweiter Schrei. Bevor ich den beiden noch zu Hilfe eilen konnte, erwischte es jedoch auch mich. Und während ich das Gefühl hatte, dass mir der Kopf davonflog, sah ich auch Macorig getroffen zusammenbrechen.

Das Stakkato der Geschosse hatte damit freilich erst so richtig begonnen. Als mich das zweite davon knapp an der Halsschlagader streifte, warf ich mich zu Boden, während Gilda und Alfonsine an uns vorbeirobbten, um die rettende Stiege in die Kabine zu erreichen.

Unterdessen prasselte es aus der Luft auf Macorig und mich weiter gnadenlos herab. Doch es war nicht der Schmerz an Kopf und Hals, der mich wirklich verstörte, es waren die Dämpfe, die rund um mich aufstiegen und direkt aus dem Höllenpfuhl zu stammen schienen.

Stinkende Fische. Das war die Munition, mit der man uns attackierte. Glanzlose lederhäutige Makrelen, Brassen, Meeräschen, Rotbarben lagen überall mit großen toten Augen auf den Schiffsplanken herum. Es stank nach Ammoniak und Schwefel, nach überständigem Tran und verwestem Gekröse, das aus den durch den Aufprall geplatzten Fischleibern quoll. Der ganze Giftatem des Meeres ergriff gierig Besitz von meinen Nasenflügeln.

Mittlerweile war die Attacke der fliegenden Fische verebbt. Doch als ich meinen Kopf nur knapp über den Bugkorb schob um zu überprüfen, ob der Verdacht, der allmählich in mir aufstieg, auch tatsächlich zutraf, schnappte das selbstgebastelte Katapult auf dem Boot gegenüber auch schon wieder zurück und schickte einen Dornhai von einem halben Meter Länge auf die Reise, der mich gottlob knapp verfehlte.

Ich hatte allerdings lange genug über die Bordkante gelugt um zu erkennen, wer der große Artillerieingenieur an der Fischwurfmaschine war: Es war Carlo Treiber, umringt von seiner in buntes Ölzeug vermummten Schauspieltruppe, die während ihres Generalangriffs „Belli zisch! Ein toter Fisch!“ skandierte und mit Spruchbändern wie „Mondomare auf die Bahre“ oder „Dipsodia, der Tod ist da!“ einmal mehr ihr dramaturgisches Talent unter Beweis stellten.

Das Pharos-Theater hatte wieder einmal ein neues Stück einstudiert, und ich hatte die Ehre, dem Premierenpublikum anzugehören.

***

Uns wurde ganz schön heiß damals, obwohl wir in dünner, kühler Luft auf 2300 Meter Seehöhe schürften. Einige von uns arbeiteten sogar mit nacktem Oberkörper, da das Graben im Chapultepec-Park ziemlich schweißtreibend war. Ich hatte mich einem Archäologie-Projekt angeschlossen, das den Ehrgeiz hatte, ausgerechnet am Fuße des „Hügels der Sonnenanbeterin“, in dem dereinst auch der glückloseste aller Habsburger, Maximilian von Mexiko, residiert hatte, nach Artefakten der alten Teotihuacán-Kultur zu fahnden. Es war eine spannende Arbeit, die zuletzt auch von Erfolg gekrönt wurde, weil wir auf einige Keramikurnen, eine Knochennadel und eine Totemfigur stießen, mit denen wir den Nachweis erbringen konnten, dass wir uns, hier im Herzen von Mexiko-City, tatsächlich über den Trümmern der alten Aztekenhauptstadt Tenochtitlán befanden.

Im Verlauf der Grabungen hatten wir jedoch mehrmals mit Demonstranten zu tun, denen unsere Arbeit ein Dorn im Auge war. Manchmal spannten sie Spruchbänder auf und einmal kippten sie sogar eine Mülltonne über einer unserer Grabungsstätten aus.

Ich bin damals einem Mestizenjungen nachgelaufen und stellte ihn, als ich ihn nach einem wilden Laufduell zuletzt doch eingeholt hatte, zur Rede. Er mochte etwa sechzehn oder siebzehn Jahre alt gewesen sein und wollte mir zunächst nicht glauben, dass ich ihn weder anzeigen noch einsperren lassen, ja nicht einmal verprügeln wollte. Da ich jedoch seine kleine bronzene Hand fest im Griff hatte, blieb ihm gar nichts anderes übrig, als sich von mir in eines der vielen Strandcafés ziehen zu lassen, die diesen verzauberten Park mit seinen großen Wasserflächen allenthalben säumen.

„Was habt ihr gegen uns?", fragte ich ihn. „Wir rackern uns hier ab, damit ihr noch ein bisschen schneller zum Weltkulturerbe erklärt werden könnt und durch die Touristen reich werdet. Was um Himmels willen machen wir falsch?"

Nach einer längeren Befragung zog ich dann aus meinem jungen Gast heraus, dass er ein Bewunderer des Subcomandante Marcos war, eines stets maskiert auftretenden Universitätsprofessors, der nach nicaraguanischem Vorbild eine Guerillatruppe zusammengestellt hatte, die für die Rechte der indianischen Bevölkerung Mexikos eintrat.

„Du tötest meine Ahnen ein zweites Mal!", sagte der Junge, spuckte mir ins Gesicht und nutzte meine Verdutztheit, sich aus meiner Umklammerung zu lösen, bevor er hinter einem Baumriesen verschwand.

„Ich lass euch alle einsperren", hörte ich, während ich noch das Café im Chapultepec-Park vor Augen hatte, Macorigs Stimme. „Ich rufe die Küstenwache."

„Warten Sie noch einen Augenblick", sagte ich, während er bereits aufgeregt an seinem Handy herumfingerte. „Vielleicht kriegen wir die Sache ja auf friedliche Weise hin."

„Was heißt friedlich?", mischte sich Alfonsine aus ihrer sicheren Schanze am Achterdeck zu Wort. „Wir sind hier Opfer ungenierter nackter Gewalt."

Während die anderen noch in ihren Verstecken verharrten und Scaramuzza hörbar seinen Rausch ausschlief, rappelte ich mich ganz langsam die Reling hoch und pflanzte mich direkt gegenüber Carlo Treiber auf, der etwa zehn Meter entfernt an der Bordkante der schwarz beflaggten und mit allerlei buntem Rankenwerk behängten Pharos stand.

Ich hörte bereits wieder das Katapult schnarren und eine Stimme „Schickt ihn zu den Fischen, den Bilchfresser" ausrufen, die glasklar nach Patricias herbem Charme klang.

Doch Carlo Treiber hob den Arm und gebot seiner Truppe, die er sichtlich gut im Griff hatte, Einhalt.

„Danke für die Privatvorstellung!", sagte ich.

„Es war uns ein Vergnügen. Für Sie spielen wir sogar bei freiem Eintritt."

„Und was war die Botschaft des ganzen Spektakels, wenn man fragen darf?"

„Wir wollen mit Professor Belli persönlich reden. Gebt ihn raus."

„Belli raus! Belli raus!", begann der Chor gleich mehrstimmig zu skandieren, bis ihm Treiber erneut Einhalt gebot.

„Belli ist nicht an Bord."

„Wir wissen aber, dass er an Bord ist."

„Da seid ihr über den Fahrplan des Professors falsch informiert, er hat einen Kahn früher genommen."

„Er hat aber nur den einen Kahn."

„Halten Sie sie noch ein wenig hin", zischte mir Macorig zu. „Spätestens in einer halben Stunde ist die Hafenpolizei ausgerückt und nimmt sie hops."

Macorig hatte recht. Es hatte wenig Sinn, sie davon zu überzeugen, dass Belli nicht an Bord war.

„Wenn Belli nicht da ist, nehmen wir aber auch dich, wenn du dich traust, Carozzi!"

Schon wieder erkannte ich Patricias Stimme.

„Warum sollte ich mich nicht trauen?", fragte ich zurück.

„Weil du ein Feigling bist, der mit den Mafiaschweinen gemeinsame Sache macht", rief Patricia, die ihre Hände zu einem Trichter geformt hatte, damit ich sie auch wirklich hören konnte.

„Na los, schiebt mir eine Planke rüber!", rief ich hinüber.

„Sie sind verrückt, Carozzi, tun Sie das nicht!", soufflierte mir Macorig. Und wäre mir nicht gerade der Indianerjunge eingefallen, ich hätte wohl nicht im Traum daran gedacht, das Boot zu wechseln.

Allein: Jetzt war es zu spät. Die Pharos kam bis auf gute drei Meter an die Leviathan heran und reckte ihr eine Planke entgegen, über die ich, sowohl Gildas als auch Alfonsines Beschwörungsarien im Hintergrund überhörend, feierlich schritt, als wäre ich Peter Pan.

„Und wer räumt jetzt die Stinkefische weg?", hörte ich Alfonsine noch in der Ferne klagen, während die Pharos und die Leviathan wieder auseinandertrieben.

Wenn Krach ein Kriterium für Geschwindigkeit ist, so machte die Pharos jetzt ziemlich schnelle Fahrt. Die alte Dieselbarkasse schnaufte aus allen Bohlenritzen und der Abgaspfosten klapperte wie ein Windrad, während die Pharos durch die kaum bewegte See trieb und in einem kleinen Archipel von nicht einmal fußballplatzgroßen Inseln Zuflucht vor der Hafenpolizei suchte, die von Macorig mittlerweile sicher schon längst in Marsch gesetzt worden war.

„Mit Aktionen wie dieser werdet ihr wieder im Knast landen", sagte ich, um Treiber zu signalisieren, dass ich sein Bedürfnis nach einem unerkannten Rückzug sehr wohl verstanden hatte.

„Da waren wir schon oft und da fühlen wir uns auch schon wohl. Die Geschichte ist immer die gleiche. Früher oder später stellt sich heraus, dass man uns entweder gar nichts oder nur Bagatellen zum Vorwurf machen kann. Man versucht uns von der Landseite aus abzuschieben, was auch mitunter ganz gut gelingt, dann vergeht eine Weile und wir kommen von der Meerseite wieder. Das ist wie mit dem Wind und dem Wetter."

„Ist das nicht auf die Dauer ein wenig ungemütlich, wenn man seine eigene Existenz immer wieder neu erfinden muss?"

„Was existiert, muss man nicht erfinden. Das existiert einfach. Der Archipel von Balaor ist ein gutes Spielbrett, um ‚Fang den Hut' zu spielen. Kommissar Gradnik liebt dieses Spiel. Aber ich beherrsche es auch, und er hat weniger Spielfiguren als ich. Die haben es noch nie geschafft, uns alle gemeinsam einzubuchten, weil sie einfach zu wenig sind und er keine Verstärkung vom Festland kriegt."

Die Pharos steuerte nunmehr auf eine kleine steile Insel zu, die von einem Bollwerk gischtumspülter Felszinnen umgeben war. Die Felsmauer gab allerdings einen drei oder vier Meter breiten Spalt frei, der sich wie ein Mund zu einer schmalen Landzunge dahinter öffnete und gerade breit genug war, um einen umgebauten Trawler wie die Pharos in diesen verschwiegenen kleinen Schlupfhafen einzulassen.

„Und was wolltet ihr von Professor Belli?"

„Wir wollten ihm das alles hier zeigen. Zum Beispiel diese Bucht. Und ihn fragen, wie er es mit seinem Gewissen verantworten kann, so viel natürliche Schönheit zu zerstören und den Menschen, die hier leben, obendrein ihre Lebensgrundlage zu nehmen."

„Also wenn Sie meinen Rat hören wollen, Treiber", sagt ich. „Zeigen Sie ihm die Bucht nicht! Sonst haben Sie nächstes Jahr um diese Zeit eine karibische Piratenstadt mit Spanferkelgrill und Bukanierküche hier."

„Das würde ich gerne einmal von ihm persönlich hören."

„Das können Sie jederzeit von ihm haben, vorausgesetzt, Sie sind ihm einen Termin wert. Er wird Ihnen vermutlich nicht nur erklären, dass er der größte Landschaftsschützer ist, sondern auch der größte Naturschützer."

„Wieso Naturschützer?"

„Weil er diesen Teil der Adria ganzjährig fischfangfrei halten will, von ein bisschen Hobbyanglerei von Bord römischer Galeeren einmal abgesehen. Die Fischer von heute und ihre Angehörigen sollen am besten gleich morgen in seinem Disneyland anheuern, wo die Billiglöhne mangels anderer Arbeitsmöglichkeiten natürlich Belli bestimmt. Tatsächlich rettet er damit keinem einzigen Fisch das Leben, sondern verlegt lediglich die industrielle Schleppnetzfischerei ein Stück weiter nach Süden, während er den ökologisch harmlosen Kleinfischern im Norden die Lebensgrundlage entzieht, Scaramuzza zum Beispiel."

„Wenn Sie das so klar sehen, warum sagen Sie das dann niemandem, Doktor Carozzi?"

„Ich sag's Ihnen ja", erwiderte ich mit einem vielleicht etwas aufgesetzten Kismet-Achselzucken. Im Grunde war mir Carlo Treiber, obwohl mich dieser eifernde Furor hinter seinen Augen immer noch ein wenig irritierte, gar nicht so unsympathisch. In ihm steckte vieles von dem Potenzial, das meine eigene Entwicklung hätte bestimmen können, wenn manche Dinge anders verlaufen wären. Als ich von Mexiko zurückkam, wäre ich für vieles offen gewesen, wenn man es mir nur angeboten hätte. Aber wenn man erst einmal in die Falle eines Profit-Centers gestolpert ist, dann hat man eine natürliche Hemmschwelle, wieder in einer Truppe wie jener von Carlo Treiber mitzuspielen. Andererseits hätte ich mich Treibers Truppe ja jederzeit anschließen können, wenn ich gewollt hätte. Ich wusste nicht genau, was mich daran hinderte. Aber es war höchstwahrscheinlich die Aussichtslosigkeit dieses Tuns.

„Warum haben Sie uns belogen, Carozzi?", fragte Treiber.

„Ich hab Sie nicht belogen. Wir haben das Siebenschläferrezept des Apicius wirklich mit Kaninchen zubereitet. Die gefrosteten Siebenschläfer hat Gildas Onkel aus dem Karst beigesteuert, weil er seiner Nichte eine Freude machen wollte. Hätten wir sie tatsächlich verkocht, so hätte Patricia sie niemals finden können."

Treiber schien diese Argumentation einzuleuchten, andererseits war er mit meiner Antwort dann doch nicht wirklich zufrieden.

„Darf ich Ihnen ganz offen eine Frage stellen, Carozzi?"

„Nur heraus damit, fragen Sie!"

„Sie scheinen ein nachdenklicher und gebildeter Mensch zu sein. Ja, ich traue Ihnen sogar einen gewissen Durchblick in gesellschaftliche Mechanismen zu. Warum in aller Welt machen Sie dann aber gemeinsame Sache mit den fiesesten Typen, die sich nur denken lassen. Mit einem Nonno, diesem alten Tudjman-Kombattanten, mit Belli, dem gnadenlosen Globalisierer, mit dem Karrieristen Macorig und mit Gradnik, diesem rundumerneuerten Stalinisten?"

„Ich mache nicht gemeinsame Sache," erwiderte ich entschieden, „ich bediene mich ihrer nur, um mir das Geld für ein Chilihuhn und eine Flasche Mezcal zu verdienen."

„Glauben Sie wirklich, was Sie da daherreden?"

Carlo Treibers Mienenspiel war verräterisch. Einerseits verhielt er sich wie der Regisseur, der auf kühl-berechnende Weise versucht, einen möglichen Neuzugang für seine Truppe auf dessen Eignung abzuklopfen. Andererseits steckten genug aktionistische Exzessivität und schauspielerische Emotion in ihm, dass er während des Gesprächs mit mir innerlich zu zerspringen drohte. Ich beschloss also, ihm statt einer Antwort eine kleine Lektion über das Wesen meiner Profession zu erteilen.

„Als Archäologe lernt man die Welt so zu nehmen, wie sie ist, Signor Treiber, oder noch besser so, wie sie einmal war. Was immer wir erkennen, worüber auch immer wir uns informieren, es ist zunächst einmal ein Deckel drauf. Durch die Archäologie, die diesen Deckel hebt, wird nichts, was geschehen ist, besser, weil schon, bevor der Deckel draufgelegt wurde, alles so gekommen ist, wie es kommen musste. Es kam auch nie besser, als es mit oder ohne den Segen der Archäologen hätte kommen können. Uns bleibt nur festzustellen, wie viel von dem, was kam, heute noch übrig ist, und wir können uns unsere Gedanken darüber machen."

„Das ist ja ein unglaublich defätistischer Scheiß, den du da daherredest, Carozzi." Mir das Duwort anzutragen und gleichzeitig an die Gurgel zu greifen, schien ihm keine Schwierigkeiten zu bereiten.

„He, greif mich nicht an. Du hast mich nach meiner Meinung gefragt, und dass ich sie sage, ist noch kein Grund, mir gleich mit dem Stellwagen ins Gesicht zu fahren."

„Deine Meinung ist aber nicht von maßgeblicher Bedeutung, wenn die Sache der Welt verhandelt wird. Merk dir eins, Carozzi: Was die Verantwortung der Welt gegenüber betrifft, da gibt es keine Wahrheiten, da gibt es nur *die* Wahrheit."

„Na, du bist mir ja ein schöner Faschist!"

Damit hatte ich eine Schleuse in Treibers Gedankenkraftwerk geöffnet, an der ich – ich hatte es geahnt – besser nicht gedreht hätte.

„Faschist? Hast du eben Faschist gesagt? Hast du zu mir Faschist gesagt?"

„Ja, ich habe Faschist gesagt, und ich nehm's auch nicht zurück."

Treiber rang spürbar mit sich selbst, so angestrengt wirkten die Falten auf seiner hohen Stirn. Vor die Wahl zwischen Faustschlag und Debatte gestellt, entschied er sich, zumindest vorerst, für die Debatte und versuchte mir, in aller Ruhe, derer er im Moment fähig war, zu antworten.

„Du kommst auf einem Kahn namens Leviathan dahergefahren, Carozzi, und nennst mich einen Faschisten? Du machst dich gemein mit einem deutschen Professor, der seine Jacht nach der Schreckensgestalt eines Thomas Hobbes benennt, der die menschenverachtendste aller Staatstheorien zu Papier brachte, die je geschrieben worden sind. Du bist gebildet genug, Carozzi, um zu wissen, dass der Leviathan nicht nur ein Walfisch, sondern das alles verschlingende Staatstier ist. Aus dem Staatstier des absoluten Herrschers wurde zuletzt, wir haben es erlebt, das Führertier. Hobbes hat es schon lange vor Nietzsche erfunden. Und warum? Nur weil ihm der Gedanke daran zuwider war, dass die Menschheit besserungsfähig ist und die Welt gerechter werden kann. Hobbes hat in seinem überheblichen Zynismus Leviathan erschaffen, und erst Leviathan hat Hitler ermöglicht. Sag nicht, dass du das nicht weißt! Und sag nie wieder Faschist zu mir!"

Langsam platzte mir der Kragen vor so viel Geschwätzigkeit.

„Was ist denn die Alternative zu Hobbes' auch heute noch recht vernünftigem Ansatz, dass der Mensch vor den Nachstellungen des Menschen durch den Staat geschützt werden muss? Sicher haben wir schmerzhaft erfahren, wie dieser Leviathan, wenn er erst einmal seine Zähne bleckt, auch zuzubeißen vermag. Aber was ist die Alternative?"

„Die Alternative ist Rousseau", erwiderte Treiber mit leuchtenden Augen. „Die Alternative ist das Licht der Aufklärung."

„Du meinst den genialen Jean-Jacques Rousseau, der die Menschheit ‚zurück zur Natur' führen wollte?"

„Genau den meine ich, auch wenn er die Worte ‚zurück zur Natur' niemals selbst verwendet hat. Ist Rousseau etwa auch ein Faschist für dich, Carozzi?"

„Nein, ein Faschist war Rousseau mit Sicherheit keiner. Aber er war ein schlechter Mensch. Zum Beispiel war er so sehr davon überzeugt, dass die Erziehung des Menschengeschlechts von Erfolg gekrönt sein würde, dass er seine eigenen Kinder in eine der finstersten Erziehungsanstalten seiner Zeit gesteckt hat, weil er selbst nicht mit ihnen fertig wurde. Immer wenn Rousseau das Wort Erziehung in den Mund nimmt, kleben am Schluss Gewalt und Blut an seinen Lippen, zuerst das Blut der Guillotinen der französischen Revolution und zuletzt jenes, das in den Umerziehungslagern vergossen wurde. Genauso ist es nämlich: Das Rousseau'sche Erziehungsideal endete in Umerziehungslagern: bei General Pol Pot, bei Maos Witwe Jiang Qing und im Archipel Gulag Josef Stalins, dem Ahnherrn aller Gradniks dieser Welt."

Jetzt ergriff Treiber mich wieder mit beiden Händen, diesmal jedoch an den Schultern, an denen er rüttelte, als wolle er seine Wahrheit geradezu in mich hineinschütteln:

„Hobbes ist die Finsternis, Mario Carozzi. Rousseau ist das Licht. Das Licht der Aufklärung. Die Vision einer gerechten Welt."

„Ich hoffe aufrichtig, dass es nicht ausgerechnet das Licht der Aufklärung sein wird, das den nächsten Weltenbrand entzündet", sagte ich, während ich versuchte, mich aus seiner Umklammerung zu lösen.

„Sag das nochmal, sag das noch einmal und überlege dir, was du da sagst: Du willst das Licht der Aufklärung zum Erlöschen bringen,

Carozzi, denk doch nach, was du sagst!"

„Ich habe nicht gesagt, dass ich es zum Erlöschen bringen will. Es ist wohl irgendwann im zwanzigsten Jahrhundert bereits erloschen, während uns die Hobbes'sche Finsternis bis heute erhalten geblieben ist."

Ich legte in diese Worte mehr Pathos, als ich wollte. Denn im Grunde bin ich weder ein Hobbesianer, noch habe ich was gegen Rousseau und schon gar nicht gegen die Aufklärung. In Wahrheit strapazierte nur Treibers Klugscheißerei meine Nerven.

Der holte tief Luft, entließ mich aus seiner Umklammerung und sagte resigniert: „Mit einem wie dir möchte ich nicht auf einem Schiff sein."

„Wenn du willst, kannst du mich ja aussetzen."

„Du brauchst nur zu sagen, dass du gehen möchtest."

Er nervte mich mindestens ebenso wie ich ihn. Ich holte also tief Luft und sagte: „Ja, Signor Treiber, ich möchte gehen!"

Schon wieder fühlte ich mich wie Peter Pan. Und abermals war es ein Fehler, mich so zu fühlen.

„Doktor Carozzi will aussteigen", rief Treiber in die Runde. „Am besten, ihr lasst ihn einfach über die Planke springen."

„Hab ich dir nicht gesagt, dass es sinnlos ist, mit dem zu reden! Er ist und bleibt ein Opportunist", sagte Patricia, zu Treiber gewandt, aber doch in einer Lautstärke, dass auch ich es hören konnte.

„Ciao, Carozzi!", rief mir Treiber nach.

„Du beweist nur einmal mehr, dass Hobbes recht hat", rief ich zurück, als die Pharos von der Insel abdrehte und in das an der Dachgleiche zwischen Himmel und Erde allmählich verglimmende Abendrot verschwand.

Mir wurde unterdessen klar, dass an der Situation, in die ich mich da gerade gebracht hatte, weder Hobbes noch Rousseau und auch weder Aristipp noch Diogenes Schuld waren. Die Suppe, die Peter Pan sich da eingebrockt hatte, die musste er selbst auslöffeln.

8. Kapitel

Scampi al Brandy

Meine so hoffnungsvoll begonnene Inselexistenz auf Balaor war zu einem Inselwitz geschrumpft. Da stand ich nun auf einer Kieselhalde in der Bucht eines Schlupfhafens, der gerade einmal so groß wie ein etwas geräumigerer Orchestergraben war. Dort, wo im Graben der Dirigent stand, sah ich gerade das letzte Abendrot zwischen den beiden Felsenpilastern verglosen, hinter denen die Pharos entschwunden war. Mein Blut geriet in Wallung, als ich mich erinnerte, dass ich mein Bellerophon im Castelletto liegengelassen hatte. Dabei hätte gerade Bellerophon, der kühne Reiter des Pegasos, jetzt eilends Hilfe herbeischaffen können.

Wenigstens fand ich in den Untiefen meines Jacketts mein schon etwas überstrapaziertes jadegrünes BIC-Feuerzeug. Seine Flamme war zwar allenfalls ein Leuchtstummel, doch dieser reichte zur Installation eines Signalfeuers, das ich aus ein paar morschen Treibholzzweigen anfachte, die im Kies gut durchgetrocknet waren. Vor dem Feuer fuchtelte ich rhythmisch mit meiner Jacke herum, in der Hoffnung, jemand auf hoher See könne dieses stakkatoartige Wacheln als SOS-Notruf entziffern.

Mittlerweile hatte sich Dunkelheit über mein winziges Eiland gelegt, und ich fand in der Finsternis kaum noch dürre Zweige, die ich hätte nachlegen können, um mein Notfeuer am Glimmen zu halten. Draußen am Horizont, weit hinter dem Felsenschlupfloch, kursierten immerhin noch etliche tröstliche Lichter, die zumindest auf ein minimales nächtliches Verkehrsaufkommen am Archipel von Balaor schließen ließen.

Manchmal knirschte das Kieselbett, und mir war, als hörte ich Schritte herannahen. Doch es handelte sich wohl um das Echo meiner eigenen Schritte, vielleicht auch um eine im nächtlichen Unterholz herumwatschelnde Meergans. Menschen wohnten auf diesem nach außen hin so gut abgeschirmten Eiland mit Sicherheit keine.

Meine flammende Notrufsäule schrumpfte allmählich zu einem glosenden Reisighaufen, um den einige leuchtende Rußpartikel wie Glühwürmchen gemächlich ihre Kreise zogen.

Bis die letzten winzigen Laternchen meines Signalfeuers ausgeknipst waren, hatte ich mich bereits mit dem Gedanken abgefunden, die Nacht zwischen Fischen und Meergänsen an der frischen Luft zu verbringen. Doch gerade in diesem Augenblick machte mir das näherkommende Surren eines Motorboots neue Hoffnung. Sollte mich tatsächlich die Küstenwache entdeckt haben?

Schon wenige Minuten später bog ein kleines Flieboot, wie es zur Hafenversorgung von Großschiffen verwendet wird, in meine Schlupfbucht ein und fuhr geradewegs auf mich zu. Die Besatzung bestand aus zwei Mann, die alles Mögliche, aber sicher keine Hafenpolizisten waren. Beide kamen mir bekannt vor, aber ich wusste nicht, wo ich ihnen in letzter Zeit begegnet wäre. Vielleicht ähnelten sie auch einfach nur jenen Finsterlingen in mittelprächtigen amerikanischen Cop-Filmen, die einen, wenn im Kinosaal wieder das Licht angeht, aufatmen lassen, dass alles nur ein Film war.

„Da haben Sie aber Glück gehabt, dass wir Sie um diese späte Stunde noch gefunden haben", meinte einer der beiden Leinwandhelden, der noch einen Kopf größer war als ich mit meinen 1,79.

„Und auf welche Weise hat es Sie hierher verschlagen?", fragte der andere, der wie ein Sumo-Ringer aussah. „Abgesprungen oder hergeschwommen?"

„Wie ein Fallschirmspringer sieht er mir nicht aus", sagte der Goliath.

Währenddessen packte mich Sumo mit beiden Pranken und hob mich, als wäre ich ein Dreikäsehoch, ins Boot. „Und mir sieht er nicht wie ein Langstreckenschwimmer aus. Mehr Fett als Muskeln an den Armen."

„Aber wie sind Sie wirklich auf diese verwunschene Insel gekommen?", insistierte Goliath.

„Ich habe mit ein paar Kollegen eine Schiffsfahrt unternommen und bin vergessen worden", log ich.

„Na, dann werden wir dich dieser Vergessenheit eben wieder entreißen“, sagte Sumo jovial und gab mir einen Schulterklaps, der meinen Körper jedoch wie ein Vorschlaghammer traf.

Während das Flieboot aus dem Schlupfhafen auslief, versuchte Goliath das Gespräch wieder aufzunehmen.

„Sie sind nicht von hier, das erkenne ich an Ihrer Aussprache. Was machen Sie in Balaor?“

„Ich bin Archäologe“, versuchte ich weiter auszuholen.

„Ach, du bist Archäologe?“, erwiderte Sumo. „Das sind die, die unterm Sonnenschirm ihre Nasen in Bücher stecken, während unsereins buddelt, stimmt's?“

Der Typ dürfte schon einmal an einer Grabung teilgenommen und wenig Spaß daran gehabt haben.

Meine beiden Retter preschten mit hundertachtzig Sachen dahin, aber sie steuerten nicht auf Balaor zu, sondern zu meinem Entsetzen aufs offene Meer hinaus, wo sie schon nach kurzer Zeit an der Bordwand einer eindrucksvoll geschnittenen Luxusjacht von beachtlichem Volumen Halt machten. Ich kannte die Jacht, und nun wusste ich auch, woher ich meine beiden Seehelden kannte: Es waren die Bodyguards von Umberto Lichignoso, meinem großmütigen, aber leider so tragisch verstorbenen Förderer.

***

Gegen Lichignosos Luxusjolle war Bellis „Leviathan“ ein billiges Amüsierschiff. Sie hieß „Nicola“ und hatte sicherlich zehn Mann Besatzung an Bord. Alles in allem sah sie wie ein schwimmendes Nobelhotel aus, dessen im Art-déco-Stil eingerichtete Lobby steuerbord in einen großzügig eingerichteten Dining-Room mündete und sich backbord mit einer Schwingtür aufs offene Meer hinaus öffnete. Die Kabinen und Nebenräume waren im Unterdeck untergebracht, während der obere Teil des Schiffes sichtlich der Repräsentation diente.

Repräsentativ sah auch der Herr aus, der mich in der Lobby in Empfang nahm. Er trug marineblaue Hosen und dazu einen weißen Blazer mit goldenen Knöpfen, was zwar vielleicht ein gewisses Naheverhältnis zu allem Nautischen, aber keinen Dienstgrad erkennen ließ.

Er sprach Italienisch mit starkem amerikanischen Akzent und stellte sich als Raoul Lichignoso vor, als Cousin des verstorbenen Besitzers der „Nicola".

„Unser Kapitän hat Sie auf seinem Radarschirm entdeckt, Mister ..."

„... Carozzi."

„Da hatten Sie wohl Glück, dass wir Sie mitten in der Nacht doch noch aufgespürt haben, Mister Carozzi."

Ich wollte ihm für die Rettung auch danken, doch er ließ mir keine Zeit und wiederholte nachdenklich meinen Namen.

„Carozzi. Mir ist, als hätte ich diesen Namen schon einmal gehört. – Aber nehmen Sie Platz, Mister Carozzi! Ein kleines Schlückchen Marsalawein?"

Obwohl mir ein Peperoncini-Grappa wesentlich lieber gewesen wäre, hielt ich es für unangebracht abzulehnen, überwand meine Vorurteile gegen Süßwein und ließ mich in einen der würfelförmigen Lederfauteuils fallen.

„Woher kenne ich Ihren Namen, Mister Carozzi?", fragte Lichignosos Vetter noch einmal und musterte mich dabei mit einem Blick, der mir nicht recht gefiel.

„Es ist ein sehr häufiger Name in Italien", versuchte ich dennoch möglichst arglos zu antworten.

„Mag sein", erwiderte Lichignoso. „Aber mir ist so, als hätte ich den Namen in letzter Zeit ein oder auch mehrere Male gehört."

„Ich kann mir nicht vorstellen, dass Ihr Cousin von mir gesprochen hat. Da bin ich wohl nicht wichtig genug."

„Ach, Sie kannten meinen Vetter?" Ein dunkles Blitzen streifte seine Augen.

„Nicht wirklich. Ich bin ihm nur zweimal begegnet. Aber ich glaube, ich konnte sein Interesse für mein archäologisches Projekt in Balaor wecken."

„Ach, archäologisch nannten Sie dieses Projekt?"

Mir war nicht klar, wie diese Frage aufzufassen war, und die abgründigen Augen verhießen nichts Gutes.

„Wie schmeckt Ihnen der Wein?"

„Sehr fein", antwortete ich. „Ich bin aber kein Kenner. Ich habe mich, ehrlich gesagt, eher auf Mezcal spezialisiert."

„Mezcal“, wiederholte Lichignosos Cousin, und alle Verachtung der Welt lag in seiner Stimme.

Dann klatschte er in die Hände und Sumo erschien in der Schwingtür.

„Holt Nicola herauf. Es ist zwar schon spät, aber um diese Zeit schläft er noch nicht, sondern sitzt vor der Glotze. Los, holt ihn!“

Dann wandte sich Raoul Lichignoso wieder mir zu.

„Sind Sie auch Nicola begegnet, Umbertos Sohn?“

„Ich denke, ja.“

„Denken Sie?“

„Er ist stark behindert.“

„Ja, das ist er, aber er meistert sein Schicksal prima.“

Es dauerte nicht lange, da ging die Flügeltür wieder auf und Sumo schob Nicola im Rollstuhl herein.

„Hey, Nicola“, sagte sein Onkel wohlwollend und Nicola antwortete mit einem gutmütigen Gurren.

Doch das Gurren erstarb augenblicklich, als er mich in der Lobby sitzen sah. Zunächst holte er tief Luft und nach einer Minute Anlauf entlud sich sein Atem in ein wildes Hecheln, das sich wie zu einem Sturm aufplusterte und in ein Wort mündete: „Mann.“

Nicola, der bisher immer nur gegurrt, gekeucht, geschnarrt und geraunt hatte, brachte es tatsächlich zustande, ein ganzes Wort zu artikulieren, und das hieß:

„Mann.“

„Ist das der Mann, Nicola? Ist er es?“, drang der Onkel nunmehr in seinen Neffen ein und packte ihn dabei beschwörend an den Schultern.

„Mann, Mann“, sagte Nicola.

„Wiederhole es noch einmal, Nicola. Das ist der Mann, den du gesehen hast, als dein Papa starb.“

Nicola begann wieder zu gurgeln und stieß ein dreifaches, eher glückselig als hysterisch klingendes „Mann, Mann, Mann“ hervor.

Sein Onkel interpretierte das allerdings anders.

„Archäologe!“, sagte er verächtlich. „Wir wissen genau, wer Sie sind, Doktor Carozzi. Sie sind nach Balaor gekommen und haben sich vorsätzlich an Don Umberto herangemacht, um sich zunächst sein Vertrauen zu erschleichen und ihn dann zu töten. Es hat keinen Sinn, das zu leugnen. Wir wissen es längst. Präfekt Nonno ist unser Freund und er hat offen mit uns geredet. Was wir nicht wissen ist lediglich, in wessen Auftrag Sie dabei gehandelt haben. Also raus mit der Sprache, Carozzi, oder wie immer Sie in Wahrheit heißen mögen: Wer hat Sie gedungen?"

Die Art seiner Fragestellung verschlug mir die Sprache. Am liebsten hätte ich wie Nicola gegurrt.

Doch eine ausgestreckte Rechte von Sumo hinderte mich daran. Ich spürte, wie mir das Blut aus der Nase quoll.

„Also raus mit der Sprache, oder Sie landen als zukünftige archäologische Ausgrabung bei den Fischen, Carozzi!"

Meine Backe schmerzte und ich schmeckte das Blut in meiner Mundhöhle. „Niemand", versuchte ich dennoch etwas zu sagen, „niemand hat mich – gedungen."

Nun traf mich Sumos Faustschlag von der anderen Seite. Der Mann hatte einen Sinn für Symmetrie. Dann hievte er mich aus meinem Fauteuil hoch und stellte mich direkt vor Raoul Lichignoso auf. Ich wunderte mich über mich selbst, dass ich stehenblieb und nicht sofort wie ein Sack in mich zusammenfiel.

„So, und jetzt reden Sie schon!", schrie mich der amerikanische Vetter an.

Während ich noch versuchte, trotz des in meinem Mund angestauten Blutstroms etwas Erhellendes zu sagen, das mich vor einem weiteren Faustschlag bewahren könnte, hörte ich, wie sich Nicolas Gurren hinter mir zu einem wilden Brausewind verdichtete und der Motor seines Rollstuhls wie ein Windrad zu surren begann.

Noch ehe ich mich's versah, fuhr mir Nicola von hinten direkt in die Beine hinein und hob mich aus wie ein Gabelstapler, sodass ich unversehens auf dem Schoß des Jungen zu sitzen kam. Der drückte noch einmal mit dem Fuß auf seine Steuertaste, schoss auf die Tür zu, deren Flügel sich bereitwillig öffneten, und prallte mitsamt seinem Rollstuhl und mir direkt auf die Reling, was zwangsläufig dazu führte, dass ich durch den so entstandenen Druck über das Geländer hinwegkippte und kopfüber ins Meer hinuntersegelte.

Ich hörte hinter mir noch einige Schüsse und versuchte, so gut ich es konnte, ohne große Schwimmbewegungen in der Dunkelheit zu verschwinden.

Um das nahezu windstille Meer nicht auffällig in Bewegung zu versetzen, drehte ich mich auf den Rücken und schwamm Toter Mann, was mir ziemlich leicht fiel, da ich mich wie ein solcher fühlte.

Erschöpft und wie in Trance ließ ich mich eine Weile treiben, bis mein ohnedies schon malträtierter Schädel auf einen Balken aufschlug, der jedoch nicht schwamm, sondern fest verankert war. Kaum bei Sinnen hielt ich mich daran fest, konnte allerdings in der Finsternis nicht erkennen, wo ich mich befand. Lediglich am Horizont ließ mich eine gewisse Lichterdichte hoffen, dass dort der Hafen von Balaor lag. Er war nicht unerreichbar, aber doch viel zu weit entfernt, um in meinem Zustand allein hinüberzuschwimmen.

Mit letzter Kraft versuchte ich daher, den Pfahl, den ich fest umklammert hielt, auszureißen. Doch es funktionierte nicht. Der Pfahl steckte so tief im Meeresgrund fest, als ob er dort in einer Betonplatte verankert gewesen wäre.

Ich robbte also den schräg aus dem Meer ragenden Pfahl hoch, bis ich mich, von meinen Schuhen abgesehen, bereits zur Gänze über die Meeresoberfläche hochgezogen hatte. Dort bemerkte ich, dass der Pfahl mit zwei weiteren Pfählen fest vertäut war, und mir wurde klar, dass ich mich an einer rettenden Briccola festhielt, einem jener aus Poseidons Reich ragenden Dreifüße, die zur besseren Orientierung der Fischerboote und Segeljachten im Meer vertäut waren.

Schlimmstenfalls, dachte ich mir, würde ich bis morgen früh an diesem Gerüst hängenbleiben, mich von der aufgehenden Sonne ein wenig durchtrocknen lassen und von einem der zahlreichen, vorbeiparadierenden Fischerboote geborgen werden. Doch dann umklammerten meine Arme plötzlich ein bewegliches Element. Es war ein Stück Holz, das zwar in einer Verankerung steckte, sich aber ohne große Mühe oder gar Gewaltanwendung daraus lösen ließ. Ich ruckelte und zuckelte also eine Weile daran herum, bis es aus seiner Aussparung rutschte und mit mir gemeinsam hinab in die Wellen glitt.

Das frisch eroberte Stück war, je nachdem, wo man sich anhielt, recht ungleichmäßig geformt, verschaffte mir jedoch Halt und gab mir Sicherheit. Es mündete an einem Ende in einen Metallring, der sich wie Stacheldraht anfühlte. Zudem wies der Balken eine seltsame Textur auf, die zu einer bislang ungekannten haptischen Erfahrung führte. Ich umarmte ein Stück Holz, gewiss, doch ich wurde das Gefühl nicht los, dass es lebte.

Beruhigt stellte ich fest, dass die Strömung mich und meinen Holzklotz zwar langsam, aber doch, auf Balaor zutrieb. Die Finsternis am Firmament begann sich allmählich zu erhellen, doch bevor die ersten rosaroten Schäfchenwolken über den Himmel glitten, war ich auch schon eingeschlafen, tief genug, um von Nicola und seinem rettenden Rollstuhl zu träumen, aber gottlob nicht so tief, um jemals mein Holzstück aus der sicheren Verankerung in meinen Armen zu entlassen.

Als ich Sand und Schotter unter meinen Knien spürte, brannte die Sonne schon so stark auf meinen Hals, dass es wehtat.

Ich schlug am unteren Rand der Hafenmole auf, fast genau an derselben Stelle, an der ich Nicola nach dem Mord an seinem Vater mitsamt seinem Rollstuhl wieder hochgezogen hatte. Während oben auf der Promenade schon etliche Schaulustige auf mich warteten und mich mit einem Konzert verwunderter bis in höchstem Maße erregter Stimmen begrüßten, hatte ich erstmals Gelegenheit, einen Blick auf den Holzpflock zu werfen, mit dessen Hilfe ich ans Ufer gelangt war. Zuerst sah ich, dass er in zwei Farben, nämlich weiß und blau, gestrichen war.

Doch dann traute ich meinen Augen nicht.

Ich bin, das muss ich in diesem Zusammenhang erwähnen, überzeugter Agnostiker und schon gar nicht glaube ich an göttliche Wunder. Dennoch widerstrebte es mir, mein rettendes Holzstück, dessen Stacheldrahtring sich als Sternenkranz und dessen grob geschnitzter Pflock sich bei genauerem Hinsehen als Madonnenstatue entpuppte, im Sand liegenzulassen. Ich schulterte meine Retterin also, nachdem ich mich die Mole hochgerappelt hatte, und trug sie, an den verwunderten Passanten vorbei, von denen sich nicht wenige bekreuzigten, ins Castelletto hinauf.

Dort stellte ich meine Retterin, patschnass, wie sie war, zum Trocknen in die pralle Sonne, riss ein paar Bougainvillea-Zweige aus und flocht sie um ihren Sternenkranz.

„Sind Sie nun ein Blumen- oder ein Madonnenfreund? Oder gar beides?“, tönte es aus einer dunklen Ecke im Hintergrund. Es war eine Stimme, die ich nur zu gut kannte. Sie gehörte Kommissar Gradnik.

***

„Sie werden vielleicht heiß duschen wollen", sagte Gradnik, als er mich so völlig durchnässt erblickte. „Ein kurzer Besuch im Ambulatorium wäre, wie Sie zurzeit aussehen, vielleicht auch kein Fehler", fügte er hinzu, während er mich von Kopf bis Fuß musterte, „vielleicht reicht aber auch ein Termin bei einer guten Visagistin."

Ich nahm Gradniks Angebot, mit seinem Verhör erst nach einer heißen Dusche zu beginnen, dankbar an und kehrte nach einer Viertelstunde mit neu erwachten Lebensgeistern wieder zurück.

„Sie müssen ja gegen allerhand Gerümpel geritten sein während Ihrer wundersamen Errettung."

„Das Meer ist voller Pfosten", stimmte ich ihm zu. „Kaum schwimmt man ein bisschen weiter hinaus, fährt einem auch schon von links oder von rechts ein Pilaster ins Gesicht. Ein Schlückchen Mezcal, Kommissar? Ich jedenfalls brauch jetzt einen."

„Sie sind ein guter Trinker, Carozzi, aber ein verdammt schlechter Lügner."

Der Kommissar hatte recht. Während er ein Glas von meinem Mezcal leerte, kippte ich gleich drei davon.

„War es Treiber selbst, der Ihnen eine gestreckte Rechte verpasst hat, oder hat er Sie gleich von seiner ganzen Theatergruppe verprügeln lassen?"

Gradnik war wieder einmal gut, allerdings nicht hinreichend informiert.

„Ach nein", widersprach ich. „Treiber und seine Leute verhielten sich sehr pazifistisch."

„Jemanden so übel zuzurichten wie Sie und dann auch noch auf offener See auszusetzen, das nennen Sie pazifistisch?"

„Nein, sie haben mich nicht ausgesetzt", versuchte ich Treiber zu entlasten. „Ich bin es gewesen, der froh war, die Kameraden los zu werden. Also habe ich weiteren sinnlosen Diskussionen mit Treiber und seiner Truppe eine kleine Robinsonade vorgezogen."

„Robinson ist aber nicht von seiner Insel heimgeschwommen."

„Das bin ich auch nicht."

„Ich weiß, die Mutter Gottes hat Sie heimgeholt."

Ich war mir nicht sicher, ob ich Gradnik von meinem nächtlichen Abenteuer auf der „Nicola" berichten sollte. Dafür schien er mir in die Vorgänge rund um das Ospizio dank seines Naheverhältnisses zum Stadtpräfekten selbst zu verstrickt zu sein.

„Kaum zu glauben“, versuchte ich, die Situation mit einem Scherzchen zu retten, „wie sehr man vom Heiligen Geist gepufft werden kann, wenn man auf einer Madonna reitet.“

„Haben Sie da draußen etwa einen Grund entdeckt, unsere Freunde vom Schwarzen Block in Schutz zu nehmen oder gar zu decken?“, fragte Gradnik unvermittelt.

„Nein, nicht den geringsten.“

„Warum tun Sie es dann?“

„Weil sie sich mir gegenüber keines ernstlichen Vergehens schuldig gemacht haben. Wir haben lediglich über Hobbes und Rousseau gestritten.“

Gradnik schüttelte verständnislos den Kopf. Er wirkte unzufrieden ob der Lage seiner Ermittlungen. Selbstverständlich hatte er längst von Treibers Stinkfisch-Attacke auf Bellis „Leviathan“ erfahren, und da hätte meine Entführung mit anschließender schwerer Körperverletzung gut ins Bild gepasst, um das Pharos-Hafentheater als gewaltbereite anarchistische Zelle unter den Globalisierungsgegnern hochgehen zu lassen.

„Sie machen es mir nicht leicht, Carozzi“, seufzte Gradnik. „Dabei hat der rußgeschwärzte Felsbrocken, den Sie mir letztes Mal zur Verfügung stellten, uns bei den Ermittlungen wirklich weitergeholfen. Es ließen sich tatsächlich deutliche Spuren von Feuerwerksmunition darauf nachweisen. Ganz ähnliche Spuren haben wir auch gefunden, als wir die Flügel des Erzengels noch einmal einer genauen Analyse unterziehen ließen.“

„Schön, dass ich Ihnen helfen konnte“, sagte ich, gerade am Überlegen, ob ich mir noch ein viertes Glas Mezcal eingießen sollte. Doch ich blieb standhaft. Wer weiß, was Gradnik daraus wieder für Schlüsse ziehen würde.

„Es war in der Tat erstaunlich, wie sehr die Kollegen von der Kriminaltechnik in ihrer Einschätzung des Engelssturzes danebenlagen. Sie wollten von Fremdverschulden partout nichts wissen. Sie waren einfach überzeugt davon, dass keine menschliche Kraft den Erzengel stürzen könne. Dabei bedurfte es gar nicht Gottes Hilfe, sondern lediglich einer verhältnismäßig kleinen Prise von mit etwas Schwefel und Kohle vermischtem Ammoniumnitrat und Calciumhypochlorid, um den Engel aus seinen Angeln zu heben. Das hat jedenfalls unsere neue Analyse ergeben."

Er kratzte sich nachdenklich am Kinn unter seinem Dreitagebart und fuhr fort:

„Noch erstaunlicher schien mir freilich, dass man mit Ammoniumnitrat und Calciumhypochlorid nicht nur Engeln, sondern auch großen Bossen an den Leib rücken kann. Ich war jedenfalls mehr als nur überrascht, als ein recht ähnlicher Cocktail, der dem Erzengel und damit Lukobran zum Verhängnis wurde, im Obduktionsbericht Lichignosos rezeptiert war. Da muss einer schon ein verdammt gut ausgebildeter Feuerwerker sein, um seine Umgebung mit pyrotechnischen Darbietungen von solcher Treffsicherheit zu beeindrucken."

„Man hat Lichignoso den Kopf tatsächlich mit einem Feuerwerkskörper vom Leib gerissen?"

„Daran herrscht nicht der geringste Zweifel. Nur über die Richtung, aus welcher die Attacke kam, konnten sich die Ballistiker nicht recht einig werden. Das Ospizio gab in seiner Funktion als Vertreter des Alleinerben Nicola Lichignoso ein eigenes Gutachten in Auftrag, aus dem hervorging, der Feuerwerkskörper müsse direkt vom Castelletto abgeschossen worden sein. Unser Gutachten geht unterdessen davon aus, dass die Abschussstelle einige Meter vom Castelletto entfernt, also mitten im Park des Ospizio selbst gelegen haben muss. Sie sollten wissen, dass ich meinen eigenen Fachleuten voll vertraue und dem Gegengutachten keinerlei Glauben schenke. Sie sollten aber, im Interesse Ihrer eigenen Sicherheit, auch wissen, dass ein solches Gutachten existiert."

Nach so viel Offenheit war es nun wohl an mir, ebenfalls mit offenen Karten zu spielen.

„Ich kenne dieses Gutachten bereits."

„Sie kennen was?"

„Um ehrlich zu sein, hat mich von meiner Robinson-Insel zunächst nicht die Madonna, sondern eher der Teufel geholt. Genauer gesagt Lichignosos Vetter, der mit ihm allerdings nicht viel mehr Ähnlichkeit hat als Sylvester Stallone mit Marlon Brando. Sein fetter Wachhund hat ein paar Mal fest zugelangt. Ihm verdanke ich mein derzeitiges Outfit."

„Das müssen Sie mir schon genauer erklären."

Ich erzählte ihm die Geschichte, wie Nicola mich durch seine gezielte Rollstuhlattacke vor dem Zorn seines Onkels und den Übergriffen seiner Häscher bewahrt hatte, aber die Geschichte passte wohl nicht so recht in Gradniks Weltbild; ebenso wenig hatte er Lust noch sah er Bedarf, sich mit mir über die jüngsten Familienkriege zwischen Palermo und Las Vegas zu unterhalten.

Also sagte er nur: „Wenn das wirklich wahr sein sollte, dann Kompliment! Und good luck!"

Daran, noch mehr zu sagen, hinderte ihn ein immer lauter werdendes, vielstimmiges Wimmern, das von außen an das Fenster des Castelletto drang. Als ich zum Fenster hinausschaute, sah ich, dass das ganze Gebäude von Menschen umstellt war, die, teils mit erhobenen, teils mit gefaltenen Händen laut beteten:

Non ti devi scordare di me!
Vado lontano a vogare
Ma il mio dolece pensiero è per Te!
Canta il pescatore che va:
Madonnina del mare,
Con te questo cuore sicuro sarà!

Gradnik, der schon beim Gehen war, machte, als er den Gebetstext hörte, kurz vor der Treppe kehrt, ging noch einmal auf die Terrasse zurück, baute sich vor meiner Retterin auf und pfiff ihr frohgemut die Internationale ins Gesicht.

Ich war ein gutes Publikum und musste lauthals lachen.

„Die da draußen finden das sicher nicht lustig", sagte Gradnik nach einer Weile. „Sie sollten die Dame den Menschen, denen sie gehört, lieber wieder zurückgeben. Sie ist zwar nur ein Stück Holz, aber als ‚Madonnina del mare' gleichzeitig eines der großen Wahrzeichen Balaors."

Ich gab Gradnik recht, schulterte Madonnina folgsam und stieg mit dem Kommissar gemeinsam die Treppen hinab. Kaum öffnete ich die Tür zur Via Brunbuli, verstummte der Chor und alle Anwesenden knieten auf der Straße nieder und bekreuzigten sich. Ich schaute in die Runde und sah, dass in der Mitte ein Priester stand. Ihm übergab ich Madonnina zu treuen Händen, er drückte mich dafür mit der Kraft eines Don Camillo zu Boden, sodass auch ich mich unversehens in kniender Haltung fand. Dann legte er mir beide Hände auf und segnete mich. Ich konnte, während der Chor erneut sein *Madonnina del mare, non ti devi scordare di me!* intonierte, wieder im Castelletto verschwinden und die Tür sicherheitshalber zweimal gut verschließen.

***

Seit ich Bellis Pläne auf Dipsodia genauer kennengelernt hatte, sah ich Balaor in neuem Licht. Die Steinfassaden der Altstadthäuser erschienen mir abweisender als sonst. So, als rüsteten sie sich hinter ihren ins Nichts führenden Stiegen mit den Blumenkisten für einen bevorstehenden Abwehrkampf. Die venezianischen Balkone mit ihren filigranen Pilastern, die an die Beine anmutiger Tänzerinnen erinnerten, die trotzigen Vorbauten, die Balustraden, sie alle verwandelten sich, bei guter Beleuchtung durch die blankweiße Mittagssonne, die nur die Entscheidung für Licht oder Schatten kannte, in Kasematten, Wälle und Schanzen.

Doch nicht nur die Altstadt, auch die neueren Teile von Balaor veränderten sich. Bellis Wirken hatte, kaum merklich, bereits an allen Ecken und Enden der Stadt Spuren hinterlassen. Spuren einer virtuellen Welt, die sich, kaum merklich, wie eine weitere Zivilisationsschicht über die bisherigen Grundierungen der balaoranischen Zeitläufte legten.

Am Springbrunnen vor der Präfektur etwa war ich bislang immer eher achtlos vorbeigegangen, was wohl vor allem daran lag, dass ich bislang nur Augen für den Erzengel Michael oder das, was von ihm übriggeblieben war, hatte.

Nunmehr bemerkte ich jedoch, dass das seltsame Gebilde aus Seilen und Stangen, das durch rotierende Wassersäulen ständig in Bewegung gehalten wurde, ziemlich genau der Form jenes auf drei Pfählen ruhenden Winzerzelts nachempfunden war, das ich gerade auf Dipsodia kennengelernt hatte. Das Stahlnetz des Zeltes wurde allerdings durch eines aus zerstäubten Wassertropfen ersetzt, und wenn man aus einem bestimmten Winkel gegen die Sonne sah, so konnte man darüber tatsächlich einen veritablen Regenbogen erkennen, der sich in allen Spektralfarben wie eine Brücke zum Balkon der Präfektur hinüberwölbte. Keine Frage: Belli wusste wirkungsvoll mit Effekten zu jonglieren wie ein begabter Equilibrist mit glitzernden Kegeln und bunten Kugeln.

In einer kleinen Gasse unweit der Präfektur tauchte eine ganz ähnliche Struktur, nur diesmal ohne die dazugehörigen Wasserspiele, gleich ein weiteres Mal auf. Hier verkeilten sich die drei mit Hilfe von Stahlseilen im Kopfsteinpflaster verankerten und zu Bögen gespannten Stangen als Dachkonstruktion über einem Wintergarten ineinander. Sie taten das aber auf so kunstvolle Weise, dass die darunterliegende Bar vom einfallenden Sonnenlicht fast so gut abgeschirmt war wie von einer der sonst üblichen ausfahrbaren Markisen. Stühle und Sessel waren aus demselben Material wie der Stahlhimmel und die bunten Drinks, die auf den Tischen standen, ersetzten, gemeinsam mit den Marken-T-Shirts der meist jugendlichen und touristischen Gäste, in diesem monochromen Umfeld das Spektrum des Regenbogens. Muss ich noch erwähnen, dass der genaue Beobachter auch hier wieder, fast schamhaft an einem Verknüpfungspunkt des Gestänges versteckt, aber doch deutlich sichtbar, das Symbol des Zeltes mit dem darüber schwebenden Engelchen und dem Schriftzug *Agenzia Mondomare* entdeckte?

Eines musste man dem Professor lassen: Von Ikonographie verstand er etwas. Das Bild des aus den drei Pfählen einer Briccola gebildeten Zeltes, das sich über der Inselwelt von Balaor wölbte wie ein künstlicher Sternenhimmel, war ebenso eingängig wie der „Lichtbringer" Michel-Angelo, das feiste Erzengelchen mit dem flammenden Klappmesser und dem leuchtenden Weinglas. Kaum einer schien jedoch zu begreifen, dass Belli, der selbsternannte Demiurg, hinter dieser Symbolik nur seinen eisernen Willen verbarg, Balaor und den dazugehörigen Inselarchipel mitsamt allen, die hier lebten und arbeiteten, unter die Dachmarke Mondomare zu zwingen. Es war offensichtlich, aber niemand außer den paar Anarchos der Pharos-Gruppe und dem Önosophen Girolamo Zanin, dessen idealistische Hoffnungen die ersten Opfer des Projekts waren, konnte oder wollte das sehen.

„Da tragen Sie aber wieder einmal ziemlich dick auf, Doktor Carozzi", sagte, milde lächelnd, auch der Stadtpräfekt Damir Nonno, als ich ihm meine Befürchtungen über den bevorstehenden Identitätsverlust Balaors vortrug. Der Präfekt hatte mich via Macorig zu einer Aussprache über den Fortgang der Dinge in der „Taberna Antica" gebeten.

„Belli ist ein ganz normaler Geschäftsmann und alles andere als ein Dämon oder gar ein Demiurg. Wenn Sie ihn zum Schöpfer ernennen, tun Sie ihm wirklich viel zu viel Ehre an", widersprach mir Nonno. „Ich würde Ihnen dennoch dringend raten, dass Sie und Gilda möglichst bald mit ihm handelseins werden. Bellis Firmengruppe verfügt mit Sicherheit über die nötigen Mittel, um der Gemeinde Balaor das Lapidarium abzulösen und es als integrierenden Bestandteil in das Mondomare-Projekt einzuplanen."

Nonno schniefte, räusperte sich und fügte hinzu: „Der Peperoncini-Grappa scheint Ihnen immer noch so zu munden wie zu Beginn Ihrer Zeit in Balaor."

Nonno wartete auf eine Reaktion meinerseits, die allerdings nicht kam. Also verlegte er sich auf gewichtigere Geschütze, zog mit feierlicher Miene ein Kuvert aus der dafür am Schreibtisch bereitgestellten Ledermappe und öffnete es.

„Ich verrate Ihnen kein Geheimnis, Doktor Carozzi, wenn ich Ihnen sage, dass das British Museum nach wie vor am Ankauf unseres Lapidariums hoch interessiert ist. Erst heute ist dieses Schreiben eingetroffen, in dem Ihr Londoner Kollege das Angebot noch einmal erhöht hat, und zwar nicht unwesentlich. Carozzi, Sie sind ein Profi! Und natürlich brauche ich Ihnen nicht zu erzählen, dass eine moderne Kommune wie Balaor dringenderen Bedarf an neuen Geldmitteln hat als an alten Grabsteinen, so leid es mir persönlich als altem Humanisten um diese Kunstschätze täte."

Umständlich stopfte Nonno den Brief mitsamt dem Kuvert wieder zurück in seine schwarze Mappe.

„Wenn es nach Belli geht, wird aus dem Lapidarium vermutlich ein Selbstbedienungsrestaurant mit Vinum mulsum aus dem Automaten und Apicius-Burgers, die in den Geschmacksrichtungen *frutex, conditum* und *amarum* angeboten werden. Dafür benötigt er weder einen Archäologen noch eine begnadete Köchin wie Gilda."

„Dafür werden dann gute Gäste vielleicht auch nicht mehr vom sturzbetrunkenen Gefolge ihres Vaters angepöbelt“, erwiderte Nonno.

Der letzte Taberna-Abend hatte ganz eindeutig Schrammen in der Psyche des Präfekten hinterlassen. Und nun gedachte Nonno also, wie von Macorig prophezeit, die Schmach, die Leuchtstanitzel ihm und seiner Glatze im Volldusel angedeihen hatte lassen, an mir zu rächen.

Bis jetzt hatte mir der sonst so gastfreundliche Stadtpräfekt weder einen Stuhl noch ein Glas Wasser angeboten. Ich stand vor ihm auf ähnliche Weise wehrlos und verletzlich da wie gestern vor Raoul Lichignoso, nur war wenigstens kein Gorilla mit von der Partie, zumindest sah ich keinen.

Nonno suhlte sich selbstzufrieden in seinem Bürostuhl hinter dem venezianischen Schreibtisch.

„Ich hoffe, Sie sind mir nicht böse, Carozzi,“ setzte Nonno seinen Rachefeldzug fort, „wenn ich Ihnen sage, dass Sie in Balaor schon kurz nach Ihrem Einstand einiges an Kredit verspielt haben.“

„Die Dinge brauchen ihre Zeit“, sagte ich, als hätte ich seinen Vorhalt nicht ganz verstanden.

„Nein, ehrlich, Doktor Carozzi, es sieht nicht gut aus für Ihr Projekt. Zumindest sehe ich bis auf Weiteres nicht, wie Sie es anstellen sollten, aus dem Lapidarium jenes Profit-Center zu machen, das ja von Beginn an die Basis unserer Vereinbarung bildete.“

„Es war jedem klar, dass das nicht in ein paar Wochen oder auch Monaten funktionieren kann.“

„Sie haben allerdings auch selbst einiges dazu getan, damit es nicht funktioniert.“ Er räusperte sich abermals. „Der tragische Todesfall von Tusnelda Scacci hätte bei etwas mehr Sinn für Hygiene vielleicht verhindert werden können. Die Tierschützer hätten Sie auch nicht auf den Plan rufen müssen. Und dann noch diese dumme Geschichte mit der Madonnina del Mare. Nur ein paar religiöse Eiferer glauben, sie seien Zeugen eines Marienwunders geworden. Die meisten Balaoraner haben Sie in Verdacht, dass Sie mit diesem Wahrzeichen Balaors einfach abgehauen wären, wenn Gradnik Sie nicht rechtzeitig daran gehindert hätte. Unser Herr Pfarrer hält Sie seither für einen Kunstdieb, der womöglich eines Tages noch mit seinen Mumien verschwinden wird und auch noch ein paar Steine des Lapidariums in den Rucksack einpacken würde, wenn sie nur etwas leichter wären."

„Gradnik weiß ganz genau, dass …"

„Nein, fallen Sie mir nicht ins Wort, Doktor Carozzi. Ich bin noch nicht fertig, und dabei bin ich Ihr Freund. Aber glauben Sie mir, Sie haben Feinde in Balaor, mächtige Feinde. Lichignosos Erben verfügen über ein Privatgutachten, das davon ausgeht, Sie seien ein gedungener Killer und hätten ihren Capo im Auftrag einer diesem feindselig gegenüberstehenden Familie ermordet. Nicht, dass ich das selbst glauben würde, im Gegenteil, ich halte es für blühenden Unsinn. Aber dennoch: Wenn so ein Gerücht einmal da ist, dann bekommt es Flügel. Sie kennen doch die große Arie des Basilio aus Rossinis ‚Barbiere'? – *Die Verleumdung ist ein Lüftchen, kaum vernehmbar im Entstehen, still und leise ist sein Wehen: Kriechend, schleichend! – Dumpfes Rauschen! Wie sie horchen, wie sie horchen! Wie sie lauschen, wie sie lauschen!*"

Während er diesen Text bei bester Akustik, halb singend, halb rezitierend, deklamierte, stand der Präfekt auf und schien am Schluss sogar Beifall für seine kleine Vorführung zu erwarten.

„Aber Hand aufs Herz, Carozzi", fuhr er fort, „ist wirklich alles Verleumdung, was man sich über Sie erzählt? Hat man nicht auch beobachtet, dass Valeria immer seltener bei ihrer Arbeit im Ospizio und immer häufiger auf der Terrasse des Castelletto ist, die von unserer Uferpromenade ja sehr gut einsichtig ist? Und gleichzeitig wollen auch die Gerüchte nicht verstummen, Sie hätten mit unser aller Gilda etwas angefangen. Nein, es sieht nicht gut aus für Sie, Doktor Carozzi. Und dann begegnen Sie dem einzigen, der Ihnen aus der Klemme helfen könnte, nämlich Professor Belli, mit einer so dummen, aufmüpfigen Feindseligkeit. Was soll ich mit Ihnen machen, Carozzi? Wenn ich Ihnen etwas raten darf, an Ihrer Stelle würde ich Balaor auf dem schnellsten Weg verlassen. Ich für meinen Teil werde Ihnen keine Schwierigkeiten machen. Sie können aus unserem Vertrag jederzeit aussteigen. Allein schon wegen …"

Wieder räusperte er sich.

„Weswegen?"

„… wegen all dieser ungeklärten Mordfälle. Verstehen Sie mich bitte nicht falsch."

„Was ist mit den ungeklärten Mordfällen?"

„Wir wissen ja noch nicht einmal genau, wieviele es wirklich sind. Aber die Leute reden. Es ist ihnen natürlich aufgefallen, dass all diese Todesfälle einen gemeinsamen Nenner haben. Und der sind nun einmal Sie, Doktor Carozzi. Sie kamen just in dem Moment in die Stadt, als der arme Lukobran vom Erzengel Michael erschlagen wurde. Sie initiieren eine altrömische Taberna und akkurat bei deren Eröffnung wird die Direktorin des Ospizio vergiftet. Sie fangen ein Verhältnis mit deren Assistentin an und schon stirbt die reichste Patientin des Pflegeheims. Eine Mafiafehde wird auf offener Straße ausgetragen, und wer, außer dem schwer behinderten Sohn des Ermordeten, hält sich als Einziger am Tatort auf: Natürlich Sie, Carozzi, noch dazu in der Badehose."

Nun räusperte sich Nonno nicht mehr, sondern atmete tief durch. Er hatte gesagt, was er wollte.

„Warum lassen Sie mich nach allem, was Sie mir da eben an den Kopf geworfen haben, eigentlich nicht verhaften?"

„Gradnik hat, scheint's, einen Narren an Ihnen gefressen. Wenn er nicht zutiefst davon überzeugt wäre, dass Sie unschuldig sind, so würden wir dieses Gespräch mit Sicherheit nicht in der Bibliothek, sondern drüben in unseren – Bleikammern führen."

„Dann bleibt mir wohl nichts anderes übrig, als Ihnen meine Unschuld zu beweisen."

„Nein, tun Sie das nicht, bitte bloß nicht. Nicht Kommissar spielen, Carozzi! Wir haben schon einen hier auf Balaor, noch dazu einen besonders guten. Er hat sein Handwerk in Marschall Titos Geheimdienst gelernt. Ich bin zwar Konservativer, aber das war eine gute Schule für einen Polizisten."

„Kennen Sie eigentlich Raoul Lichignoso?"

Es war nicht zu übersehen, wie alle Farbe mit einem Mal aus seinem Gesicht verschwand.

„Raoul, nie gehört. Ich kannte nur Umberto, und auch den nur in seiner Funktion als Förderer unseres Ospizio Marin."

„Mit Raoul und seinen Mafiafreunden haben Sie nie gesprochen?"

Nonno zupfte sich seine weiß getupfte schwarze Krawatte zurecht. Er machte eine erbärmliche Figur in dieser Situation, und er wusste es. Da half auch die nun wieder perfekt sitzende Krawatte nichts.

„Was haben Sie Raoul Lichignoso über mich erzählt, Nonno?"

„Ich werde Ihnen etwas ganz anderes erzählen, Carozzi", überging der Präfekt meine Bemerkung und zupfte mich über den Schreibtisch hinweg am Ärmel, als wollte er mich auch physisch in sein Vertrauen ziehen: „Ich werde Ihnen eine kleine Geschichte aus dem Leben von Papst Pius IX. erzählen, dem längstregierenden Papst der Kirchengeschichte. Dass er 31 Jahre und acht Monate regieren konnte, hängt möglicherweise damit zusammen, dass er schon in seiner frühen Jugendzeit eine persönliche Begegnung mit seinem Schutzengel erfahren durfte. Als der blutjunge Ministrant wie immer der täglichen heiligen Messe beiwohnte, geschah Folgendes: Während des Hochgebetes kniete er auf der untersten Stufe vor dem Altar, als ihm plötzlich ganz angst und bange wurde und er am ganzen Körper zu zittern begann. In seiner Angst schaute er hilfesuchend auf die gegenüberliegende Seite des Altars. Dort stand ein wunderschöner Jüngling und winkte ihm heftig zu, er möge doch schnell zu ihm auf die andere Seite kommen. Der kleine Giovanni Maria und spätere Papst wagte zunächst nicht, dieser Aufforderung nachzukommen, hätte sie doch einen völlig unnötigen Aufruhr während des feierlichen Hochgebets bedeutet. Doch als der Jüngling immer heftiger und verzweifelter winkte, sprang der kleine Giovanni auf und eilte auf die andere Altarseite. Im selben Augenblick verschwand der Jüngling und eine schwere Heiligenfigur stürzte vom Altar herab, und zwar geradewegs auf die Stelle, wo Giovanni zuvor im Knien verharrt war."

Nonno zupfte mich abermals verschwörerisch am Ärmel.

„Nun?", fragte er.

„Verzeihung, Herr Präfekt", antwortete ich respektloser, als es klang. „Aber was wollen Sie mir mit dieser Geschichte sagen?"

„Lukobran", sagte Nonno mit versteinerter Miene, „denken Sie an Lukobran. Er hätte einen solchen Schutzengel bitter nötig gehabt. Ebenso wie Sie ihn bitter nötig haben. Lassen wir die Toten also in Frieden ruhen und das Lapidarium mit ihnen. Balaor kann seine Probleme selbst lösen, Doktor Carozzi, glauben Sie mir. Ich erhöhe mein Angebot: Ich entlasse Sie nicht nur vorzeitig aus Ihrem Vertrag, sondern zahle Ihnen sogar ein halbes Jahr Ihr Gehalt weiter. Sind wir uns einig?"

„Ich mache Ihnen auch ein Angebot, Herr Präfekt."

„Sie brauchen mir kein Angebot zu machen."

„Ich mache Ihnen trotzdem eines. Ich werde alle, die mit dem Verkauf der Fischereigründe etwas zu tun hatten oder haben könnten, zu einer Charity-Gala für verarmte Seeleute in die Taberna Antica einladen. Und der Höhepunkt wird ein römisches Feuerwerk sein. Wir werden ja sehen, wer da kommt und was sich dort tut."

„Tun Sie das nicht, Carozzi. Um Ihres eigenen Heils willen: Tun Sie's nicht!"

„Weiß Kommissar Gradnik eigentlich, was Sie so alles mit ihrem guten Freund Raoul Lichignoso besprechen?"

Nonno schnappte kurz nach Luft.

„Gehen Sie, Carozzi. Gehen Sie. Es ist Ihre letzte Chance, hoffentlich nicht Ihre allerletzte."

Als ich aus der Präfektur hinausging, achtete ich erstmals nicht mehr auf den lädierten Sockel von St. Michael, sondern hatte nur noch Augen für den Brunnen. Aber die Wasserversorgung funktionierte gerade nicht, und so konnte ich den Regenbogen, der von der Zeltspitze zu Nonnos Balkon führte, diesmal leider nicht bewundern.

***

Die Tür zum Haus mit den drei winzigen Balkonen, den giftgrünen Fensterläden, dem wilden Wein und den Hibiskusblüten war diesmal fest verschlossen. Ich nahm also wieder in der Bar mit den hohen Rattanstühlen und den Weinfässern gleich gegenüber Platz, verzichtete jedoch auf den Mondscheingrappa und bestellte nur einen Espresso und ein Mineralwasser.

Ich war zu früh. Der Termin mit Belli war erst für siebzehn Uhr vereinbart und er hatte mich wissen lassen, dass er sehr beschäftigt sei und nicht genau vorhersagen könne, wann genau er von der Katharineninsel nach Balaor herüberkommen würde. Ich hatte aber nicht lockergelassen, sondern dem Professor versprochen, auf ihn zu warten, wann immer er auch eintreffen würde.

Es war mir unangenehm zu wissen, dass ich Belli wesentlich dringender benötigte als er mich. Nein, Belli brauchte keinen Archäologen, und wenn, dann kaufte er sich einen. Was er brauchte, waren Menschen wie Alfonsine, die Geld geerbt, oder solche wie Nonno und Macorig, die es zu verteilen hatten. Scaramuzza und Gilda brauchte Belli indessen ebensowenig wie mich. Wobei sich allerdings die Frage stellte, warum er uns dann alle drei gemeinsam nach Dipsodia eingeladen hatte.

Da Belli noch auf sich warten ließ, bestellte ich nach dem Kaffee ein Gläschen Malvasia und versuchte Ordnung in meine Gedanken zu bringen. Einerseits unterstellte man mir, wie Nonno in aller Deutlichkeit gesagt hatte, etwas mit den Todesfällen von Balaor zu tun zu haben. Andererseits hatte mich der einzige, der dazu befugt wäre, nämlich Kommissar Gradnik, nicht in Verdacht. Würde ich nichts dazutun, um die Morde aufzuklären, bliebe immer ein Makel an mir hängen. Mischte ich mich hingegen in die Ermittlungen ein, begab ich mich nicht nur in Gefahr, sondern brachte womöglich Gradnik, meinen einzigen „Verbündeten“ in dieser Causa, gegen mich auf.

Das Schlüsselwort, soviel stand fest, hieß Feuerwerk. Sowohl Lukobran als auch Umberto Lichignoso waren mit Hilfe von Feuerwerkskörpern ums Leben gebracht worden. Seltsamerweise spielten Feuerwerke bei den anderen beiden Todesfällen ganz und gar keine Rolle. Da hatten wir einen von Gradnik ziemlich überzeugend dingfest gemachten Fall von Batrachotoxin und den immer noch völlig ungeklärten Tod von Teresa Zarazà, die aufgrund ihres hohen Alters vermutlich schon daran gestorben wäre, wenn man sie mit einem Jack in the Box erschreckt hätte. Nur Leuchtstanitzel hatte angedeutet, sie sei vergiftet worden. Aber woher konnte gerade er das wissen? Das einzige Nervengift, von dem er wirklich etwas verstand, war Alkohol.

„Feuer und Gift“, dachte ich nach, „Gift und Feuer“ – aber mir wollte dazu keine vernünftige Analogie einfallen. Der einzige gemeinsame Nenner dieser Morde war und blieb das Ospizio Marin und damit die genossenschaftlichen Fischgründe. Es musste jemanden geben, dessen Pläne die vier Opfer durchkreuzt hätten, wären sie nicht rechtzeitig aus dem Weg geräumt worden. Nur, wer konnte von diesem Blutbad tatsächlich profitieren?

Belli war nur eine Viertelstunde und damit weit weniger verspätet, als ich befürchtet hatte. Er bog, vom alten Mandracchio-Hafen her kommend, um die Ecke und trug einen großformatigen Folianten unter die Achsel geklemmt. Da er, um zu seinem Büro zu gelangen, direkt an meiner Bar vorbeimusste, erblickte er mich auch gleich und tat zumindest so, als freue er sich darüber.

„Finden Sie nicht, dass diese Bar eine Zumutung ist, Doktor Carozzi?"

„Ich habe mir darüber keine Gedanken gemacht", erwiderte ich wahrheitsgemäß.

„Fässer mit angeleimten Tischplatten und dazu noch diese hässlichen Rattanhocker. Es ist der übelste Kitsch. Ich habe den Besitzern schon angeboten, ihnen gratis ein neues Design zu machen, aber sie wollen von dieser Auerbachs-Keller-Atmosphäre nicht abrücken. Es ist zum Verzweifeln. Und ich sehe von meinem Büro aus genau auf diese architektonische Schande. Wie soll man da kreativ arbeiten? – Gottlob habe ich auch noch mein Studio auf der Katharineninsel."

Ich legte ein paar Münzen auf das inkriminierte Fass und folgte ihm in das Hibiskushaus. Belli bot mir in seinem Büro einen Platz unter einem ziemlich großen abstrakten Gemälde auf einer ziemlich niedrigen schwarzen Ledercouch an und öffnete das Fenster, um abermals die Hände zusammenzuschlagen.

„Dabei wäre es so einfach", rief er aus. „Weg mit den Fässern und dem billigen Barhockerkrempel, runter mit den Markisen und dafür eine luftig-leichte Konstruktion aus Aluminiumträgern, die mit einem Gazegitter verbunden werden wie …"

„… ein Zelt?"

„Ja genau, Doktor Carozzi, wie ein Zelt. Ich muss sagen, Sie lernen schnell. In der Spitze eines Zeltes bündelt sich das Licht, das eine Stadt wie Balaor braucht, um sich über diesen jahrhundertelang von den Venezianern kultivierten Mief zu erheben."

„Am Mief der venezianischen Bleikammern hat sich seit Casanovas Zeiten wohl auch kaum etwas geändert."

„Sie haben recht, lieber Doktor Carozzi, aber Sie sind ja nicht gekommen, um mit mir über den Strafvollzug der alten Venezianer zu plaudern. Was also kann ich für Sie tun? Ich nehme an, es geht um die Taberna Antica und darum," er runzelte die Stirn, „dass sie nicht so recht läuft."

„Das liegt vielleicht daran, dass wir zuwenig Show-Elemente eingebaut haben“, ging ich artig auf seinen Vorwurf ein.

„Das ließe sich ja ändern, Doktor Carozzi, wenn Sie vielleicht ein klitzekleinwenig von Ihrem verbissenen wissenschaftlichen Anspruch abrücken würden, dass da alles nur nach Apicius gekocht sein muss, der, nebenbei bemerkt, gar kein so großer Koch war ...“

„Ich glaube, es geht nicht nur um die Küche“, unterbrach ich ihn. „Es geht um Events. Ich habe beispielsweise an Feuerwerke gedacht. Sie sind doch ein großer Feuerwerks-Experte, Professor.“

„Nun, so weit, mich einen Experten zu nennen, würde ich nicht gehen“, erwiderte er in nur mühsam geheuchelter Bescheidenheit. „Aber Sie haben ja noch nichts zu trinken, Doktor.“

Nun würde er sicher gleich wieder sein klebriges Zeug servieren, fürchtete ich, doch es kam anders.

„Ich habe schon verstanden, dass Sie kein Freund des süßen Weines sind. Wie wär's beispielsweise mit einem Gläschen Vitovska?“

Ich hatte den Namen zwar bisher noch nie gehört, aber ich hätte selbst einem Gläschen Lebertran zugestimmt, solange er nur nicht süß war.

„Ich bin sicher, Sie werden auch noch unsere Süßweine zu schätzen lernen, Doktor Carozzi. Die Weisheit der Süße beginnt in der frühen Kindheit, und manche vergessen sie dann. Doch vertrauen Sie mir: Mit dem Alter kehrt sie wieder. Dazwischen liegt ein Säuremeer, in das Sie mit meinem Vitovska gerne eintauchen können.“

Bellis Vitovska schmeckte tatsächlich nicht übel. Beim ersten Kontakt roch er zwar ein wenig nach Kabelbrand und Keramikmanufaktur, aber man hätte es auch poetischer formulieren und von welkem, im Spätherbst verbranntem Laub sprechen können. Dafür war der Wein trocken, ja knochentrocken, und ich liebte ihn dafür.

„Ich dachte für unser kleines Apicius-Theater an ein typisch römisches Feuerwerk“, kam ich wieder auf unser Thema zurück.

„Sie meinen, wir sollen ein paar Christen an Pfähle binden, sie mit Pech bestreichen und sie als lebende Fackeln entzünden? Eine charmante Idee, zweifellos. Feuerzauber nach neronischer Art. Da hätten Sie dann wohl nicht mehr nur die Tierschützer am Hals.“ Belli konnte sich vor Lachen kaum einkriegen.

„Aber im Ernst", fuhr Belli fort. „Sie als Archäologe wissen ja sicherlich, dass die alten Römer im Gegensatz zu den alten Chinesen keine großen Feuerwerker waren. Sehr viel mehr als flammende Märtyrer und geblendete Sklaven hatten sie zu diesem Thema nicht beizusteuern."

Das war nun die verdiente Strafe dafür, dass ich mich an den meisten Vorlesungen über das römische Imperium vorbeigeschwindelt und mich mehr mit Mayas und Azteken als mit Agrippina und Caligula befasst hatte.

„Ich dachte natürlich", stotterte ich, „an ein römisches Feuerwerk wie in der – Renaissance."

„Nun, da geben Sie mir ja viel vor", lachte Belli erneut auf. „Ich habe heute zufällig einen alten Folianten zu diesem Thema erworben. Schauen Sie mal her."

Er breitete das unhandliche Werk auf einem Glastisch vor mir aus, das ausschließlich Kupferstiche – einige davon kunstvoll koloriert – von Feuerwerken aus dem Rom der Renaissancepäpste enthielt. Eines dieser Feuerwerke zeigte einen auf der Piazza Navona aufgeworfenen Erdhügel, auf dem eine Arche Noah stand, die als Basis des Feuerwerks diente und neben zahllosen Feuerpfeilen und Flammensäulen eine Taube mit einem Ölzweig, das Symbol von Papst Innozenz X., aufsteigen ließ.

Ein zweiter Stich trug die Aufschrift „Roma caput mundi" und zeigte eine Feuerwerksinstallation, auf der sich vor einer kolossalen Roma-Statue die vier damals bekannten Erdteile in allegorischer Form um die eigene Achse bewegten und in alle Richtungen Flammen warfen. Nach und nach zerfielen Amerika, Asien und Afrika zu Asche, allein Europa blieb und fuhr wie ein Raumschiff gen Himmel auf.

„Gefällt Ihnen das?", fragte Belli. „Oder schwebt Ihnen eher so etwas vor?" Er blätterte noch einmal im Folianten um und kam zu einer Darstellung, die drei auf einer riesigen Piazza erbaute Kastelle zeigte. Eines war dem Bacchus, eines der Venus und eines der Troika von Jupiter, Saturn und Pluto gewidmet. Zwischen so viel Göttlichkeit waren jede Menge Seile gespannt, auf denen Teufels- und Dämonenfiguren hingen, die mit Schwarzpulver gefüllt waren und eine nach der anderen wie heiße Maroni zerplatzten, während von den erhabenen Figuren aus leuchtende bunte Feuersäulen den Himmel erhellten.

„Ja, das könnte mir schon gefallen", sagte ich, „ich fürchte allerdings, dass dafür unsere Mittel doch zu beschränkt sind.

„Das fürchte ich leider auch, zumal Ihr großer Sponsor auf so tragische Weise verschieden ist", sagte Belli. „Natürlich ist mir bewusst, dass weder Sie selbst noch die Kommune die für ein solches pyrotechnisches Spektakel nötigen Mittel aufbringen können."

„Mehr als die Feuerwerkskosten im Menüpreis mitzukalkulieren ist nicht drinnen."

„Nun, das wird ein teures Menü werden. Aber ich will Ihnen helfen. Ich arbeite für das Mondomare-Projekt eng mit einer Feuerwerksraketenfabrik in China zusammen, die gerade erst ein paar Prototypen zur Probe herübergeschickt hat, die wir natürlich nicht bezahlen müssen. Ich wollte sie ursprünglich allesamt auf Dipsodia zünden lassen. Aber es ist ziemlich viel Material aus Nanjing angeliefert worden. Ich kann Ihnen einige dieser Prototypen also gerne für Ihren nächsten Taberna-Abend zur Verfügung stellen, wenn Sie möchten."

„Das ist sehr freundlich von Ihnen. Ich muss Ihnen allerdings gestehen, ich habe keine Ahnung, wie man mit so komplexen Feuer-Installationen umgeht."

Belli klappte seinen Folianten mit einem lauten Schnappen zu und sagte: „Sie haben noch etwas Vitovska im Glas. Trinken Sie, Doktor Carozzi, trinken Sie. Die Zündung lassen Sie nur meine Sorge sein. Ich werde Ihnen einen unserer besten Pyrotechniker vorbeischicken. Sie kennen ihn übrigens."

„Das kann ich mir nicht vorstellen."

„Doch, doch. Aber lassen Sie sich überraschen."

***

Die Fortuna hatte zwar keine Meerterrasse, dafür aber die bemerkenswerte Eigenschaft, die Lichtverhältnisse, die draußen auf der Gasse herrschten, bis tief hinein ins Innere des Lokals zu spiegeln. Man brauchte nur einen Blick auf die Macchinetta zu werfen und schon wusste man auf eine nicht näher erklärbare Art über die Tageszeit, das Wetter und die Leuchtkraft des Himmels Bescheid. Als ich vor dem Nachhausegehen noch einmal bei Boldo vorbeischauen wollte, war die Fortuna nur schütter gefüllt, aber voll von Schattensprüngen und Lichtreflexen, die spürbar machten, dass die Sonne draußen am Meer gerade wie eine rote Billardkugel an die Bande des Horizonts rollte.

Von dieser Lichterscheinung abgesehen fand ich nur die Wiederkehr des ewig Gleichen vor: Gilda war übel gelaunt, Il Tubo in Schräglage und Leuchtstanitzel mit der Zirrhosepflege beschäftigt. Nur Boldo, der mit seiner prächtigen Mähne, den listigen Augen und dem Ansatz zu einem von Silbersträhnen durchwirkten Zottelbart stolz die Macchinetta überstrahlte, der fehlte.

Ich bestellte einen Spriz, den mir Gilda grußlos auf die Tischplatte stellte. Das einzige ihrer vielen Gesichter, das sie für mich noch reserviert hatte, war, seit es bei unserem ersten Taberna-Abend am Zisternenrand aufgetaucht war, von einer geradezu erschreckenden Facettenlosigkeit bestimmt. Ich wusste nicht einmal, ob es hinter ihren Augäpfeln loderte oder ob dort schon alles, was die Causa Carozzi betraf, erloschen war. Aber vermutlich nahm ich mich wieder einmal zu wichtig und sie hatte nur einfach viel zu tun, ganz im Gegensatz zu mir.

Wenn Boldo dabei war, fragte Gilda hin und wieder, ob ich etwas zu essen haben wollte, und sei's nur ein paar frittierte Sardinen. Wenn Scaramuzza nicht zugegen war, tat sie das nicht, und ich bestellte aus einem nicht näher erklärbaren, weil dummen männlichen Stolz heraus erst recht nichts und blieb hungrig.

Mein Spriz war schon warm geworden und auch die letzten Kohlensäureperlen hatten sich in der dicken Kneipenluft verflüchtigt, als Scaramuzza doch noch auftauchte.

„Du sitzt ja völlig auf dem Trockenen, Carozzi“, sagte er mit leisem Vorwurf in der Stimme und schenkte mir sicherheitshalber eine doppelte Portion Peperoncini-Grappa ein.

„Feurig genug?“, fragte Scaramuzza.

„Brennt die Speiseröhre hinab wie eine Leuchtrakete.“

„Das hör ich gern, Dottore. Aber die nächsten Raketen, die schicken wir nicht in den Abort, sondern direkt in den Himmel; alles klar, alter Freund?“

„Wie meinst du das, Boldo?“

„Feuerwerker Trimalchio meldet sich zum Dienst an der Abschussrampe, Dottore!“

„Was schwafelst du da von Feuerwerken, Boldo? Du bist ein Fischer, kein Feuerwerker."

„Hast du geglaubt, mein Lieber. Scaramuzza ist nicht nur Urenkel eines Revolutionärs, Poet und Hochseefischer, sondern auch Sprengmeister. Und Professor Belli hat mir, sagen wir einmal, zart angedeutet, dass du bald einen solchen brauchen wirst. Für ein altrömisches Feuerwerk."

Boldo lachte aus voller Seele. „Ja, Belli hat mir von deinen kleinen Defiziten als Archäologe erzählt. Aber mach dir nichts draus. Ich habe auch keine Ahnung von aztekischen Feuerwerken."

„Die gab's nicht", sagte ich mürrisch. Mit nichts hatte ich weniger gerechnet als damit, dass Boldo als Bellis Chef-Pyrotechniker auftreten würde. Und niemandem auf diesem ganzen Archipel hatte ich weniger zugetraut, auf eine so unverhohlene Weise mit dem Feuer zu spielen, wie Boldo es zurzeit tat.

„Was hast du mit Feuerwerken zu tun, Boldo?"

„Es begann damit, dass in den 70er und 80er Jahren Steinbohrermuscheln von den istrischen Felsenküsten unter Feinschmeckern groß in Mode kamen. Die Mengen, die der Markt verlangte, konnten nur geerntet werden, indem man mit Presslufthämmern ganze Felsenküsten abarbeitete. Doch die Presslufthämmer haben mindestens so viele Muscheln zerstört, wie mit ihrer Hilfe geerntet wurden. Da hatte ich die Idee, statt Pressluft kleine Sprengsätze zu verwenden, bei denen die Felsbrocken gewissermaßen im Stück erhalten blieben. Ich erkundigte mich also bei meinem Vetter Ivo, der sich mit solchen Sachen auskannte, und der verriet mir ein ganz einfaches Rezept aus einem seiner alten Bücher. Es stammte aus dem 17. Jahrhundert und war von einem gewissen John Bate verfasst, der sich mit den ‚Mysterien von Natur und Kunst' befasst hatte. In dem Rezept wurden acht Pfund Salpeter, zwei Pfund und zwölf Unzen Kohle sowie ein Pfund und vier Unzen Schwefel zu einem Brennstoff vermischt. Als ich es das erste Mal probierte, habe ich eine ganze Felsenküste leck gerissen. Wumm, hat das schön gekracht! Doch dann habe ich die Zutaten halbiert und später sogar geviertelt. Auf diese Weise ist es mir gelungen, kleine Felsbrocken mit einem Minimum an Muschelschwund abzusprengen, viel weniger, als man bei den Presslufthämmern in Kauf nehmen musste.

Wir haben damals viel Geld verdient, und um nicht mit dem Gesetz in Konflikt zu kommen, habe ich die Sprengmeisterprüfung gemacht. War nicht leicht. Gilda hat mich damals nächtelang abgeprüft. Mittlerweile stehen die Muscheln allerdings unter Naturschutz, auch wenn sie nach wie vor ausgezeichnet schmecken. – Gilda, hast du ein paar Steinbohrer?“

„Du weißt, dass wir sie nicht verkaufen dürfen, Papa!“, rief Gilda aus der Küche.

„Aber wir dürfen sie verschenken.“

„Ein andermal, Boldo“, versuchte ich einzulenken. Ich wollte mir nicht noch mehr von Gildas Missmut einhandeln.

„Du versäumst was!“

Gilda stellte wortlos einen Teller mit roh marinierten Steinbohrermuscheln auf den Tisch, und sie mundeten erwartungsgemäß vorzüglich. Viel besser als alle anderen Muscheln, die ich zuvor gegessen hatte.

„Tempi passati,“ sagte Scaramuzza achselzuckend, „bald wird es sie überhaupt nicht mehr geben.“

„Und deswegen hast du deine Künste als Feuerwerker ausgerechnet in die Dienste Professor Bellis gestellt?“

„Ach, Belli! Ich verwünsche den Tag, an dem dieser deutsche Professor auf unsere Insel gekommen ist. Seither ist nichts mehr wie früher. Er hat für alles, was wir bisher mit Erfolg gemacht haben, eine bessere Idee. Aber er hat Geld. Viel Geld. Jemand hat ihm erzählt, dass ich etwas von Feuerwerken verstünde. Und seither hat er seine Liebe zu mir entdeckt. Drüben auf der Katharineninsel werden viele Partys gefeiert, und da geht viel Geld in die Luft. Warum sollten da nicht auch ein paar große Scheine in den Taschen Scaramuzzas landen? Kein schlechtes Zubrot für einen Fischer, der von einem Tag auf den anderen nicht mehr fischen durfte, nur weil der alte Lukobran es so wollte.“

„Und du hast dich nie gefragt, ob es nicht verantwortungslos ist, ganze Küstenstriche zu verändern, nur wegen ein paar Muscheln und ein bisschen Geld?“

„Küsten sind wie Menschen. Sie sind Lebewesen. Sie verändern sich mit oder ohne uns ganz von selbst. Meistens sind die Küsten stärker als die Menschen. Doch hin und wieder schlagen wir ihnen eben ein Schnippchen. Ist doch nur gerecht, oder?"

„Wenn du meinst."

„Belli kauft das Zeug bei den Chinesen ein. Nicht die Muscheln, meine ich, die Feuerwerkskörper. Von den Chinesen kannst du eine Menge lernen. Die können ganze Gemälde in die Luft zeichnen. Aber die Idee mit Trimalchio als Herr des Feuers, die ist gut. Die wird bei den Touristen ziehen, und vielleicht wird ja doch noch was aus unserer Taberna. Was meinst du, Carozzi? Wie sollen wir's anlegen?"

Scaramuzza fischte einige Skizzen aus seiner Tasche, die ihm offensichtlich Belli zur Verfügung gestellt hatte und auf denen einige Figuren dargestellt waren, die sich mit Hilfe von Feuerwerkskörpern in die Luft projizieren ließen.

„Belli sagt, die Figuren seien ihm zu chinesisch. Und es stimmt auch: Die Fische sehen aus wie Drachen, die Tempel sehen aus wie Pagoden und die Meeresgötter haben Schlitzaugen. Aber für ein bisschen Feuerwerkszauber in der Taberna wird es wohl reichen. Ich würde vorschlagen, wir beginnen mit etwas Ornamentalem, dann lassen wir einen Wasserfall vom Himmel regnen, und zum Schluss ..."

„Bloß keinen Siebenschläfer."

„Keine Bange, Carozzi. Die Chinesen haben keine Siebenschläfer. Aber ein Kaninchen haben sie geschickt. Ein Kaninchen und einen Hund, die brauchen sie für ihre Neujahrsfeuerwerke mit den seltsamen Tierkreiszeichen."

„Wir können ja nicht gut einen Hund in die Luft sprengen, da haben wir gleich wieder Treiber und seine Truppe am Hals. Ein Kaninchen wird die strenge Patricia Borlotti vielleicht eher tolerieren."

„Lass mich noch ein bisschen nachdenken. Mal sehen, was Belli in seinen Magazinen liegen hat. Aber ich werde dir keine Schande machen, Carozzi. Weder als Trimalchio noch als Maître du feu d'artifice. – Los, komm schon, Gilda, sei nicht so geizig. Bring Mario noch ein paar Steinbohrerchen."

„Schluss mit Steinbohrerchen", sagte Gilda streng. „Aber Sarde in Saor kann er haben. Extrasauer."

„Sei froh, dass sie keinen Hund im Topf hat", sagte Scaramuzza.

„Was hat sie bloß gegen mich?"

„Mach dir nichts draus, Carozzi. Es ist ihre Art zu zeigen, dass sie jemanden mag. Ihre Mutter war genauso."

***

In der darauffolgenden Nacht träumte ich nur von Madonnen. Zunächst erschien mir die gotische Madonna aus Schattenbach wieder, die mich mit ihrem sechsten Finger wieder zurück an den verträumten Marktflecken am Donauknie locken wollte. Kaum war sie abgezogen, schickte sie mir jedoch ihre Nachfolgerin, die Madonnina del mare, nach, die gerade in aller Unschuld dabei war, ihren blau-weißen Schleier zu lüpfen. Doch als dieser dann zu Boden fiel, kam darunter Valeria zum Vorschein, die nichts am Leib trug außer ein paar Bougainvillea-Blüten. Sie beugte sich aus der Dunkelheit mit mondlichten Brüsten über mich, doch kaum hatte ich begonnen, das zu genießen, fiel ihr auch schon der blecherne Strahlenkranz vom wallenden blonden Haar und sie verschwand. Statt ihrer kam Gilda zur Tür herein. Sie schenkte mir erstmals seit Wochen wieder ein, wenngleich etwas sphinxisch anmutendes Lächeln, zog sich ohne großes Brimborium aus und stieg zu mir ins Bett. Doch als ich sie mit wilden Küssen umarmen wollte, glaubte ich plötzlich nur noch ein Stück Holz zu umklammern, das sich allerdings, bevor mein Frust allzu groß wurde, wieder in Valeria zurückverwandelte. Und so ging das einige Zeit weiter, die ich in meinem zwischen Traum und Wirklichkeit gelegenen Schlafzimmer durchaus lustvoll verbrachte.

Als ich beim Einfall der ersten Sonnenstrahlen um mich griff, um herauszufinden, welche der Damen mir denn nun geblieben war, tastete ich zunächst einmal ins Leere. Zufrieden stellte ich jedoch fest, dass das zerknuddelte Leintuch neben mir noch ganz warm war. Ich drehte mich also auf die andere Seite und träumte weiter, diesmal allerdings von Nicola, der mich wieder zu einer kleinen Schiffsrundfahrt einlud, die damit endete, dass ich direkt aufs offene Meer zufuhr. Noch während des Sturzes verwandelte sich das Meer in einen Fischmarkt: Es roch nach Frutti di mare, Meersalz und Tang.

„Ich habe uns einen ganzen Sack voll Scampi mitgebracht", sagte Valeria, die sich an mein Bett setzte und mir einen flüchtigen Kuss auf meine Stirne drückte, der ihren Duft mit jenem des Meeres auf verführerische Weise verschmolz.

„Sie schmecken auch roh gut", sagte ich.

„Willst du an einem naschen", erwiderte Valeria und riss mit beiden Händen das Netz auf, in dem sich die Schaltiere befanden. Dann streifte sie mit einer ruckartigen Bewegung die Schale von einem der Scampischwänze ab und ließ ihn über meinem Mund baumeln, sodass ich danach schnappen musste. Zu ihrer Überraschung schnappte ich aber nicht nach dem Scampo, sondern nach ihrem Mund und sagte nach einem langen, nach Meer schmeckenden Kuss: „Womit habe ich dich nur verdient?"

„Wie meinst du das?"

„Du bist mehr eine gute Fee als eine gute Freundin."

„Das hat schon einmal jemand zu mir gesagt. Und dann ist er mit einer guten Freundin abgezogen und hat die gute Fee vergessen."

Ich vergrub mein Gesicht in ihr langes, blondes Haar.

„Kann ich mir nicht vorstellen, bei so einem Feenhut und solchen Feenaugen."

„Nichts gegen deine süßen blauen Bäckchen", erwiderte Valeria mit einem neckischen Lächeln auf den Lippen und streichelte dabei sanft die beiden Souvenirs meiner nächtlichen Ausfahrt auf der „Nicola".

„Sie werden schön langsam gelb und grün. Es wird noch eine Weile dauern, bis sie verschwinden."

„Wir können ja inzwischen frühstücken."

„Frühstücken? Es ist elf."

„Ich liebe späte Frühstücke auf der Terrasse, vor allem dann, wenn Scampischwänze im Spiel sind", sagte Valeria.

„Ich werde sie dir so feurig wie möglich präsentieren."

„Nein, bitte nicht wieder mit so viel Chili."

„Ich denke nicht an Chili, sondern an Brandy."

„Da denkst du goldrichtig, mein Schatz."

Ich schlüpfte in meine Jeans und streifte gemäß der alten Kellnerweisheit, dass Flambieren mit nacktem Oberkörper die Gesundheit gefährden kann, ein T-Shirt über, bevor ich mich ans Werk machte.

Scampi al Brandy zählen zu den wenigen meiner Leibgerichte, die ohne Chili auskommen. Oder zumindest fast ohne Chili, denn irgendwann beim Abschmecken wächst er mir dann erfahrungsgemäß ja doch noch in die Sauce rein. Ich bin nun einmal ein hoffnungsloser Chili-Junkie; dabei wäre die Brandysauce auch ohne Chili perfekt und vor allem noch etwas harmonischer.

Valerias aufgebrochenes Netz enthielt ein gutes Dutzend schöner, fleischiger Scampischwänze Extra-Size, deren steingraue Panzer sich mit einem ruckartigen Dreh leicht ablösen ließen. Profis lösen danach mit einer Pinzette den langen, hauchdünnen, fast schlangenartigen Darm aus. Das Darmauslösen muss sowohl aus ästhetischen wie auch aus hygienischen Gründen sein, obwohl ich keinen kenne, der sich je an einem Scampidarm verschluckt oder gar vergiftet hätte. Doch die damit verbundene Herumfieselei macht wirklich Freude, zumindest mir. Ich sammle die schwarzen Stränge, die ich mit der Pinzette oder gut geschärften Fingernägeln aus dem weißen Fleisch seziert habe, fein säuberlich auf einem Extrateller, und sobald ich sieben solcher schwarzer Fäden nebeneinander liegen sehe, fühle ich mich wie das tapfere Schneiderlein am Meer.

Spätestens wenn diese Vorbereitungsarbeiten getätigt sind und die Scampi in einer Marinade aus Meersalz und Zitronensaft auf die weitere Verwendung warten, taucht die Frage auf, ob Scampi al Brandy Knoblauch brauchen. Manche Köche – darunter auch solche, die sich wirklich auskennen – bejahen diese Frage, ich lasse ihn aber, obwohl dem Knoblauch auf ähnliche Weise zugeneigt wie Chili, weg. Man legt ja auch keine Knoblauchzehe in seinen Cognac, bevor man ihn trinkt.

Das brachte mich auf die Idee, trotz der frühen Stunde einen Schluck von meinem Brandy zu nehmen, was auf eine seltsame Weise das Zähneputzen ersetzt. Zumindest meint das Leuchtstanitzel. Es war ein Brandy Stock Dieci Anni aus Triest, den ich auf meinem kleinen, aber mittlerweile ganz brauchbar sortierten Küchenbord stehen hatte, und ich muss sagen, um diese Tageszeit hätte mir ein VSOP von Hennessy auch nicht besser geschmeckt.

Bei dem Gedanken, dass der Brandy bald brennen würde, kam mir, erstmals an diesem schönen Morgen, wieder Boldos Liebe zur Feuerwerkerei in den Sinn, und ein mulmiges Gefühl nahm von meiner Magengrube Besitz, das ich allerdings auf den zu früh am Tag genossenen Schnaps schob.

Ich goss ein wenig Öl in die Pfanne und ließ ein Stückchen Butter darin mitschmelzen. Da ich keinen Lauch zur Hand hatte, schnitt ich ein paar junge Zwiebel klein und wartete, bis sie in der Pfanne ein wenig, aber nicht zu viel Farbe nahmen. Dann ließ ich meine Scampi nach der Choreographie meines Bratenhebers durchs heiße Fett tanzen, bis sie rosa waren.

Die ganze Prozedur dauert allerhöchstens zwei, drei Minuten, bei kleineren Scampi entsprechend kürzer. Dann kann bereits der Brandy in Aktion treten, etwa vier Zentiliter davon, am besten in einem tiefen Löffel etwas vorgewärmt – und einfach in die Pfanne damit. Nun hat das bewusste lange Zündholz seinen Auftritt, das nur Havanna- und Pfeifenraucher besitzen. Ich als gelegentlicher Toscaniraucher hatte keines, und auch mein altes BIC-Feuerzeug hatte die gnadenreiche Meeresdurchquerung leider nicht funktionsfähig überstanden. Da auch Valeria mir nicht mit Zündhölzern aushelfen konnte, blieb der Brandy ungeflämmt – wodurch die Sauce, nebenbei bemerkt, ohnedies nur besser wird. Flambieren ist etwas für Pyromanen und für Kinder, deren ängstliche Mamas glauben, dass man vom Alkohol dumm wird. Ansonsten ist das Anzünden eigentlich überflüssig.

Während Valeria schon den Tisch draußen auf der Terrasse deckte, hob ich meine Scampischwänze aus der Pfanne, stellte sie warm und goss den Fond mit einem guten Achtel süßer Sahne auf, rührte einen Teelöffel Tomatenmark darunter und schmeckte alles mit einem Schuss Worcestershiresauce, einer Messerspitze Colemansenf sowie – alter Mexikaner, der ich bin – mit einem guten Schuss Tabascosauce ab, womit sich zuletzt doch auch der Chili in meine Sauce geschummelt hatte. Die Sauce hätte schlichtweg perfekt gemundet, hätte ich Idiot nicht ohne jede Not noch zwei weitere Spritzer Tabasco hinzugefügt. Hoffentlich nahm mir Valeria das nicht übel.

Aus schierer Liebe zu ihr verdoppelte ich jedenfalls den Anteil an süßer Sahne, was der Sauce, sobald sie sich schön sämig eingekocht hatte, wieder ihre Pfefferspitze nahm. Hoffte ich zumindest.

Nun wanderten meine Scampi zurück in die Pfanne, in der sie allerdings mehr geschwenkt als gegart wurden, weil ich sie schon eine halbe Minute später mit Petersilie bestreut auf gut geölten Fusi servierte, für deren Wohlergehen die wie immer verlässliche Valeria die Verantwortung übernommen hatte.

Die Passanten auf der Uferpromenade, die uns bei unserem verspäteten Frühstück zusahen, konnten – ich hatte auch noch eine Flasche Prosecco geöffnet – ihren Neid, oder zumindest ihre Neugier nicht verbergen. Der alte D'Annunzio, wäre er hier vorbeispaziert, wäre stolz auf seinen späten Nachmieter gewesen. Da war ich sicher.

Nicht sicher war sich Valeria, ob ich mein Versprechen, keine Chilis in die Sauce zu geben, nicht doch gebrochen hatte. Zunächst schwor ich bei der Polenta meiner Mutter, dass keine Chilis drin waren, was ja, genaugenommen, auch stimmte. Doch nach und nach entlockte mir Valeria das Geständnis, dass ich stattdessen Tabasco genommen hatte.

„Tabasco ist kein Chili", sagte ich apodiktisch.

„Aber es besteht aus Chili."

„Das ist nicht wahr. Tabasco ist ein mit Salz und sonnengetrockneten spanischen Pfefferschoten vergorener Essig, der in Eichenfässern gereift wird. Keine Rede von Chilis."

Ich wollte überhaupt nicht rechthaberisch sein, aber auf meine scharfmacherische Weise war es mir gelungen, Valerias gute Laune zu vertreiben.

„Ist ja gut", sagte sie und stocherte schweigend in ihren Fusi.

„Weißt du, wer der Feuerwerker ist, den mir Belli für unseren nächsten Taberna-Abend zur Verfügung gestellt hat?"

„Keine Ahnung. Ist ja auch nicht so wichtig, oder?"

„Könnte wichtig sein, auch wenn ich es nicht glaube. Es ist Boldo."

„Scaramuzza?"

Beinahe hätte sie sich an einem Scampo verschluckt.

„Ich habe bei diesem unappetitlichen Kerl schon immer das Gefühl gehabt, dass etwas mit ihm nicht stimmt."

„He, wie redest du denn über meine Freunde?"

Valeria legte ihr Besteck parallel auf den Teller und signalisierte mir somit, dass sie entweder satt oder das Essen ungenießbar war.

„Du mit deiner Affenliebe zu diesem Scaramuzza. Er wäscht sich nicht, stinkt entweder nach Schnaps oder nach Knoblauch oder nach beidem, er schreibt grottenschlechte Gedichte, und jetzt bastelt er auch noch Bomben, wie fein."

„Er bastelt keine Bomben, er versteht etwas von Feuerwerkskörpern, wie viele andere auch."

„Kennst du sonst noch jemanden? Ich nicht. Du hast ihn ja selbst in Verdacht, etwas mit Lukobrans und Lichignosos Tod zu tun zu haben."

„Nein, habe ich nicht", widersprach ich emphatischer, als ich tatsächlich davon überzeugt war. „Boldo hat mir das Rezept für sein Schießpulver verraten. Jedes Kind mit einem Chemiebaukasten kann es nachmachen. Seine Raketen bestehen einfach aus Schwefel, Salpeter und Kohle. Die beiden Attentate wurden jedoch mit Ammoniumnitrat und Calciumhypochlorid begangen."

„Was du alles weißt …"

„Gradnik hat mir's erzählt."

„Und wenn schon. Du kochst auch nicht nur mit Brandy und Chili, sondern ein andermal vielleicht mit Grappa und Minze. Dennoch bist du derselbe Koch. Und in Boldos Hexenküche stinkt's gewaltig, soviel ist klar."

„Was dir vor allem stinkt, ist wohl auch, dass Boldo eine Tochter hat, die du nicht leiden kannst. Du bist doch nur eifersüchtig! Und das auch noch völlig grundlos."

„Grundlos? Wer hat denn heute im Traum gleich zweimal Gilda gestöhnt?"

„Ich habe vermutlich auch Madonnina del mare gestöhnt."

„Das auch, ja."

„Bist du auf diesen Holzpflock etwa auch eifersüchtig?"

„Ich bin nicht eifersüchtig. Ich möchte dir nur die Augen für eine Tatsache öffnen, die dir allem Anschein nach nicht bewusst ist."

„Und die wäre?"

„Es ist Gilda, die du liebst. Mit mir schläfst du nur. Ich bin nämlich viel leichter zu handhaben. Wie offensichtlich die meisten guten Feen."

Nach diesen Worten ergriff Valeria noch einmal Messer und Gabel und knallte beides mit einer solchen Wucht auf den Teller, dass sich ein Scampischwanz von den Nudeln löste und quer über die Terrasse sprang.

Dann verließ sie das Castelletto.

Ich wollte ihr nachgehen. Doch dann fiel mir auf, dass Leuchtstanitzel draußen auf der Mole stand und die ganze Szene beobachtet hatte.

„Frauen!“, rief er mir achselzuckend über den Bougainvillea-Hecke hinweg zu und nahm einen tiefen Schluck aus seiner Bouteille.

9. Kapitel

Flammende Frösche

Ich hatte das unbestimmte Gefühl, dass der Tag, an dem ich Balaor wieder den Rücken kehren würde, nicht mehr allzu fern war. Was daran, fragte ich mich, würde ich vermissen? Valeria? Gilda? Oder vor allem die wohlproportionierte, ja fast wohnliche Piazza vor der Euphemienkathedrale und meinem Lapidarium, über der sich ein dichtgeknüpfter Baldachin aus Pinienzweigen wölbte, der gerade so licht- und luftdurchlässig war, dass er einen frei atmen und denken ließ, und gerade so schattig, dass niemals so etwas wie Düsternis aufkommen konnte? Zumindest solange nicht, bis jemand antrat, um auch über dieses natürliche grüne Firmament inmitten der Stadt ein künstliches Drahtzelt zu spannen.

Den nächsten Taberna-Abend hatte Gilda nahezu im Alleingang in ihre tatkräftigen Hände genommen. Obwohl ich ihr kein Wort über meinen Verdacht mit den Feuerwerken gesagt hatte, spürte sie doch, dass mich an diesem Charity-Abend für verarmte Seeleute weder die Charity noch die Seeleute noch der ganze Abend interessierte. Bei Gilda war das genaue Gegenteil der Fall: Als wolle sie sich ernsthaft um einen Job bei Belli bewerben, erwies sie sich nunmehr als vorauseilend gehorsame Dienerin der Mondomare-Idee. Sie beließ zwar die Triklinien und das antike Dekor, stellte aber auch etliche Tischgarnituren auf, sodass jeder Gast die Wahl hatte, ob er eher antik oder eher neuzeitlich dinieren wollte. Gilda behielt auch die stimmigen Amphoren und Krüge bei, aus denen der Wein geschöpft wurde. Und abgesehen vom Einser-Triklinium, auf dem Professor Belli tafelte, der seinen eigenen Weinschlauch aus Dipsodia mit Vinum mulsum mitbrachte, schenkte sie billigsten Malvasia-Fusel aus dem kroatischen Hinterland aus, den sie zu Höchstpreisen anbot.

Auch Gilda nahm es, wenngleich auf völlig andere Weise als ich, mit dem Charity-Charakter der Veranstaltung nicht besonders genau. Sie wollte, und daraus machte sie in ihrer direkten Art auch kein Hehl, die Veranstaltung dazu nützen, um all die Verluste wieder wettzumachen, die ihr meine Siebenschläfer – ja, sie sprach tatsächlich von *meinen* Siebenschläfern – eingebracht hatten. Aus diesem Grund strich sie das gesamte Apicius-Programm von der Speisekarte und bot nur noch ihre eigenen Dauerbrenner an. Von mir verlangte sie lediglich, dieselben „irgendwie lustig" zu benennen. Mir war nicht ganz klar, was sie unter „lustig" verstand. Aber als ich ihr schließlich eine Liste präsentierte, die aus Sarde in Saor „Sarde à la Sophokles", aus ihrer Engelshaarpasta „Pasta Semiramis", aus ihren „Cozze alla Busara" einen „Muscheltopf nach Vestalinnenart", aus ihrem Kaninchen mit Speck eine „Hasenkeule Herkules" und aus ihrem Tiramisu einen „Ars-Amandi-Pudding" machte, war sie zufrieden. Und Belli, der diesmal nicht als Mundschenk, sondern als Generalsponsor des Feu d'artifice auftrat, betrachtete das von ihr inszenierte Spektakel mit sichtlichem Wohlgefallen.

Die Preise, die Gilda für ihr neues Programm verlangte, waren gegenüber der ersten Apicius-Nacht bei Weitem überhöht, obwohl der Wareneinsatz wesentlich geringer lag als damals. Gildas Rechnung war ganz einfach: Sie schlug auf den normalen Tagespreis der Gerichte in der Fortuna fünfundzwanzig Prozent Galazulage auf, erhöhte diesen Betrag um den Charity-Faktor 2 auf das Doppelte und zog von den dadurch erzielten Umsätzen läppische zwanzig Prozent ab, die sie an arme Seeleute zu überweisen gedachte.

Seltsamerweise ging gerade diese Form von ausgeklügeltem Nepp voll auf. Zwei Tage, nachdem Gilda die Einladungen ausgesandt hatte, war die Veranstaltung bis auf den letzten zwischen die alten Grabsteine geklemmten Notklappstuhl restlos ausverkauft.

Für mich war dieser Taberna-Abend allerdings kein kommerzielles Ereignis mehr, sondern ausschließlich ein investigatives Unternehmen. Der Verdacht gegen Boldo, den nicht zuletzt Valeria in meiner Seele genährt hatte, war nicht mehr so leicht auszuräumen, auch wenn ich dies noch so sehr hoffte. Jedenfalls war ich nach wie vor davon überzeugt, dass das Feuerwerk in der Taberna die Wirkung eines Katalysators haben und mir etwas über den oder die Täter verraten würde. Wer immer sein zerstörerisches Werk mit Lukobran und Lichignoso begonnen hatte, jetzt hatte er eine Möglichkeit, es fortzusetzen oder zu vollenden.

Wenn meine Hypothese stimmte, dass alle Fäden, was den umstrittenen Verkauf der genossenschaftlichen Fischgründe von Balaor betraf, im Ospizio Marin zusammenliefen, so war von jenen, die dort etwas zu sagen hatten, nur noch Alfonsine Rismondo am Leben. Nicola, der Universalerbe Lichignosos, schied, da unmündig, als Opfer gleichermaßen wie als Täter aus, und Raoul Lichignoso musste sich in die Materie wohl erst noch etwas einarbeiten, bevor er von sich aus aktiv werden konnte.

Es war keine Frage, dass Alfonsine die meistgefährdete Person der bevorstehenden Taberna-Gala war, und ich war wild entschlossen, Alfonsine während des Feuerwerks keine Sekunde aus den Augen zu lassen und sie, wenn nötig, auch persönlich vor einem möglichen Anschlag in Schutz zu nehmen.

Ich verfolgte also Boldos pyrotechnische Installationen von Anfang an mit Argusaugen. Er verwendete, unterstützt von Il Tubo und Leuchtstanitzel, unglaublich viel Zeit auf die Installation einer Abschussrampe und diverser technischer Hilfskonstruktionen in und über dem Lapidarium. Die Basis war für den Abschuss von hundert Raketen ausgelegt und bestand aus abgehobelten Holzbrettern unterschiedlicher Breite, die er miteinander zu einem nach allen Seiten hin neigbaren Lattenrost verbunden und direkt auf die römische Zisterne aufgebockt hatte. Boldos Raketenbasis, die mit ihrer dichten, in die Löcher des Lattenrosts verschraubten Bestückung mit Kugel- und Zylinderraketen durchaus bedrohlich anzusehen war, wurde mithilfe von biegsamen Ölflexleitungen mit einer etliche Meter dahinter installierten Schaltzentrale verbunden, auf der Boldo, wie er sich ausdrückte, nach Herzenslust Klavier spielen konnte.

„Die Chinesen haben gute Arbeit geleistet“, sagte Boldo. „Da steckt ein ganzes Lichterballett in diesem Kasten. Jetzt muss er nur noch funktionieren.“

„Zweifelst du daran?“

„Ach, mit Industrieware ist das immer so eine Sache. In die Raketen, die ich selbst gebaut habe, hatte ich mehr Vertrauen. Ich hielt mich an das gute alte Schwarzpulver, da wusste ich, dass auch überall eins drin war und keine der Papierhüllen leer blieb, wenn ich sie erst einmal mit Schellack überzogen hatte. Außerdem war ich sicher, dass kein

Ammoniumsalz an ein Chlorat kommen konnte. Wenn das geschieht, dann kann es nämlich vorzeitig Bumm machen und du musst froh sein, wenn dir nicht mehr passiert, als dass du danach wie ein Schornsteinfeger nach dem Frühjahrsputz aussiehst."

„Und wie sicher sind die einzelnen Raketen in der Rampe verankert?"

„Die Halterung ist ziemlich gut. Kaum wahrscheinlich, dass eine Rakete auf Extratouren geht, aber natürlich gab's das auch schon. Doch du brauchst keine Angst zu haben, Carozzi. Ich bin ein alter Küstensprenger und Felsenfresser. Das hab ich im Griff. Am meisten gefährdet bin immer noch ich selbst, weil ich als Klavierspieler meinen Saiten am nächsten bin."

Ich machte, als Bodo einmal kurz wegsah, die Probe aufs Exempel. Die Raketen waren allesamt fest in den dafür vorgesehenen Plankenaussparungen verankert, allerdings bedurfte es keiner besonderen Kraftaufwendung, um vielleicht nicht doch eine in eine andere Richtung als den blauen Himmel zu drehen.

***

Boldo hatte seine Partie als Trimalchio diesmal päpstlich angelegt. Er erschien in purpurrotes Segeltuch gehüllt und trug einen roten Kardinalshut, der ihm trotz seines gewaltigen Hauptes viel zu groß war.

Umso weniger feierlich war der Auftritt von Il Tubo und Leuchtstanitzel, die diesmal zwei mit Flöten bewaffnete Kurtisanen gaben. Doch auch wenn die beiden in lange, fließende Gewänder geschlüpft waren und sich blonde Perücken im hellenischen Stil mit allerlei Spangen, Bändern und Flechten aufgesetzt hatten, stellten sie gleichwohl alles andere als schöne Frauen dar.

Zur allgemeinen Erleichterung riss Scaramuzza Il Tubo seine Schalmei aus der Hand, woraufhin Leuchtstanitzel die seine vor Schreck zu Boden fiel. Und zu aller Überraschung begann Boldo nun selbst auf der Flöte zu spielen, und es klang so hell und glockenrein, wie nur wahre Meister dieses Instrument zu beherrschen pflegen. Boldo ließ es trillern, tirilieren und vibrieren, dass es nur so eine Freude war und ihm auch prompt tosenden Applaus einbrachte.

„Gegen meine beiden Freunde bin ich nur ein miserabler Stümper“, sagte Boldo und erntete dafür von allen Seiten schallende Lachsalven. „Na los, ihr beiden Unzertrennlichen, sagt den Stumpfohren, wo ihr das Musizieren gelernt habt!“

Wie auf Befehl rissen sich Il Tubo und Leuchtstanitzel die Kleider vom Leib und standen in kurzen Hosen und T-Shirts da, auf denen in großen Lettern URBI und ORBI stand.

„An den Pforten der Hölle haben wir's gelernt“, riefen die beiden fröhlich im Chor.

In das dröhnende Gelächter, das daraufhin ausbrach, ließ Gilda, die die Choreographie des Abends mit ihrem Vater abgesprochen hatte, als Antipasto Hühnerflügel à la Diavolo servieren, was die fröhliche Atmosphäre noch weiter hob.

„Bevor wir zum eigentlichen Festschmaus übergehen, möchten Trimalchio und seine beiden Höllendiener noch eine kleine Dreiecksgeschichte zum Besten geben, das wir für den heutigen Abend einstudiert haben“, kündigte Boldo, der im Gegensatz zum letzten Taberna-Abend keinerlei Anzeichen von Trunkenheit zeigte, feierlich an.

Die drei nahmen zu einer Revue Aufstellung, in der Il Tubo und Leuchtstanitzel ihre arthritischen Beine wie Can-Can-Tänzerinnen in die Höhe schnalzen ließen, während Boldo einen Reigen um die eigene Achse tanzte und zu singen begann:

Bist du kein Eingesicht,
Brauchst du ein Zweitgesicht
Und für die Abendschicht
Auch noch ein Drittgesicht.

Nun war es an Boldo, sein rotes Sonnensegel zum Can-Can zu lüpfen, während Il Tubo die Stimmführung übernahm:

Bist du ein Zweitgesicht
Brauchst du mehr Augenlicht,
Das auch dem Drittgesicht
Reichliche Sicht verspricht.

Während Il Tubo sang und Boldo tanzte, hatte sich Leuchtstanitzel von hinten unter Scaramuzzas wallender Toga verkrochen und kam nunmehr zwischen dessen Beinen zum Vorschein, wo auch er zu singen begann:

Bist du ein Drittgesicht,
Das für die Abendschicht,
Brauchst grad so viel Augenlicht,
Dass dir das Herz nicht bricht.

Nun hüpfte Boldo überraschend behände auf eines der vollbesetzten Triklinien, um es als Pawlatschenbühne zu benutzen:

Hast diese Härte,
Wachsen dir Bärte,
Sind ihrer drei
Einer ist frei,
Dächtest jetzt flott,
Wärst schon bei Gott.

Mit diesen Worten zog Scaramuzza seine beiden Kumpane, die sich unterdessen zwei künstliche Bärte umgehängt hatten, aufs Triklinium hinauf, auf dem es dadurch schon ziemlich eng wurde. Nun begannen Il Tubo und Leuchtstanitzel im Chor zu singen:

Gott schenkt dir, was er gerne tut,
Dafür den großen Krempenhut.
Den sollst du ohne viel zu schwätzen
Zugleich auf die drei Köpfe setzen
Und kannst dafür, trotz drei Gesichten
Leicht auf ein Augenpaar verzichten.

Leuchtstanitzel hielt sich daraufhin beide Augen zu und das Trio steckte die Köpfe so eng zusammen, dass Scaramuzza seinen Kardinalshut über alle drei stülpen und seinen Refrain anstimmen konnte:

's ist nicht das Augenlicht,
Dem es an Sicht gebricht.
Siehst du erst in die Zeit
Ist's nicht mehr ganz so weit
Bis zur Dreieinigkeit
In alle Ewigkeit.

Die kleine Vorführung wurde von den meisten mit freundlichem Applaus bedacht, außer von Nonno, der etwas von Blasphemie murmelte und demonstrativ nicht klatschte.

Inzwischen hatten sich viele Gäste, um Boldos Inszenierung zu verfolgen, von ihren Triklinien und Tischen entfernt, und erst Gilda brachte das allgemeine Getümmel wieder zur Ruhe, indem sie ihre Sarde à la Sophokles servierte.

Ich hielt mich diesmal von den Triklinien, auf denen die gesamte Inselprominenz von Belli bis Macorig Platz genommen hatte, fern und setzte mich an einen der einfachen Tische zu Boldo und seinen zwei Kumpanen, allein schon deshalb, damit ich besser kontrollieren konnte, ob sich jemand an der gleich daneben befindlichen Abschussrampe zu schaffen machte. Da an dem Tisch noch ein paar Plätze frei waren, gesellte sich auch der etwas orientierungslos wirkende Kommissar Gradnik zu uns.

Gradnik war nicht gesprächig, Boldo spielte immer wieder an seiner Lichtorgel herum und die beiden Höllendiener erholten sich von ihrem anstrengenden Auftritt.

So betrachtete ich es fast als angenehme Abwechslung, als Belli, nachdem er seine Sarde verzehrt hatte, vom Einser-Triklinium in die Niederungen des einfachen Volkes herabstieg und fragte, ob er sich ein wenig zu uns setzen dürfe.

„Sie hat mich erhört! Gilda hat mich erhört", sagte Belli freudestrahlend, was Il Tubo mit einem donnernden Rülpser quittierte.

„Wollen Sie etwa auch auf die lange Liste von Boldos Schwiegersöhnen gesetzt werden?", krächzte Leuchtstanitzel.

„Wenn Gilda ihre Sarde auch in Zukunft mit meinem Opimianus anstatt mit diesem ordinären Essig zubereitet, könnte man darüber reden."

„Sie wird allerdings nicht mit sich reden lassen“, setzte Il Tubo zu einem dröhnenden Lacher an.

„Aber ich würde dann vielleicht endlich in den Genuss von Scaramuzzas Fröschen kommen, die er mir schon so lange versprochen hat.“

Scaramuzza tat so, als ob er nicht zugehört hätte, während er an seinen Ölflexkabeln herumfummelte.

„Wie war doch gleich das Rezept, Scaramuzza?“

„Mein Froschrezept ist mir fast so lieb und teuer wie meine Tochter Gilda“, sagte Boldo und ließ von seinem Kabelsalat ab.

„Wann bereitest du es für mich zu, Scaramuzza?“

„Sobald ich ein paar geeignete Frösche gefunden habe. Es funktioniert nicht mit allen. Sie dürfen nicht zu groß sein und brauchen feste, fleischige Schenkel, Professore.“

„Jetzt setz dich schon her, Scaramuzza, und gib dich nicht so zugeknöpft. Wie lange brauchst du, um die Frösche zu fangen?“

„Hängt vom Mond ab. Er muss abnehmend sein.“

„Wir haben heute Vollmond, Scaramuzza. Ab morgen kannst du auf Jagd gehen.“

„Mal sehen, was sich machen lässt.“

„Aber ein kleines Vorgeschmäcklein, das kannst du mir doch heute schon geben, mein Lieber. Ein paar Zutaten sind doch leicht verraten …“

„Na, gut. Morcheln …“

„Oh, Morcheln, das klingt ja schon ganz gut.“

„Lagunengrasgrappa … Santonego.“

„Lagunengrasgrappa? Das klingt sogar vielversprechend.“

„Die Frösche müssen ja brennen!“

„Ah, sie müssen brennen! Ich vergehe vor Neugierde.“

„Jetzt habe ich aber genug verraten. Ein bisschen Geheimnis soll ja noch bleiben.“

„Ein köstliches Geheimnis“, sagte Belli, über das ganze Gesicht strahlend, und strich sich dabei wie Buddha über sein rundes kleines Bäuchlein. „Nun muss ich aber wieder meinen gesellschaftlichen Verpflichtungen nachkommen. Leider füllt die Tätigkeit eines Feinschmeckers ein Leben heutzutage nicht aus.“

Mit diesen Worten kehrte er zu Nonno, Macorig und Alfonsine auf jenes Triklinium zurück, auf dem zu meiner großen Überraschung mittlerweile auch Valeria Platz genommen hatte und historisch korrekt in halb liegender Haltung verharrte, ohne von mir auch nur die geringste Notiz zu nehmen.

„Kein Glück mit den Frauen von Balaor, was?", ätzte Leuchtstanitzel, der die Vorgeschichte kannte und mich dabei beobachtet hatte, wie lange und sinnend ich Valeria nachsah.

„Lass ihn doch in Ruhe!", sagte Scaramuzza.

„Ja, auf Balaor bleibt nichts geheim", schaltete sich Kommissar Gradnik in unser Gespräch ein, als wüsste auch er längst, dass Valeria und ich uns auf der Terrasse des Castelletto gestritten hatten. „In Balaor weiß jeder alles über jeden oder glaubt zumindest, alles zu wissen, auch wenn er damit völlig falsch liegt."

„Meistens haben die Leute schon recht damit, was sie denken", widersprach Scaramuzza. „Wenn man in Balaor geboren ist, dann entwickelt man im Lauf eines Lebens einen sechsten Sinn für alles Balaoranische."

„Das mag sein", erwiderte Gradnik. „Aber das Balaoranische an sich, das ist immer unklar. Es bricht sich an der Wahrheit wie eine Flutwelle am Felsen. Einen Augenblick lang glaubt man, die Wahrheit zu erkennen, doch sobald die Gischt verströmt ist, bleibt wieder alles vage. Nehmen Sie beispielsweise den alten Lukobran, der von einem Erzengel erschlagen wurde. Obwohl die meisten Menschen heute nicht mehr so recht an Engel glauben wollten, ging bald das Gerücht um, dass Lukobran dafür büßen musste, dass er sich beim Verkauf der Fischereigenossenschaft an ein internationales Konsortium schmieren hätte lassen und damit die Fischer um ihre Arbeitsplätze gebracht hätte. Da wurde aus dem Erzengel plötzlich ein Racheengel, und jedermann spekulierte darüber, wer ihn zu dieser Tat angestiftet haben könnte."

„Hat ihn denn jemand angestiftet?"

„Auch Erzengel sind bestechlich", erwiderte Gradnik mit steinerner Miene. „Ich habe diese Spur übrigens längere Zeit selbst verfolgt. Doch vor ein paar Tagen fiel mir dann ein Brief in die Hände. Er war Teil des Schriftverkehrs, den Lukobran in seinen letzten Tagen mit dem Aufsichtsrat des Ospizio Marin, also mit dem Mehrheitseigentümer der

Fischgründe von Balaor, geführt hat. Und er lässt Lukobran in einem völlig anderen Licht erscheinen."

„Wie meinen Sie das?", fragte Scaramuzza, und es schien mir, als sei ihm die bevorstehende Enthüllung geradezu körperlich unangenehm.

„Lukobran versuchte bis zuletzt zu verhindern, dass die Genossenschaft verkauft wurde", fuhr Gradnik fort. „Noch kurz vor seinem tragischen Tod wollte er daher eine Genossenschaftsvollversammlung einberufen, um die bevorstehende Unterzeichnung des Kaufvertrags noch in letzter Minute abzuwehren. Doch dazu ist es ja dann leider nicht mehr gekommen. Aber bringt das Klarheit in seinen Tod?"

Boldo schien von Gradniks Worten auf seltsame Weise bewegt. Er stützte seinen schweren Kopf auf beide Fäuste, runzelte seine Stirn und sprang dann plötzlich wie von der Tarantel gestochen auf: „Ich muss mich um mein Feuerwerk kümmern."

„Hast du dich schon entschieden, ob du einen Hund oder ein Kaninchen in die Luft schießt?", fragte ich, um die plötzlich so trübe gewordene Stimmung wieder etwas aufzuheitern.

„Der Professore hat mir weder das eine noch das andere bewilligt", erwiderte er. „Er möchte sich, glaube ich, am liebsten selbst als Stern über dem Himmel von Balaor aufgehen sehen."

Boldo schraubte noch ein wenig an seiner Rampe herum und während er dies tat, fiel mir auf, dass einer der Feuerwerkskörper ausscherte. Verfolgte man seine Richtung im Sinne einer ballistischen Kurve weiter, so landete man geradewegs im Zentrum des Einser-Trikliniums, also genau dort, wo – umringt von Nonno, Belli, Macorig und Valeria – Alfonsine Rismondo saß.

Boldo fingerte zwar bereits an den elektrisch beleuchteten bunten Knöpfen seines Schaltpults herum, doch es dauerte wohl noch eine Weile, bis er den Startknopf drücken würde. Dafür war er zu sehr mit dem Festzurren der Schaltkabel beschäftigt.

Das wahre Feuerwerk lief unterdessen in meinem Kopf ab. Hinderte ich Boldo daran, seine Raketen in welche Richtung auch immer abzuschießen, war mit Sicherheit nicht er der Überführte, sondern ich der Blamierte. Überführen konnte ich ihn nur, indem ich zuließ, dass er die Tat beging und ihn danach zur Rede stellte. Die zweite Möglichkeit, Alfonsine und ihren Anhang auf dem Einser-Triklinium zu warnen, hätte mich vermutlich dem allgemeinen Gespött preisgegeben. Blieb nur noch die Möglichkeit, wenigstens Valeria vor dem Anschlag zu retten, indem ich sie, mit welchen Mitteln auch immer, von ihrem Triklinium abzog und mit ihr verschwand, dafür aber in Kauf nahm, dass ein Verbrechen stattfand, das ich hätte verhindern können.

Boldo brachte sich an seinen Schalthebeln mit einem fast inbrünstig wirkenden Gehabe in Stellung. Er begann feierlich mit dem Countdown und ich wusste immer noch nicht, wie ich mich verhalten sollte. Stolz reckten die Raketen ihre Köpfe ins Vollmondlicht, nur die eine, die zeigte immer noch in eine andere Richtung.

Nein, mein Verdacht war berechtigt. Ich hatte mich nicht geirrt.

„...sechs, fünf, vier ...", zählte Boldo.

Jetzt dachte ich nicht mehr nach, sondern stürzte einfach auf die Rampe zu und riss das verdächtige Geschoss aus seiner Verankerung.

„Bist du verrückt?", schrie mich Boldo an und riss mir die Rakete aus der Hand. „Das ist kein harmloses Tischfeuerwerk, sondern hochkarätiger Sprengstoff."

„Eben. Und er war auf Menschen gerichtet."

Boldo begann lauthals zu lachen. Dann nahm er die Rakete und schlug damit gegen den Zisternenrand, auf dem er sein Riesenspielzeug aufgebaut hatte.

Die Rakete knickte wie eine Hohlhippe in sich zusammen.

„Die Papiertüte meinst du? Ach, Carozzi. Die war ein Blindgänger. Nicht die Spur von Pulver drin. Darum hing sie auch so traurig aus der Verankerung. Auch die in Nanjing können einmal etwas übersehen. Aber du hast recht, ich hätte sie herausreißen sollen. Kann ich jetzt weitermachen?"

Ich wäre am liebsten in die Tiefe der Zisterne versunken und nie mehr aufgetaucht.

Ein gnädiges Schicksal ließ Boldo seinen Countdown nicht wiederholen, sondern einfach den rot leuchtenden Knopf drücken, der die Raketen zum Surren brachte und den Himmel in Feuer tauchte, während mir die Schamesröte in den Kopf stieg.

Über demselben spielte sich eine wirklich eindrucksvolle Leistungsschau chinesischer Feuerwerkskunst ab. Ein halbes Dutzend Silbervulkane eröffnete den himmlischen Glutreigen. Sie wurden von unzähligen aufsteigenden Kometen in allen Farben des Regenbogens flankiert, die sich am Schluss zu einem einzigen goldenen Streif vereinten, der den Vollmond wie einen Ball unter einer Brücke durchschwimmen ließ. Danach folgten Bukettsalven mit vielfarbigen Blitzen, bevor ein Strand mit neun riesigen Palmen am Himmel erschien. Aus jeder Palme wuchs ein Buchstabe, und gemeinsam gaben sie den Schriftzug *Mondomare*, der sekundenlang über dem nächtlichen Balaor stand. Darauf verwandelte sich der ganze Himmel in ein glitzerndes Lichtermeer aus unzähligen Goldkäferwölkchen, auf dem unter einem brennenden Torbogen Michel-Angelo, der feiste kleine Rauschgoldengel mit seinem flammenden Klappmesser und dem Weinglas erschien und so lange auf einem Wölkchen tanzte, bis der Himmel wieder sternenklar und nachtblau war.

***

Zu meiner großen Überraschung hatte Scaramuzza, bis die letzte Rakete abgebrannt war, den ganzen Abend lang keinen einzigen Tropfen Alkohol getrunken. Umso schneller machte er jetzt eine ganze Flasche Peperoncini-Grappa leer. Es dauerte nicht lange, bis Boldo kaum noch gerade sitzen konnte, aber dafür eine umso größere, wenngleich etwas zungenschlagende Eloquenz entwickelte.

Das hatte den Vorteil, dass Boldo vor lauter Mitteilungsbedürfnis meine wiederholten Rechtfertigungsversuche für meinen schändlichen Verdacht überhörte, und ich war mir nicht sicher, ob er davon überhaupt Notiz genommen hatte.

„Weißt du, was die Seeungeheuer sagen, wenn man ihnen genau zuhört, Carozzi?"

„Ich habe noch nie ein Seeungeheuer gesehen, daher konnte ich auch nicht hören, was es sagt, Boldo."

„Noch nie ein Seeungeheuer gesehen", lallte Boldo. „Sowas Lächerliches. Jeder, der einen Fisch fängt, der hört, wie die Seeungeheuer aus der Tiefe zu ihm sprechen. Und je größer der Fisch ist, desto lauter raunen sie. Die Seeungeheuer, musst du wissen, stehen auf der Seite der Fische und sie rufen dir zu: ‚Wir wollen deinen Tod und den Tod des Universums, die Vernichtung der Erde und die Rückkehr ins Chaos.'

Nicht schön, solche Worte zu hören, wenn du auf offener See bist und mit einer Harpune gegen einen Schwertfisch ausholst oder dich im Duell mit einem Riesenthun misst. Du wirst das Gefühl nicht los, dass du auf der falschen Seite kämpfst."

Boldo kämpfte mittlerweile gegen eine Flasche Peperoncini-Grappa, in der kein Tropfen Schnaps mehr war, dafür aber noch etliche Peperoncinischoten, die sich beim Versuch, die Flasche auszuwringen, in Boldos wild wuchernder Brustbehaarung verstrickten.

„Du solltest ins Bett gehen, Boldo", sagte ich.

„Nicht ins Bett, Carozzi. Wenn du zu Bett gehst, Mario, dann bist du tot. Und die Toten haben nichts zu lachen. Denn dort unten am Grund, da warten sie, die ..."

Er rang um Atem.

„... die Seeungeheuer?"

„Genau die. Du bist – schnell von Verstand, Carozzi. Schade um dich und Gilda. Ihr hättet so gut zueinander gepasst."

„Gilda hat andere Probleme."

Scaramuzza zog mich ganz nahe an sich.

„Weißt du, Carozzi. Die Toten müssen das, was sie zu sagen haben, schon zu Lebzeiten gesagt haben. Verstehst du das?"

Ich nickte.

Boldo rutschte vom Stuhl und plumpste auf den Kies. Ich wollte ihn wieder hochziehen, doch stattdessen zog er mich mit Bärenkräften zu sich hinab und wir saßen da wie zwei Jungs in der Sandkiste.

„Kennst du die Geschichte von Sat..., Sata..."

„Satan?"

„Ach, doch nicht Satan, Carozzi. Satanael meine ich. Das war Satan, als er noch nicht Satan war und weder Himmel noch Erde existierten, sondern nur das Wasser. Da ist Gott eines schönen Tages durch die Lüfte geflogen und hat im Wasser einen großen Fisch gesehen. Doch der Fisch war, obwohl er im Meer schwamm, kein Fisch, sondern ein Vogel, und der hieß Satanael. Gott fragte den Vogel, wer er denn sei, und der Vogel Satanael antwortete, er sei Gott. ‚Ha, ho, ho, ha', antwortete Gott, ‚wenn du Gott bist, wer bin denn dann ich?' Und Satanael, der alte Schleimer, antwortete: ‚Du bist der Gott der Götter, der Herrscher aller Herrscher und all ihrer Heerscharen!'

Das hat dem Alten so imponiert, dass er den Vogel wegen seiner großen Flügel zum Herrn der Engel ernannte. Aber es ist nichts geworden aus der Freundschaft zwischen den beiden. Der Erzengel Michael war der viel intelligentere Schleimer, und den hat Gott dann ja auch gebeten, den Satanael in den Höllenschlund hinabzustürzen, also direkt in meine Speiseröhre ..."

Boldo rülpste.

„... und dort unten hockt er jetzt."

Boldo ging es gar nicht gut. Doch seiner Redseligkeit tat das keinen Abbruch.

„Ja, ja, der liebe Gott", fuhr er stockend fort. „Der glaubte, als ich damals bei den Jesuiten ins Gymnasium ging, schon seine Hand auf mich gelegt zu haben, doch bin ich ihm in letzter Sekunde – entschlüpft. Aber er hat sich gerächt. Gott hat sich bitter gerächt. Ja, er hat mich verlassen ... Weißt du, was das heißt, wenn einen Gott verlässt? – Ich brauch noch einen Schnaps, Carozzi!"

Ich schüttelte den Kopf. Boldo versuchte sich an einem der Klappstühle hochzurappeln, scheiterte jedoch und fiel steinschwer wieder in seine kauernde Stellung am Kiesboden zurück.

„Manchmal, drüben in der Kathedrale, wenn ich mit den anderen Fischern das Te Deum singe," setzte er mit letzter Kraft zu einer neuen Rauschpredigt an, „da spüre ich plötzlich, dass er mir nicht einmal mehr zuhört ... ja, genau ... der alte Herr lässt mich das Te Deum singen und ... hört mir dabei nicht einmal zu. Er merkt es nicht einmal mehr, wenn ich ihn preise. Komm her, Carozzi, komm her, ich sag dir jetzt, worauf es in dieser Welt ankommt."

Er zog mich so nahe an sich, dass er nicht mehr laut sprechen musste, sondern mir ins Ohr flüstern konnte, was er zu sagen hatte: „Solange die Welt nur von allen guten Geistern verlassen ist, geht es ihr immer noch mittelprächtig", wisperte er. „Wirklich schlimm wird es erst, wenn auch die bösen Geister gehen. Dann ist die Welt nämlich von allen Geistern – und damit auch gottverlassen. Und jetzt bring mir endlich einen Schnaps!"

Das Lapidarium hatte sich mittlerweile vollständig geleert und ich saß mit Boldo mutterseelenallein zwischen all den alten Epitaphen. Ich beschloss, Gilda zu holen, die sicherlich noch wach war. Denn alleine sah ich keine Chance, Boldo, dieses trunkene Schlachtschiff, heute noch in den Hafen seines Bettes einlaufen zu lassen.

Es dauerte eine Weile, bis ich Gilda in der Wäschekammer im Keller fand.

„Ist was mit Papa?“, fragte sie.

„Das Übliche“, antwortete ich. „Aber heute noch ein bisschen schlimmer als sonst.“

„Ich komme schon“, erwiderte sie und streifte die Ärmel hinunter.

„Es wird nicht leicht sein, ihn in den ersten Stock hinaufzuschleppen“, sagte ich.

Es war allerdings auch nicht notwendig. Denn als Gilda und ich das Lapidarium betraten, war Scaramuzza spurlos verschwunden.

Wir durchsuchten die ganze Fortuna, den Weinkeller, die Vorratskammern und die Wohnräume im ersten Stock. Ich überquerte zweimal die ganze Piazza und suchte alle Seitengassen ab, doch die Suche blieb ergebnislos. Gilda, die um ihren Vater heute deutlich besorgter war als sonst, beschloss, noch am alten Mandracchio-Hafen nachzusehen, wo Boldos Boot vor Anker lag, und sie kehrte lange nicht zurück.

Ich wollte schon zurück ins Castelletto gehen, als mir Boldos Worte einfielen, in denen er vom Te Deum sprach, das er immer sang, ohne von Gott gehört zu werden.

Die Euphemienkathedrale war zwar versperrt, doch vom Lapidarium führte ein kleiner Korridor durch die Sakristei in den Proberaum der Fischer von Balaor hinab. Dieser Korridor war fast nie versperrt, und er war meine letzte Hoffnung.

Tatsächlich fand ich die Sakristeitür auch heute offen. Der barocke Sakristeischrank glänzte im Mondlicht, das durch das spätromanische Fenster einfiel. Die Gittertür daneben war nur angelehnt.

Ich stieg die zehn oder zwölf Stufen in den Proberaum hinab. Auch er war nur durch einen Mondstrahl beleuchtet, der durch eine winzige Luke einfiel. Der Raum roch nach Staub und Moder, die Einrichtung bestand nur aus ein paar Chorbänken, einem Harmonium und dem Pult für den Chorleiter.

Hier war Boldo jedenfalls nicht.

Doch dann fiel mir auf, dass eine der beiden Seitenwände des Raums nicht aus Stein, sondern aus Glas war, was zu seltsamen Lichtreflexen führte. Ich sah mir die gläserne Wand genauer an und bemerkte, dass ich nicht vor einer Wand, sondern vor etwa dreißig in hölzernen Nischen übereinander aufgestellten Kristallsärgen stand, die zum Teil hinter schwarzen Vorhängen verborgen waren.

Ich zog einen dieser Vorhänge zurück und stellte mit Schaudern fest, dass ich, wie ich zu meiner Schande gestehen muss, erstmals seit meinem Aufenthalt auf der Insel, vor den weltberühmten Mumien von Balaor stand. Ich zündete ein Streichholz an und merkte an einer der an den Unterseiten der Sarkophage angebrachten Messinginschriften, dass ich gerade vor dem Grab des heiligen Bischofs Leone Bembo verweilte, der mit Mitra und Bischofsmütze vor mir lag und ein wohl ziemlich verdörrtes, aber doch mit Nase, Mund und Kinn recht gut erhaltenes Gesicht hatte.

Das Streichholz erlosch. Ich zündete noch eines an und zog den Vorhang noch etwas weiter zurück. Neben einem weiteren Sarg, aus dem mir ein anderer Heiliger huldvoll zuwinkte, fand ich einen kleinen Kristallschrein, in dem eine bestens erhaltene abgeschnittene menschliche Hand lag, die, wie zumindest die Inschrift am Kastenboden behauptete, der 288 n. Chr. verstorbenen heiligen Barbara gehörte.

Ich zog den Vorhang wieder zu und begann auf der anderen Seite weiterzusuchen. Dort stellte ich fest, dass nicht in jeder der Holznischen ein Sarg stand, sondern etliche freigeblieben waren.

In einer davon sah ich ihn dann liegen. Boldo unterschied sich von den anderen Leichen nur dadurch, dass er noch etwas frischer und besser erhalten war.

Ich hatte allerdings meine Zweifel, ob er wirklich tot war. Also stupste ich mit meinem Zeigefinger kraftvoll mitten in seinen Bauch. Worauf sich, nach einem kurzen Röcheln, sein Oberkörper aufrichtete und sich eine nicht versiegen wollende Fontäne von Peperoncini-Grappa aus seinem Mund ergoss.

***

„Hobbes hatte doch recht. Die Menschen sind nicht erziehbar, zumindest nicht die Kommissare unter ihnen."

Die Stimme, die das sagte, war zu meiner Überraschung nicht männlich und kam aus einer Entfernung von etwa zwanzig Metern von der Treppe eines alten Bürgerhauses. Dort hockte im Schatten der Wäsche, die zwischen zwei Balkonen aufgespannt war, Patricia Borlotti.

„Hi", rief sie leise von der anderen Straßenseite herüber und verdrehte dabei ihre Augen, als ob es ihr peinlich sei, mich anzureden.

„Was willst du denn von einem Opportunisten, der mit der Mafia unter einer Decke steckt? Was hättest du von einem wie mir schon zu erwarten?"

„Ich nehm' nichts zurück", sagte Patricia Borlotti.

„Wie denn auch, wo du doch die Wahrheit gepachtet hast." Ich holte meinen Haustorschlüssel aus der Hosentasche und ging zum Castelletto. Sie folgte mir und postierte sich breitbeinig vor der Eingangstür.

„Du kannst ihm sagen, dass Carlo kein Mörder ist. Ich weiß, du magst ihn nicht. Aber du bist auch klug genug, um zu wissen, dass er niemals jemanden töten würde."

„Wer glaubt denn, dass Carlo ein Mörder ist?"

„Gradnik, der Kommissar. Er hat ihn verhaftet."

„Aber doch wohl nur als Radaubruder."

„Carlo ist auch kein Radaubruder. Er ist ein Mensch, der eine Vision von Gerechtigkeit hat, nicht mehr und nicht weniger. Vor allem aber ist er kein Mörder."

„Hat Gradnik denn Beweise dafür?"

„Er hat die Pharos durchsuchen lassen und dabei eine Kiste mit Bühnenrauchblitzen und Theaterfeuer entdeckt. Wir brauchen das manchmal für unsere Stücke. Aber Gradnik sagt, der Hafendirektor und noch ein zweiter seien genau mit diesem Zeug ermordet worden. Seit heute morgen ist Carlo in Untersuchungshaft."

Gradnik hatte nach dem gestrigen Fest offenbar nicht gut geschlafen.

„Er ist in den Bleikammern von Balaor gelandet?", fragte ich, so gerührt wie möglich. „Kein schöner Ort, aber für einen Theatermacher sicher inspirierend."

Der darauf folgende Blick der Verachtung traf mich zu Recht. Aber der Verachtung folgte schiere Verzweiflung.

„Gradnik sagte, die Beweise seien handfest, und Carlo würde morgen schon nach Zagreb überstellt, wo ihm der Prozess gemacht werden soll."

Patricia sah wirklich erbarmungswürdig aus, wie sie da hilfesuchend an der Tür zum Castelletto lehnte.

„Und was habe ich damit zu tun? Erst habt ihr mich mit stinkenden Fischen beworfen, dann habt ihr mich auch noch mitten in der Nacht auf einer unbewohnten Insel ausgesetzt …"

„Das war dein eigener Wille, Carozzi!", erwiderte sie scharf. „Ich erinnere mich ganz genau. Du hast gesagt: Ich möchte gehen!"

„Carlo hat diesem Willen bloß ein wenig nachgeholfen. Aber ist schon gut: Was soll ich deiner Meinung nach tun?"

„Mit Gradnik reden und ihm sagen, wofür du Carlo Treiber hältst, was immer das auch sein mag. Aber am Schluss sagst du ihm dann bitte, dass er nie und nimmer ein Mörder sein kann. Da bist du doch meiner Meinung, oder?"

„Niemand kann nie und nimmer ein Mörder sein; im Gegenteil: jeder kann es, es kommt nur auf die Umstände an", erwiderte ich ihr sachlich.

„Du feige Sau!", schrie sie mich an, und schon war sie auch wieder um die Ecke der Via Brunbuli verschwunden.

Ich lief ihr nicht nach, denn es wäre sinnlos gewesen. Stattdessen marschierte ich schnurstracks zu Gradnik.

Der Kommissar saß in seinem düsteren, klösterlichen Verschlag auf der Hauptwache und war gerade dabei, sich aus Camel Feinschnitttabak eine Zigarette zu drehen. Hinter seiner randlosen Brille hatte er, als ich eintrat, sein rätselhaftes Volkskommissarlächeln aufgesetzt.

„Ah, Carozzi", sagte er, gar nicht besonders erstaunt über mein Erscheinen, und bot mir einen Stuhl an. „Hatten Sie Scaramuzza auch in Verdacht? Ich wollte Sie das gestern nicht fragen. Es wäre in seinem eigenen Hause wohl auch als unfreundlicher Akt verstanden worden."

„Hatten Sie ihn denn im Verdacht?"

„Ich hatte von Gilda einen Logenplatz auf dem Einser-Triklinium zugewiesen bekommen, es aber vorgezogen, mich zu Ihnen in die Klappsesselabteilung zu setzen. Beantwortet das Ihre Frage?"

„Ja."

„Dann beantworten Sie mir bitte auch die meine."

„Ja, ein Anflug von Verdacht war da, das muss ich zugeben."

„Sie hätten sich beinah wie ein Selbstmörder mitten in die explodierenden Feuerwerksraketen geworfen. Das nennen Sie einen Anflug?"

Gradnik war ein stiller, aber sehr aufmerksamer Beobachter.

„Gut, es war ein Verdacht, ja mehr schon als ein Verdacht. Aber er ließ sich nicht erhärten, und ich bin froh darüber."

Gradnik wetzte nervös auf seinem Sessel herum.

„Ich war da nicht so leicht zu überzeugen. Das haben Sie für mich erledigt und ich danke Ihnen dafür."

„Was hätten Sie gemacht, wenn ich nicht vorgeprescht wäre?"

„Die präventive Festnahme ist leider noch nicht erfunden", lachte Gradnik. „Aber seien Sie gewiss, sie wird noch kommen, wenn unsere erkennungsdienstlichen Methoden noch ein wenig weiter ausgefeilt sein werden. Aber noch steht es nicht in meiner Macht, einen Menschen festzunehmen, nur weil ich zu wissen glaube, dass er vorhat, ein Verbrechen zu begehen."

„Sie wären also das Risiko eingegangen, dass Scaramuzza das ganze Einser-Triklinium in die Luft jagt."

„Ich wüsste nicht, was ich dagegen hätte tun können. Außerdem war mein Verdacht gegen Scaramuzza letztlich wohl doch nicht groß genug. Denn ich hatte schon am Nachmittag vor der Gala ausreichend Gelegenheit, mich mit den technischen Möglichkeiten eines anderen Verdächtigen zu befassen, der als Täter viel eher in Frage kommt."

„Lassen Sie mich raten: Sie sind auf ein paar Beutel mit Theaterfeuer im Waffenarsenal der Pharos-Truppe gestoßen?"

Gradnik schnappte kurz, aber kaum merklich nach Luft.

„Kompliment, Doktor Watson, woher wissen Sie denn das schon wieder?"

„Patricia Borlotti hat mir, mit Tränen in den Augen, von der in den Morgenstunden erfolgten Festnahme ihres Freundes erzählt."

„Ja, ja, Morgenstund hat Gold im Mund", erwiderte Gradnik und kratzte sich an seinem Dreitagebart, der heute wie ein Viertagebart aussah. „Sie wird allerdings bald noch mehr Tränen vergießen müssen. Ich werde sie nämlich wegen Beihilfe zum Mord verhaften lassen."

„Können Sie sich ernsthaft vorstellen, dass diese harmlosen politischen Eiferer in der Lage wären, einen Mord zu begehen?", widersprach ich mannhaft.

„Oh, Sie verteidigen Ihre Erzfeinde! – Wie großherzig, Doktor Carozzi! Da entdecke ich ja einen völlig neuen Charakterzug an Ihnen. Ich habe Sie bis jetzt eher für einen – Pragmatiker gehalten."

„Es geht mir auch keineswegs um Emotionen, sondern ganz pragmatisch um das Herausfinden der Wahrheit. Carlo Treiber und Patricia Borlotti einen Mord zuzutrauen, halte ich für unverhältnismäßig."

„Die Wahrheit ist leider häufig unverhältnismäßig. Wobei im konkreten Fall das Verhältnis zwischen politischer Absicht und tatsächlich ausgeübter Gewalt durchaus wohlproportioniert daherkommt. Wussten Sie beispielsweise, dass Carlo Treiber und Patricia Borlotti schon mehrmals wegen gewalttätiger Akte festgenommen wurden? Im internationalen ‚Schwarzen Block' werden sie sogar zu den Rädelsführern gezählt."

Gradnik öffnete den Hängeschrank zu seiner Linken, zog eine Akte heraus und fuhr fort:

„Bei Interpol sind die beiden jedenfalls alte Bekannte. Hannover: Festnahme während der Chaostage wegen Werfens von Molotow-Cocktails. Salzburg: Tätlicher Angriff auf zwei Polizisten während des Weltwirtschaftsforums. Genua: Wochenlange Anhaltung wegen Teilnahme an der berüchtigten VOLXtheaterkarawane und Waffenbesitz im Verlauf des G8-Gipfels. Jakarta: Beteiligung an Krawallen und blutigen Ausschreitungen während der Geberkonferenz. Verhaftung wegen Verdachts auf Bandenbildung mit anschließender Ausweisung nach dem Amerikagipfel in Mar del Plata in Argentinien. Und in Saloniki wurden sie erst unlängst in Zusammenhang mit Unruhen von sogenannten Autonomen kurzfristig festgenommen, die mehrere Brandflaschen auf vorbeifahrende Autos und Polizeibeamte geworfen hatten. Um es kurz zu machen: Es gab in den letzten Jahren kaum eine Zusammenrottung von Anarchisten und Gewalttätern, bei welcher die beiden nicht mitmachten oder sogar auffällig wurden. Und dann finden meine Leute noch jede Menge als Theaterfeuer getarnten Sprengstoff auf ihrem Schiff. Und Carlo Treibers einziges Alibi während der Morde an Lukobran und Lichignoso kommt von seinen eigenen Leuten. Da lässt sich schon eine schöne, schlüssige Anklageschrift draus basteln, finden Sie nicht, Doktor Carozzi?"

„Die Sache hat nur einen Schönheitsfehler", wandte ich ein. „Es gab vier Morde in Balaor, und Sie reden immer nur von zweien."

„Da schau mal einer an. Es steckt ja in der Tat ein kleiner Doktor Watson in diesem Doktor Carozzi!

„Danke für die Blumen, Mister Holmes!"

„Aber wie Sie als Arthur-Conan-Doyle-Leser sicher wissen, ist Doktor Watson nicht nur derjenige, der viele Fragen stellt, sondern auch jener, der viel fehlginge, wäre da nicht ..."

„Joschko Gradnik ..."

„Sie schmeicheln mir, mein Lieber! Aber zunächst einmal ist die Untersuchung des Todes von Teresa Zarazà noch nicht in einem Stadium, das die Diagnose Mord wirklich zuließe, da warte ich noch auf ein Gutachten aus Triest. Und was das Gift des Baumsteigerfrosches betrifft, so darf ich Sie daran erinnern, dass unsere Öko-Piraten unter anderem auch den Amerika-Gipfel in Mar del Plata im Jahre 2005 mit ihrer flamboyanten Anwesenheit beehrten. Mit ihren guten Kontakten zur radikalen Indio-Szene konnten sie dort, was Giftfrösche betrifft, nach Herzenslust auf Einkaufstour gehen. Und Frösche haben ein langes Leben."

„Auf der Pharos haben Sie aber keinen dieser kleinen Giftspritzer gefunden?"

„Auf der Pharos nicht. Aber wir haben auch noch nicht die ganze Truppe gefilzt. Der Großteil davon campt draußen auf den Inseln. Es würde mich nicht wundern, wenn da noch allerlei zum Vorschein käme."

Gegen schlüssig klingende Indizienketten ist oft gar nicht so leicht vorzugehen. Ich startete dennoch einen weiteren Versuch: „Und was hätten Carlo Treiber oder Patricia Borlotti für ein Motiv haben sollen, beispielsweise Tusnelda Scacci umzubringen?"

„Ach, wissen Sie, Carozzi, allzu viel Motivforschung ist bei terroristischen Gruppen verlorene Liebesmüh. Die fragen nicht, wen sie töten sollen, sondern sie tun es im Dienste einer Sache – und da nehmen sie meistens den Erstbesten, der sich anbietet, ob er nun U-Bahnfahrer, Passant, Banker oder Millionär ist: Als Signal taugt er allemal. Zudem waren alle bisherigen Opfer mächtig, reich oder beides. Das reicht solchen Anarchos schon, um ihre Blutspur zu ziehen. Denken Sie an die Brigate Rosse. Glauben Sie mir, ich kenne diese Brüder. Ich hatte als ganz junger Geheimdienstmann zu Marschall Titos Zeiten gelegentlich das zweifelhafte Vergnügen, mit ihnen zu – kooperieren."

Gradnik klappte die Pharos-Akte wieder zu, ließ sie in seinen Hängeschrank gleiten und sperrte diesen doppelt ab.

„Darf ich Sie noch etwas fragen, Kommissar Gradnik?"

„Fragen Sie nur, Watson, Fragen sind frei, also heraus mit der Sprache!"

„Sie haben gestern Abend im Lapidarium angedeutet, dass Sie den Briefwechsel zwischen der Fischereigenossenschaft und dem Vorstand des Ospizio recht gut kennen würden. Ist Ihnen eigentlich bekannt, ob der Kaufvertrag mittlerweile unterschrieben wurde?"

„Ich habe das Originaldokument nicht eingesehen, nur eine Kopie davon. Aber ich gehe davon aus, dass auch das Original unterschrieben wurde."

„Und wer war der Käufer?"

„Ein internationales Konsortium, dessen Name mir entfallen ist. Aber vertreten wurde es durch die Agenzia Mondomare."

„Belli also."

„Natürlich Belli. Das war doch nun von allem Anfang an klar. Auch Lukobran hätte nur einen Riesenwirbel unter den Fischern anzetteln, aber den Verkauf letztlich nicht verhindern können. Es war nur eine Frage der Zeit, bis die Fischgründe an Belli fallen würden. Er ist der Geschäftsmann par excellence."

„Für mich ist er auch noch etwas anderes."

„Sie meinen doch nicht etwa, ein Mörder? Carozzi, jetzt enttäuschen Sie mich aber. Diese These ist eines Doktor Watson nicht würdig. Sie beleidigt nicht nur meine, sondern vor allem Ihre eigene Intelligenz. Nein, schlagen Sie sich diese verrückte Theorie schnell wieder aus dem Kopf. Die hält nicht, glauben Sie einem alten Profi!"

***

Als ich in die Via Brunbuli zurückkehrte, sah ich, dass Valeria ihren Fiat Punto nicht wie üblich drüben am Parkplatz des Ospizio, sondern direkt in der Fußgängerzone vor dem Castelletto geparkt hatte. Beim Eintreten fand ich sie damit beschäftigt, alle möglichen Dinge in ein Köfferchen aus bunt bemaltem Weißblech zu stopfen.

„Keine Angst", sagte sie und ihre Stimme verriet eine gewisse Hast, die ich sonst nicht an ihr kannte. „Ich nehme nichts mit, was nicht mir gehört. Nur ein paar persönliche Sachen, Zahnbürste und Nachthemd und so."

„Ich habe nicht die geringste Angst, von dir bestohlen zu werden, Valeria", sagte ich, etwas verdutzt. „Nimm dir mit, was dir gefällt, aber sag mir zuvor warum."

„Du siehst ja, dass ich gehe."

„Gehen heißt was?"

„Gehen heißt verlassen. Ich verlasse Balaor, und zwar innerhalb der nächsten Stunde."

„Und das sagst du mir so nebenbei?"

„Ich wollte es dir gestern Abend schon sagen. Aber du hast mich ja keines Blickes gewürdigt, sondern musstest die ganze Zeit mit deinem Saufkumpan im Kies spielen."

„Entschuldigung, da muss ich was klarstellen: Du hast mich den ganzen Abend keines Blickes gewürdigt, sondern dich blendend mit Alfonsine unterhalten, die du ja angeblich gar nicht magst."

„Ich habe mich nicht blendend mit ihr unterhalten, sondern sie hat mir ein Angebot gemacht."

„Tatsächlich? Sie hat ja jetzt viel Geld zu verteilen."

„Davon habe ich nichts gemerkt. Sie bot mir dieselbe Summe, die ich im Ospizio verdient habe."

„Und was solltest du für sie machen."

„Sie sucht, glaube ich, eine Sklavin, aber sie nennt es persönliche Assistentin."

Valeria kramte noch ein Paar Strümpfe hinter der Matratze hervor.

„Klar, dass du nicht angenommen hast. Aber du hättest doch auch im Ospizio weiter arbeiten können."

„Nein, dort hat Alfonsine mich nämlich gekündigt, bevor sie mir das Angebot zur Sklavenarbeit machte."

„Wieso kann Alfonsine dich im Ospizio kündigen?"

„Sie ist dort, seit die Fischereigründe verkauft wurden, Mehrheitseigentümerin. Wusstest du das nicht?"

„Nein, aber es klingt logisch."

„Sie hat es mir auf jeden Fall nicht schwer gemacht, einen Schlussstrich zu ziehen", sagte Valeria und knallte das Weißblechköfferchen zu, das allerdings so voll war, dass es gleich wieder aufsprang. „Und nicht nur sie!"

„Wer denn noch?"

„Dreimal darfst du raten!"

Sie kniete sich auf das Köfferchen.

„Es wird eine Delle bekommen, wenn du so gewalttätig damit umgehst", sagte ich.

„Es wäre nicht die einzige Beule, die ich aus Balaor mitnehme."

Sie warf mir den Koffer vor die Füße, der dadurch von Neuem aufsprang und dessen Inhalt sich quer über das Zimmer verstreute.

„Können wir nicht in Ruhe über alles reden?"

Sie griff nach einem Papiertaschentuch und tat so, als wolle sie sich den Schweiß von der Stirn wischen; doch es war nicht nur die Stirne, die unter ihrem reisefertig auftoupierten Blondschopf nass war.

„Was meinst du mit ‚alles'?"

„Nun ja, alles, was war, und alles, was sein wird."

„Es wird nichts mehr sein, Carozzi. Und es liegt nicht an mir, sondern an dir."

„Was willst du denn machen?"

„Ich habe eine Stelle als Direttrice in einem kleinen Wellness-Hotel in den Dolomiten angenommen und soll schon in den nächsten Tagen dort anfangen."

„Dolomiten, das klingt gut."

Valeria legte beide Arme um meine Schultern und blickte mir tief, ja fast unwiderstehlich tief in die Augen.

„Dann pack deine Sachen und komm mit. Dich braucht doch hier auf Balaor keiner mehr."

„Das ist nicht so einfach, wie du glaubst."

Sie griff erneut nach ihrem Papiertaschentuch.

„Genau das meinte ich damit, als ich sagte, dass es nicht an mir liegt, sondern an dir."

„Ich glaube, ich weiß jetzt, wer all die Morde begangen hat."

„Dann sag es Gradnik und fahr mit mir nach Südtirol. Solange warte ich noch."

„Genau da liegt das Problem. Gradnik ist nicht meiner Meinung."

„Und da willst du lieber hier in Balaor noch ein wenig Detektiv spielen, und in ein paar Tagen oder Wochen ziehen sie deine Leiche aus dem alten Mandracchio-Hafen."

Sie hatte ihr Köfferchen inzwischen wieder eingeräumt, drückte es zu, und diesmal hielt der Verschluss. „Nein, mit mir nicht!", sagte sie, als es klickte.

„Soll er wirklich weiter ungestraft seine mörderischen Fäden ziehen können, dieser machtgierige Professor, der über Leichen geht, um seine Ziele zu erreichen? Gegen die Bevölkerung von Balaor. Ohne Rücksicht auf die Umwelt, nur wegen des Geldes und der damit verbundenen Macht. Deswegen musste zunächst Lukobran sterben, und danach ging es seinen Finanziers an den Kragen. Belli will das bevorstehende Milliardengeschäft mit Mondomare ganz alleine machen und den Gewinn weder mit dem wohltätigen Ospizio noch mit einem Edelmafioso wie Lichignoso teilen. Das liegt doch auf der Hand."

„Auf der Hand liegt allerdings auch, dass deine Freundin Gilda und der lächerliche alte Scaramuzza dich mit einem Bann belegt haben, der es dir unmöglich macht, deine Füße von dieser Insel zu kriegen. Oder halten dich etwa deine alten Grabsteine hier fest?"

„Du weißt genau, dass ich die Grabsteine so wenig liebe wie Gilda."

„Das mit den Grabsteinen glaub ich dir, denn da sind dir die mexikanischen lieber. Aber Gilda …"

„Sie ist überhaupt nicht mein Typ …"

„Aber sie ist eine Hexe."

Nun bedurfte es eines neuen Papiertaschentuchs.

„Ich werde zu Ende bringen, was zu Ende gebracht werden muss", sagte ich und stellte fest, dass ich mich für den feierlichen Ton, in welchem ich das sagte, selbst hasste.

„Ich muss fahren. Südtirol liegt nicht um die Ecke", sagte Valeria.

Ich wollte ihr so gerne etwas geben, das ihre Meinung von mir zuletzt vielleicht doch noch ein wenig verbesserte. Ohne viel nachzudenken, griff ich mir ans Ohr und zog meinen Ohrring aus dem Läppchen.

„Er stammt zwar von einem Häuptling," sagte ich, „aber jetzt gehört er einer Häuptlingsfrau."

Valeria schluchzte, fiel mir um den Hals, küsste mich und schluchzte weiter. Dann öffnete sie ihr Handtäschchen und fischte einen zerknitterten Prospekt heraus, der einen Holzbau in der typischen Tiroler Lederhosenarchitektur zeigte. *Villa Aurora. Spa. Wellness. Feng Shui* stand darauf zu lesen, und hinter dem Hotel sah man die Dolomiten in ihrem strahlendsten Alpenglühen.

***

Abschiede sind meine Sache nicht. Ich hasse heute noch den Abschied, den ich von Mexiko nehmen musste, obwohl gerade der mein freier Wille war. Es ist dieser Keim der Veränderung, den ich nicht mag, dieses gnadenlose Wissen darum, dass etwas nicht mehr so sein wird, wie es war. Vielleicht bin ich aus diesem Grund auch Archäologe geworden, weil ich tief in mir ein Bedürfnis fühle, Vergangenheit und Gegenwart in Einklang zu bringen, um die Befindlichkeit meiner Seele im rechten Lot zu halten.

Selbstverständlich schmerzte mich der Abschied von Valeria mehr als jener von meinem Indianerohrring. Doch je länger ich darüber nachdachte, desto mehr tat mir auch der Verlust des Ohrrings weh. Es gab einen Weg, ihn wieder zurückzuholen. Doch dieser Weg führte über Südtirol, die Dolomiten, Naturns, meine Eltern, das Ötzi-Museum – und natürlich auch über Valeria. Aber würde sie all das übrige Ungemach wettmachen?

Es zählt zu den perfidesten Eigenschaften von Balaor, sich gerade dann von seiner schönsten Seite zu zeigen, wenn man es ernsthaft zu verlassen erwägt. Das goldene Herbstlicht mit seinen langen, plastischen Schatten ließ die Innenstadt wie ein Gemälde aussehen, auf dessen Leinwand ein nicht untalentierter Maler die Ölfarben leider um die Spur zu dick aufgetragen hat.

Es herrschte Föhnwetter und mit ihm eine bizarre Klarheit der Luft, die selbst die Konturen der Bergrücken des Hinterlandes so präzis nachzeichnete, dass man hätte meinen können, sie seien von Balaor aus binnen einer knappen Autoviertelstunde erreichbar, obwohl das, bei gutem Fahrtwind, mindestens eine Stunde dauerte.

Mindestens so lange war es auch her, dass Valeria und mein Ohrring mich verlassen hatten. Ich schlenderte durch die balaoranische Altstadt, kehrte in einer Bar auf einen Espresso, in einer anderen auf einen Espresso und einen Grappa und in einer dritten nur noch auf einen Grappa ein.

So taumelte ich denn in konzentrischen Kreisen jenem Ziel entgegen, das ich von Beginn an angesteuert hatte, und fand mich – die langen Herbstschatten ließen schon den nahenden Abend ahnen – plötzlich vor der Fortuna wieder.

Ich sah Gilda, nachdem ich mich gebückt hatte, um unter dem wie meistens um diese Zeit halboffenen Rollladen durchzuschlüpfen. Doch ich sah sie nicht allein, sondern in einer Stellung, in der ich sie schon einmal erlebt hatte. Die kleine Gilda hing an der Brust ihres großen Vaters, der sie fest an sich drückte.

Bei diesem intimen familiären Akt wollte ich die beiden nicht noch einmal stören und machte schnell wieder kehrt, ohne dass sie mich bemerkt hatten.

Meine konzentrischen Kreise hatten sich um etliche Grappas erweitert, als ich in der nun schon ziemlich weit fortgeschrittenen Abenddämmerung am alten Mandracchio-Hafen Scaramuzza traf, der gerade seine 1MN2152 EROS startklar machte.

„So spät noch unterwegs aufs Meer?“, fragte ich neugierig.

„Ja, es ist höchste Zeit, dass ich einmal mein altes Versprechen bei Professor Belli einlöse, ihm meine flammenden Frösche zuzubereiten. Da, schau her, welche Prachtexemplare sich bei abnehmendem Mond in den Lagunentümpeln aufsammeln lassen.“

Er streckte mir frohgemut den Kübel entgegen, in dem ich im Halbdunkel des verglimmenden Abendrots allerdings nur ein glibbrig-glänzendes grünes Gewusel erkennen konnte.

„Und du willst diese kleinen grünen Kerlchen ernsthaft einer Feuertaufe unterziehen?“

„Klar Frosch zum Gefecht! Frisches Froschfleisch und Lagunengrasgrappa, das ist ein Gedicht von einem Gericht! Das vergessen selbst die Götter nicht.“

„Aber warum musst du sie anzünden? Es reicht doch, sie mit dem Grappa abzulöschen. Da überträgt sich der Geschmack ganz von selbst und du ersparst dir den Spiritusgeruch der ganzen Brennerei."

„Ich sehe schon, du hast das Wesen des Flambierens nicht begriffen", erwiderte Boldo. „Kein Mensch flambiert, damit es schmeckt. Man flambiert, damit es brennt! – Willst du ein paar für zuhause? Es sind genug im Kübel. Komm schon, ich such dir welche aus!"

Schon hatte er ein paar zappelnde Frösche auf seine schaufelartigen Handflächen geladen.

„Nein danke, Boldo. Mir ist heute nicht nach Fröschen."

„Auch gut", erwiderte Boldo verständnislos und ließ die Frösche wieder zurück in den Kübel fallen.

„Bist du dir übrigens sicher, dass Belli deiner Anstrengungen würdig ist? Er ist doch ein ziemlicher Widerling ..."

„Ist er, ganz recht. Da wirst du kein Wort des Widerspruchs von mir hören. Aber er ist auch ein großer Gourmet. Das macht ihn würdig."

„Na, wenn du's so siehst. Ich persönlich glaube ja, dass er nicht nur ein Gourmet, sondern auch ein Mörder ist."

Scaramuzza begann schallend zu lachen. „Ach, Carozzi! Findest du nicht, dass in jedem Herzen eine Mördergrube zu finden ist? Die einen füllen diesen Abgrund mit Gott, die anderen mit dem Teufel. In jedem Fall muss man eine Weile suchen. – Also, was ist, vielleicht doch noch ein paar Frösche für den Heimweg? Schau sie dir an, wie fleischig und appetitlich die kleinen Schenkelchen sind!"

Noch einmal reckte er mir den Kübel entgegen. Mittlerweile waren die Hafenlaternen angegangen und spendeten ein milchiges Licht.

Die Frösche regten auch auf den zweiten Blick nicht unbedingt meinen Appetit an. Beim Hineinschauen hatte ich jedoch eine Sekunde lang den Eindruck, als hätte sich ein Frosch unter die anderen geschwindelt, der, im Gegensatz zu den übrigen Wasserfröschen, nicht nur einen hauchdünnen gelben Streifen am Rücken, sondern echte gelbe Flecken hatte. Als ich mich vergewissern wollte, ob ich nicht einem Lichtreflex aufgesessen war, sah ich jedoch nirgendwo ein gelbes Leuchten am Kübelboden, sondern nur noch glitschiges, wabbelndes Grün.

„Nein, Boldo", beharrte ich, „ich fürchte, du musst deine Frösche alleine mit Professor Belli essen."

„Du weißt nicht, was dir entgeht“, rief Boldo vom Boot herauf und ließ den Motor an.

„Also dann, guten Appetit euch beiden!“, rief ich ihm nach.

„Mein Gott, wird das ein Froschgericht, wohl dem, der dort sein Urteil spricht“, reimte Boldo ein weiteres Mal und seine Augen funkelten in der Dämmerung wie Glimmfäden, während er seinen Kahn mit gebotener Vorsicht, aber in spürbarer Eile aus dem Hafenbecken in Richtung Katharineninsel manövrierte.

Im Schein der Hafenlaternen fiel mir auf, dass die Eros bis weit über die Bordkante hinaus beladen und mit einem großen Fischernetz abgedeckt war. Fragte sich nur: Woher hatte Boldo plötzlich wieder sein Netz? Und was hatte er darunter geladen?

***

Die Nachtluft war herb und jodig, aber, wenn man eine Jacke anzog, immer noch warm genug, um den Abend auf der Terrasse des Castelletto zu verbringen. Ich machte es mir bei einem Gläschen Malvasia gemütlich und sah lange aufs offene Meer hinaus.

Eine der letzten Zikaden des verklingenden Spätsommers sang hinter dem täglich durchsichtiger werdenden Vorhang der abblühenden Bougainvillea-Blüten so eindringlich, als wollte sie damit den Auftakt zu ihrem Abschiedswalzer von diesem Jahr geben. Nächstes Jahr würde sie oder eine der ihrigen an derselben Stelle weiter singen und weiter tanzen. Aber wer würde ihr dann zuhören?

Boldo würde drüben auf der Katharineninsel, deren Hafenlichter von meiner Terrasse aus deutlich erkennbar waren, wohl bereits seine Frösche flambiert haben und sich vielleicht auch schon wieder auf der Heimfahrt befinden. Der Mond war von einem Nebelhof umgeben und ließ schlechtes Wetter ahnen; aber heute war der Sternenhimmel noch klar und ungetrübt.

Der Gedanke an Boldos Frösche erinnerte mich daran, dass ich heute noch nichts zu Abend gegessen hatte und sich allmählich ein Hungergefühl in mir regte, das, nach dem tränenreichen Abschied von Valeria, ganz eindeutig nach einer Extraportion Habaneros verlangte.

Meine mexikanischen Erinnerungen gingen zur Neige. Nachdem ich meinen Indianerohrring am Altar des ewig Weiblichen zum Opfer gebracht hatte, musste ich nunmehr, nicht ohne eine gewisse Trauer, feststellen, dass meine mehrmonatige Tätigkeit auf Balaor nervenaufreibend genug gewesen war, um meine Habanero-Vorräte bis auf einen kümmerlichen Rest an getrockneten Schoten vollständig aufzubrauchen.

Auch sonst herrschte bis auf ein Stück Chorizowurst, einen Rest Olivenöl, ein paar Knoblauchzehen und eine halbe Tüte Strozzapreti gähnende Leere in meiner Speisekammer. Für eine vormitternächtliche Single-Mahlzeit auf der Terrasse war das allerdings immer noch mehr als genug. Also hackte ich meine letzten Habanero-Schoten mitsamt zwei Zehen Knoblauch und dem Wurstrest klein und ließ sie in reichlich Olivenöl leicht anziehen. Inzwischen warf ich die Strozzapreti, was soviel wie Priesterwürger heißt, ins kochende Wasser und holte ein paar Basilikumblätter aus dem winzigen Kräutergärtlein, das Valeria auf der Terrasse angelegt hatte. Nun schwenkte ich die Nudeln in der Pfanne, in der das Öl mittlerweile den Geschmack von Wurst, Knoblauch und Chilis angenommen hatte. In einer Lade fand ich noch eine Flasche Teran, den ich eigentlich mit Valeria trinken hatte wollen und der mir nun als Trostpflaster blieb.

Der rubinrot-säuerliche Teran und die Chilis stiegen mir, nach den Grappas am Nachmittag, schneller in den Kopf, als es mir lieb war. Und das war wohl auch der Grund, warum ich die bunte Funkenwand, die plötzlich am Horizont aufstieg, für einen Vorgeschmack auf das Delirium tremens hielt.

Doch es sollte sich herausstellen, dass ich keineswegs delirierte, sondern ein veritables Feuerwerk vor meinen Augen abging. So viel ich auch überlegte, es fiel mir kein Grund ein, warum jemand um diese Zeit, mitten in der Nachsaison, so viel Geld in die Luft pulvern sollte. Weder galt es einen kirchlichen noch einen staatlichen Feiertag zu zelebrieren. Es waren auch keine Fußballmeisterschaften im Gange, und dennoch handelte es sich um ein Feuerwerk, das jedem Ferragosto, jedem Weltmeistertitel und jedem rauschenden Siegesfest alle Ehre gemacht hätte. Es dauerte fast zwanzig Minuten und bot das ganze pyrotechnische Repertoire dessen, was Boldo bei unserem Taberna-Feuerwerk nur angedeutet hatte.

Sollte gar Boldo hinter diesem Stakkato aus kolorierten Kometen, rotierenden Regenbogen, brokatgoldenen Himmelssonnen, silberglitzernden Kaskaden, knisterndem Goldregen, tanzenden Feuerzungen, kristallen funkelnden Sternenmeeren, utopisch anmutenden Laserschwertern und equilibristisch ausbalancierten Leuchtkugeln stecken, die, wenn sie schon zu verglimmern schienen, noch einmal wie Knospen aufbrachen und den Himmel mit Strahlengarben erhellten?

Tatsächlich befand sich das Epizentrum dieses erstaunlichen Luftbebens direkt über der Katharineninsel, und mein Verdacht, dass Boldo etwas damit zu tun hatte, begann sich zu verdichten.

Auf der Ufermole hatten sich inzwischen viele Schaulustige angesammelt, die aus ihren Häusern gelaufen kamen und unter denen ebenfalls Ratlosigkeit über der Motiv der plötzlichen Feuerpracht zu herrschen schien.

Als die Lichter schon im Meer zu versiegen schienen, stieg aus demselben ein riesengroßer Fisch auf, der wie ein Zeppelin über den Ozean schwebte. Nun verstand ich, was Belli gemeint hatte, als er sagte, die Feuerwerksfiguren, die er in Nanjing für Mondomare bestellt hatte, seien ihm noch immer zu chinesisch geprägt. Die Fischgestalt, die da zwischen Himmel und Erde dahinsegelte, trug auch die Züge eines Krokodils, sie erinnerte an einen Drachen und hätte wohl auch ein Schlangendämon oder ein Riesenwal sein können.

Doch das Feuerwerk war immer noch nicht zu Ende. Plötzlich tauchte hinter dem leuchtenden Fisch ein dicht gewirktes Netz auf, in dem sich der Fisch verfing und so lange zappelte, bis er schließlich hoch über der Katharineninsel zerplatzte.

Die Menschen auf der Uferpromenade spendeten begeistert Applaus. Doch der Lichterschein am anderen Ende des Meeres machte keine Anstalten zu verdämmern. Ganz im Gegenteil. Es folgten mehrere markerschütternde Explosionen, die selbst den Boden Balaors wie ein Erdbeben erzittern ließen. Statt geordneter Feuerwerksbilder stiegen jetzt Feuersäulen und Rauchwolken auf. Der Applaus schlug in Schrecken um. Bald hatte es auch der letzte der Schaulustigen gemerkt, dass die Show auf der Katharineninsel kein Feuerwerk mehr war, sondern dass Bellis Villa lichterloh in Flammen stand.

Binnen weniger Minuten heulten alle Sirenen Balaors schaurig auf und dissonante Sphärenklänge überspannten wie dröhnende Akkorde das Meer, als sich mehrere Hubschrauber in keilförmigem Anflug der Katharineninsel näherte. Löscherfolge stellten sich indessen kaum ein. Die Regenteppiche, die von den Feuerwehrleuten über das alte Franziskanerkloster gelegt wurden, in dem Belli residierte, waren angesichts der Kraft des Feuers einfach zu schwach.

Scaramuzzas Knallfrösche hatten ganze Arbeit geleistet. Es brannte, den Hubschraubern und allen freiwilligen Helfern zum Trotz, so lichterloh und gnadenlos, als würde nicht nur Bellis einst so stolzes Anwesen, sondern mit ihm ganz Mondomare in Flammen stehen.

***

Das Meer atmete langsam und regelmäßig an diesem Morgen. Planktonseimig und schwerflüssig klatschten die Wellen ans Ufer. Der Dunst, den die vergangene Nacht zurückgelassen hatte, hatte den Geruch von Schwefel, verbrannten Schuhsohlen und Magenbitter.

Aurora hatte einen grauen Staubmantel angezogen. Der Strand war nahezu menschenleer. Nur ein paar Spaziergänger versuchten, noch kurz vor der nahenden Flut den einen oder anderen kleinen Taschenkrebs aufzupicken.

Ich war nach Boldos Feuerwerk sofort in die Konoba Fortuna hinübergelaufen, hatte diese jedoch sowohl von der Gassen- als auch von der Küchenseite her fest verschlossen gefunden.

Ich irrte also, immer in der Hoffnung, zwischen Mandracchio-Hafen und Präfektur entweder Gilda oder einen von Boldos Freunden zu finden, durchs nächtliche Balaor und bin dann wohl auf einer Bank an der Uferpromenade eingeschlafen.

Als ich wieder aufwachte, sah ich weit draußen am Strand, an einer der Landungsbrücken, die dank der herrschenden Ebbe von den gekräuselten Ausläufern des Meeres gerade noch gekitzelt wurden, eine schattenrisshafte Dreiergruppe im Sand, die sich wie eine über Nacht entstandene Skulptur trennscharf vom Horizont absetzte.

Ich ging auf das Kunstwerk zu. Je näher ich ihm kam, umso deutlicher stellte ich fest, dass sich das Standbild bewegte. Und schließlich zeigte sich, dass dort, flankiert von Il Tubo und Leuchtstanitzel, Gilda saß, die soeben ein paar Tropfen Olivenöl in einen gläsernen Krug goss, der mit Meerwasser gefüllt war.

„Er ist ein wahrer Freund," rief Il Tubo, als er mich sah, „er kommt gerade zum Begräbnis zurecht!", und kletterte auf die Briccola.

„Ein alter Seefahrerbrauch", sagte Gilda. „Man betrauert die Toten auf hoher See, indem man ihnen Öl ins Meer nachgießt."

Gilda war ganz in Schwarz gekleidet. Ihre Lippen waren dunkelviolett geschminkt, die Konturen ihrer dunklen Augen waren ganz im Gegensatz zu ihren sonstigen Gewohnheiten mit einem Lidstrich nachgezogen, und über dem mit einer Spange hochgesteckten Haar trug sie einen runden schwarzen Hut mit einem schwarzen Schleier. Gilda sah mich nicht an, während sie mit mir sprach, sondern starrte bewegungslos aufs Meer hinaus.

„Er ist den Tod eines wahren Fischers und eines wahren Poeten gestorben", sagte sie. „Er hat das Meer umarmt, mit Netzen und, was ihm noch wichtiger war, mit Worten. Er braucht mein Mitleid nicht und schon gar nicht deines."

„Er war ein Mörder."

„Wie kommst du drauf?"

„Ich habe ihm in die Augen gesehen, bevor er auf die Katharineninsel fuhr."

Gilda sah mich an, als verstünde sie nicht, was ich sagte. Dann klimperte sie so aufgekratzt, wie ich sie sonst nicht kannte, mit ihren langen schwarzen Wimpern.

„Vater hat Belli mit dem Froschgift getötet, bevor er seine Villa und auch sich selbst in die Luft sprengte. Die Sache mit Lukobran hat ihm das Herz gebrochen. Als er erfuhr, dass Lukobran unschuldig war, hat er alles auf sich genommen und wollte selbst ein Ende machen. Ich fürchte, er glaubte mir das schuldig zu sein."

Das war der erste und wohl auch der letzte Satz, bei dem ich Gilda je weinen sah.

„Was war er dir schuldig?"

„Mein Vater wusste stets, was zu tun war, und er hätte auch alles getan, was zu tun war, wenn er nicht – so schwach gewesen wäre. Sie haben ihm alles genommen, wofür er lebte; sein Meer, seine Netze, seine Fische. Er hatte seine Widersacher alle schon in seinem Kopf getötet und, was ihm noch wichtiger war, in seinen Gedichten. Aber er hatte nicht die Hände, um das, was sein Kopf wollte, auch zu tun. Ich aber, ich hatte diese Hände, und ich habe sie meinem Vater geliehen. Er wusste, dass ich ihm meine Hände lieh. Bei Lukobran und den anderen; nur Belli, den hat er selbst übernommen. Wir haben kaum jemals darüber gesprochen, doch wir wussten alles voneinander. Wir hatten unsere kleinen Rituale, wir tauschten unsere kleinen Zärtlichkeiten aus, bis zuletzt. Aber ich war der Mann im Hause. Mein Vater war der Künstler, ganz im Gegensatz zu mir. Ich hab's nur zu einer leidlichen Köchin geschafft."

„Armer Scaramuzza, armer Boldo", sang Il Tubo von seinem Gerüst herab. Dann klatschte er in die Hände und rief: „Jack in the Box!"

Die Flut meldete sich mit aller gebotenen Vehemenz zum Schichtwechsel und das Meer zeigte sich von Minute zu Minute drängender von seiner zornigen Seite. Die vom Schaum marmorierten Wogen erhöhten ihren Druck und mit zunehmender Bö drohte die Adria vor dem Hintergrund einer turmhohen, tiefschwarzen Wolkenwand Amok zu laufen.

Il Tubo blieb ungeachtet der stürmischen Brandung auf seiner Briccola sitzen, während die Wellen schon an die Pfosten schlugen.

„Geh runter von der Briccola," sagte Leuchtstanitzel, „das ist ein ehrwürdiger Augenblick, und bevor du ersäufst, solltest du wenigstens noch die Würde des Augenblicks spüren."

„Das ist keine Briccola," erwiderte Il Tubo, „das ist die Heilige Dreifaltigkeit des Meeres. Das ist Gott auf drei Pfählen."

„Tot ist tot, hin ist hin", sang Leuchtstanitzel seinem verstorbenen Freund in sein fiktives Grab im Wasserkrug nach, und die vom Weingeist ausgetrockneten Stimmbänder klangen dabei wie die Saiten einer verstimmten Harfe.

„O du Arme, du Arme", wimmerte unterdessen Il Tubo Gilda an.

Es war eine groteske Trauermusik.

„Mein Vater pflegte zu sagen, die Welt sei nichts anderes als ein kaputtes altes Spielzeug im Mistkübel unseres Schöpfers. Er hat uns weggeworfen und kümmert sich nicht einmal mehr um unsere Entsorgung. Ich fürchte, er hat nach der ersten Spielfreude, die ihm seine

Geschöpfe gemacht haben, ganz einfach das Interesse an uns verloren. Verstehst du immer noch nicht, Carozzi, worum es geht? Mein Vater, seine beiden Freunde und ich. Erinnerst du dich nicht mehr an Valvasor bei Onkel Ivo? Wir sind Siebenschläfer. Das Gefolge des Teufels."

Il Tubo steckte seine Finger in den Mund und stieß einen langgezogenen Pfiff aus, der einen wilden Haufen flügelwetzender und kreischender Möwen aufschwärmen ließ.

„Das heilige Gefolge des Teufels", wiederholte Leuchtstanitzel und sah sinnend den Vögeln nach.

„Red nicht so daher, Gilda", sagte Il Tubo. „Wenn dich der Teufel erst einmal auf seinen Dreizink gegabelt hat und deinen schönen Hals mit kochendem Tran verbrüht, was dann?"

„Va in malóra, in malórsega!", sagte Gilda.

„Va in casin de le galine! Va sul porco vovo! Va sul mus!", stimmten ihre Kumpane ein.

„In der Hölle ist viel Platz", fuhr Gilda fort, „selbst für Belli. Oder nimm die Leute vom Pharos-Theater. Sie sollten eigentlich unsere Freunde sein."

„Dies irae, dies illa. Alles vergiftet, alles gesprengt!", rief Leuchtstanitzel und tanzte stampfend und in wilder Verzückung um die wasserumspülte Briccola, dass es nur so spritzte.

Gilda blickte mir treuherzig in die Augen.

„Mondomare wird es nicht geben, Carozzi. Findest du nicht, dass das ein Erfolg ist?"

„Und was ist mit Alfonsine?", fragte ich. „Warum habt ihr sie verschont?"

„Wie kommst du drauf? Sie wird ihr Päckchen inzwischen schon erhalten haben."

„Wusstest du nicht, dass ich ein Triton bin?", fragte der sturzbetrunkene Il Tubo mit wehender Mähne. „Don Tritone alias Jack in the Box."

„Und ich bin Poseidon, mein Sohn, der Gott des Branntweins", lallte Leuchtstanitzel hintennach.

„Gilda, du bist ein Monster!"

„Ein Monster, ich?", wandte Gilda sich wieder an mich. „Nur eine gute Tochter. Ich habe meinem Vater, wenn du so willst, bloß ein wenig

Heckenschützenhilfe geleistet, und seine beiden Freunde standen mir dabei zur Seite."

Eine mannshohe Welle schlug mir mitten ins Gesicht und brachte mir zu Bewusstsein, dass ich mich längst nicht mehr am Strand von Balaor, sondern mitten im Meer befand.

Gilda spitzte den Mund und setzte ihr unschuldigstes Lächeln auf: „Noch ein Schlückchen Peperoncini-Grappa, Carozzi? Papa hat dir seinen letzten vermacht."

Sie zog tatsächlich eine Flasche von Boldos Grappa aus ihrer Tasche, die mit einem Stück Papier und einem Gummiring umwickelt war.

Ich winkte dankend ab. Mein Mund war voll gallbitterem Geschmack.

„Los, nimm ihn schon mit", befahl Gilda. „Seinetwegen. Er lässt sich übrigens entschuldigen, dass er sich das Netz, das er dir für das Lapidarium geschenkt hat, für seine letzte Ausfahrt noch einmal ausgeborgt hat."

Ich stand auf, ging an Gilda vorbei und stolperte, die Schuhe voller Wasser, durch die immer höher werdenden Wellen ans Ufer und taumelte in die Altstadt zurück.

Als ich weit genug vom Strand entfernt war, löste ich den Gummiring von der Flasche und las Scaramuzzas letztes Gedicht.

Trinklied des Nexhagus

Wenn noch nicht Krieg ist,
Krieg doch auch nicht weit,
Kommt meine Zeit.

Wie schön, wenn dann
Die Stille klirrt
Und alles anders als erwartet wird.

Wenn Faule sich ereifern,
Sanfte geifern
Und Morgentau zu heißer Lava schwillt.

Wie dann der Schwefel duftet
Und die Rose stinkt,
Indes die Sonne tief ins Erdreich quillt.

Da, seht, wie des Prometheus Fenchel sinkt
Und ich dem eitlen Tropf im angesengten Gras
Sein Armesünderleben lass.

Wenn Gaja wieder ihre alten Götter kreißt,
Da braucht's einen wie mich,
Der Possen reißt.

Ich sag nicht, dass schon Krieg ist.
Doch Krieg ist niemals weit
Für einen Dämon der Gemütlichkeit.

Wer mich zum Weinen bringt, wird sterben.
Wer mit mir lacht, wird ewig leben,
Ha, ho, ho, ha, mein Gott!
So ist das eben.

***

Auf dem Weg zu meinem alten Lada, den ich nun lange genug an der Außenmauer der Altstadt von Balaor geparkt hatte, kam ich noch ein letztes Mal am Mandracchio-Hafen vorbei und sah von Weitem, wie Patricia Borlotti und Carlo Treiber ihre hölzerne Gliederpuppe mit dem Schwert, die den Erzengel Michael darstellen sollte, am Masten ihres Theaterschiffs in Stellung brachten, während einige Mitglieder der Gruppe sich für die nächste Szene des Hafentheaters wieder ihre Gasmasken umschnallten. „*In nomine Dio avanti! In nomine Dio avanti!*", skandierte dazu der Chor.

An der Treppe zur Euphemienbasilika lief mir Kommissar Gradnik über den Weg. Ich hielt kurz inne, grüßte ihn so freundlich ich es vermochte und ließ ihn vorbeiziehen.

Aber Gradnik war nicht dumm.

Ob Gilda das auch wusste? Aber vielleicht brauchte sie es gar nicht mehr zu wissen.

In der nächsten Trafik kaufte ich mir eine Blechschachtel „Fisherman's Friends". Gierig warf ich gleich zwei der grauen Pastillen ein. Doch ich lutschte nicht lange daran herum, sondern biss sie einfach durch, dass es nur so krachte.